BLT
Mit der Welt
auf Buchführung

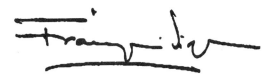

Francisco José Viegas wurde 1962 in der
portugiesischen Stadt Alto Douro geboren.
Er studierte in Lissabon. Heute ist er Literaturkritiker,
Journalist und für mehrere Kulturprogramme im
portugiesischen Fernsehen verantwortlich.
1987 erschien sein erster Kriminalroman,
und inzwischen ist Viegas einer der bekanntesten
Krimiautoren Portugals. Besonders die Schilderungen
der kulinarischen Eigenheiten Portugals
erfreuen sich großer Beliebtheit.

Francisco José Viegas

Das grüne Meer der Finsternis

Ramos & Castanheira ermitteln

Aus dem Portugiesischen von
Sabine Müller-Nordhoff

BLT

BLT
Band 92125

1. Auflage: März 2003

Vollständige Taschenbuchausgabe
der in der editionLübbe erschienenen Hardcoverausgabe

BLT und editionLübbe sind Imprints
der Verlagsgruppe Lübbe

Titel der portugiesischen Originalausgabe:
AS DUAS AGUAS DO MAR,
erschienen bei Edições ASA, Porto
© 1992 by Francisco José Viegas
© für die deutschsprachige Ausgabe 2001 by
Verlagsgruppe Lübbe GmbH & Co. KG, Bergisch Gladbach
Einbandgestaltung: Gisela Kullowatz
Titelfoto: Premium/Fiala
Autorenfoto: Pedro Loureiro
Satz: Kremerdruck GmbH, Lindlar
Druck und Verarbeitung: Elsnerdruck, Berlin
Printed in Germany
ISBN 3-404-92125-9

Sie finden uns im Internet unter
http://www.luebbe.de

Der Preis dieses Bandes versteht sich einschließlich
der gesetzlichen Mehrwertsteuer.

Nature ordains that we should begin with a sexual act.
    FRANK RONAN, *A Picnic in Eden*

Somewhere a man will touch his image
and burn like a candle before it.
    PADRAIC O'FALLON, *Yeats Tower at Ballylee*

Es sollte gleich zu Beginn darauf hingewiesen werden, dass jede Ähnlichkeit der Personen dieser Geschichte mit vermeintlich realen Personen rein zufälliger Natur ist. Eine Kriminalgeschichte, wenn man diese als solche bezeichnen mag, sollte diesen Hinweis enthalten. Gleichsam sollte sie uns vor der gefährlichen und naiven Überzeugung bewahren, die Realität habe nichts mit Fiktion zu tun.

Schließlich kommt es darauf nicht an.

1. August 1991, sechs Uhr

Dies würde wahrscheinlich die letzte Aussicht sein. Das letzte Bild von der Welt, das sein Herz zurückbehalten sollte. In diesem Augenblick gab es nicht mehr viel in seinem Leben, das noch Bedeutung hatte. Er konnte die Vergangenheit vergessen, die Zukunft ignorieren. Angesichts eines solchen Panoramas konnte er getrost sterben, sein Körper würde nicht dagegen aufbegehren, und Gott, wenn es ihn gab, könnte seinen beinahe ewig währenden Schlaf wieder aufnehmen, den er nur für einige Augenblicke unterbrechen müsste, um diesem Tod beizuwohnen, seinem Tod. Oder seiner Wiedergeburt.
Er hatte einige Jahre seines Lebens damit zugebracht, die unterschiedlichsten Orte zu bereisen, die verschiedensten Punkte dieser Welt kennen zu lernen, wo er eines Tages leben könnte, zu einem späteren Zeitpunkt; und dort würde er sein Haus bauen, sein eigenes Haus – viel Aufwand war dazu nicht nötig. Ein einfaches Plätzchen zum Leben würde genügen, ein Ort, an dem sich die Bande der Vergangenheit nahtlos in den Lauf der Zeit fügten, ein friedlicher Übergang ohne Verluste. Ein ganz unscheinbares Dasein, eines ohne Namen, ein Name, den später vielleicht jemand in Erinnerung rufen würde, der in einem Album mit Familienfotos blätterte und fragte: »Wer ist das

hier?« Darauf würden alle mit einem Schlag verstummen, und er wusste genau, dass sich darauf ein beredtes Schweigen breit machen würde. »Ein Onkel, den du nicht kennen gelernt hast; er ist eines Tages verschwunden.«

Alles ist ganz einfach, wenn man stirbt, und in gewisser Weise war er schon gestorben. Niemand wusste zu diesem Zeitpunkt, wo er sich befand, in welcher Stadt, in welchem Land, in welcher Hemisphäre. Oder auch, ob er sich überhaupt noch irgendwo befand – denn er hatte keinerlei Hinweise gegeben, keinen Verdacht genährt, keine Nachricht hinterlassen. Er hatte alle Spuren sorgfältig verwischt, alle Zeichen, die diese Ruhe hätten stören können, die er in dem Augenblick erfuhr, als er auf der Veranda saß und darauf wartete, dass die Helligkeit des Morgens sich von einem Moment auf den anderen in Hitze verwandelte. Bald würde das geschehen, das wusste er sicher, und sie würde sich im Verlauf des Tages noch steigern, bis die schmale Halbinsel vor der Bucht in eine dichte Wolke aus Feuchtigkeit und Hitze tauchte, eine Hitze, so stark, dass die Kleider am Körper klebten.

Aber würde seine Fotografie überhaupt in irgendeinem Familienalbum auftauchen, in einem jener Alben, in denen die Urgroßeltern, die Großeltern, die Eltern, Onkel, Neffen, Geschwister, Verlobte, Freunde zu sehen waren, die die Kindheit bevölkert hatten, die Zufallsbekanntschaften, die vorübergehenden Freunde, die Freunde fürs ganze Leben? Freunde fürs ganze Leben. Bei dieser Vorstellung musste er lächeln, denn er hatte sich noch vor einem Monat zu Hause um alles gekümmert oder um fast alles. Er hatte einige Telefonate geführt, das ja, in der Art: »Ich reise morgen ab, nach Madrid vielleicht, ich weiß nicht genau,

Ferien, Mallorca«, flüchtige Ferien von einem Leben, das schon ganz Urlaub war, Sommerurlaub. Sie würden einen Brief erhalten, der ungefähr einen Monat alt war und alles erklärte, was es zu erklären gab. Keine Botschaft, die sie erleichtern würde und zumindest einige von ihnen von der Last befreite, die sie vielleicht – so dachte er – für eine gewisse Zeit empfinden würden, sondern einen Brief, der in wenigen Zeilen das sagte, was es zu sagen gab: Ich lebe, aber denkt nicht mehr daran; es ist so, als gäbe es mich nicht mehr.

Er hatte diesen Brief einem Mann anvertraut, der fürs Erste das Geheimnis um seinen Absender bewahren würde. Auch dieser Mann würde nicht einfach zu finden sein. Er würde den Brief von einem unverdächtigen Ort abschicken, sodass er an dem Tag in Portugal eintreffen würde, der ihm als angemessen erschienen war. Eine kleine Rache. Aber eine Rache, die Anweisungen folgte, damit sie gut aufgenommen wurde und das Leben daheim und alles, was er dort zurückgelassen hatte, in entsprechende Bahnen lenkte. Der Brief würde das Notwendigste enthalten, das ihn selbst dazu zwang anzuerkennen, dass ein Mann eine Geschichte hatte und ihn diese Geschichte verfolgte, wohin er auch ging, und dass niemand auch nur den Wunsch hegen durfte, sich dieser Geschichte nach Belieben zu entledigen. Er würde noch einmal darauf zurückkommen, wenn der richtige Zeitpunkt dafür gekommen war. Für den Augenblick, so fiel ihm ein, wartete das Meer darauf, ihn zu empfangen.

Er würde es letztlich nie schaffen, sich von diesem Bild zu befreien, obwohl es sich dabei um einen Gemeinplatz handelte, allzu gewöhnlich, um irgendwann einmal einen ruhmreichen Abschnitt in seiner Biografie auszumachen. Erst viel später, so dachte er, sollte er erkennen, wie sich alles auf die ersten Bilder reduzierte, auf die ersten Worte, die erste Liebe, die erste Begegnung. Ich würde gern die Geschichte von allen Begebenheiten erzählen, weil ich unfähig bin zu lieben und ich aus diesem Grunde eine gewissermaßen neidlose Freude über die Liebe der anderen verspüre und das, was für mich davon zum Leben übrig bleibt. Als gäbe es die große Liebe und die erhabenen Gefühle nicht mehr, die einen Menschen zum Engel machen und ihn auf gleiche Höhe heben mit den kleinen Vögeln, die um die Silhouette dieser Steilküste schwirren, ein Ausschnitt, der eben noch von dieser Veranda aus zu sehen war, denn dorthin waren meine Blicke gerichtet, auf die Dinge, die einmal im Leben in den wenigen Minuten der Klarheit geschehen, die uns gegönnt sind.

Ich habe viele Tage verstreichen lassen, dachte er. Viele Tage sind an mir vorbeigezogen, ohne dass ich wirkliche Angst dabei empfunden hätte, sie könnten mit einem Mal zu Ende gehen. Ich glaubte immer, dass irgendetwas sie verlängern oder unterschlagen würde.

Und auch aus diesem Grund würde dieser Ausblick einer der letzten sein, die er mit sich nehmen konnte. Dieser weite Raum vor dem Fenster ist menschenleer, regungslos. Da sind die Treppen hinunter in den Garten, der das durch und durch weiße Haus von diesem Dorf trennt, das noch vor wenigen Stunden ein Rummelplatz war, wie immer in den Sommernächten, wenn das Dorf die Touristen aufnimmt. Bei Einbruch der Dunkelheit waren die Treppen sorgfältig geputzt worden. Sie führten hinab auf den schmalen Pfad durch den Wald, der auf die Hauptstraße stieß. Von dort war es nur ein Katzensprung bis zum Dorf, und endlich erblickten die Augen den kleinen Hafen und wenig später die Fischerboote, die auf die Bucht und auf das weite Meer hinausführten.

Sie haben die Türen der Bar schon geschlossen, die neben dem einzigen Hotel am Ort betrieben wird. Es wird zwei Uhr morgens sein, da kommt jetzt keiner mehr heraus. Er würde also das erste Licht dieses Tages dazu nutzen, ein erfrischendes Bad in der Bucht zu nehmen (das Wasser war jetzt noch ganz kühl). Von hier aus erschien sie blau und rein und lockte andere Körper, die wenig später dort eintreffen würden, Gelegenheitstouristen, die üblichen Wochenendurlauber. Zurück im Haus, würde er nach den letzten Vorbereitungen mit den Koffern die Treppen hinuntersteigen und mit einem Taxi zum nächsten Flughafen fahren, ungefähr hundert Kilometer von hier. Das Flugzeug ging erst um elf Uhr. Er würde diesen letzten Ausblick auf die kleine Stadt genießen, auf die Bucht, die vom Meer und der kalten, scharfen Linie der Bäume an ihren Ufern in die Länge gezogen wurde; noch einmal die Feuchtigkeit dieser Landschaft, die Wassertropfen auf dem Verandageländer, das letzte Aroma dieser milden Morgenluft atmen. Die ersten Geräusche wahrnehmen, die von der lang gezogenen Asphaltspur herüberkamen, eine Straße, die auf die andere Seite der Bucht führte, eine Reihe von Dörfern durchzog und von hier aus an eine schwarze Schlange erinnerte, die ewig an den Ufern dieses Wassers verharrte.

1. August 1991, sechs Uhr dreißig

Von diesem Platz aus ist nur ein kleiner Ausschnitt des Himmels zu sehen. Dort fliegen die Vögel umher, die die Küste der Halbinsel bevölkern, in einer Art Ritual, das mit der Morgendämmerung seinen Anfang nimmt, so als tauchten sie am Horizont auf, um diesem Landstrich die Ehre zu erweisen. »Hör mich an, Herr, denn dies sind die ersten Augenblicke meines Lebens«, sagte er, »die ersten Augenblicke des Lebens überhaupt, jene Momente, in denen der Glaube schweigt und sich der Tag in seiner gierigen Fülle öffnet, um zu verschlingen, was von all den Hoffnungen geblieben ist. Hör mich an, Herr, weil dies vielleicht das erste Gebet ist, das ich spreche, und ich möchte, dass Du es anhörst und dass alles wieder so wird, wie es vorher war, bevor es mit mir seinen Anfang nahm, und dass die Gezeiten wiederkehren und die Wüste überfluten und durchtränken und die Gesichter all jener erfrischen, denen heiß ist, und die Münder derer nässen, die Durst haben, und dass dieser Tag ohne Ängste und Stoßgebete enden möge. Es interessiert nicht, was die anderen denken oder welche Intrigen sie um uns herum spinnen oder was sie murmeln, wenn wir nicht Auge in Auge vor ihnen stehen. Vielleicht beginnt jetzt alles wieder von vorn, so wie das Leben in der Kindheit von Zeit zu Zeit wieder von neuem beginnt, wenn man beschließt, dass es aufs Neue beginnen möge.«

Dieselbe Straße, die zu der kleinen Bucht hinunterführte, führte auch durch das Dorf und an die Strände. Am Vortag war er an einem dieser Strände gewesen, hatte den Namen des Strandes und die Beschaffenheit des Sandes kennen gelernt und zu jeder vollen Stunde peinlich genau die Position der Sonne überprüft. Es schien, als könnte er sich an der Stellung der Sonne orientieren, die ihm als eine Art Kompass diente. Er hatte auch seine Strandnachbarn wahrgenommen, die beinahe den ganzen Nachmittag hindurch im Sand gelegen und Zeitung gelesen hatten. Ein Mann hatte auf einem Plastikstuhl gesessen, der zu dem Restaurant gegenüber dem Strand gehörte. Es beherbergte disziplinierte Touristen, die immer zur gleichen Uhrzeit, nämlich nach dem Frühstück, an den Strand gingen. Er würde sich an ein Paar erinnern, das auf dem Sand in der Sommersonne gelegen hatte. Am frühen Nachmittag hatte der junge Mann eine Badehose angezogen, schwarz, aus Synthetik – so nahm er an –, und war ins Wasser gegangen.

Die junge Frau sah ihm zu, wie er ins Meer stieg, sah ihn tauchen, weit draußen schon, streckte ihren Körper wieder auf dem Sand aus und schien eingeschlafen zu sein, aber von Zeit zu Zeit wechselte sie ihre Position und legte sich so, dass ihr Körper von allen Seiten bräunte.

Er konnte sich jetzt gut daran erinnern. Es war noch früh, die Sonne hatte gerade erst begonnen, die Bucht in ihr helles Licht zu tauchen. Er hatte sie von seinem Zimmerfenster aus gesehen, vor einer Stunde. Vielleicht war es nicht einmal so lange her, wenn er bedachte, dass er gerade mal die Koffer an die Tür gestellt, den Wagen aus dem kleinen Unterstand hinter dem Haus geholt und bis auf den Berggipfel gefahren war, wo das Land tatsächlich zu enden schien. Zu seiner Rechten lag eine kleine Insel, die er für einige Augenblicke fixierte, so als wollte er mit seinen Augen einen Teil dessen mitnehmen, was er plötzlich zu lieben gelernt hatte. So hatte er diesen Platz zu seinem Zuhause auserkoren, allerdings hätte er zum damaligen Zeitpunkt nicht sagen können, für wie lange. Es würde so lange dauern, wie er es für unvermeidlich hielt.

Das Alter hat wenig Bedeutung, vor allem, wenn wir uns seiner bewusst sind. Zu diesem Zeitpunkt würden auch anderen derartige Gedanken durch die Köpfe gehen, schließlich ist keiner wirklich gefeit vor Ängsten, die uns wie die Vorboten einer Gefahr auf einer unübersichtlichen Straße durch die Berge anspringen. Er selbst verfügte bereits über ausreichende Erinnerungen, er würde eines Tages ein Buch darüber schreiben können, sofern ihm danach wäre und sofern jemand ihn darin bestärkte, dass es der Mühe wert sei. Er hatte in seinem Leben nur wenige Dinge hochgehalten, aber was er im Laufe der Jahre verteidigt hatte, Werte, Vorstellungen oder auch nur vage Bezeichnungen für bestimmte Werte und Vorstellungen, vielleicht verdienten sie es ja, dass er sie auf seine ganz persönliche Weise hochgehalten hatte. Wer wollte darüber richten?

Er nahm die Straße in Richtung auf das Vorgebirge, das sich in sanfter Steigung aus dem Meer erhob. Das verlassene Leuchtturmhaus, ein unbedeutender Bau, erinnerte ihn an andere, ähnliche Leuchttürme und an Schiffbrüche, an Schiffe, die diese Küste auf der Suche nach einem Zufluchtsort abgefahren hatten, und das war schön, denn es war nur eine Erinnerung. Ob der Brief an seinem Bestimmungsort eingetroffen war? Er hatte ihn am Wohnzimmertisch zu Hause in Portugal geschrieben und dabei seinen letzten Kaffee getrunken. Anschließend hatte er den Wagen an diesem Morgen an den Flughafen gefahren, nicht ohne vorher noch einen Abstecher auf ein Postamt zu machen und den bereits adressierten Umschlag zu frankieren. Allerdings würde nicht dieser Umschlag an dem vorgesehenen Bestimmungsort eintreffen, sondern ein anderer, nämlich der, der in dem Umschlag steckte, und den er in den Briefkasten für die inländische Post warf. Und dieser andere Umschlag würde außerhalb Portugals auf den Weg gebracht werden. Aber all das war, genau genommen, schon einen Monat her. Eine lange Zeit.

Er stieg wieder in den Wagen, nachdem er den Leuchtturm hinter sich gelassen und seine Zigarette ausgemacht hatte. Er fuhr gemächlich die Straße hinunter, die durch das Dorf führte, vorbei an der alten Kirche neben dem Friedhof und dem einzigen Hotel, und gelangte schließlich an den Strand, nachdem er einige verlassene Straßen passiert hatte. Zu dieser Stunde war der Strand natürlich menschenleer. Er sah auf die Uhr: sechs Uhr zwanzig, die ersten Sonnenstrahlen, das Leben, das langsam um die Bucht herum erwachte, das Geräusch der Schritte im Sand, das im Rascheln der Blätter in den Bäumen entlang der Straße unterging. Von hier sah man das ganze Dorf, wie es verschlafen dalag, den kleinen Hafen, der mit unsichtbaren Tauen an diesen Straßen aufgehängt schien. Er würde sich an dieses glitzernde Wasser im Hafen erinnern, an die fahrigen Flugmanöver der Möwen; ob es Möwen waren, die ihre konfusen Kreise um die Boote zogen? Er würde auch die anrührende Bewegung dieser Landschaft in Erinnerung behalten, die jetzt zum Leben erwachte. Und die Farbe des Himmels, die würde er nicht vergessen. Das Blau

eines Himmels, das die Stunde der Hitze verhieß, die Intensität des Lichts an diesem frühen Morgen, den Flug der Vögel über den Wellenspitzen, auch nicht das Geräusch seiner Schritte in dem blitzsauberen, noch feuchten Sand.
Just dieses Geräusch ließ ihn plötzlich den Atem anhalten und seinen Marsch unterbrechen. Er stand aufrecht da, hielt inne und lauschte dem Meer, den brechenden Wellen, klein und weiß, und wieder nahm er das Geräusch von Schritten wahr im Sand. Aber es war nicht das Letzte, was er hörte, denn gleich darauf, als er sich der Tatsache bewusst wurde, dass er immer noch die Geräusche von Schritten im Sand vernahm, als seien sie das Echo seines eigenen langsamen und gemächlichen Marsches, überlagerte ein anderer Laut seine Wahrnehmung, doch er hatte kaum Zeit, ihn eingehend zu studieren oder ihm Beachtung zu schenken. Es hörte sich an wie ein Knall, etwas Ungewisses, Lächerliches, mehr nicht. Dann verspürte er einen tiefen, heftigen Schmerz, ein Brennen, auf das zwei andere Schmerzempfindungen folgten, nicht genau in seinem Rücken, aber in der linken Brustseite, denn er hatte sich abrupt umgedreht, um zu sehen, woher diese fremden Schritte kamen. Er erblickte jemanden hinter sich, in zehn Metern Entfernung vielleicht, er war sich nicht sicher, vielleicht waren es auch zwanzig. Er schenkte der Sache weiter keine Beachtung, weil er sich genau in dem Augenblick umdrehte, als er jemanden sah, der etwas in den Händen hielt, wahrscheinlich eine Pistole. Er war sich nicht sicher, ja, er hatte nicht die Zeit für Gewissheiten, noch hätte er in diesem Augenblick sagen können, ob er sich in den folgenden Sekunden an diese Einzelheiten noch erinnern würde, als er in den Sand fiel und die Farbe des Himmels erblickte, die er, soviel war sicher, nie mehr vergessen sollte.

31. Juli 1991, achtzehn Uhr dreißig

»Die Inseln taugen nicht für den Tourismus«, sagte Jaime Ramos und näherte sich mit einem Glas in der Hand der Balustrade. »Sie wecken deine melancholische Seite. Guck dir nur diesen Himmel an, ich habe noch nie einen Himmel wie diesen gesehen, einen Himmel, der mich daran erinnert, dass ich auf einer Insel gefangen bin. Und der mir so gründlich den Appetit verdirbt.«
»Im Sommer kommt der Appetit erst spät, wenn die Sonne langsam untergeht.«
Filipe Castanheira hatte die letzten Tage in einem seltsamen und ungewöhnlichen Schweigen zugebracht. Jaime Ramos hatte es bemerkt und es dem Himmel über den Inseln zugeschrieben, vor allem dem feuchten und stickigen Himmel über São Miguel, und so beschloss er, seinen letzten Urlaubstag an diesem Ort mit einem Abendessen ausklingen zu lassen, das sie zusammen vorbereiten würden, bevor er nach Porto zurückkehrte.
Filipe hatte ihm für vierzehn Ferientage ein Haus in der Nähe von Porto Formoso an der Praia dos Moinhos besorgt. Es war ein Haus mit zwei Zimmern, einer geräumigen Küche, einem Bad, einer soliden Veranda mit Ausblick auf die kleine Meeresbucht. Es lag friedlich da, flankiert von zwei Felsklippen, die es auf der einen Seite gegen das

etwas zur Linken gelegene Ponta do Citrão abgrenzten und auf der anderen Seite vom Dorf abschnitten, das sich direkt über dem Meer erhob.

Jaime Ramos hatte in diesen vierzehn Tagen wenig unternommen. Offenbar hatte ihn Filipes Niedergeschlagenheit bis zu einem gewissen Punkt angesteckt. Er schlief weniger als gewöhnlich, auch deshalb, weil die Nächte feucht und viel zu ruhig waren und weil man vom Haus aus das Meeresrauschen und andere Geräusche von den Tieren hören konnte, die in der Nacht das Röhricht bevölkerten. Ein Röhricht, das von der Praia dos Moinhos bis zur Straße nach Ribeira Grande hinaufreichte und ungefähr zehn Minuten Fußweg von hier entfernt war. Daher nutzte er den Morgen für Strandbesuche und verbrachte die Nachmittage auf der Veranda, wo er kurz Siesta machte und keine Lust hatte, die beiden Bücher zu lesen, die er mitgebracht hatte. Er mutete sich keine weitere Bewegung zu als die kurzen Fußmärsche, die er gezwungenermaßen bis zu dem kleinen, ungefähr anderthalb Kilometer entfernten Kramladen im Dorf zurücklegen musste. Der Laden lag direkt neben einer Taverne, in der er einige Male frühstückte. Frittierten Fisch und gekühlten Rotwein, so ließ er wissen. Filets von Abrótea, Brot und der »Açoriano Oriental« in seiner zwölfseitigen Ausgabe schienen ihm das angemessene Rezept für jene Morgenstunden, in denen Rosa noch schlafend im Bett lag und er das Haus gegen acht Uhr auf Zehenspitzen verließ, in der Hoffnung, hier die Ruhe zu finden, die ihm der nächtliche Schlaf nicht ausreichend beschert hatte. Schlaflosigkeit, hatte er geklagt. Träume. Albträume und Erinnerungen, die seinen Schlaf und die feuchten Nächte auf der Insel bevölkerten. Am späten Nachmittag traf Filipe Castanheira mit seinem Wagen von Ponta Delgada ein, und sie tranken Bier auf der Veranda, aber Jaime Ramos verharrte während der ersten Woche in Schweigen, murmelte Entschuldigungen und suchte in der Hitze die plausible Erklärung für alles.

Er hatte beschlossen, seine Ferien auf der Insel zu verbringen, nachdem Filipe Castanheira so darauf bestanden und seinerseits versprochen hatte, eine seiner beiden Urlaubswochen mit einem Aufenthalt bei ihm zu verbinden. In den letzten sieben Ferientagen gesellte sich das Schweigen des anderen zu der Krise, in die Jaime Ramos geraten war. Als der letzte Tag nahte und die Sonne am Nachmittag für eine Weile hinter den Wolken verschwand, unternahmen Jaime Ramos und Filipe Castanheira barfuß einen Spaziergang am Strand. Sie dehnten ihren Marsch bis zu der Klippe aus, die sich zur Linken der Bucht erhob, und kehrten zwei Stunden später zurück, als die Sonne hinter den Wolken am Horizont versank.

»Die Inseln tun der Seele nicht gut«, fügte Jaime Ramos nun hinzu. »Man wird traurig. Ich bin fünfundvierzig Jahre alt, und mir wird klar, dass ich schon nicht mehr in einem Alter bin, in dem man sich beschweren kann. Ich werde langsam alt.«

»Heutzutage ist man viel früher alt.«

»Aber man bekommt erst jetzt die Rechnung präsentiert. Rheumatismus. Kopfschmerzen. Es sind nicht mehr die Wintergrippen, der Körper ist von Grund auf marode. Und es ist der Kummer darüber, dass wir keine Kinder haben, nicht mal ein Familienhaus, einen Platz, an dem ich die Wochenenden einfach nur mit Schlafen verbringen kann,

ohne dass ich mich sorgen muss. Ein Haus mit einem Garten. Eine Insel.«
»Es ist noch Zeit. Für all das ist noch Zeit.«
»Nein, so viel Zeit haben wir nicht mehr. Das Leben wird immer gefährlicher und schwieriger, und wenn wir uns hart machen dagegen, dann trifft es uns noch tiefer und unmittelbarer. Wir werden langsam alt. Rosa hat Angst. Man kann sehen, dass sie Angst hat. Sie sollte heiraten. Entweder sie oder ich, einer von uns sollte heiraten. Entweder wir beide oder jeder nach seiner Fasson.«
Filipe wusste schon seit Jahren, dass Jaime eines Tages so etwas sagen würde. Er wusste es aus eigener Erfahrung. Seiner Meinung nach kam er mit diesem Gespräch genau zehn Jahre zu spät, einem Gespräch, das er schon einige Male mit sich selbst geführt hatte.
»Und die größte Gefahr kann man gar nicht sehen. Es sind die Träume, die Albträume, die kommen und gehen, heute dieser, morgen ein anderer. Die Träume machen uns fertig, so wie diese Inseln.«
Es sind so banale Dinge, hatte Filipe Castanheira vor ungefähr zwei Wochen gedacht, als er von einem Arztbesuch zurückkam, von einer dieser Routineuntersuchungen, die in den Frauenzeitschriften angeraten werden. Es ist so wie diese gelegentlichen Kirchenbesuche, der Gang zur Messe, obwohl man gar nicht religiös ist. Es hat mit dem Körper zu tun, mit diesem trügerischen Körper, der uns so leicht verunstalten kann, der uns verlassen, uns ganz uns selbst überlassen kann. Der Arzt hatte es deutlich gemacht – rauchen, trinken, essen, das Problem mit dem Zucker im Blut, die Sünden allen Fleisches und die irgendeines Geistes, der ihm anhängt wie eine nützliche Haut, unerlässlich und

dennoch unzureichend. »Wenn Sie mit dem Rauchen aufhören wollen, dann schaffen Sie es auch, Sie müssen es nur wollen.«
Ich will nicht, ich fühle mich benachteiligt in all dem, was ich immer gewesen bin, in allem, was ich immer sein wollte. Es gibt noch andere Gefahren. Das Leben ist nicht weniger gefährlich. Ich meine damit natürlich so offensichtliche Gefahren wie Autounfälle, einen Sturz auf der Haustreppe, ein Blumentopf, der mir eines Tages auf den Kopf fällt, einer von diesen Geranientöpfen. Ich werde vermutlich auf andere Weise zu Tode kommen, nicht mehr und nicht weniger heldenhaft als jene andere Form des Sterbens – ich meine das gesunde Sterben mit vierundachtzig Jahren, gepflegten Falten, Blutdruck, der montags, mittwochs und freitags gemessen wird, nicht ein Gramm Fett zu viel zum Abendessen, das aus einer Tasse Tee und ein wenig Gebäck besteht, ein Herz, das in angemessenem Rhythmus schlägt. »Und man sollte weniger Fett zu sich nehmen.« Ich weiß.
Wer weiß das nicht? Das Adrenalin und das Noradrenalin, das über die Blutbahn freigesetzt wird. Das Nikotin, das alt macht und an den Fingern kleben bleibt, genauer gesagt zwischen Mittelfinger und Zeigefinger. »Wie viele Zigaretten rauchen Sie am Tag?« Zwanzig. »Lügen Sie mich nicht an.« Vierzig, ungefähr. »Sie müssen damit aufhören oder es einschränken. »Welche Marke rauchen Sie? Lights?« Nein. Além-Mar, keine Lights, normale Zigaretten, von diesen, die man wirklich raucht und die uns ein Stück Leben zurückgeben, wenn wir es nötig haben. »Sie müssen das Rauchen einschränken.« Drastisch? »Drastisch.« Dieser elende Körper. Und der Magen? »Vorsichtig behandeln, ganz vorsich-

tig. Vorsichtige Zurückhaltung. Mehr Salate und Getreide. Eine Kur. Wie groß sind Sie?« Ein Meter zweiundachtzig. »Das Idealgewicht liegt bei vierundachtzig bis fünfundachtzig Kilo, ungefähr. Sie sollten etwas Gewicht verlieren.« Und Alkohol? »Weniger, so wenig wie möglich davon trinken. Der Alkohol hat einen großen Einfluß auf die Herzerkrankungen, aber es ist schwer zu sagen, welche, wissen Sie. Da spielen viele Faktoren eine Rolle, aber der Alkohol fördert so etwas. Es hängt von Ihnen ab.« Was hängt nicht von mir ab? »Der Alkohol erhöht den Cholesterinspiegel, damit erhöhen sich die Anteile an Triglyzeriden, mit den Fetten steigt das Risiko der Arteriosklerose, Sie nehmen zu. Und er hat keinen Nährwert, man raucht mehr, man trinkt mehr Kaffee. Und der Stress natürlich, der uns abhängiger macht von diesen Dingen wie Tabak, Alkohol, Essen.« Künstliche Paradiese, ich sehe schon. »Wenn Sie so wollen. Vermeiden Sie, gleich nach der Arbeit Alkohol zu trinken, verkneifen Sie sich ihren täglichen Besuch in ihrer Lieblingsbar, reduzieren Sie den Alkoholkonsum. Fühlen Sie sich nicht besser, wenn Sie weniger trinken?« Vielleicht. Ich werde mir das Rauchen abgewöhnen. Ich werde aufhören zu trinken. »So viel ist gar nicht nötig. Halten Sie einfach Maß.« Ich kenne nichts Lächerlicheres im Leben als die maßvolle Beschränkung. »Übertreiben Sie nicht. Natürlich können Sie trinken, rauchen und essen. Aber schlagen Sie nicht über die Stränge.« Das Leben schlägt doch über die Stränge. Heute morgen drängte sich mir dieses Bild vom Leben auf, schließlich ist es das einzige Leben, das ich kenne, vielschichtig, tiefgründig, es nährt sich aus Wurzeln, deren Ursprung ich nicht kenne, die keiner von uns kennt und die keiner von uns jemals erfassen wird. Ich habe Angst vor dem

Leben. Und ich finde meine Freude daran, ihm zu begegnen, wieder und wieder, wie es sich vor meinen Augen mit einem neuen Gesicht präsentiert. »Machen Sie Urlaub. Wechseln Sie die Kulisse, Sie brauchen Abwechslung.« Als Therapie? »Als Kur. Manchmal brauchen wir sogar neue Gesichter um uns.« Wir sind alle bedürftig, um das zu wissen, brauchen wir keinen Arzt, das finden wir auch ganz allein heraus, doch es gibt Überraschungen, die wir suchen, aber niemals finden. »Nein, Sie brauchen keine Medikamente. Wie alt sind Sie?« Fünfunddreißig. Vielleicht auch älter. »Leben Sie allein?« Ich lebe allein. Auf meiner Veranda stehen ein paar dürstende Pflanzen neben zwei domestizierten Azaleenstämmchen, ich besitze ein paar Bücher, Schallplatten, Fotografien, eine Angel. Und Sehnsüchte. »Die Sehnsucht ist keine Krankheit.« Aber sie ist es, die mich plagt, die mir Schlaflosigkeit bereitet.

Alles spitzte sich in jenen Monaten auf einen plötzlichen Sommereinbruch zu, dem eine Hitzewelle vorausging und der ihn dazu bewog, dieselben Spaziergänge zu unternehmen, die er immer zu dieser Jahreszeit zu machen pflegte, wenn er die Strände längs der Insel aufsuchte. Er verließ die Arztpraxis, just als die Geschäfte schlossen, aber er hatte noch Zeit, Isabel anzurufen und die Vorbereitungen für ein Abendessen zu treffen, das er für sie beide geplant hatte.

»Und was werden wir zu Abend essen?«, fragte sie.

»Wir haben Zeit für etwas Besonderes.«

»Ich komme spät, ich habe viel Arbeit. Mir geht es in der letzten Zeit nicht gut.«

»Ich weiß. Um halb zehn.«

»Ich werde wahrscheinlich nicht rechtzeitig kommen.«

»Ich warte.«

Er richtete das Esszimmer sorgfältig her. Isabel hatte dieses Haus schon lange nicht mehr besucht, und sie hatten sich in der letzten Zeit nicht oft getroffen, so viel stand fest. Der Sommer ist keine gute Jahreszeit für Begegnungen, er macht die Menschen leichtfertiger. Die Leidenschaften des Sommers sind immer unzuverlässig und viel zu kurz; sie erfassen in erster Linie das Auge und die Sinne. Isabel wurde von ihrer Arbeit sehr in Anspruch genommen. Das raubte ihr viele Stunden Schlaf und so manches Wochenende. »Mir geht es nicht gut.« Er hatte in den letzten Tagen dieses Monats Juli oft darüber nachdenken müssen. Vielleicht sollten sie sich häufiger treffen, mehr miteinander reden, ein langes Wochenende auf einer anderen Insel verbringen, vielleicht käme eine Reise auf die Insel Faial oder Flores oder Santa Maria gerade recht. Und Spaziergänge am Strand, aufmerksame Gespräche. Sie würden sich wie alte Freunde behandeln, leichte Weine trinken und sich zu früher Stunde in einem Zimmer mit geöffnetem Fenster zu Bett legen, in das langsam und unbemerkt die Nacht Einzug hielte – damit sie dieser sommerlichen Frivolität nicht zum Opfer fielen, die Körper und Gefühle, Hemmungslosigkeit, Ermattung und Schwärmereien durcheinander brachte.

Und so richtete er das Esszimmer her. Er versteckte die alten Zeitungen, ordnete die Bücher im Regal, wischte den Staub von den Tischen, öffnete die Fenster. Er warf zwei bunte Postkarten fort, die er bekommen hatte, von einer Frau. Dann ging er mit einem Gefühl innerer Gelassenheit in die Küche, die ihn zu guten Gesprächen befähigen würde. Vielleicht sollte er wieder heiraten, ein ständiger und idiotischer Zweifel. Vielleicht sollte er es einfach wieder in Erwägung ziehen, und zwar ohne Eile, ohne die Sache zu dramatisieren.

Es würde ein feines Essen werden, und er liebte dieses Gericht, nicht so sehr, weil es so besonders war, sondern weil er es für Isabel zubereiten würde.

Er schnitt zwei junge Zwiebeln in hauchdünne Ringe, deren frischer und aromatischer Saft eine leichte und unverfängliche Mehlschwitze dezent anreichern würde. Dann legte er ein paar von den Zwiebelringen in einen großen Bräter, in den er bereits Olivenöl geschüttet hatte, und, ohne das Ganze zu blanchieren, fügte er die Fischfilets hinzu, die er schon am Vortag ausgewählt und gewürzt hatte. Ein fester Abrótea. Er hatte sich das beste Stück davon ausgesucht. Streifen von Krötenfisch, die er mit weißem Pfeffer und Muskatnuss würzte, um ihnen die typische Schärfe und Bitterkeit zu nehmen, so hatte er überlegt. Karpfen aus dem Kratersee Sete Cidades. Er würde später die Miesmuscheln und die ausgewählten und sorgfältig präparierten Meeresfrüchte hinzugeben. Als er am Köcheln der Mehlschwitze hörte, dass sie Farbe und Konsistenz angenommen hatte, gab er zwei leicht trockene Lorbeerblätter dazu, zerquetschte Knoblauchzehen, fügte ein klein wenig Estragon und ein Glas Weißwein hinzu. Er füllte das Glas wieder auf und trank einen Schluck, obwohl er schon im Voraus wusste, dass der Weißwein seinem Magen nicht gut bekommen würde und vielleicht auch für seine Leber nicht bekömmlich war. Schließlich fühlte er bald leichtes, dann schweres Sodbrennen nahen, das ihm die Brust zusammenschnüren sollte. Doch er schob diese Bedenken beiseite und trank den Wein, während er Scheiben von hellem Weizenbrot schnitt, nicht sehr feine, und sie neben dem Herd schichtete. Er würde sie später vorsichtig anbraten, damit sie nicht zu schwer würden. Als er merkte, dass der Bräter größere Aufmerksamkeit verlangte, hob er den Deckel ab und schüttelte ihn durch, damit der Fisch, der schon seine Säfte freigegeben und den Weißwein absorbiert hatte, nicht auf dem Topfboden haften blieb.

Aus dem Geschmorten, das leicht und kurz geköchelt hatte, gewann er einen sehr dickflüssigen Sud, aus dem er die verschiedenen Geschmacksrichtungen eines jeden Fisches herausschmeckte. Er wusste, dass der Sommerkarpfen der Beste von ihnen war, gleich nach dem Laichen, das gegen Ende des Frühjahrs stattfand. Er hatte die Filetstücke vom Karpfen mit etwas Essig zubereitet, damit sie den lästigen und traurigen Geschmack nach Schlamm und nach den stillen Wassern des Sees verloren, in dem der Karpfen gefischt worden war.

Schon am Vortag hatte er überlegt, ob er ihn braten oder ihn in einem Zusammenspiel aus Mehlschwitze und Garenlassen aufbereiten sollte, zusammen mit Bier, oder ob er ihn vielleicht sogar langsam frittieren sollte, um ihm seinen fleischlichen Aspekt zu nehmen (obwohl das Stück, das er gekauft hatte, gar nicht so groß war) und um ihn anschließend mit den entsprechenden Gewürzen anzureichern. Er hatte auch daran gedacht, ihn mit Pilzen, Sardellen und vielleicht noch ein paar feinen Streifen Speck zu füllen, aber ihm stand nicht der Sinn danach, einen Fisch auf französische Art zuzubereiten, der durch Zufall in den ruhigen Wassern des Kratersees Sete Cidades gelandet war.

Er hatte sich immer wieder auf eine der Holzbänke gesetzt, die reihum an den Ufern des Sees standen, und nachgedacht, nicht über die Karpfen, aber über das Geheimnis, das in diesen blauen und grünen Wassern der Höhlung verborgen war, unter den abschüssigen Hängen, die das kleine Dorf auf der einen Seite von Mosteiros und Ponta da Bretanha mit ihrem drohenden grauen Himmel und auf der anderen Seite von Ponta Delgada abschnitten. Er hatte immer von diesem Geheimnis gehört und in seiner kindlichen Unschuld gedacht, dass der See vielleicht einmal einer der wundervollen Altäre von Atlantis gewesen sein könnte. »Er ist nicht alt, der See«, hatte ihm eine Vulkanologin der Insel erklärt. »Ist er erst vor kurzem entstanden?« »Vor ein paar tausend Jahren vielleicht. Aber niemand kann die älteren Spuren deuten, die es dort gibt.«

Darüber hinaus hatte ihn noch der Gedanke an den Krötenfisch beschäftigt, klar, denn er war nicht einfach zu beschaffen. Aber Isabel hatte ihn verdient, ohne Zweifel, und so gab er, ohne den Anfangssud noch zu verfeinern, die Fischstücke in eine Pfanne, in der er schon Butter zerlassen hatte, Knoblauch dazu gab, und wartete, bis die kleinen frittierten Stücke allmählich eine neue Konsistenz, eine neue Farbe und ein neues Aroma annahmen. Dabei ließ er liebevolle Langsamkeit walten, wohl wissend, dass sie schon für ein Mindestmaß an feiner Küche unabdingbar war. Dann schob er den Bräter mit dem Sud aufs Neue in den Ofen, nicht ohne vorher die mitgedünsteten Kräuter herauszunehmen, und fügte nur einen Zweig mit ein paar Blättern grüner Minze und einen knapp bemessenen Schuss Brandy hinzu, da ihm ein wirklich edler Cognac fehlte, und endlich auch die heiße Butter, in welcher der Fisch für einige Minuten gebraten hatte.

Er legte den Fisch nun in eine Tonschüssel und stellte sie

zur Seite, bedeckte sie und gab in dieselbe Pfanne, die er nicht gesäubert hatte, einige rohe Zwiebelringe, die noch übrig waren, und dazu das nötige Fett für eine weitere, noch leichtere Basis zum Frittieren. Doch diesmal gab er anstelle des Fisches einige frische Miesmuscheln, ein paar zuvor geöffnete Herzmuscheln und ausgelöste Garnelen dazu und konnte gleich darauf den seltsamen Duft gebratener Meeresfrüchte wahrnehmen, eine Sache, die für ihn immer etwas Tropisches hatte. Er schwenkte die Pfanne gut, sah, wie die Seefrüchte eine goldene Farbe annahmen und ihren Saft freigaben, der sich augenblicklich verflüssigte und mit dem Fett in der Pfanne verschmolz.
Fünf Minuten und nicht länger durfte dieser Schritt dauern, die Zeit, die der Fisch in seinem Tongefäß brauchte, um einen reichhaltigen und aromatischen Dampf zu entwickeln; darüber würde er das Gemisch aus Meeresfrüchten geben und das Fett davon zurückbehalten, um die Scheiben Weizenbrot darin anzubraten, die er zuvor geschnitten hatte. Wenn Isabel eintraf, würde das Brot schon aufgeweicht sein, doch in der Mitte noch seine löchrige Struktur behalten, und er hätte es schon über das Ganze gegeben und dem Gericht so seinen besonderen Geschmack und sein Aroma bewahrt. Und so ging er vor: Er legte die Brotstückchen sorgfältig über die Meeresfrüchte und den Fisch, gab eine Messerspitze frischen Koriander, ein klein wenig von der Sauce und einige Blätter äußerst klein gehackte Minze darüber. Dann bedeckte er den Topf aufs Neue und wickelte ihn in ein feuchtes Tuch. Bevor er diese Köstlichkeit servierte, musste er sie nur noch einmal kurz in den Ofen schieben, und dazu ein paar in wenig Wasser gar gekochte Kartoffeln reichen.

Was hatte er an Getränken vorgesehen? Er hatte sich schon darum gekümmert, während er Mispeln für einen Salat geschält hatte, dem er nichts als ein Gläschen Portwein, Limettensaft und ziemlich reife Stückchen Melone hinzufügen würde. Er erinnerte sich an einen seltenen Wein, der den Hügeln des Douro abgerungen wurde, in S. João da Pesqueira, einen Fraga d'Ouro. Der musste es sein, dachte er. Er wäre ein herausragender Begleiter zu diesem Essen, ein bemerkenswerter Wein von den Steilhängen, die bis hinunter nach Ervedosa reichten, und der sich mit den Trauben der kurzen Hochebene bis an die Ufer landeinwärts vermählt hatte, Sebadelhe, Touça, Meda. Ein auserwählter Ort, ein verzauberter Boden und ein rosafarbener Himmel.

Als er schließlich die Teller und das Besteck auf dem weißen, blau umrandeten Tischtuch platzierte, hatte er eine seltsame Vorahnung. Er sah auf die in das Tuch gewickelte Kasserolle in der Küche und konnte nicht widerstehen, einen Blick auf ihren Inhalt zu werfen, obwohl er sich an alles genau erinnern konnte, an jede Einzelheit. Er hatte verinnerlicht, wie Stückchen auf Stückchen darin aufgeschichtet war. Er durchquerte die Küche, ging zum Ofen, öffnete das Tuch, nahm den Tondeckel ab, prüfte die Zutaten, die sorgfältige Komposition aus Fisch, Meeresfrüchten, Brot, sanft geköcheltem Sud, noch grünen Kräutern, die darum rangen, ihre Farbe und Frische gegen die Hitzequelle zu verteidigen, und wurde von einem Gefühl eigenartiger Perfektion erfasst. Es war kein Kunstwerk, das ein Künstler gebührend würdigen kann, sondern eine Vollkommenheit, die ihn ergriff wie die eines überhöhten Kultobjektes, geschaffen mit einer Hingabe, zu der nur wahre

Leidenschaft fähig ist – und vielleicht auch die Geduld, die einer anderen Leidenschaft entsprungen war.
Vielleicht ging es auch nicht so sehr um Leidenschaft. Eine Erinnerung, eine vage Hingabe, eine Frau, eine Stimme und auch eine Würdigung. Er empfand jetzt Bedauern, tiefes Bedauern, nicht so sehr mit sich selbst als dem Urheber dieses vergänglichen Erzeugnisses, das darauf wartete, gegessen zu werden. Es tat ihm leid um die Erwartung, die ihm diese Vorahnung und diese Momente beschert hatten. Er wusste genau, um was es sich handelte, und das Gefühl war ihm nicht neu – der einzige Unterschied war, dass es sich diesmal in einer seltsamen und vagen Vorahnung präsentierte und das ganze Haus mit plötzlicher Traurigkeit erfüllte. Sie erstickte das Zirpen der Grillen, die man die kleine und enge Straße hinuntergehen hörte, und veranlasste ihn, sich eine neue Zigarette anzuzünden, als sei er sich gewiss, dass seine Vorahnung durch nichts zu begründen sei, und als sei es trotz allem, grundsätzlich und besonders in diesem Moment völlig in Ordnung, sein Augenmerk auf nichts als den Fisch und die Meeresfrüchte zu richten, die friedlich und ohne Anstrengung in der Tonkasserolle ruhten, einem Zauberwerk gleich, das seine zärtlichste und aufmerksamste Seite zum Ausdruck brachte.
Im Laufe dieser Nacht würde er noch weitere Zigaretten rauchen – bei dieser würde es nicht bleiben –, sich auf die Veranda setzen und weder die milde Schwüle dieser heißen Nacht noch die Stille in sich aufnehmen, die sich über die Bucht von Ponta Delgada gelegt hatte. In dieser Nacht würde er es darauf anlegen, eine Störung zu erspüren, die aus der Mitte seines eigenen Körpers kam, eine Unruhe, die ebenso unangreifbar wie traurig war. Er wusste in die-

sem Augenblick, dass Isabel nicht kommen würde. Sie würde nicht an diesem Abend kommen und auch nicht an den folgenden, obwohl sie anrief, um sich zu entschuldigen. Filipe murmelte etwas am Telefon, sprach weder vom Abendessen noch maß er der Angelegenheit eine Bedeutung bei. In Wahrheit saß er noch lange auf der Veranda, abgelenkt von den Geräuschen der Nacht, die ihm plötzlich zu klein erschien für all das, was er gerade in ihrer stickigen, aber nicht feuchten Atmosphäre erfahren hatte, die jedoch von einer Melancholie erfüllt war, die nur die seine sein konnte. Isabel. Er würde sie erst am Tag der Ankunft von Jaime Ramos wiedersehen, wenn die Lichter des Flughafens sie wieder mit ihrer Kälte streiften und in ihm, nur in ihm, eine vage Sehnsucht weckten. In dieser Nacht schlief er spät ein, erst, als die Palmen eines Nachbargartens aufhörten zu beben.

31. Juli 1991, einundzwanzig Uhr dreißig

Es war die erste Vorahnung, und sie hatte ihn ganz unerwartet befallen. Es war nicht der Mühe wert, sie zu erklären noch ihr große Bedeutung beizumessen. Er selbst wusste schon, dass sich eine Art Erdbeben vorbereitete, das die Insel aufs Neue erschüttern würde, vielleicht nur seine ganz persönliche Insel, deren Grenzen und Ausmaße er nicht kannte. Es geschah viel zu schnell, und er nahm es in Bruchteilen von Sekunden wahr, als ihm beim Decken des Tisches wieder das vollendete Gericht in den Sinn kam, das er gekocht hatte, und mit diesem Gedanken kam gleichzeitig auch, als sei es unverrückbar damit verbunden, das Bild einer anderen, beinahe fremden und unvollendeten Perfektion auf. Es gab keine größere Entäußerung als die zeremonielle Zubereitung von Speisen, in einem Ritual der Hingabe, das für eine andere, viel intensivere Sache stand.
Er hatte auf diesen Moment gewartet, und alles war fehlgeschlagen. Isabel wusste, dass ihn dies schmerzen würde, denn sie kannte die Bedeutung, die Filipe Momenten wie diesen beimaß. Nicht etwa, weil es ihm um den Rahmen oder die Bedeutung von Ritualen ging oder um die Augenblicke, in denen diese inszeniert wurden, sondern weil das Genießen für ihn eine der letzten Bastionen des zivilisierten Menschen war. Das hatte er erfahren, und auch sie

wusste das in gewissem Maß und auf ihre Weise. Es ging darum, sich zu inszenieren und die Suche nach einem Sinn gemeinsam zu erfahren, der sich nicht in seiner einfachen Erfüllung erschöpfte.

Vielleicht war das genau genommen der Grund, der ihn vor Jahren auf die Inseln geführt hatte, die Suche nach einem Bollwerk, das keine Bestätigung von Dritten brauchte. Ja, vielleicht ging es um diese einzigartige Ausdauer, die er ganz persönlich verinnerlichen musste und die ihm erlaubte, sein eigenes Leben neu zu beginnen. Er hatte dadurch wieder die Zusammenhänge der Dinge erfahren, denn fern von einem Kontinent, den man weitaus schneller und häufiger fluchtartig verlassen konnte, hatte er die Bedeutung des inneren Gleichgewichts erkannt. Es war die Erfahrung von Ruhe und Unterwerfung unter das, was man die großen Zyklen des eigenen Körpers, der persönlichen Gesundheit und der persönlichen Zeitrechnung nennen konnte. Es gab keine Worte, die das erklärten, das wusste er. Er konnte die Erdbeben nicht erklären, aber die tiefe Bewegung im Erdinneren und vor allem die Bewegungen der Erde unter den Meeren, die mit nichts zu verwechseln waren.

In den folgenden Tagen vermied es Filipe, Isabel anzurufen, vielleicht um nicht zu stören, was er selbst als eine Art stumme Zwiesprache erlebte, die sie beide, jeder für sich, miteinander führten und die dem Versuch gleichkam, andere Erdbeben zu erklären, die Erdbeben, die das Innere eines Körpers erschütterten und ihn ohne erkennbaren Grund veränderten.

Er hatte andere Vorahnungen, aber darüber sprach er nicht. Es sollte ein Zeitalter der Stille geben, eine Zeit, in der alle Äußerlichkeiten zum Schweigen gebracht wurden und alle Ängste zum Vorschein kamen. Die Ankunft von Jaime Ramos half ihm ein wenig dabei, dieses Schweigen auszufüllen, denn im Grunde vermied er es, das Schweigen über die Zukunft seines Lebens zu brechen. Aber auch Jaime Ramos schien von diesem Schweigen und von einigen Zweifeln befallen zu sein.

»Die Inseln taugen nicht für den Tourismus«, hatte er gerade gesagt, an diesem späten Donnerstagnachmittag. Er hatte die Bucht von Porto Formoso noch nie so ruhig daliegen sehen, ein einfacher Streifen Land, auf dem man von einem Ende des Strandes zum anderen spazieren konnte, ohne ein Wort zu sprechen, begleitet von den Geräuschen des Röhrichts, das beinahe über dem schwarzen Sand zu schweben schien.

»Eines Tages verschwinden die Dinge um uns, ohne dass wir es bemerken. Wie der Wind.«

»Mein Großvater kannte sich mit den Winden aus.«

»Damals verstanden alle etwas davon. Alle, das sagt man so, klar, das ist schnell dahingesagt. Aber fast alle. Nicht so sehr damit, wie der Wind entsteht, das weiß ich auch nicht, und das scheint mir auch nicht wichtig zu sein. Lass uns zu Abend essen.«

»Heute koche ich nicht.«

»Warum nicht?«

»Mir steht heute nicht der Sinn danach«, sagte Filipe Castanheira. »Mir geht's heute nicht von der Hand, und du weißt, wie wichtig das ist, damit es so gelingt, wie es sein sollte.«

»Was hast du denn gegessen?«

»Wenig. Zu Hause habe ich etwas im Gefrierschrank, das habe ich selbst gekocht, natürlich. Und dann gibt es das

›Alcides‹, ein gutes Restaurant, wahrscheinlich das einzige Restaurant von Ponta Delgada, und eine Kneipe am Flughafen, auf dem Weg nach Norden. Und Gabriel. Davon abgesehen, habe ich wenig gegessen.«

»Isabel hat nicht dein Essen abgelehnt, sie hat es abgelehnt, an diesem Abend zum Essen zu kommen. Übrigens bist du einer der wenigen Köche, denen ich gerne beim Kochen zusehe.«

»Aber das Kochen ist keine Sache, die man einfach so ins Blaue hinein tut, man kocht auf etwas hin, man muss dem Ganzen einen Sinn geben, und den finde ich jetzt einfach nicht. Noch nicht mal, um dieses Abendessen aufzuessen. Ich habe es eingefroren, es liegt in der Tiefkühltruhe, ich habe nur den Wein getrunken, einen hervorragenden Wein. Aber das Abendessen habe ich nicht angerührt. Es war nicht für mich, ich habe es aufbewahrt. Vielleicht taue ich es eines Tages auf oder schmeiße es weg.«

Jaime Ramos bot ihm eine Zigarette an, eine von denen, die in seiner Hemdtasche steckten, legte ihm den linken Arm um die Schultern und zog ihn so hinter sich her über den ganzen Strand.

»Ich werde etwas Leichtes kochen, das haben sie mir in der Dorfkneipe beigebracht«, sagte er dann. »Etwas, das einen Sinn hat, und zwar den, leicht zu sein. Rosa wird es mögen, weil es leicht ist und sie bei ihrer Diät unterstützt, die sie machen wird, wenn wir in Porto ankommen, morgen. Ich sehe es schon vor mir: Salate, gegrillten Fisch, kalorienarme Rezepte, Möhrensaft, Wasser, viel Wasser und peinliche Lektüre, langweilige Sachen. Du solltest auch nach Porto gehen, jetzt, und deine Ferien dort verbringen. Ein paar Tage wirkliche Ruhe, Schlaf. Ich tauge nicht zum Arzt,

aber eine Hühnersuppe ließe sich machen, eine gekochte Birne. Ich mag das zwar nicht, aber das ließe sich arrangieren, und du würdest von Zeit zu Zeit ausgehen. Das solltest du machen.«
Sie sahen sich jetzt an. Sie wussten nicht, ob sie über die Freundschaft sprechen würden, die sie verband, oder über das Schicksal, das sie sich vorhergesagt hatten, aber sie begannen den Weg zum Haus anzutreten, wo Rosa auf sie wartete. Man gelangte über eine Steintreppe dorthin, die noch auf der Sandfläche begann und bis auf die kleine Terrasse vor dem Ferienhaus führte, das sie für vierzehn Tage gemietet hatten. Auf dem Tisch standen noch Gläser mit Resten von Bier und ein Korb mit den Einkäufen für das Abendessen.
Zögernd kam die Abenddämmerung, und es wurde Nacht auf der ganzen Insel, bis nur noch das klare und traurige Mondlicht ihnen wie zum Abschied leuchtete. Erst viel später, als das Geschirr vom Abendessen schon abgeräumt war und die drei sich auf die Liegestühle setzten, auf die sich schon die nächtliche Feuchtigkeit gelegt hatte, stand Jaime Ramos mit dem Glas in der Hand auf und zeigte auf das Meer.
»Du hast schon seit Jahren von dieser Insel gesprochen, schon eine ganze Zeit lang, und ich hätte nie geglaubt, dass du einmal hierher kommen würdest, um eines Tages hier zu sterben. Aber niemand kennt die Zukunft, das ist wahr. Morgen fahren wir ab, doch ich muss wiederkommen. Das hier scheint nämlich ein Paradies zu sein. Ich glaube, jemand hat es von irgendwoher hierher verpflanzt. Ich bin kein Typ für große Reden, aber so kommt mir das vor.«
»Es ist, als sei man in einem Film«, sagte Rosa.

»Aber die Inseln taugen nicht für den Tourismus«, wiederholte Jaime Ramos, während sie die Scheinwerfer eines Wagens verfolgten, der nach Maia Richtung Nordosten fuhr. Er nahm eine Kurve, dann noch eine, verschwand für einige Augenblicke hinter den Bäumen, tauchte wieder auf und entfernte sich langsam auf der Straße, bis in weiter, weiter Ferne nur noch ein winziger Lichtpunkt zu sehen war.

1. August 1991, zehn Uhr fünfundvierzig

Er schob die Vorstellung von sich, die er ebenso wenig mochte wie das Panorama. Sicher, auch er war schon ein paar Mal an diesem Ort gewesen. Man gelangte über einen Steinweg dort hinunter, der vage an eine schiefe Freitreppe erinnerte. Man konnte ihn als natürlichen Weg bezeichnen, weil ihn das Wasser und der Wind geformt hatten und vor allem die Zeit, die sich zur Aufgabe gemacht hatte, die schwarzen Felsen zu polieren, die sich gegen das Wasser stemmten, dort, wo die Wellen sich brachen. Er hatte etwas in der Art erwartet, als sie ihm aufgetragen hatten, den Wagen zu nehmen und die beinahe siebzig Kilometer hierher zu fahren. Es war genau neun Uhr morgens, als José Silveira Enes sein Büro betreten, ein Blatt Papier auf seinen Schreibtisch gelegt und ihm ein anderes Blatt hingehalten hatte, auf dem dieser Ort markiert war (es war eine Karte von der Insel, eine Fotokopie, von denen es auf dem örtlichen Polizeirevier jede Menge gab).
Ihm war über dem Horizont am Meer ein bläulicher Nebel aufgefallen, ohne dass er sich darüber gewundert hatte, und zwar gleich nachdem er Rosa und Jaime Ramos an den Flughafen gebracht und gewartet hatte, bis das Flugzeug abhob. Er hatte so getan, als würde er ihnen aus dem Wagen heraus Lebewohl sagen, den die Sonne schon aufge-

heizt hatte, obwohl es erst acht Uhr morgens gewesen war und das Leben an der Küste sich erst durch die Flüge der Taucher bemerkbar machte, die dem schmalen, schwarzgrünen Landstreifen in Richtung Bretanha folgten. Den Nebel hatte er erst später bemerkt, je näher er der Stadt kam.

Er hatte den Weg über die Uferstraße genommen, die am Hafen vorbeiführte, hatte das Krankenhaus umfahren und war noch ein Stück weiter geradeaus gefahren. Zu dieser Stunde würde er leicht einen Parkplatz für den Wagen finden.

Normalerweise lief er seine Straße zu Fuß hinunter, so gegen neun Uhr, hielt sich ein paar Minuten bei dem azorianischen Tabakladen auf und kaufte dort seine Zeitungen und Zigaretten – »Açoriano Oriental«, »Correio dos Açores« und Além-Mar. Er trank keinen Kaffee, nicht morgens, jedenfalls nicht hier; zu Hause schon, wenn es ihn nach etwas Bitterem verlangte. Er behielt sich den Kaffee für den späten Nachmittag vor, vor allem wenn es Sommer war und er sich in den Tabakladen verzog, sich an einen ruhigen Tisch setzte, in den Zeitungen, Büchern und in einer Zeitschrift blätterte, eine Zigarette rauchte und ein bescheidenes, einfaches Leben genoss, die zufälligen Begegnungen, die Briefe, die er an die Freunde schrieb, und die Zeit, die er verstreichen ließ, so wenig, und doch so viel Zeit.

An diesen Nachmittagen, wenn er seine Arbeitsstelle verließ und den azorianischen Tabakladen betrat, der für ihn unbestritten einer der vollendetsten Plätze dieser Inseln war, dann fühlte er vielleicht ein kleines Stückchen seiner selbst, das Verwirrendste vermutlich, und ihn erfüllte

Sehnsucht nach dem, was er zuvor gelebt hatte. Bevor er beschlossen hatte, sich hier niederzulassen. Im Laufe von drei Jahren hatte er São Miguel kennen gelernt, vielleicht kannte er schon die ganze Insel und Teile der Inselgruppe. Er war zum Inselbewohner aus Leidenschaft geworden, möglicherweise aus einer Neigung heraus und – so dachte er manchmal – vielleicht auch aus Rache.

Lissabon hatte er schon lange hinter sich gelassen. Er erinnerte sich an sein Haus nahe der kleinen Bahnstation und an ein paar Nächte, die ihn geprägt hatten oder ihm vielleicht nur noch von fern zulächelten wie eine kalte Erinnerung auf der Haut, eine Erinnerung, von der er sich gelöst hatte, als er beschloss hierher zu kommen.

José Silveira Enes hatte in der letzten Zeit deutlich abgenommen, und seine gute Laune hatte ziemlich darunter gelitten, dachte Filipe Castanheira. Enes war seine erste Kontaktperson in Ponta Delgada gewesen, als er im August 1988 das weiße, unheimliche Gebäude der lokalen Kriminalpolizei gleich neben dem Rathaus betreten hatte. Er hatte ihn beraten. Er hatte ihm von einer Insel erzählt, die, wie er jetzt wusste, nie ihr Gesicht veränderte und nie verändern würde, weil die Inseln sich selten verändern, es sei denn an Umfang und äußerer Gestalt, was durch vulkanische und seismologische Kräfte zu erklären ist. Doch nicht in dem, was sie als Inseln ausmacht, als in sich geschlossene Flecken Erde, Nährboden für Eingebungen. Jedenfalls betrat Enes an diesem Morgen sein Büro, rückte die unifarbene Krawatte auf seinem grün gestreiften, kurzärmeligen Hemd zurecht und streckte ihm ein Blatt Papier hin, das er auf seinen Schreibtisch fallen ließ. Dann reichte er ihm eine Karte, und Filipe begriff, um was es sich handelte.

»Für mich?«

»Für Sie. Sie haben vor einer Viertelstunde von der Wache aus angerufen, von der im Nordosten. Wissen Sie, es wäre gut, wenn Sie sich beeilen würden und so schnell wie möglich dahin fahren. Immerhin ist damit zu rechnen, dass sie den Tatort verwüsten, alles durcheinander bringen und etwas anfassen.«

»Gibt es eine Leiche?«

»Natürlich gibt es eine Leiche. Eine Leiche. Das ist alles. Mehr weiß ich auch nicht. Sie wurde morgens um sieben Uhr dreißig gefunden, sie haben erst jetzt angerufen. Typisch für die im Nordosten, Sie wissen, was ich meine. Übrigens, bis dahin ist es eine kleine Reise.«

»Ertrunken?«

»Vielleicht. Irgend so ein Tourist, der dort bei Tagesanbruch geschwommen ist.«

»Keiner würde an diesem Ort in der Morgendämmerung schwimmen.«

»Natürlich nicht. Niemand geht an diesem Ort schwimmen, und niemand sollte irgendwo schwimmen, wenn Sie mich fragen, ohne vorher einen Antrag zu stellen. Ich laufe über die Insel, und was sehe ich? Nur Leute, die schwimmen oder im Sand liegen. Dazu müsste es eine Erlaubnis geben. Schwimmen ist gefährlich«, antwortete José Silveira Enes. »Zwei Punkte. Erstens: Es sieht so aus, als sei der Betreffende ertrunken. Zweitens: der Tatort.«

»Wer kommt mit mir?«

»Suchen Sie sich jemanden aus, stellen Sie Ihre Mannschaft zusammen. Oder auch nicht. Ich halte es nicht für nötig, wollte ich damit sagen. Wenn es Probleme gibt, sagen Sie gleich Bescheid, dann müssen wir sofort eine Autopsie vor-

nehmen. Natürlich ist das unmöglich, aber geben Sie trotzdem Bescheid, Sie wissen schon. Es ist ein Kreuz. Ein Toter im Sommer macht nur Arbeit, und davon haben wir zu dieser Jahreszeit mehr als genug.«
»Gibt es einen Namen, ist der Tote identifiziert worden? Haben sie etwas gesagt?«
»Nichts. Keinen Namen und auch sonst nichts. Niemand kennt ihn, niemand weiß, wer er ist, sagte mir der Unteroffizier vor Ort. Ein Tourist, wenn Sie mich fragen. Jemand von außerhalb, bestimmt. Rufen Sie an, und geben Sie Bescheid, wenn Sie es für nötig halten.«
Filipe sah bald darauf, dass es nicht notwendig war zu telefonieren. Ein lebloser Körper muss nicht mehr telefonieren, und auch er sah dazu keine Notwendigkeit. Die Dinge würden ihren Lauf nehmen. Im Übrigen traf er erst fünfundvierzig Minuten später an dem angegebenen Ort ein, und als er die Wagentür auf dem kleinen Parkplatz schloss, der als Aussichtspunkt diente, direkt neben dem Jeep der Polizeiwache, wusste er, dass José Silveira Enes' Vorstellung von der Fundstelle der Leiche den Tatsachen entsprach. Er schlug den ausgetretenen Pfad ein, mit João Dionísio an seiner Seite, bis sie den äußersten Zipfel des Aussichtspunktes erreicht hatten. Von dort konnte man deutlich den Fuß der Steilküste, die kleine Gruppe von Fischerbooten, die verlassen am Strand lagen, und vor allem die Silhouette des Leuchtturms über dem Meer sehen.
»Du hast auf dich warten lassen«, meinte João Dionísio.
»Ja, hab ich. Hast du die Kamera dabei?«
»Hab ich.«
»Schieß eins von hier aus. Ich möchte ein Foto, auf dem man die ganze Umgebung hier erkennen kann. Schieß ein

paar davon, von hier oben und von da unten, und dann mach noch ein paar Aufnahmen beim Abstieg.«

Sie mussten sich jetzt nach links halten und einen steilen Weg hinunter zu der kleinen Anlegestelle nehmen. Sie lag schon seit vielen Jahren verlassen da, geschützt von den nächtlichen Lichtern des Leuchtturms und seinen Farben, Weiß und Rot, Signalfarben, die mit dem Schwarzgrün der Küste kontrastierten. Ob dieser Leuchtturm überhaupt noch zu etwas nutze war? Ob er noch Schiffe vor einem möglichen Schiffbruch bewahrte? Ob er den Stürmen auf dieser Seite der Insel noch lange widerstand? João Dionísio blieb von Zeit zu Zeit stehen, um wieder Augenmaß zu nehmen, und Filipe hörte das Klicken des Fotoapparates hinter sich, der auf immer bannen würde, was er für lange Zeit nicht vergessen sollte.

Als sie am Ende der maroden Freitreppe ankamen, einer rutschigen und unzuverlässigen Rampe, blickte sich die kleine Menschengruppe um, die um die Leiche herumstand. Der Unteroffizier saß auf der niedrigen Bootswand, schnippte seine Zigarette fort und setzte seine graue Mütze wieder auf, die auf seinen Knien gelegen hatte:

»Hier sterben nur die Fischer, soweit ich weiß. Keiner kommt hierher, um sich zu amüsieren, noch viel weniger nachts. Dass jemand von da vorn, von der Ponta da Madrugada runterfällt, wenn er's gerade treibt, na meinetwegen, aber das hier ist kein Platz, um die Hosen runterzulassen. Hier ist alles voll mit Steinen, und es ist immer windig. Und kalt.«

»Heutzutage vögeln sie überall«, sagte João Dionísio, während Filipe dem Unteroffizier die Hand entgegenstreckte. Die beiden Soldaten hatten sich entfernt, damit die zwei anderen Polizisten aus Ponta Delgada in Augenschein nehmen konnten, was sie selbst schon gesehen und anschließend mit einem sackleinernen Tuch bedeckt hatten. Jetzt lag das Tuch neben dem Körper einer Frau, die ganz offensichtlich halb nackt war.

»Blau. Blau vor Kälte.«

»Wer wird sie nach oben bringen?«, fragte Filipe.

»Die Feuerwehrleute. Sie werden gleich kommen. Der einzige Fahrer der Ambulanz war mit dem Vieh in den Bergen; sie haben ihn vor einer halben Stunde angerufen. Er muss jeden Augenblick kommen.«

Alter. Name. Nein, nicht so herum. Eher umgekehrt: Erst der Name und dann das Alter. Filipe kniete sich neben die Leiche und sah auf die leblosen Hände auf den Steinen. Die Frau trug eine kurze, khakifarbene Hose und ein weißes Hemd, das an verschiedenen Stellen zerrissen war. Sie hatte keinen Büstenhalter an und trug ein Paar Schuhe aus Segeltuch in der gleichen Farbe wie die Hose. Größe. Ein Meter und fünfundsiebzig. Das kalte Wasser hatte ihre Haut schrumpelig werden lassen, das war klar, aber sie war nicht mager. Verletzungen an den Knien, man konnte Verletzungen an den Knien erkennen. Dann steckte er die Hand in die Taschen der Hose. Leer, vorn wie hinten. Auch die Brusttasche war leer. Er schob den Hemdkragen auseinander und warf einen Blick in den Ausschnitt, um den Hals zu überprüfen. Kein auffälliger schwarzer Fleck, weder am Hals noch an den Armen, nur mehr oder weniger tiefe Schürfwunden an der Taille, Zeichen eines Sturzes, einer Schürfung an einem Felsen. Er hob das Hemd hoch, befühlte die kalte und steife Haut und fuhr zusammen. Das ging ihm immer so, nichts Besonderes, nur eine kurze Schrecksekunde auf seiner war-

men Haut beim Kontakt mit einer Haut, die eindeutig aufgehört hatte zu leben. Klinische Vorsichtsmaßnahmen, dachte er, während er überprüfte, ob der Reißverschluss der Hose halb geöffnet war oder nicht. Nein. Er war bis oben hin geschlossen, obwohl ein feiner, schmaler Gürtel aus braunem Stoff gelockert war. Die Nägel. Immer wichtig, die Nägel. Man konnte sagen, dass sie sauber waren, lilafarben, violett, blau. Blau vor Kälte, wie der Unteroffizier festgestellt hatte. Und die Schuhe? Sie trug keine Strümpfe, das war offensichtlich, und ihm fiel auf, dass das weiße Hemd viel zu groß war. Vielleicht hätte es ihr gut gestanden, wenn sie noch gelebt hätte, aber so nicht.
Er schob wieder den Halskragen auseinander, um zu sehen, um was für eine Marke es sich bei dem Hemd handelte. Nichts Außergewöhnliches, eine Marke, die Isabel auch trug. Diese Hemden konnte man nicht auf São Miguel kaufen, das wusste er. Davon abgesehen hätte eine Frau aus São Miguel einen Büstenhalter getragen, vor allem bei solchen Brüsten. Er schämte sich, dass er so etwas denken musste, aber er konnte nicht umhin festzustellen, dass die Brüste trotz des kalten Meerwassers noch ziemlich füllig und natürlich auch fest waren. Er konnte sie durch das nasse Hemd erkennen, während er weitere Klickgeräusche des Fotoapparates hinter sich vernahm. Er schaute sich nach João Dionísio um und sah seinem Gesicht an, dass er eine gewisse Übelkeit verspürte. Was ihn selbst anging, so war ihm klar, dass es sich zunächst um nichts anderes als einen leblosen Körper handelte.
Alter? fragte er sich aufs Neue. Zwischen zweiunddreißig, fünfunddreißig oder sechsunddreißig Jahren, schwer zu sagen. Er zog eine Haarsträhne heraus, die den Boden be-

rührte, und stellte fest, dass zwischen dieser rötlichen, ins Hellbraune changierenden Strähne kein weißes Haar zu sehen war, zumindest nicht auf den ersten Blick.
»Weiß man, wer sie ist?«, fragte er die Soldaten.
»Nein«, antwortete der eine von ihnen, »keiner von uns weiß, wer sie ist.«
»Gibt es hier im Nordosten Leute von auswärts?«
»Nur eine Engländerin, die eine Quinta mit einem Haus in den Bergen besitzt und einen Supermarkt, da unten im Dorf. Sie heißt Sara.«
»Empfängt sie Besuch?«
»Ich weiß es nicht. Manchmal kommt da ein Mann, sieht aber nicht so aus, als sei das ihr Ehemann. Aber es ist der einzige Mann, den man bei ihr gesehen hat. Sie hat ein Kind, einen Jungen, der noch zur Schule geht.«
»Haben Sie hier in der Nähe einen verlassenen Wagen gefunden?«
»Nein. Das heißt, als wir hierher kamen, haben wir nichts bemerkt. Einen Wagen haben wir nicht gesehen. Auf diesen beiden Aussichtspunkten ist keiner.«
»João, überprüf das mal. Da oben müssen Spuren von Reifen sein. Fotografier alles, was du finden kannst. Und nimm es aus der Nähe auf, Ausschnitt für Ausschnitt.«
João stieg den Abhang wieder hoch, langsam, mit der Kamera über der Schulter. Filipe stand jetzt auf und sah ihm dabei zu, streckte sich nach hinten aus, um seine Muskeln zu entspannen, und fühlte, wie sich seine Knie über die paar Minuten beschwerten, die er in der Hocke zugebracht hatte.
»Das hat uns den Morgen verdorben«, meinte der Unteroffizier. »Ertrinken ist zum Kotzen. Und dann hier.«

»Es ist immer zum Kotzen«, antwortete Filipe Castanheira, der in den blauen Himmel sah, direkt über sich, dorthin, wo keine Wolken ihm den Blick verstellten, und ließ ihn wieder auf das Meer sinken. Da bemerkte er den feinen Nebelstreifen, den er schon an diesem Morgen gesehen hatte, als er den Flughafen verließ. Ein Nebel, der die Meereslinie berührte, genau an der Stelle, an der sich alles zu einem bläulichen Strich verwischte und das Weiß der Nebelschwaden vermuten ließ, dass es irgendeine Verbindung zwischen den Dingen geben könnte, geben musste.

1. August 1991, vierzehn Uhr dreißig

Der Anruf kam eine ganze Zeit später. Einige Zeit später. Nicht unerwartet, so wie er es an jenem Morgen vorhergesehen hatte. Der Leichnam wurde mit einem Krankenwagen nach Ponta Delgada überführt, und Filipe Castanheira sah dem davonfahrenden Wagen nach, sah, wie er die letzte Kurve nahm, bevor er in Richtung auf Faial da Terra und Povoação verschwand, dort, wo die Insel vor dem Meer in die Knie ging.

João Dionísio hatte an diesem Nachmittag die Untersuchungen vorgenommen, die man gewöhnlich in solchen Fällen unternimmt, wie er am nächsten Tag versicherte, als der Leichnam von den Familienangehörigen angefordert wurde und Filipe Castanheira seinem Vorgesetzten José Silveira Enes einen den Umständen angemessenen Bericht aushändigte. Es war ein einfacher Bericht, in dem er die Ursachen aufgeführt hatte, die augenscheinlich den Tod der Frau herbeigeführt hatten. Später erschienen sie ihm nur noch plausibel, obwohl sie zu diesem Zeitpunkt die einzig denkbaren waren.

Rita Calado Gomes, ein Allerweltsname, den man in dem Personalausweis und dem Reisepass fand. Ihre Dokumente waren in einem Stoffkoffer in einem Zimmer des Hotels »Bahia Palace«, Praia de Água d'Alto, Vila Franca do Campo gefunden worden, in dem sie am 29. Juli abgestiegen war. In dem schwarzen Koffer aus billigem Steifleinen entdeckte Filipe Castanheira bei seinem ersten Besuch im Zimmer 521 ein Notizbuch mit Adressen und Telefonnummern, das er später in seinem Bericht als »Objekt Nr. 2« erwähnen sollte, wobei »Objekt Nr. 1« der braune Reisepass war, aus dem hervorging, dass Rita Calado Gomes am 24. Mai 1960 in Lissabon geboren war.

Das Zimmer war nicht wirklich unordentlich, als er es das erste Mal betrat. Das Bett war zerwühlt, als habe jemand darin geschlafen, und Filipe fand zwischen den Laken ganz ähnliche Haare wie die, die er noch an diesem Morgen zwischen den Fingern gehalten hatte, rote Haare mit einem Stich ins Hellbraun, kurz, jedenfalls nicht lang, aber glatt. Überraschend glatt, wie ihm später auffallen sollte, als er eine Fotografie erblickte, die er vorsichtig aus einer ledernen Brieftasche zog. Er hatte sie auf dem Nachttisch gefunden, neben der Nachttischlampe, die zu dieser Uhrzeit noch eingeschaltet war. Seit zweiundzwanzig Uhr dreißig der vergangenen Nacht, als Rita Calado Gomes ihren Zimmerschlüssel im Foyer abgegeben hatte und fortgefahren war – wohin, das wusste der Portier nicht, aber in einem Wagen, den sie auch schon in den letzten Tagen benutzt hatte, einem Mietauto aus Ponta Delgada –, hatte keiner mehr das Zimmer betreten, so gab man ihm an der Rezeption des Hotels zu verstehen. Allerdings hatte sie das Schild »Bitte nicht stören« an ihre Tür gehängt, von außen. Filipe Castanheira vergewisserte sich, dass am Vortag kein Anruf zu Zimmer 521 durchgestellt worden war. Wie aus den Aufzeichnungen eines Computers gleich neben der Telefonzentrale der Hotelrezeption hervorging, war von diesem Zimmer aus auch nicht telefoniert worden.

»Sie kam allein. Genau vor vier Tagen. Hier steht der Tag ihrer Ankunft«, informierte ihn der Junge hinter der polierten Balustrade der Rezeption. Kein Gast war auf dem Flur zur Bar zu sehen, auch nicht auf den Liegeplätzen vor dem Swimmingpool oder auf dem erhabenen Weg zum Strand. Filipe mochte diesen Strand. Er besuchte ihn häufig an den Wochenenden, wenn er nicht gerade eine Reise in den Norden der Insel unternahm oder noch weiter fuhr, in Richtung Povoação.
»Reservierung wie üblich, hier ist sie. Der Voucher. Das Telex der Agentur vom Vortag. Die Reservierung ist einen Tag vorher gemacht worden, genau einen Tag vorher. Die Dame ist mit dem Flugzeug um acht Uhr gekommen, das wird am häufigsten von den Touristen genommen. Am Flughafen stand ein Wagen, aber das mit dem Wagen haben nicht wir geregelt. Der Check-in war um zwanzig Uhr fünfzig, wie man sehen kann. Sie kam direkt vom Flughafen hierher, schon mit dem Wagen und auf eigene Faust.«
»Sind an diesem Tag noch andere Leute hier abgestiegen?«
»Andere Leute?«
»Im Hotel.«
»Nein, das nicht. Es ist teuer, wir haben nicht viele Gäste.«
»Gibt es Aufzeichnungen über die Ausgaben, die sie gemacht hat?«
»Hier können Sie es selbst sehen. Nichts Besonderes. Frühstück um neun Uhr morgens. Ein Abendessen. Sie führte zwei Telefongespräche am nächsten Tag vom Foyer des Hotels aus. Und ein paar Getränke, an der Bar und auf der Esplanade beim Swimmingpool.«
»Haben Sie sie gesehen?«
»Ich? Hin und wieder. Eine Frau ganz ohne Begleitung, das

fällt schon auf. Man denkt gleich, warum kommt eine Frau allein auf eine Insel und in ein Hotel wie dieses. Sie musste Geld haben, das steht fest.«
»An Geld fehlte es ihr nicht.«
»Nein. Was machen wir mit ihren Sachen?«
»Nichts. Fassen Sie nichts an, ohne dazu eine Erlaubnis einzuholen.«
Als Filipe Castanheira einen großen, schwarzen Reisekoffer öffnete, fiel ihm ein Fotoapparat auf. Achtzehn Fotos seiner Filmrolle waren verschossen worden; vielleicht sollte er sie entwickeln lassen. Sein Blick fiel auch auf ein paar Bücher auf dem Couchtisch des Wohnzimmers, in denen er nur kurz blätterte. Er war kein geübter Leser, und diese Romane, einer davon auf Englisch, kannte er nicht. Während er den Strand aus dem Augenwinkel beobachtete, untersuchte er noch einmal die Brieftasche aus dunklem Leder, in der ein paar Kreditkarten, Visitenkarten, etwas Geld und ein kleines quadratisches Stück Papier steckte, das abgerissen und viermal gefaltet worden war und auf dem zwei Sätze in blauer Tinte standen, die schon verblichen waren. Er starrte auf diese Zeilen. *Manchmal ist es schwer dich, anzusehen, denn du bist dem Himmel sehr nahe – wie ein Vogel. Ruf mich an, sobald du kannst.* Keine Unterschrift. Filipe ging durch den Kopf, dass eines der Kommata im ersten Satz an der falschen Stelle stand und dass es ein Liebesbriefchen war, von denen es für Rita Calado Gomes keine weiteren geben würde.
Ihr Beruf ging aus keinem der Dokumente hervor, die er in dem Koffer fand. Unverheiratet, einunddreißig Jahre alt, geboren in Lissabon, Tochter von Luís Andrade Gomes und von Margarida Silveira Ramos Calado, Personalausweis gültig bis zum 14. Mai 1994. Der Reisepass mit den Ausreise-

stempeln vom Flughafen in Portela, ein Stempel von der Ankunft in Heathrow, London, der erst ein Jahr alt war, aber von dem es nur einen gab, ohne das Datum der Überführung. Sommerkleidung, natürlich, ein hellblauer Baumwollanorak, leichte Blusen, sanfte Farben, normale Unterwäsche. Filipe hielt es für normale Unterwäsche, weiße Büstenhalter, weiße T-Shirts, grüne und rosafarbene, weit geschnitten, zwei davon mit englischen Aufschriften, ein Shampoo für normales Haar, ein paar Cremes, Lotionen und Flakons, denen er keine Bedeutung beimaß.

Eine Polizistin sollte die Sachen untersuchen, dachte er. Da waren Jeans, ein Rock, zwei Kleider, die Filipe als »lange Kleider« in seinem Bericht aufführte, ein schwarzes und ein weißes, nur dass das weiße noch einen Gürtel in der gleichen Farbe hatte, aus einem sehr feinen Gewebe. Er hätte nicht sagen können, was für ein Gewebe das war. Dann war da noch ein kleiner, grünlicher Fön, ein rosafarbener Lippenstift, ein gelber Pyjama, eine Badehaube, ein Strandtuch in grünen und blauen Farben, das nach dem ersten Gebrauch nicht gewaschen worden war und das nach Salz und Sonnenmilch roch. Er suchte nach der Sonnenmilch, die er in einem Leinenbeutel fand. Es handelte sich um ihre Strandtasche. Er überprüfte den Schutzfaktor der Creme. Des Weiteren fand er ein sandiges Buch von Sidney Sheldon, eine Haarbürste, eine Sonnenbrille und eine drei Tage alte Zeitung. Er lief ziellos durch das Zimmer und setzte sich auf das ungemachte Bett. Dort stellte er fest, dass Rita Calado Gomes Hausschuhe benutzt hatte, die auf der Veranda standen. Er öffnete den Fotoapparat, nahm den Film heraus und steckte ihn in seine Tasche. Er wollte unbedingt diese achtzehn Fotos sehen.

1. August 1991, zweiundzwanzig Uhr dreißig

Hitze, Hitze, diese überwältigende Hitze der Insel, die das Eiland wie eine dichte, samtige, fleischige, sinnliche Wolke umgibt, dichter noch als Nebel, schwerer als der Tod, dachte Filipe Castanheira. Der Lärm der Flugzeuge zog über den Flughafen, und die Bewegung der Erdplatten unter dem Wasser erfüllte den ganzen Himmel mit einer seltsamen und unwirklichen Melodie. Schutzlos und gespenstisch ragte das Hotel »Bahia Palace« wie ein Riff aus dem Meer.
Filipe Castanheira schlenderte den kleinen Parkplatz an der Praia de Água d'Alto entlang und nahm schließlich Richtung auf das Hotel. Er kümmerte sich nicht um die Wagen, die auf der Straße nach Vila Franca oder Ponta Delgada fuhren. Gegenüber lag eine andere Insel. An den Tagen, an denen der Himmel sehr klar war, konnte man das Eiland von Santa Maria wie eine dunkle und nebulöse Erscheinung wahrnehmen, dort, wo das Meer wirklich zu enden schien. Er zog ein Päckchen Fotos aus seiner Tasche – die Fotografien des Films, den er an diesem Morgen der Kamera entnommen hatte, die Rita Calado Gomes in einem Reisekoffer mit sich führte. Er sah sie Bild für Bild an und nutzte das schwache Licht der wenigen Lampen im Hotel »Bahia Palace«. Er sah Dinge, die schon nicht mehr existier-

ten. Oder die existierten, aber die von niemandem mehr auf die Weise gesehen wurden, auf die Rita Calado Gomes sie gesehen hätte, wenn sie gekonnt hätte. Wenn ihr Körper jetzt nicht aufgebahrt daläge, auf den die Familie Anspruch erheben würde, die mit dem ersten Flieger am Morgen eintreffen sollte und die dafür sorgen würde, dass die Leiche nach Lissabon überführt wurde.

An diesem Nachmittag fanden sie den Wagen von Rita Calado Gomes, den sie am Flughafen von Ponto Delgada gemietet hatte. Ein Fiat Panda sieht auf der ganzen Welt gleich aus, und ihrer war weiß, wie viele Autos dieser Marke, und innen beinahe leer nach Aussage von João Dionísio: »Alles unauffällig. Geöffnetes Fenster, ein Strohhut auf der Rückbank und Sand auf dem Vordersitz, zwei Zeitungen, von gestern und vorgestern, und eine Sonnenbrille.«

»Noch was?«

»Das ist alles, was ich gesehen habe«, sagte João Dionísio am Telefon. »Eine gute Sonnenbrille.«

»Für einen Mann oder eine Frau?«

»Für eine Frau, so wie sie aussieht. Mit zwei braunen Bügeln. Eine Modebrille. Wie sie halt alle aussehen, wenn du so willst. Eine Sonnenbrille eben.«

»Mit optischen Gläsern?«

»Darauf habe ich nicht geachtet, aber ich werde das überprüfen. Ich bin sicher, es ist eine ganz normale Brille, kein Markenartikel. Vielleicht hat sie ja optische Gläser und wenn, dann lässt sich das nachprüfen.«

Eine Untersuchung sollte in aller Ruhe durchgeführt werden, fiel Filipe Castanheira ein. Zu komisch, dass er sich immer an die einfachsten Lektionen erinnerte, wenn er mit seiner Arbeit begann. Man sollte in aller Ruhe vorgehen, unter Berücksichtigung aller Details und der Untersuchung des Wagens auf Fingerabdrücke – auch wenn es keinen Verdacht auf ein Verbrechen gab, keinen ernst zu nehmenden jedenfalls –, denn Filipe Castanheira kannte den Grund, der José Silveira Enes veranlasst hatte, ihn nach Ponta do Arnel zu schicken. Er wusste genau, dass Ponta do Arnel ein gefährlicher, unwirtlicher, beinahe unzugänglicher Ort war. Und auch wenn er keinerlei Kenntnisse über den Zustand dieses leblosen Körpers hatte, der nun den traurigen Weg der Zersetzung beschritt, oder über die Art und Weise, wie dieser Körper an den Strand gekommen war, so musste Filipe anerkennen, dass Rita Calado Gomes ihren Mietwagen an einem ungewöhnlichen Ort verlassen hatte, und zwar in Vila Nordeste, noch ungewöhnlicher als Ponta do Arnel, wo er bisher nur den Aussichtspunkt über dem Meer kannte. Der Platz war nachts nur spärlich beleuchtet.

»Niemand kommt nachts hierher«, hatte der Unteroffizier versichert. »Jedenfalls soweit ich weiß. Manchmal verirrt sich ein Wagen an diesen Ort. Wir wissen, was das für Autos sind, sie gehören jungen Frauen oder Männern. Ich sage nicht, dass das hier ein Straßenstrich ist. Nein, aber sie kommen manchmal hierher, mitten in der Nacht, Autos aus Maia, wenn da die Diskothek öffnet, am Wochenende. Am Tag ja, aber dann sind das Leute, die in den Swimmingpools baden. Tagesausflügler, denn in der Nacht ist hier niemand sicher. So ist das eben in der Nacht. Ist schon komisch, dass sie den Wagen hier abgestellt hat.«

Die Entfernung zwischen Vila Nordeste und Ponta do Arnel beträgt ungefähr vier Kilometer, auf der kleinen

Straße, die aus dem Dorf bis nach Pedreira, Ponta da Madrugada und dann hinunter bis nach Fenais da Ajuda, Faial da Terra, Água Retorta und Povoação führt.

»Niemandsland«, fügte der Unteroffizier hinzu. »Hierher verirren sich nur Ausflügler, die hier spazieren gehen, das ja, aber am Tag.«

José Silveira Enes hatte Recht, das musste er zugeben. Ponta do Arnel war nicht der geeignete Ort zum Sterben, denn nachts machte er einem Angst – vielleicht ein Ort, so schien es Filipe Castanheira auf den ersten Blick, an dem jemand tot aufgefunden wurde, aber keiner, den man zum Sterben aufsuchte. Hierher kam man zum Nachdenken, da war er sicher. Es war dieses unerschütterliche Meeresrauschen, das vom Fuß der Steilküste nach oben drang. Ein Rauschen, das sich im Takt der Jahrhunderte wiederholte und nur von gelegentlichen Unwettern unterbrochen wurde. Vielleicht wäre es besser, zum Sterben einen ruhigen Platz zu suchen, aber das hatte Rita Calado Gomes nicht getan. Das bedächtige Meeresrauschen konnte einen wirklich zur Verzweiflung treiben, in den Wahnsinn, wenn es einen für Stunden begleitete, wenn man es für längere Zeit hören musste.

»Es ist sehr unwahrscheinlich, dass die Gezeiten sie hierher getragen haben«, versicherte man ihm. »Man fällt nicht in Vila ins Meer, um dann bei Ponta do Arnel wieder aufzutauchen. Nur wenn man den Luftweg nimmt, von einem Punkt zum anderen.«

Während Filipe Castanheira alle Papiere untersuchte, die Rita Calado Gomes hinterlassen hatte, musste er José Silveira Enes noch einmal Recht geben. Es gab keinerlei Anzeichen dafür, dass sie irgendeine Verabredung auf der Insel getroffen hatte, mit wem auch immer. Keinem Papier, keinem Notizbuch und keinem Randstreifen der Zeitungen, die sie in ihrem verlassenen Wagen in Vila Nordeste liegen gelassen hatte, war etwas Derartiges zu entnehmen. Es gab keine Nachricht, keine Telefonnummer, keine Namensangabe, um soundso viel Uhr da oder dort, unterschrieben Jorge, Rui, Artur, Vítor. Nichts, was Filipe Castanheira dabei geholfen hätte, herauszufinden, ob er endlich an einem Fall arbeiten konnte, von dem er nicht wusste, ob er überhaupt einer war.

Filipe saß jetzt an einem Tisch der Hotelbar im Freien, und seine Aufmerksamkeit galt nicht eben der Nacht, die übermächtig und dunkel in der Bucht von Água d'Alto einfiel. Er hatte diesen Tisch gewählt, weil man von hier aus das spitze Vorgebirge von Caloura besser sehen konnte und ihn dies an den Leichnam von Rita Calado Gomes erinnerte, den er am Morgen in Ponta do Arnel gefunden hatte und der eins mit dem kalten Sand der kleinen Bucht und ihrem Fischerhafen geworden war, von dem nicht mehr viel an seine einstige Bestimmung erinnerte.

Das war es, was er fürchtete, sich von der Melancholie einwickeln zu lassen, die den Beginn einer Untersuchung beherrschte, von den ersten Schritten, die er unternehmen musste, um eine Biografie zu erforschen. Ihm war klar, dass er sich nicht in einen leblosen Körper verlieben durfte. Das ging ihm immer so, es war nichts Außergewöhnliches, dass er sich in die Biografie seiner Toten verguckte, deren Leben er gewöhnlich in den mühevoll erstellten Berichten registrierte und dann abgab, immer zu ungewöhnlichen Zeiten, und zwar an José Silveira Enes, der sie mit Konzentration und wachsamer Unerbittlichkeit zu lesen pflegte.

Ein Herz schlägt im Durchschnitt siebenunddreißig Millionen Mal pro Jahr; die Nervenimpulse bewegen sich mit einer Geschwindigkeit von etwa dreihundertzwanzig Stundenkilometern durch unseren Körper – warum sollte das für seine Arbeit nicht wichtig sein? Konnte er den Tod wie eine nackte Tatsache behandeln? Konnte er seine Arbeit wie eine Kälteperiode behandeln, in der er sich pedantisch, schmerzunempfindlich, von allem losgelöst bewegte? Nein, das konnte er nicht, er wusste es genau. Diese Melancholie würde schließlich von ihm Besitz ergreifen wie die Nacht, die feucht und stickig unzweifelhaft ein Gewitter verhieß.

Er zog das Päckchen mit den Fotografien aus seiner Tasche und betrachtete sie zum vierten oder fünften Mal an diesem Tag. Er hatte sie in einem Labor in der Nähe des Largo da Matriz in Ponta Delgada entwickeln lassen und sich vorgenommen, sie später wieder zu den zahlreichen persönlichen Gegenständen von Rita Calado Gomes zu legen.

»Ein ehrlicher Zug von Ihnen«, meinte José Silveira Enes anerkennend, als er ihm mitteilte, dass er eine Filmrolle gefunden habe, die er entwickeln lassen wolle.

»Und sagen Sie mir, ob es da was gibt. Natürlich werden Sie das, ich weiß. Sagen Sie es mir gleich, wollte ich sagen.«

Das tat er. Nichts Besonderes, auf den ersten Blick. Von den achtzehn Fotografien waren acht auf São Miguel geschossen worden, und sie waren ziemlich banal. Neun davon zeigten das Innere eines Hauses. Ein Foto, das letzte davon, war das Bild eines Mannes, das durch mangelnden Lichteinfall in der direkten Umgebung des Porträtierten ziemlich dunkel geraten war.

Ein Geliebter, dachte er. Er sah es wieder an. Ein Mann von

fünfundvierzig Jahren aufwärts, der noch nicht die Fünfzig erreicht hatte, so könnte es sein, sportliche Kleidung, Wochenendlächeln, unrasiert, direkter Blick in die Kamera, hinter der sich mit größter Wahrscheinlichkeit Rita Calado Gomes befunden hatte. Ein blaues Baumwollhemd, eins von diesen Schnäppchen, die man im Ausverkauf ersteht, wenn man auf der Straße aus einer Laune heraus das erstbeste Geschäft betritt. Der Arm des Mannes lag auf der Sofalehne, ein braunes Sofa. In der Hand hielt er lässig ein Buch, das mehr oder weniger ins Halbdunkel getaucht war, durchbrochen von gefiltertem Licht, das durch ein Fenster im Hintergrund des Zimmers fiel. Dieses Zimmer, so stellte Filipe Castanheira fest, war einer der Räume des Hauses, das in acht verschiedenen Versionen auf den neun verbleibenden Fotografien abgebildet war, die im Grunde das Gleiche zeigten. Allerdings fiel auf einem dieser Fotos das Licht so herein, dass es dem bläulichen Zimmer mit seinem breiten, alles beherrschenden Bett einen anderen Anstrich verlieh. Die zerwühlte Steppdecke verriet, dass es vor kurzem erst benutzt worden war.

»Ein Wochenende in einem anderen Haus«, gab José Silveira Enes zu bedenken. »Sex und Entspannung, ein Haus voller Schatten. Zumindest nach diesen Bildern zu urteilen.«

Ja, das konnte man sehen. Wahrscheinlich war es Sex und Entspannung, daran denken wir immer zuerst, erst an Sex und dann gleich an Entspannung, ein Haus in acht Versionen und ein anonymer Besetzer. Zumindest für Filipe Castanheira war er ein Unbekannter. Er betrachtete melancholisch den Gesichtsausdruck des Mannes, dieses Lächeln eines ausklingenden Samstagmorgens. Wir sind immer so anonym auf den Fotografien, so anonym. Es sei denn, wir erkennen uns für einen Augenblick darin wieder.

Die Fotos von einem Haus sollten aufbewahrt werden wie in einem Museum, dachte Filipe Castanheira dann, sie atmen Leben, über Jahre hinweg. Vielleicht könnten sie ein Zeugnis sein. Ein Haus ist wie eine Festung, die der Zeit widersteht, dem Lärm, dem Tod. Rita Calado Gomes ist gestorben, und jetzt gibt es von ihr diese Fotografien, vielleicht die ihres Hauses, vielleicht die eines anderen Hauses, in dem sie sich noch vor kurzem aufgehalten hat. Die Fotografien glitten nacheinander durch seine Finger, jede wie eine Zeichnung, die die andere überlagerte, wieder eine und noch eine.

Die Fotografien eines Hauses gehören eigentlich in ein Museum. Eines Tages sollte man alle Fotografien von Häusern zusammentragen und sie in einem Museum ausstellen, einer Art letztem Bollwerk zur Erinnerung an Häuser, an alle Häuser. Man sollte zeigen, wie sich die Fenster zur Straße öffnen, wie sich der Staub über und unter den Möbeln ansammelt, wie sich in einer mehr oder weniger großen Zeitspanne die Farbe eines Zimmers ändert und in eine andere übergeht. Vielleicht hätten wir dann eine einigermaßen verlässliche Vorstellung davon, was ein Haus und seine Veränderung bedeutet – wie eine Farbe sich in eine andere verwandelt, die Art und Weise, wie sich die Tür eines Eisschrankes mitten in der Nacht öffnet und ein Gesicht erhellt, eine Lampe, die von draußen durch ein Fenster gesehen wird, der Platz, an dem eine Familie den Fernseher aufstellt, die Art, wie man in einem Haus stirbt, der Platz, an dem die Fotografien der Toten stehen.

Das waren die Bilder, die Filipe Castanheira in den Sinn

kamen, als er die Fotografien einordnete, die wieder, eine nach der anderen, ihren angestammten Platz in dem dunkelfarbigen Umschlagpapier einnahmen, wo sie erst später wieder herausgenommen würden, sollte es nötig sein. Wem gehörte dieses Haus, das Rita Calado Gomes fotografiert hatte? Wohin würden ihn die Fragen noch treiben, wenn er ihnen jetzt nicht Einhalt gebot, solange noch Zeit dazu war und die Fakten nichts als einfache Fakten waren, ehrliche, beinahe unberührte Fakten, die nichts mit ihm zu tun hatten und seine Gefühle nicht erreichten?

Ein Wochenende in einem anderen Haus, von Freitag bis Montag oder vielleicht bis Sonntagabend, ein typischer, konfuser Samstagmorgen, der tragisch sein kann, wenn man in einem fremden Bett aufwacht. Sein Alter war unbemerkt über diese Momente hinweggegangen, und er hatte ohne jede Traurigkeit und mit ein wenig Resignation gelernt, dass die Wochenenden in fremden Häusern kleine Verletzungen hinterließen, schwarze Flecken auf der Haut, auf denen flüchtige Kalendertage zu lesen waren; man gebraucht Handtücher, die einem nicht gehören, teilt leichtfertig für den Augenblick und beginnt alles noch einmal, zu einem späteren Zeitpunkt, wenn es eine Wiederholung gibt, man sieht sich, ruf doch an, sagt einer der beiden, ja, ich rufe an, sagt der andere im Brustton der Überzeugung. Das Paarungsverhalten bestimmter Tiere hatte ihn schon immer interessiert, vor allem das der Tauben, die auf das friedliche Dasein einer beinahe ewig währenden Beziehung zurückgeworfen sind. Oder das der Wiesel zum Beispiel – eine Paarung, mehr nicht. Im Nachhinein ist ein Wochenende in einem fremden Haus immer etwas Trauriges, wenn es überhaupt in der Erinnerung haften bleibt.

Doch die Zeit vergeht sehr langsam, dachte Filipe Castanheira. Manchmal vergeht sie auch sehr schnell, gestand er sich dann ein, aber wir werden nie die Geschwindigkeit eines jeden Tages ermessen, der vergeht, einer jeden Minute, die sich, eine um die andere, um uns anhäufen, einen Graben um uns herum schlagen, vor- und zurückweichen, Kopfschmerzen verursachen. Die Minuten vergehen im Allgemeinen sehr schnell. Wie viele Bruchteile von Sekunden mögen in diesen Fotografien versammelt sein? Der Film hielt ein Negativbild fest, helle Töne waren hier dunkel, dunkle hell, eine Umkehr der Wirklichkeit. Wenn man den Schlitz öffnete, fiel eine bestimmte Lichtmenge auf den Film, die Blende öffnete sich und bannte für den Bruchteil einer Sekunde einen Moment, den die Ewigkeit entschärfen und beurteilen würde. Der Mann saß zurückgelehnt auf dem Sofa, auf dem drei Kissen in einer Ecke übereinander lagen, vor ihm stand ein kleiner Tisch, darauf ein Aschenbecher, ein Teppich mit farbigen Streifen bedeckte den Boden, eine Packung Zigaretten lag auf dem Sofa neben den Kissen. Hinter dem Sofa ein weißes Regal und ordentlich aufgereihte Bücher. Daneben ein Stapel Zeitungen, fein säuberlich übereinander gelegt, man sah noch die Hand des Mannes, die das Buch hielt, aber den Buchtitel konnte Filipe nicht erkennen.

Sein Blick fiel auf die Zeitungen, Samstagmorgenzeitungen, die man kaufte, um einen Samstag und Sonntag nach dem anderen anzusammeln, abgesehen von den paar Artikeln, die man im Laufe der Woche las. Filipe erkannte die Zeitungen wieder, es handelte sich mit Sicherheit um den gewöhnlichen Lesestoff einer Frau wie Rita Calado Gomes, und er hatte die Blätter auch schon identifiziert und ihr

Datum herausgefunden, nachdem er im azoreanischen Tabakladen am späten Nachmittag um Exemplare dieser Zeitungen gebeten hatte.

Und da war noch ein anderes Foto, auf dem man ein Fenster sehen konnte; davor stand ein Stuhl, ein kleiner Tisch, auf dem eine Lampe mit einem blauen Schirm Platz hatte und der sonst nur noch Raum für zwei gerahmte Fotografien ließ. Sie zeigten das Bild einer lachenden Frau und das einer Frau im Profil. Filipe erkannte das fein geschnittene Gesicht und die glatten, rötlichen Haare von Rita Calado Gomes wieder und letztlich auch eine große Stille auf diesem Bild, die zu beschreiben schwer fiel. Wo war dieser Ort, dieses Wort, das alle Fragen versammelte, die Filipe jetzt gern gestellt hätte, zum Beispiel: Wann wurden diese Fotografien geschossen?, Wer hat diese Aufnahmen vom Haus gemacht?, Wem gehört das Haus? und viele, viele andere.

Da waren sie, die Bruchstücke, die sich im Laufe der Nachforschungen zusammenfügten. Fotografien von plötzlich verwaisten Häusern nach einem Tod, der so unerwartet kam wie das Leben. Ein typisches Lichtbild, das in einer Brieftasche aufbewahrt wurde und aus einem alten Studentenausweis ausgeschnitten worden war. Man konnte noch den Stempel darauf erkennen, das Blindsiegel auf einer Ecke, das die Wahrhaftigkeit von etwas bescheinigte, das nie wiederkehren würde, lose Zettel, die aus unbekanntem Grund und ohne erkennbare Methode aufgehoben worden waren, Fotokopien von offiziellen Dokumenten wie Personalausweis, Reisepass, Totenschein und ein Autopsiebericht, der Stunden nach dem Fund der Leiche angefertigt worden war. Aufwendige Nachforschungen, ganz anders als die Verhöre, bei denen man jemandem zwei Ohrfeigen verpasst, einen Schlag auf die Nase, schmerzhaft, aber nicht so heftig, dass man den Knochen bricht, gefolgt von anderen, schmerzvolleren Behandlungen, einem Kniestoß in die Hoden, Haareausreißen, endlosem Baumelnlassen mit dem Kopf nach unten, einer in der Handfläche ausgedrückten Zigarettenkippe, einem Stoß in den Magen, einem gegen die Wand, einem Knüppel, der sachkundig die Nieren behandelte, der Androhung einer kollektiven Vergewaltigung, wenn man eine Frau vor sich hatte; man würde sie fragen, ob sie häufig fickte, und darauf in lautes Gelächter ausbrechen und noch lauter lachen, wenn sie dann die Augen niederschlug. Schließlich ist es wichtig, gleich zu Anfang dosiert zu demütigen, den Eindruck zu vermitteln, als gäbe es immer einen Ausweg. Natürlich ist es besser, wenn eine Frau von zwei oder drei Männern verhört wird. Wo hat er dir das Zeug gegeben? Wo hast du es aufbewahrt? Wie viel habt ihr daran verdient? Doch das hier war eine Luxusuntersuchung: das Sammeln von Abfällen und Kot, da war niemand, den man in den Knast steckte, um ihn um elf Uhr nachts zu verhören, zu einer Zeit, in der sie in den ersten Schlaf fielen und ihre Gesichter entstellter waren als sonst. Dann sind sie müde, einige haben Augenränder und ein Flehen im Blick, sogar Traurigkeit, und ein Polizist ist es müde, in ein solches Gesicht zu sehen, es mit Gewalt zu packen und dem Mann einen Arm um den Hals zu schlingen. Eine Handgreiflichkeit, die das Gesicht entstellt und bei der einen das Verlangen überkommt, fester zuzudrücken: Du Schweinehund! Der Mann schweigt oder er lacht, wenn er mutig ist, aber einmal ist es vorbei mit dem Schneid, so ein Verhör beginnt um elf Uhr nachts, aber die erste Frage wird erst viel später gestellt, um halb eins, während die drei Polizisten sich erst einmal eine Zigarette genehmigen und sich einen Witz erzählen, wart's ab, du Schweinehund, und dann kommt sie, die erste Frage, die zweite, die dritte, die vierte und so weiter und dann wieder die erste zum zweiunddreißigsten Mal, und der Mann sagt: »Darauf habe ich doch schon geantwortet.« – »Dann antworten Sie eben noch mal, das tut nicht weh.« Und er gibt die Antwort, und der Polizist sagt: »Wo hast du ihm das Messer geklaut, du Arschloch? Wo bist du zum Militär gegangen? Hast du eine Schule besucht? Schafft deine Frau in dieser Bar an?« – »Das ist eine einmalige Gelegenheit für dich.« Und der Mann schweigt, also öffnet man ihm den Mund mit einem Stoß in den Magen, das tut richtig weh, die Polizisten sind zu dritt. »Steh auf!«, sagt einer, und der Mann steht auf.

Filipe Castanheira hatte noch nie Mitleid mit einem dieser Männer, er war schnell bereit, sich den einen oder anderen zu packen und ihn mit dem Kopf gegen die Wand zu schlagen. Das war schon oft vorgekommen, und dann war ihm danach, es so lange zu tun, bis einigen von ihnen der Schädel platzte und er in diesen Augenblicken das Gefühl hatte, dass es ihn genau danach verlangte. Anschließend würde er dem Mann befehlen, sich zu setzen, unter Aufbietung seiner ganzen Beherrschung, die ihn nie im Stich ließ, wie er wusste. Sein Gegenüber würde von ein paar alten und neuen schwarzblauen Flecken im Gesicht gezeichnet sein und auch Verletzungen davongetragen haben. Er schickte sie vielleicht fort in dem Wissen, dass sie unschuldig waren, aber erschreckt werden mussten, und dass man so einen Augenblick nutzen musste, sie den Schmerz, wirk-

lichen Schmerz spüren zu lassen, dass man ihnen drohen musste, sie beim Hemd packen und ihnen zwei Knöpfe ausreißen musste, worauf sie sagen würden: »Das können Sie mit mir nicht machen.« – »Ich mache, was mir passt, hast du verstanden?«
Anschließend würde Filipe eine Dusche nehmen, sobald er zu Hause war, sich auf die Veranda setzen und sich sagen, jetzt nur nicht nachdenken, nur nicht grübeln über das, was passiert ist, das warst nicht du, der dort war, das war irgendein anderer, aber nicht du, du hast das Haus nicht verlassen, und lach nicht bei dem Gedanken, der dich jetzt glauben lässt, dass du nicht mal dieses Zimmer verlassen hast, dieses Haus mit seinen heimeligen Büchern, du kannst eine Platte auflegen und ein Bier trinken, während langsam oder schnell der Abend kommt. Du bist nie weg gewesen, ein anderer hat für dich diesem Schweinehund, der das Mofa geklaut hat und am Ausgang von der Bar Kokain verkauft hat, die Ohrfeigen verpasst, ein anderer hat für dich den Mann gegen die Wand gestoßen, so lange, bis sein Kopf ein bisschen aufplatzte und das Blut den Hals hinunterlief, das warst nicht du, das war ein anderer, die Wahrheit ist, dass du nie diese vier Wände verlassen hast, du haftest an ihnen wie die Feuchtigkeit, du hängst in den Bilderrahmen, du stehst fein säuberlich im Regal, wohl gefaltet in einer Schublade, du sitzt auf der Veranda, auf einem Stuhl aus gelbem Leinentuch, und wenn die stille, feuchte Nacht hereinbricht, bist du es, der einschläft, hier in deinem Haus und nicht woanders, und vielleicht war es auch hier, vielleicht ist auch hier die Leiche von Rita Calado Gomes zum ersten Mal aufgetaucht, kaltblütig katalogisiert, so kaltblütig wie das endlose Kommen und Gehen

der Gezeiten von Ponta do Arnel, wenn die kleine Straße im Nordosten in Nebel getaucht ist, dort, wo die Schritte eines Menschen sich nach Steinschlag anhören, inmitten dieser Einsamkeit der grünen Hügel, die steil ins Meer abfallen, wo es nach Traurigkeit klingt oder wieder nach Meer, denn es ist das Meer, das einem immer wieder in den Träumen erscheint – das Meer und die Angst, eine überwältigende Angst, so überwältigend wie das ganze Leben, das mit jeder Leiche erlischt, die katalogisiert wird. Es gibt ein unendliches Meer, das sich seinen Weg ins Leichenhaus bricht, ein unendliches Meer, das durch die Fenster des Hauses dringt, ein unendliches Meer in den Stimmen dieser Stadt, zu dieser Stunde und zu jeder Stunde des Tages und der Nacht. Es mag keiner glauben, aber das sind die Bruchstücke, die wir im Verlauf einer Untersuchung sammeln, Papierbilder, winzige Versatzstücke, Zeitungsausschnitte, Fotografien. Sie existieren nur, wenn wir uns an sie erinnern, weil sie nie entwickelt wurden oder sich je wieder einer an sie erinnern wird. Die Welt ist in tiefes Schweigen gehüllt, es liegt eine Stille über der Leiche einer Frau, die heute Morgen, zu den ersten Stunden dieses Tages, direkt am Meer gefunden wurde, an einem unendlichen, grauen Meer.

3. August 1991, fünfzehn Uhr

Ein erster Blitz zuckte hell über die kalte Silhouette der Steilküste, an der João Dionísio das Auto parkte. An den folgenden Tagen, so sollte sich Filipe Castanheira einen Monat später erinnern, schüttete es auf der ganzen Insel wie aus Eimern, was ihn nicht daran hinderte, auf der Straße entlang des Kratersees Sete Cidades bis nach Mosteiros zu fahren. Die Benommenheit des Sonntagmorgens hatte plötzlich das ganze Haus erfüllt und ihm die Luft zum Atmen genommen. Er hatte Isabel angerufen, aber er wählte dreimal vergeblich ihre Nummer, an die er sich so gewöhnt hatte, sie meldete sich nicht. Zu seinem Bedürfnis, Isabels Schweigen zu brechen, gesellte sich die Stille in seinen eigenen vier Wänden, eine unaufhörliche, beinahe grenzenlose Furcht, die seine Sinne schärfte und ihn in dem Augenblick, als der Regen für kurze Zeit heftig niederging, zwang, auf die Uhr zu sehen. Es war acht Uhr morgens. Was tut ein Mann zu dieser Tageszeit, der allein ist? Geht er zur Messe, kauft er sich eine Zeitung, isst er mit der Familie zu Mittag, arbeitet er ein wenig an Angelegenheiten, die in der Woche liegen geblieben sind, und legt er sich anschließend wieder aufs Sofa und beobachtet den mehr oder weniger regelmäßigen Rhythmus des Regens?
Er stand an diesem Sonntag ohne Anstrengung auf. Das

zählte zu den heilsamsten Angewohnheiten eines Mannes, der schon seit Jahren allein lebte. Manchmal packten ihn große, manchmal kleinere Depressionen, dieser bittere und salzige Geschmack der Angst, allein zu sterben. Es würde ein Tag nach dem anderen vergehen, Tage, an denen der Regen einen muffigen und traurigen Geruch über Ponta Delgada und seinen moosigen Dächern verströmte. Und Tage, an denen die Sonne auf die unregelmäßigen Kopfsteinpflaster der Straßen fiel, die bis zur Uferstraße führten, ähnlich der Straße, in der er lebte. Die Vögel würden in Schwärmen auf den Bäumen im Park und auf der grauen Straße zwischen Ponta Delgada und Ribeira Grande einfallen, wenn das Land wieder das Vergnügen erleben durfte, das ganze Meer aus dem Norden der Insel zu empfangen. Es würde Tage geben, an denen man Angst hatte, beim Aussteigen aus der Badewanne auszurutschen und bei diesem kleinen Sturz zu sterben; die Leiche würde erst Tage später gefunden werden, erst, wenn einem der Kollegen seine ungewohnte Abwesenheit von der Arbeit auffiel. Und dennoch war es eine seiner Angewohnheiten, so früh aufzustehen, ohne dass er dabei von der Notwendigkeit getrieben wurde, einen Termin wahrzunehmen oder einer Verpflichtung nachzukommen.

Er musste an die grauen und traurigen Sonntage bei den Grotten denken, an den Park des Hotels »Terra Nostra«, an das kleine Restaurant, wo man schlecht aß und die Feuchtigkeit des bevorstehenden Septembers Kleidung und Haut durchdrang, und dann fiel ihm ein, dass sich der Oktober näherte und dass die Blüten der kleinen Rosensträucher entlang der Straße hoch nach Maia verschwinden würden, an der Stelle, wo die Berge den Blick auf das Tal der Grotten freigaben. Und er dachte wieder an all die Dinge, die er nicht vergessen konnte, obwohl er sich etwas Schöneres hätte vorstellen können und er es besser vermieden hätte, daran zu denken, denn es war so, als würden die Erinnerungen langsam alles abtöten, was da noch an Leben, an Freude und an Intensität in ihm war. Ihm fielen wieder die Familien ein, die an den Sonntagen gemeinsam zu Mittag aßen, in den feuchten, verrauchten und stickigen Restaurants. Er musste wieder an das Wrack eines alten Frachters denken, der vor Povoação Schiffbruch erlitten hatte und gesunken war, und daran, dass der Rost immer noch nicht das ganze Rot dieser verformten und verlassenen Schale zerfressen hatte. Er dachte an die Häuserreihen in Povoação und daran, wie die Straße steil in Richtung Nordosten anstieg, und ihm fiel wieder ein, wie kalt das Meer von dort aussah. Er erinnerte sich an die Spiele der Kindheit, an die wogenden Weizenfelder vor seinem Dorf, an das grüne Fahrrad, das fein säuberlich in der Garage des Hauses stand, und er musste an die Stimmen eines längst vergangenen Morgens denken, als seine Großeltern noch lebten und jemand über die Veranda lief, die in den Garten führte. An diesem Morgen war schon Frühling gewesen, und die Glocke in der Kapelle auf dem Dorfhügel hatte schon sehr früh geläutet, warum, das war ihm entfallen, vielleicht weil Sonntag war. Und dann erinnerte er sich an einen Abend, an dem Isabel gerade die Küche aufgeräumt hatte, und ihn überkam der Geruch einer sehr fernen Erinnerung, vielleicht der an Holzkohle, mit der man die Plätteisen füllte, die langsam über die Wäsche glitten, nachdem sie auf dem Hof zum Trocknen gehangen hatte. Isabel brachte zwei Teetassen, und ihnen wurde bewusst, dass sie schon einige

Stunden zu Hause verbracht hatten, und sie lächelten ohne jede Komplizenschaft, ganz ohne Grund, ohne Anlass; sie blieben im Wohnzimmer sitzen, weil es noch Winter war, saßen da, ohne eine Platte aufzulegen, ohne ein Buch zur Hand zu nehmen und zu lesen, saßen einfach da und lächelten wieder, und wieder erinnerte er sich daran, wie Isabel die Küche nach dem Abendessen aufgeräumt hatte und es später, sehr viel später, zu regnen begonnen hatte.

Er würde an die Gewitter seiner Kindheit denken, wenn er von seiner Veranda auf den Fluss sah, und vielleicht waren diese Blitze denen ähnlich, die jetzt das nächtliche Dunkel über der harten Silhouette der Steilküste erhellten, genau in dem Augenblick, als João Dionísio sein Auto nahe bei der Mauer parkte, die die kleine Straße zum Hotel von einem engen, ausgetretenen Abstieg an den Strand trennte.

»Es sind zwei Kisten. Sie müssten jetzt an der Rezeption stehen«, sagte Filipe Castanheira. »Du kannst sie abholen. Ich warte hier. Ich habe von diesem Hotel die Nase voll.«

Filipe wusste, dass João Dionísio auf gewisse Weise an dem Leben hing, das er führte. Bei den Nachforschungen zum Tod von António Gomes Jardim vor drei Jahren war er es gewesen, der die Fakten zusammengestellt hatte, die mit der Beziehung des Toten zu Isabel Câmara Neves in Zusammenhang standen. Filipe war gerade von der Insel Faial zurückgekehrt. Auch an diesem Nachmittag hatte es gewittert, und er war mit Pedro Noronho, einem lokalen Politiker, zum Abendessen verabredet, der ihm einen Namen mitteilte, welcher ihn schließlich dazu veranlassen sollte, seine Arbeit abzuschließen.

Er würde nie das blaue Blatt Papier vergessen, auf das João Dionísio die Daten mit Schreibmaschine getippt hatte, die

ihn zu Isabel führten und später zu einem Treffen mit ihr in Santa Maria. Geboren auf den Azoren am 16. März 1961 in Vila do Porto, Santa Maria, unverheiratet, Besuch des Gymnasiums in Ponta Delgada bis 1979, anschließend Soziologiestudium an der Universität in Lissabon, Anstellung in Ponta Delgada, Firmenappartement, Auswahl von Führungskräften, Kompetenz, psychotechnische Tests, Berichte, Gutachten, ein Meter siebenundsiebzig, Brille, krauses Haar an den Schläfen, flüchtige trotzkistische Trotzphase in Lissabon, Reisen nach Europa, Interrailtouren nach Amsterdam, London, Edinburgh, Kopenhagen, Haschisch, ein roter Citroën 2CV, Strafzettel, ausgestellt von der Schutzpolizei von Ponta Delgada, verlobt mit Júlio Medeiros, Medizinstudent, zukünftiger Facharzt für Immunologie – wäre da nicht die Leiche von António Gomes Jardim aufgetaucht, einem Mitglied der politischen Kommission der lokalen PSD, dessen lebloser Körper in der Nähe des Strandes Praia do Pópulo in São Roque gefunden wurde.
War das überhaupt eine Biografie? Wie die von Rita Calado Gomes, eine Biografie, deren Überbleibsel jetzt in zwei Kartons aufbewahrt wurden und die João Dionísio zu seinem Wagen brachte und in den Kofferraum packte?
»Morgen gibst du das zur Überführung nach Lissabon auf. Zu ihren Eltern. Damit ist alles erledigt«, sagte er dann.
Am Vortag hatte José Silveira Enes seine Beurteilung des Falles diktiert. Aufgrund fehlender Hinweise würde man den Tod von Rita Calado Gomes als einen Unfall zu den Akten legen.
»Es lohnt sich nicht, mit der Sache noch mehr Zeit zu vergeuden. Sie haben schon getan, was Sie konnten. Der Autopsiebericht ist eindeutig. Es gibt da nichts Auffälliges.

Tod durch Ertrinken. Sie ist ins Wasser gefallen, wo, weiß man nicht. Es wurde niemand gesehen, nicht einmal Sie. Ruhen Sie sich ein paar Tage aus, nehmen Sie Ihren Urlaub. Sie sind ein Langweiler.«

»Sollen wir vielleicht behaupten, es habe sich dabei um ein Wunder gehandelt?«

»Nein«, erklärte Enes. »Wunder schenken einem in der Regel das Leben. Sie nehmen es einem nicht. Mögen Sie lieber Bikinis oder Badeanzüge? An Frauen, meine ich.«

»Ich weiß nicht so recht.«

»Stellen Sie es sich vor. Haben Sie noch nie darüber nachgedacht? Wie sehen Sie eine Frau am liebsten am Strand? Oben ohne?«

»Im Badeanzug. Warum?«

»Warum, das frage ich Sie. Der Badeanzug verdeckt doch alles. Es gibt Frauen, bei denen lohnt es sich, sie oben ohne zu sehen oder im Bikini. Bei fast allen, übrigens«, murmelte José Silveira Enes. »Sehen Sie sich den Fall dieser Frau an: Wir haben einen Badeanzug, einen Bikini und drei Bikinihöschen gefunden. Das heißt, sie hat alle drei Sachen getragen. Finden Sie das nicht seltsam?«

»Nein.«

»Auf São Miguel geht niemand oben ohne, leider. So etwas macht schließlich das Strandleben bunter. Nicht dass ich oft gehen würde. Aber wenn ich gehe, dann will ich was sehen, dazu ist der Strand ja da«, sagte er, während er den Bericht rot kennzeichnete, den Filipe ihm mit ins Büro gebracht hatte. »Sie verpassen was. Gehen Sie an den Strand. Ich halte das für besser, wenn Sie mich fragen.«

4. August 1991, zwei Uhr dreißig

Vater, schrieb Filipe Castanheira, vergangene Woche habe ich wieder eine Nacht schlaflos verbracht. In der letzten Zeit meide ich den Schlaf, damit ich keine Albträume bekomme. Wenn ich mich sehr früh schlafen lege, wie es mir der Arzt empfohlen hat, dann dauert es länger, bis mich die Träume mitten in der Nacht aus dem Schlaf reißen, ungefähr gegen ein Uhr morgens; danach habe ich Schwierigkeiten, wieder einzuschlafen. Aber wenn ich wach bleibe, ist es auch nicht besser, weil dann die Gedanken an die alten Albträume hochkommen. Es war am Donnerstag, in der Nacht von Donnerstag auf Freitag, ich schlief erst sehr spät ein, als das erste Tageslicht schon durchs Fenster fiel. Ich lasse das Fenster immer offen stehen, vor allem im Sommer, aber auch im Winter bleibt es oft auf. So höre ich, wenn es regnet oder stürmt, ich nehme die Sonne und die ersten Geräusche des Tages wahr, mein einziges Tor zur Welt in der Nacht. In der letzten Zeit habe ich oft auf das Fenster geschaut und ihm für diese bescheidene Gesellschaft gedankt.
Am Freitagmorgen bin ich erst sehr spät aufgewacht, später als sonst, und ich war überrascht, als ich mich im Spiegel ansah, weil mir plötzlich auffiel, dass ich dir immer ähnlicher werde. Ich habe es dir nie gesagt, aber diese Aussicht

begeistert mich nicht gerade. Ich bemerkte plötzlich, dass ich mehr weiße Haare bekommen hatte, und das war nicht gerade angenehm. Ich bekam leichte Magenschmerzen und fühlte mich müde, und als ich mich wieder im Spiegel betrachtete, sah ich dich, und das gefiel mir nicht, denn du bist du, und ich bin ich, etwas anderes kann ich nur schwer akzeptieren. Es gibt Dinge an dir, die ich über alles liebe, und ich würde beinahe alle Dinge, die mir etwas bedeuten und die ich nicht verstehe und vielleicht nie verstehen werde, gegen die hergeben, für die ich diese tiefe Liebe empfinde. Deinen Füllfederhalter von Parker zum Beispiel. Die Ordnung in den Schubladen deines kleinen Arbeitszimmers, das du beinahe nie benutzt. Die Lampe auf deinem Schreibtisch. Das quadratische Kanzleipapier, auf dem du mir die ersten arithmetischen Grundzüge beigebracht hast. Der alte grau-weiße Wagen, den du schon vergessen hast und an den ich mich noch erinnere, mit einer Rollbank vorn und der Gangschaltung neben dem Lenkrad. Er hatte einen glänzenden verchromten Grill vorn an der Kühlerhaube. Ein unvollständiges Kartenspiel mit Illustrationen des Infanten Dom Henrique als Buben. Ein schwarzer Anzug mit hauchdünnen braunen Streifen. Ein Geschwür am Zwölffingerdarm mit zweiunddreißig Jahren, an das ich mich noch gut erinnere; damals war ich noch sehr klein und beneidete dich um deine Diätmahlzeiten. Das war die Zeit, als ich gekochten Fisch über alle Maßen schätzen lernte. Ein Schraubenschlüssel mit gelbem Griff. Die beiden uralten Schnapsflaschen, die in einem Küchenschrank aufbewahrt wurden. Die Kisten mit kanarischen Zigarren, die heute fast völlig vertrocknet sind. Das gebundene Exemplar von »Unser Sexualleben« von Dr. Fritz Kahn. Die zwanzig

Bände der »Weltgeschichte« von Carl Grimberg. Die Stadtkarte von Porto. Das Tonbandgerät, das nicht mehr repariert wurde. Die gelbliche Fischangel und das komplette Zubehör, Bleie, Nylonfaden, Schwimmer, Plastikköder. Die amerikanische Schirmmütze, das Taschenmesser von Palaçoulo mit dem Griff aus Holunderstrauchholz. Das Fahrrad, das schon nicht mehr existiert. Und wieder der Parker. Das Jagdgewehr, eine Beretta mit den beiden übereinander liegenden Läufen, die Patronentasche und das andere, einfachere englische Gewehr mit nur einem Lauf, dessen Marke ich nie herausgefunden habe. Das Jahresabonnement der »Reader's-Digest«-Auswahlbände. Die zusammenklappbare Kiste mit Eisenwerkzeug und alles, was dort hineinpasst. Der dunkelbraune, lederne Reisesack, der schon verschlissen ist, und ein Reisekoffer, auch aus Leder, flach, mit Metallbeschlägen an der Seite. Das dunkelblaue Halstuch, das gewöhnlich in der Tasche deines Sonntagsanzuges steckte. Die beinahe vollständige Krawattensammlung, die du in der Zeit getragen hast, als du mich in der Grundschule angemeldet hast. Die schwarzen Stürmerschuhe, die du im Winter vor zwanzig Jahren anzogst, wenn du mit der Post den »Erster Januar« bekamst. Ein Benzinfeuerzeug, das zuerst Großvater gehört hatte.

Wenn ich ehrlich bin: Manchmal tut mir der Magen weh, nur manchmal. Ich habe in der letzten Zeit viel geraucht, aber ich zwinge mich dazu, mich nicht allzu sehr zu bemitleiden. Ich versuche früh aufzustehen, ich höre die Nachrichten im Radio. Deinen letzten Brief habe ich erst zwei Wochen nach Erhalt geöffnet – ich hatte Angst, du könntest mir darin etwas sagen, das den Nagel auf den Kopf trifft und das mich erschreckt hätte.

Als ich mich an diesem Morgen im Spiegel ansah, bemerkte ich, dass ich mehr weiße Haare auf dem Kopf habe als im letzten Jahr zur gleichen Zeit, das schrieb ich ja schon, und ich dachte, dass ich schneller alt geworden bin, als ich es mir selbst prophezeit hatte. Du weißt, ich bin fünfunddreißig Jahre alt, und als du fünfunddreißig warst, da war ich schon auf der Welt und ging zur Schule und träumte nicht einmal davon, dass ich der werden würde, der ich heute bin. Ich sage nicht, dass ich damals gern ein anderer geworden wäre, aber ich hatte zu dieser Zeit keine Vorstellung davon, was weiße Haare bedeuten, weil du noch keine weißen Haare hattest, fast keiner hatte weiße Haare, soweit ich mich erinnere, außer Urgroßvater, der ungefähr zu dieser Zeit starb, weil er alt und lebensmüde war, so glaube ich.

Nicht, Vater, dass das Leben uninteressant geworden wäre, und ich mag es auch nicht, allzu schwach dazustehen. Wirklich, das ist mir zuwider. Auch ich ziehe die Gewinnertypen vor, die Lebensgeschick besitzen, und oft auch diese Typen, die schnelle Entscheidungen treffen können, rasch und mit Mut zum Risiko. Ich glaube, dass auch ich so bin, jedenfalls meistens. Übrigens, mir fehlte jemand, der nicht gerade so ist.

Seit zwei oder drei Wochen nehme ich ab. Ich merke es daran, dass mir alte Kleidung wieder passt, nicht dass ich mich leichter fühle, aber man hat mich darauf aufmerksam gemacht, und das ist bestimmt kein Zufall.

Jemand hat mir von diesen Thermen erzählt. Die Leute gehen dahin, um dort in Ruhe zu schlafen und andere Menschen kennen zu lernen. Sie gehen dort an einem Fluss spazieren, an dessen Ufern viele Platanen stehen, und neh-

men Schlammbäder und Kaltbäder. Auch mir würde es gefallen, dort einige Zeit zu verbringen, ich weiß nicht, für wie lange, aber für eine gewisse Zeit bestimmt, bis ich die Angst vor dem Einschlafen und dem Aufwachen verloren habe. Ich bemühe mich um Disziplin, kaufe jeden Tag die gleiche Zeitung, besuche mit Vorliebe jeden Tag die gleichen Plätze, trinke am liebsten immer das gleiche Getränk, belege immer den gleichen Platz im Bett. Manchmal schlafe ich nicht allein, doch auch dann versuche ich meinen angestammten Platz im Bett einzunehmen, und wenn ich nicht allein schlafe, dann geht mir durch den Kopf, wie gut es doch ist, nicht allein einzuschlafen, und dass ich am liebsten nie anders einschlafen würde. Ich würde gern in diese Thermen gehen, für eine gewisse Zeit, ein Monat dürfte reichen, um mich von dieser Schlaflosigkeit zu kurieren, sie ein für alle Mal zu beheben.
Ich weiß nicht, was es bedeutet, ein Kind zu haben, aber ich glaube, dass du schon geahnt hast, wie schwer es dir fallen würde, von den Dingen zu erfahren, die mir jetzt durch den Kopf gehen. Es sind keine positiven Gedanken, aber einmal musste ich ja an die Dinge denken, die mich in der letzten Zeit bewegt haben.
Ich versuche Disziplin zu üben, das schrieb ich ja schon. Ich habe dir nie Grund zu großer Sorge gegeben, obwohl ich heute denke, dass es besser gewesen wäre, wenn ich es getan hätte.

4. August 1991, fünf Uhr dreißig

Der Schlaf will einfach nicht kommen. Es muss einen Mechanismus geben, der den Wunsch nach Schlaf reguliert, und auch wenn dieser Mechanismus in Gang gesetzt wird und es den Körper nach Schlaf verlangt, nach Stunden des Schlafes, kannst du nicht einschlafen. Es gibt einen Schatten, der klare Nächte verdunkelt. Es gibt ein Licht, das düstere Nächte erhellt. In den Nächten der Schlaflosigkeit ist alles auf den Kopf gestellt.
Der Aussichtspunkt von Santa Iria zeigt auf das Meer wie der Kiel eines Bootes ins Wasser. Es ist das Bild einer Landschaft, die am Himmel aufgehängt ist, genau dort, wo eine Grenze nicht deutlich auszumachen ist. Aber die Nacht ist klar, aus dem Landesinneren gelangen seltsame Stimmen bis hierher, Bilder, die vor den Nachtvögeln, diesen beinahe unwirklichen Wandervögeln, zurückschrecken. Ihre Geräusche sind unstet, sie haften an den Nadeln der Kryptorien, die sich manchmal in einer zufälligen Brise bewegen.
Filipe Castanheira parkte den Wagen am äußersten Ende der Straße, auf einem kleinen Kiesweg, der zum Aussichtspunkt, einer Lichtung auf dem Nordhang der Insel, führte. Es gibt Bilder, die uns zu gewissen Stunden heimsuchen, wenn wir sie nicht sehen wollen. Sie kommen aus dem

Nichts und bringen nichts als Unruhe, vielleicht weil sie so einfach, so banal sind oder als banal empfunden werden, nackt wie die Nacht. Sieh nur, wie der Himmel die entlegensten Winkel zu dieser Stunde erhellt. Sein Licht bewahrt uns vor dem Tod, sagte er, es bewahrt uns vor dem Gang zum Zahnarzt, es bewahrt uns davor, in den Sommernächten einzuschlafen, wenn wir nicht zufrieden sind mit dem, was wir haben, und immer nach etwas anderem streben. Du wirst immer nach etwas anderem streben, nach etwas viel Schönerem, andere werden dir sagen, dass es nicht das ist, wozu du auf der Welt bist, was auch immer es ist.

Andere werden für dich die Angst, den Tod erfinden. Hast du Angst vor dem Tod? Stell dir ganz einfach die Leiche von Rita Calado Gomes vor, diesen Körper, der nie mehr dieses Fleckchen der Insel sehen wird, der nie mehr auch nur einen der Winkel entdecken wird, zu denen es dich in dieser Nacht hinzieht. Bald wird das Tageslicht kommen, es wird von Norden her den Tag mit sich bringen, von dort hinten, ganz weit hinten, wenn du dich auf deinem Aussichtspunkt noch ein wenig vorbeugst, kannst du es sehen. Bewahre uns vor dem Tod, sagte er, bewahre uns vor der Gleichgültigkeit, und rette uns vor der Angst, vor dem Geräusch der Autoschlangen im dichten Straßenverkehr der Städte, bewahre uns vor dem Familienkrach, vor dem Oktoberregen, der traurig ist, bewahre uns davor, zu früh aufzuwachen, wenn wir von einer Ahnung erfüllt sind, von einem seltsamen Hunger, von einer Kälte im Herzen.

Es war so einfach, in das Leben eines anderen zu treten. Du betrittst das Zimmer von Rita Calado Gomes zum letzten Mal, suchst es auf wie einen Hausaltar, eine Traumwelt, den Spiegel eines ganzen Lebens, dem sie möglicherweise in den drei Tagen ihres gefährlichen, von allem losgelösten, unpersönlichen Aufenthaltes auf der Insel eine unvermutete Wende gab. Da war noch ein Beutel mit Gebrauchsgegenständen in einer der Ecken. Du blätterst die Papiere durch, öffnest ein persönliches Notizbuch mit Telefonnummern, einen gefalteten Zettel in einem Seitenfach, »Rui«, und dann eine Telefonnummer in Porto und eine Visitenkarte, zwei, drei, sechs Visitenkarten genau, und eine davon von Rui Pedro Martim da Luz, Porto, die Telefonnummer ist die gleiche wie die auf dem zufällig gefundenen Zettel, und jemand hat eine Zeile darauf geschrieben: »Liebe Rita, vergiss mich nicht, ich werde dich später anrufen oder dich auf den Azoren treffen, Rui Pedro«, das Leben offenbart sich uns so selten, so selten. Aber das Überraschendste ist die Schrift, klein, rundlich und unsicher. Filipe Castanheira hatte sie schon einmal irgendwo geschrieben gesehen, auf einem anderen Stückchen Papier, einem Zettel, der in Rita Calado Gomes' Brieftasche steckte. »Manchmal ist es schwer, dich anzusehen«, genau das. Filipe erinnerte sich wieder an die Schrift und verglich sie im Geiste miteinander. Endlich hatte er das Ende eines Verbindungsfadens gefunden.

»Das hat nichts zu bedeuten«, hatte Enes am Morgen entgegnet. »Nichts. Wenn ich will, könnte ich mich auch Rui Pedro Martim da Luz nennen, ein verdammt langer Name.«

»Er hat gesagt, dass er auf die Azoren kommen wollte.«

»Er ist aber nicht gekommen.«

»Woher wissen Sie das?«

»Weil er nicht hier ist. Er kann noch kommen. Lassen Sie

die Sache auf sich beruhen. Die nimmt ihren Lauf. Das Leid der anderen soll uns nichts angehen. Es hat nichts mit unserer Arbeit zu tun.«
»Glauben Sie das wirklich?«
»Nein. Aber ich sage es, weil wir uns dagegen schützen müssen. Wir müssen uns vor dem Tod der anderen schützen und umso mehr noch vor dem eigenen, der unvermeidlich ist. Ziemlich auffällig, der Name, scheint von den Azoren zu kommen, so aufgebläht, wie der ist.«

5. August 1991, zehn Uhr dreißig

Nachdem Jaime Ramos fünfmal hintereinander das Wort »Ja« gesagt hatte, legte er vorsichtig den Hörer auf die Gabel, was nicht seinen sonstigen Gewohnheiten entsprach. Er legte ihn vorsichtig auf, mit den Fingerspitzen, hörte ein Klicken, zog die Schultern hoch und verdrehte die Augen gegen die Decke. Seine Telefongespräche waren im Allgemeinen sehr monoton, und er gab sich größte Mühe, seinem Gesprächspartner am anderen Ende der Leitung zu verstehen zu geben, dass er nicht gern telefonierte. Meistens ließ er den Hörer auf den Telefonapparat fallen, und zwar aus einer Höhe, die zwischen fünf und zehn Zentimetern lag. Diese Schwankung hing von den unterschiedlichsten Faktoren ab: seinem Grad der Verärgerung und, in den meisten Fällen, von der Tageszeit. Morgens legte er nur brüsk auf, was er im Übrigen immer tat; nachmittags knallte er den Hörer deutlich verärgert auf die Gabel, schon befreit von den Fesseln seiner morgendlichen Scham.
Rosa rief ihn daher selten an, weder zu Hause noch an seiner Arbeitsstelle, und sie führte Jaime Ramos' Ablehnung gegenüber Telefongesprächen auf einige verfehlte Begegnungen und Missverständnisse in ihrer schwankenden Beziehung zurück. Die Wahrheit war, dass Jaime Ramos nie die Vertraulichkeit hatte nachvollziehen können, mit der

Frauen das Telefon benutzten – und er dachte, dass Rosa, die Stunden am Telefon verbrachte, an einem sehr verbreiteten Übel litt, das er ein Übermaß an Mitteilungsbedürfnis nannte. Rosa liebte es, Neuigkeiten zu erfahren. Als sie auf den Azoren angekommen waren, hatte sie einen ganzen Nachmittag am Telefon verbracht, hatte Leute angerufen und Telefonnummern in einem winzigen, aber dicken Adressbuch vermerkt.

Als Jaime Ramos erfuhr, dass Rosa in ihrem Haus einen Anrufbeantworter eingerichtet hatte, der darum bat, »eine Nachricht nach dem Pfeifton zu hinterlassen«, hatte er sie nur noch angerufen, wenn er davon ausgehen konnte, dass sie zu Hause war. Wenn es vorkam, dass er anrief und die Stimme seiner Nachbarin und Geliebten vom Band anhören musste, legte er sofort auf, und erst dann stieß er einen Fluch aus. Er hatte nur ganz selten eine Nachricht an Rosa hinterlassen, und er konnte sich noch genau an das einzige Mal erinnern, als ihm der zur Aussage nötigende Pfeifton nicht die Sprache verschlagen hatte und er sie gebeten hatte, ein paar Treppenstufen nach unten zu gehen und ihn zu besuchen. Er hatte damals mit einer Wintergrippe im Bett gelegen und hatte an diesem Tag ziemlich viel telefoniert, vom Wohnzimmersofa aus, vor dem Fernseher, der immer ausgeschaltet war. Entgegen allen Erwartungen hatte Jaime Ramos von diesem Tag an das Telefon noch mehr verabscheut, weil er es jetzt mit Hinfälligkeit und Ohnmacht verband, zu denen die Krankheit die menschliche Spezies verurteilt.

Eines wusste Jaime Ramos genau, denn er hatte es im Laufe der Jahre gelernt, als er einige Geheimnisse gelüftet und viele andere erfahren hatte, die er am liebsten gar nicht erfahren hätte: Was seine Arbeit betraf, so war der schwarze Apparat auf seinem Schreibtisch aus vielen Gründen nur begrenzt nutzbar, und einer dieser Gründe war die Vertraulichkeit einiger Gespräche. Jaime Ramos wusste sehr gut, wie man ein Gespräch am Telefon abhören konnte, und manchmal war er einfach dazu gezwungen (aber meistens hinderte er sich selbst daran, oder er wurde daran gehindert). Ein weiterer Grund, warum er das Telefon nicht mochte.

Dessen ungeachtet hatte er an jenem Morgen vorsichtig den Hörer auf die Gabel gelegt. Er hatte schon Gespräche mit den unterschiedlichsten Leuten ganz unverblümt beendet, und wenn das Telefon läutete und ihm nur wenige Sekunden zur Annahme des Gespräches blieben, stellte er sich immer vor, wer ihn jetzt wieder stören wollte. Isaltino de Jesus nahm den größten Teil seiner Anrufe entgegen, notierte das Wesentliche auf einem geeigneten Papierblock und legte es ihm dann auf seinen Schreibtisch.

Doch obwohl er darum gebeten hatte, man möge die Anrufe auf den Apparat von Isaltino de Jesus umlegen, mit der Zusage, er werde die Nachrichten später in Empfang nehmen, klingelte das Telefon auf seinem Schreibtisch. Er war am Freitag zuvor aus dem Urlaub zurückgekehrt. Das Flugzeug hatte ihn auf einem sonnigen Flughafen abgesetzt, dessen Namen man ganz plötzlich und ohne jede Berechtigung geändert hatte. Trotzdem war es ihm als lohnenswert erschienen, in seine Stadt zurückzukehren. Zumindest war es die Stadt, in der zu leben er sich im Laufe vieler Jahre gewöhnt hatte. Er erkannte sie vom Himmel aus wieder, als das Flugzeug die Flussmündung umflog, erkannte von oben die grüne Landschaft neben dem Flughafen. Er wusste, dass dort wesentliche Bestandteile seiner selbst und die Aromen waren, die er immer wiedererkennen würde, das Glitzern auf dem Fluss, der Wechsel der Jahreszeiten Jahr für Jahr. Im Laufe der Zeit hatte er dem Leben auf dem Land entsagt. Besser gesagt, er hatte gelernt, sich des Landlebens zu entwöhnen, des Lebens in der Provinz, einer Abfolge von Ereignissen, die ihm oftmals in den Sinn kamen, und der Gesichter, die er wiedererkannte, wenn er ihnen ganz nah kam, die aber schon nicht mehr zu ihm gehörten. Die Familie verschwand nach und nach. Es wäre früher oder später so gekommen, dass die Familie sich auflöste, so etwas passierte mit jeder Familie, ohne Ausnahme. Es waren ihm nichts als Erinnerungen geblieben, die nicht so sehr Erinnerungen, sondern vielmehr Eindrücke waren, nicht flüchtige, aber zufällige Eindrücke. Manchmal erfüllte ein bestimmter Geschmack seinen Mund, der nach Brot oder der nach einem Lebensmittel aus vergangenen Zeiten, irgendetwas, das ihn schon nicht mehr berührte und das kein bedeutender Bestandteil seiner Biografie war.

Rosa hatte ein paar Mal darauf bestanden, dass sie beide, er und sie, eines Tages an einem Wochenende in sein Heimatdorf reisen sollten. Es hätte ihm im Grunde schon gefallen, die Straße hinunterzulaufen, die von Pinhão in den Norden führt, und Teile seiner Vergangenheit wieder zu entdecken. Aber die Vergangenheit war nicht viel wert, wenn man sie nur wiedererkannte. Die Vergangenheit erforderte große Aufmerksamkeit.

»Sollen wir vielleicht als Touristen dahin gehen?«, hatte Jaime Ramos Rosa gefragt.

»Was wäre daran so schlimm?«

»Und einen Fotoapparat und Pralinenschachteln für die Tanten mitnehmen? Sie würden sie verkommen lassen. Sie würden sie über Jahre aufheben, sie einmal im Jahr öffnen, an Ostern, um einem Verwandten eine Praline anzubieten. Nein. Da muss ich nicht hin.«

Aber er ging doch. Er ging ein paar Mal, aber nie mit Rosa. Er kehrte mit Paketen, Geschenken und Verstimmung zurück. Nicht dass er melancholisch gewesen wäre. Das nicht. Nein, aber verstimmt. Schuld war die Reise, der Kirchplatz im Dorf, der Tomatenkäsekuchen, der daheim gegessen wurde, die Messe am Sonntag und der Geruch, der in der alten Kneipe in der Luft lag.

Die Vergangenheit ist ein hartes Stück Arbeit, man braucht Geduld und sogar Toleranz gegenüber den Dingen, die plötzlich wieder aus dem Vergessen auferstehen. Die Stimme der Mutter, die Geschwister, der Vater, der schon lange tot ist. Die Städte dagegen erfordern nicht so viel Auseinandersetzung. Sie sind da, beschränken sich darauf, zu existieren und den Plänen der Urbanisation, den Körperschaftswahlen, den Rotlichtvierteln, den Verkehrsverwicklungen, der Trägheit des Lebens zu widerstehen. Es sind Körper, die sich genau kennen, die Städte mit ihren Kanalisationssystemen, den feuchten Straßen im Winter, den zerfallenen Gebäuden, den städtischen Bussen in den harmlosen Farben.

So viele Überfälle gibt es nun auch wieder nicht, wenn man es genau nimmt. Vielleicht ist es gefährlicher als früher, vielleicht. Mochte er die Straße, in der er lebte? Sein Viertel? Warum sollte er es mögen? Er hatte alles vom Himmel aus wiedererkannt, als sich das Flugzeug langsam der Stadt genähert und sie langsam überflogen hatte. Die

Wagen fuhren das Flussufer entlang. Der Morgen hier glich jedem beliebigen Morgen. Es gab nichts, über das man sich hätte beklagen können, kein Bürgermeister würde das Geschick dieser kleinen Welt ändern; die Städte wachsen, und die Bürgermeister fördern dieses Wachstum. Nein, er war kein Demokrat; und es war nicht nötig, das öffentlich zu machen, in den eigenen vier Wänden fragte man nicht danach. In diesen Zeiten verließ er nicht das Haus, für ihn gab es keine gewonnenen oder verlorenen Wahlen.
Die Ferien auf São Miguel, so musste er zugeben, hatten ihn für einige seiner Mühen entschädigt, für seine Arbeitsroutine, für sein Leben in dieser Stadt. Liebte er Porto? Liebte er Rosa? Liebte er sein Zuhause?
Aber das war es nicht, woran er dachte, als er seine Hand nach dem Telefonhörer ausstreckte, an jenem Montag im August, als er nach vierzehn Tagen Urlaub zurückgekehrt war. Wo würde er die restlichen zwei Wochen verbringen?
»Ja?«
Die andere Stimme schien aus weiter Ferne zu kommen, und er musste seine ganze Aufmerksamkeit aufbringen, um sie zu verstehen.
»Gut, dass Sie schon im Dienst sind.«
Ein Direktor sieht so etwas gern, wie könnte es anders sein.
»Nur zwei Worte. In meinem Büro, natürlich. Ein Körper ist gerade eingetroffen, ich wollte sagen, eine Leiche. Ich hätte gern, dass Sie sich persönlich um die Angelegenheit kümmern. Geht das?«
»Ja.«
»Sagen wir, es handelt sich um einen Fall, der sorgfältig untersucht werden sollte. In diesem Augenblick sind uns

gewissermaßen die Hände gebunden, Sie verstehen. Ich würde mal so sagen, wir sollten mit vereinten Kräften daran arbeiten. In Zusammenarbeit mit anderen Abteilungen. Verstehen Sie?«
»Ja.«
»Können Sie Ihre Leute diesmal außen vor lassen?«
»Ja.«
»Sehr gut. Dann kommen Sie auf einen Sprung hier vorbei. In einer halben Stunde, um elf. Schaffen Sie das?«
»Ja.«
Dann hatte er den Hörer vorsichtig auf die Gabel gelegt. Die Decke hätte schon lange einmal gestrichen werden müssen. Er hatte schon vor Monaten darauf hingewiesen. Sie hatten ihm eine Antwort gegeben, damals, die nichts Gutes verhieß: »Ja.«

5. August 1991, elf Uhr

Jaime Ramos zuckte mit den Schultern, als der andere ihn nach seinem Urlaub fragte.
»Urlaub ist Urlaub«, fügte der Mann hinzu, der hinter seinem Schreibtisch sitzen blieb, welcher entfernt an den von Jaime Ramos erinnerte, obwohl er aufgeräumt und sauber war. »Die ganze Familie will am Monatsende an den Strand. Und auch wir gehören eigentlich dahin, um auszuspannen. Im Moment denken alle an nichts anderes. Ein paar Tage an der Algarve, wo sonst, Strand und Familie. Wo haben Sie ihre Ferien verbracht?«
»Auf den Azoren. São Miguel«, antwortete Jaime Ramos und setzte sich.
»Schön. Alle haben mir immer erzählt, dass es sehr schön dort sei. Ich bin nie da gewesen. Sie sehen gut aus, Herr Inspektor, sehr gut, der Urlaub ist Ihnen gut bekommen. Schön braun. Sie haben nicht abgenommen.«
»Nein.«
»Ich habe Sie hergebeten, weil es sich um einen mehr oder weniger brisanten Fall handelt. Nicht dass er im engsten Sinne des Wortes vertraulich ist, das nicht, obwohl es ratsam wäre, die Sache diskret zu behandeln. Ich will nicht, dass jemand auf Ihrer Arbeitsstelle davon erfährt. Wie dem auch sei, wir sind nicht die Einzigen, die an dem Fall inte-

ressiert sind. Wir müssen über die wichtigsten Dinge auf dem Laufenden sein, für den Fall, dass sie uns von da oben benachrichtigen. Der Fall ist eigentlich eher etwas für die Militärs und die Geheimdienste. Eine heikle Angelegenheit.«

»Inwiefern?«

»Es betrifft alles«, sagte der andere und zog einen Schreibblock zu sich heran, klappte ihn auf und gleich darauf wieder zu. Jaime Ramos kannte diese Geste. Es geht darum, den Eindruck zu vermitteln, dass alles notiert ist; man öffnet einen Notizblock, um Zeit zu gewinnen oder um den Verdacht zu zerstreuen, es könnte irgendetwas dem Zufall überlassen sein. »Es handelt sich um Mord, und das Problem ist, dass es nicht hier passiert ist. Wir sind natürlich über unsere normalen Kanäle benachrichtigt und ausreichend darüber informiert worden, um wen es sich handelt, wie die Sache passiert ist, wo sie sich abgespielt hat und all diese Dinge. Sie wissen ja, es gibt Informationen, die man weitergibt, und andere, die man für sich behält. Und was mich persönlich angeht, lässt mich die Sache auch nicht kalt, denn ich habe den Mann gekannt.«

»War er Ihr Freund?«

»Ein Bekannter. Wir kannten uns schon lange, wissen Sie. Wir waren Kommilitonen an der Uni, im Ausland. Es ist schon lange her, dass ich ihn gesehen oder von ihm gehört habe, nur einmal, neunundsiebzig oder achtzig, ungefähr vor elf Jahren, als sich die Beziehungen zu den Geheimdiensten zu normalisieren begannen. In dieser Zeit war ich nicht hier. Wissen Sie, ich bin erst vor fünf Jahren hierher gekommen, ich kam von unten und habe die übliche Laufbahn durchgemacht. Aber zurück zu dem Fall. Er war ein

interessanter Typ, er hatte ungefähr Ihr Alter und meines, klar. Wissen Sie, ich will auf keinen Fall, dass Sie es wie einen Routinefall behandeln, das Übliche, ich möchte, dass Sie ein paar Fragen stellen, ein paar Dinge in Erfahrung bringen. Nur für den Fall, dass man von offizieller Stelle anfragt. Bis jetzt sind wir nur telefonisch benachrichtigt worden, sie haben uns ein paar Unterlagen geschickt, das Übliche. Allerdings habe ich ein persönliches Interesse an dem Fall, nicht dass das viel zur Sache tut, aber deshalb möchte ich unbedingt, dass die Angelegenheit mit größter Diskretion behandelt wird. Der Idealfall wäre absolute Diskretion.
Der Mann nennt sich Rui Pedro Martim da Luz. Ich nenne Ihnen seinen vollständigen Namen, weil er sehr großen Wert darauf legte, dass man ihn bei seinem ganzen Namen nannte. Es ist ein ehrbarer Name, eine ehrbare Familie, alteingesessen, Martim da Luz, verstehen Sie. Rui Pedro Martim da Luz, schreiben Sie sich den Namen auf. Er starb in Galicien, am Donnerstagmorgen. Oder am Freitag. Ich weiß es nicht genau. Man wird das später sehen. Drei Schüsse, ein mehr oder weniger menschenleerer Strand, weil es am frühen Morgen passiert ist. Er wurde vorgestern gefunden und nach Portugal überführt. Er ist schon eingetroffen, die Beerdigung ist heute. Das Komplizierte an der Sache ist natürlich nicht sein Tod. Sagen wir, dass er Verbindungen zum Geheimdienst hatte, von sechsundsiebzig bis vor etwa einem Jahr. Wie dem auch sei, es versteht sich von selbst, dass niemand aus einer Laune heraus seine Verbindungen zum Geheimdienst abbricht, aber man kann sagen, dass er nicht mehr für sie arbeitete. Es gab nicht mehr so viel Informationsbedarf, wenn Sie mich fragen. Er war An-

walt, Firmenanwalt, hier und in Lissabon, und er hatte ein Bein im Geheimdienst, nichts Besonderes, denke ich, Informationen über Firmen, es ging um die Verbindungen der Firmen untereinander, Sachen, die den Geheimdienst üblicherweise interessieren und über die wir besser Bescheid wissen, für die Hälfte des Geldes, das die dafür aus dem Fenster schmeißen. Wie auch immer.«

»Militärische Informationen also.«

»Das ist es doch immer, letztlich. Oder wenigstens stehen die Dinge mit den Militärs in Zusammenhang. Die haben ihre Finger doch überall, nebenbei bemerkt. So was in der Art wird es gewesen sein. Wir kennen nur das eine Ende der Fahnenstange, den Kleinkram. Die Sache ist die, er ist jetzt tot. Dadurch hat sich die Angelegenheit bei denen in Lissabon zu so einer Art Wahnvorstellung entwickelt, die haben nämlich gleich ihre Männer aus Porto nach Spanien geschickt, damit sie die Operationen aus der Distanz im Auge behalten. Für die vom Geheimdienst, versteht sich. Ich glaube, ich habe da so eine Idee. Vielleicht hat er in letzter Zeit an einem Fall gearbeitet, der ihn interessiert hat, und jetzt schöpfen sie Verdacht, die Sache könnte damit in Zusammenhang stehen. Die Sache, das heißt sein Tod, natürlich. Tatsache ist, dass ich seit mehr als zehn Jahren nichts mehr über ihn weiß, abgesehen von den Dingen, die man so hört, dass er in Verbindung mit dem Geheimdienst stand. Nicht der übliche Kleinkram, den man so am Stammtisch im ›Procópio‹ in Lissabon zum Besten gibt, keine Rede. Kennen Sie das ›Procópio‹?«

»Ein Ausschank.«

»Eine Bar in Lissabon. Aber diese Aktivität war immer schon eine ziemlich haarige Sache. Wäre er einer von die-

sen jungen Typen gewesen, die damals, so um fünfundsiebzig oder sechsundsiebzig herum, für zwanzig Contos an den Tischen im ›Procópio‹ ihre Informationen an den Mann brachten, dann wäre sein Leben ganz anders verlaufen. Entweder wäre er jetzt Staatssekretär oder Berater von Cavaco, oder er wäre von allem ausgeschlossen worden und hätte nie mehr Zugang zu ihren Kreisen bekommen. Sie wissen, es ist ein Risiko, Informationen weiterzugeben, dazu muss man nach einem ziemlich ausgeklügelten Schema vorgehen, ein gut geknüpftes Netz an bestens unterrichteten und verlässlichen Informanten haben. Wenn Sie sich mit Leuten einlassen, die auch noch ihre Geschäftsbeziehungen da hineinfließen lassen, dann sind Sie erledigt, weil es nur einen geben kann, der für beide Seiten arbeitet. In der damaligen Zeit, fünfundsiebzig, gab es noch den Kommunismus, den CIA, eine Gruppe von Leuten der MRPP, die später Beziehungen zum CIA unterhielt, Leute, die ihre Kontakte hatten, und den KGB, der ging so vor, wie man es erwartet hatte, und streute seine Agenten hier im Land. Ein großer Teil der jungen Leute aus dieser Zeit landete irgendwann beim CIA, und später gingen sie dann in die Regierung und nach Amerika. Nicht, dass sie in die Kreise des CIA gekommen wären, aber, wie das so ist, ein Aufenthalt in Amerika, kleine Geldgeschenke, politische Gefälligkeiten. Alle Welt weiß, wie so etwas funktioniert.«
»Haben Sie da mitgemischt?«
»Ich? Nein. Ich bin ein Mann des Gesetzes, wissen Sie. Ein Polizist, der die Uni besucht hat. Ich habe Familie, Kinder, und ich habe mich nie sehr für Politik interessiert. Es stimmt übrigens, dass es bei diesen Zusammenkünften

nie ausschließlich um Politik ging und die Informanten nicht nur von der Politik lebten. Es gab da noch andere Dinge: Transaktionen von Firmen, Verkäufe an irgendwelche Länder. Zum Beispiel. Und auch, wer mit wem ins Bett ging. Die Frau von dem ging mit einem anderen, und der wiederum schlief mit der Frau, die einen bestimmten Posten beim Fernsehen hatte. Wissen Sie, Inspektor, es ging um Informationen über Alles und Nichts.«
»Wo hat man ihn getötet?«
»In Galicien. Ein kleines Fleckchen Erde, ein Dorf mit Namen Finisterra. Ich glaube, die nächstgrößere Stadt dort ist Corcubión. Es liegt in der Gegend von Coruña, auf halber Strecke zwischen Coruña und Pontevedra, aber an der Küste. Ein verlassenes Dorf. Da lebt niemand oder fast niemand, auch nicht im Sommer. Drei Schüsse.«
»Das haben Sie bereits erwähnt. Und die Kugeln?«
»Keine Spur. Das heißt, sie haben uns darüber noch nichts gesagt. Wir haben keinen offiziellen Bericht bekommen.«
»Auch keinen inoffiziellen?«
»Inoffiziell haben wir einen, aber auf den können wir uns nicht stützen«, sagte der andere und blickte auf die säuberlich geordneten Papiere auf dem Tisch, und Jaime Ramos wusste, dass sich die Dinge so abspielen würden, im Halbdunkel. »Drei Schüsse in die Brust, so viel steht fest. Eine Beretta, Kaliber zweiundzwanzig.«
»Finden Sie das nicht komisch? Die Waffe?«
»Nicht sehr. Eine kleine Waffe, das stimmt, die zu unterschiedlichen Zwecken gebraucht wird, Kaliber zweiundzwanzig, Sie wissen schon.«
»Sehr klein, die kann man ohne Mühe in einem Mantel verstecken.«

»Die Leute vom Mossad benutzen sie auch für ernste Fälle. Für das, was einmal eine richtige Armee werden könnte, für Berufssoldaten.«

»Was weiß man über seinen Tod?«

»Morgens, um sechs Uhr dreißig ungefähr, bei Sonnenaufgang, am Dorfstrand. In den Unterlagen der spanischen Polizei, der Guardia Civil, steht, dass es der Strand von Muros war, einem Dorf an der Küste, aber diese Papiere tragen nicht viel zur Aufklärung bei, wenn Sie mich fragen. Jemand hat einen Schuss gehört, wie es aussieht, mehr nicht. Die Leiche ist nach Porto überführt worden, in einem Krankenwagen der Polizei übrigens, weil irgendjemand in dieser Geschichte sich eingeschaltet hat, so wie es aussieht. Die Familie hat gleich am Morgen von dem Tod erfahren, soweit ich informiert bin. Sie haben mir dann Bescheid gegeben. Es wäre übrigens ratsam, wenn Sie auf diese Beerdigung gingen. Es gibt noch ein Detail, das man berücksichtigen muss.«

»Ein Detail?«

»Ja, ein Detail. Er ist vor ungefähr einem Monat untergetaucht. Er hat seiner Familie einen Brief hinterlassen, damit sie ihn nicht sucht, und ist an einen Ort gegangen, wo ihn niemand finden würde, so dachte er. Er hat ein Flugzeug nach Madrid genommen. Da verliert sich die Spur, so sagen die vom Geheimdienst. Das ist natürlich nicht die offizielle Version.«

»Weiß man, warum er untergetaucht ist?«

»Nicht die Spur. Er ist verschwunden und hat seine Papiere wohl geordnet zurückgelassen. Na ja, er war siebenundvierzig oder achtundvierzig Jahre alt, er wird wohl auf der Suche nach etwas gewesen sein. Das weiß ich aber nicht.

Ist Ihnen das auch schon so ergangen, dass Sie nach etwas gesucht haben?«

»Nur in der Fantasie, Herr Direktor. Ich vermeide es, meiner Fantasie zu große Flügel zu verleihen.«

»Und woran denken Sie gerade?«

»Ich denke an den Rauch, der aus den Kaminen der Dorfhäuser steigt. Und an eine Reihe von Reisen, die ich unternehmen sollte.«

»Wohin?«

»Nach Kuba. Und nach Guinea. Dahin würde ich gern noch mal gehen, nach Guinea.«

»Wie auch immer, Sie sollten die Beerdigung besuchen. Ich kann nicht, heute ist Montag, da habe ich Sport am späten Nachmittag und bis dahin noch ein paar Konferenzen.«

»Machen Sie Sport?«

»An manchen Tagen ja, an manchen nein. Montags, mittwochs und freitags. Am späten Nachmittag. In einem Zentrum ganz bei mir in der Nähe. Sauna, Unterwassermassage, Tennis am Sonntagmorgen. Machen Sie Sport, Inspektor?«

»Zu Hause.«

»Hanteln, Fahrrad, Übungen?«

»Nein. Ich steige jeden Tag die Treppen.«

»Und Sie machen sonst keinen Sport?«

»Fußball im Fernsehen und ein Bier dazu, manchmal.«

»Wie alt sind Sie?«

»Ich bin noch jung, sechsundvierzig Jahre alt.«

»Sie sollten Sport machen. Sie wissen ja, das Blut, der Kreislauf, die Lungen. Rauchen Sie?«

»Jetzt nur noch Zigarren, seit ich sie entdeckt habe. Sie sind sanfter, als ich gedacht hatte. Sie rauchen sich nicht so schnell auf, sie schmecken besser, und man muss nicht alle Nase lang Münzen in einen Zigarettenautomaten werfen.«

»Sie müssen auf sich achten. Essen Sie viel? Wie machen Sie das mit dem Essen?«

»Normal. Ich stehe auf, nehme ein kleines Frühstück zu mir, dusche, kaufe eine Zeitung am Kiosk und dann die Arbeit. Und manchmal, wenn ich bis zum späten Abend Karten spiele, nehme ich einen kleinen Happen zum Abendessen. Wie es gerade passt.«

»Was spielen Sie? Poker, King, Bridge?«

»Bisca, Herr Direktor. Oder Sueca, wenn ich in Übung bin. Wir sind zu viert und setzen uns manchmal in einem Eckchen im Wohnzimmer zusammen, zwei Männer und zwei Frauen. Manchmal genehmige ich mir einen Drink, am Samstagabend, wenn ich nicht ins Kino gehe.«

»Sie sollten vorsichtig sein«, warnte der Direktor. »Ein Mann von sechsundvierzig ist kein Jugendlicher mehr. In diesem Alter sollte man sich vernünftig ernähren und vorsichtig mit dem Tabak umgehen. Was essen Sie zu Mittag?«

»Manchmal esse ich das, was vom Abendessen übrig geblieben ist, weil ich morgens schon Appetit habe. Manchmal ein Kartoffelomelette mit Schinken aus Trás-os-Montes. Ich sehe, Sie sorgen sich um die Gesundheit Ihrer Mitmenschen, aber dazu besteht kein Grund. An manchen Tagen geht es mir gut, an anderen weniger, aber ich weiß, dass das Leben nun mal so ist. Übrigens gehe ich auch angeln, im Flüsschen bei Aveiro, wenn die Sonne am Wochenende scheint, so wie es sein sollte. Um meine Gesundheit habe ich mich nie besonders gesorgt, wenn ich es genau nehme. Sie ist es, die sich um mich sorgen sollte.«

»Und Ihre Frau, beschwert die sich nicht über das Rauchen?«

»Wenn es da eine Frau gäbe, bei mir zu Hause, dann vielleicht, und wenn sie Zeit hätte, sich über etwas zu beschweren.«

»Dazu sind Sie eigentlich zu alt, Inspektor. Meine Frau fing eines Tages an, sich über mein lautes Schnarchen zu beschweren. Der Alkohol und das Rauchen spielen da eine große Rolle, sie fördern das Schnarchen. Als sie das entdeckt hat, wollte sie, dass ich mit dem Rauchen aufhöre und später auch mit dem Trinken. Das sei kein gutes Vorbild für die Kinder, es tue mir nicht gut, ich sollte an mein Herz denken – wie in der Fernsehwerbung.«

»Und, haben Sie mit dem Rauchen und Trinken aufgehört?«, fragte Jaime Ramos.

»Nicht sofort. Ich habe mir Zeit gelassen, wissen Sie, man muss ihnen nicht immer große Beachtung schenken, wenn sie etwas sagen. Eines Tages, als ihre Stimmung ziemlich im Keller war, warum, weiß ich auch nicht, da habe ich aufgehört zu rauchen. Als Geschenk sozusagen, verstehen Sie. Das hat ihr gefallen, sie war zufrieden und meinte: ›Jetzt musst du nur noch das Trinken lassen.‹ Sie sagte, ich solle nicht mehr so viel trinken, und ich trank nicht mehr, na gut, hier mal einen Whiskey und da mal einer, das Übliche, Sie wissen schon. Aber ich wusste, wenn sie mir sagte, ich solle nicht mehr so viel trinken, dann bedeutete das, ich sollte gar nichts mehr trinken, und zwar egal was. Ich habe es sehr eingeschränkt. Fast auf ein Minimum. Einen Whiskey nach dem Abendessen. Dann fing sie an mit diesem: ›Jorge, trink nicht‹, und das jedesmal, wenn ich mir nach dem Abendessen einen Whiskey genehmigt habe. Also

gut, dann ließ ich auch das Trinken, auch das Glas Whiskey nach dem Abendessen. Und dann hab ich die Behandlung gleich komplett gemacht: Gymnastik und Joggen, von Zeit zu Zeit. Aber das Joggen habe ich gleich drangegeben. Hier in der Gegend zu laufen, durch diese Straßen da draußen, und das am Samstagmorgen ... Unterwassermassage, das ja. Und Gymnastik, Muskelaufbau. Manchmal, nach dem Mittagessen, sehne ich mich nach einer Zigarre. Nach einem sonnigen Sonntagnachmittag im Frühling zu Hause oder nach einer Siesta. Aber ich halte immer durch, denn wenn man wieder anfängt, ist es sehr schwer, es sich wieder abzugewöhnen. Eine Zigarre von Zeit zu Zeit, da sage ich nicht nein, ein paar Gläser. Eine durchzechte Nacht. Schlagen Sie gern über die Stränge?«
»Selten. Ich mag diesen Ausdruck nicht, Herr Direktor.«
Der andere war sichtlich erstaunt. Jaime Ramos hatte den Ruf, hin und wieder unfreundliche Antworten zu geben und brüsk zu sein, aber es war das erste Mal, dass er es am eigenen Leib erfuhr. Doch Jaime Ramos erklärte:
»Das ist so, als ginge es darum, mit jemandem ins Bett zu gehen. Die Antwort ist: Ich habe keine Lust zu schlafen. Aber ich trinke, das Übliche, Herr Direktor. Und ich bereue es nicht, weil ich nur das trinke, worauf ich Lust habe.«
»Damit Sie sich nicht schlecht fühlen?«
»Genau«, schloss Jaime Ramos.
»Aber ich habe so meine Sehnsüchte, das ist wahr. Nach einer Zigarre, nach ein paar Gläsern. Nicht dass ich völlig abstinent geworden wäre, nein, das auch nicht. Ein Gläschen in Ehren, auf einem Fest, ein Weißwein, das ja. Aber nicht im Übermaß. Der Magen leidet darunter.«
»Sie haben ihn entwöhnt.«

»Ihn entwöhnt?«

»Ja. Den Magen. Bevor Sie mit all dem aufgehört haben, hatten Sie bestimmt keine Probleme damit. Oder etwa doch?«

»Nein, überhaupt nicht.«

»Jetzt haben Sie sie. So ist das Leben. Wann wollen Sie damit anfangen?«

»Mit der Diät?«

»Nein. Mit der Arbeit an dem Fall.«

»Es gibt gar keinen Fall, Inspektor. Ich möchte, dass Sie aufmerksam verfolgen, welche Entwicklung die Situation nimmt, und dass Sie darauf vorbereitet sind zu handeln, wenn es erforderlich sein sollte. Offiziell sollten die Unterlagen morgen eintreffen, also verpassen Sie nicht diese Beerdigung, und versäumen Sie nicht, mit den Leuten zu sprechen. Mit seiner ehemaligen Frau, das sollten Sie auf jeden Fall tun. Und halten Sie ihre Nase in die Luft, sehen Sie, ob etwas passiert. Aber auf der Grundlage einer rein vorläufigen Untersuchung. Zumindest, bis die Papiere von dort hier eingetroffen sind. Schieben Sie keine andere Arbeit deswegen auf, vertagen Sie nichts. Und sagen Sie mir Bescheid, wenn sich heute auf der Beerdigung etwas Wichtiges ergeben sollte. Die Zeitungen werden natürlich von dem Fall berichten. Der ›Notícias‹ müsste etwas darüber geschrieben haben, ich habe ihn noch nicht gelesen.«

»Hat er.«

»Was Großes?«

»Nur wenig, Herr Direktor. Nur eine kurze Nachricht.«

»Also wissen Sie es schon? Davon haben Sie mir nichts gesagt.«

»Es gibt jeden Tag Tote.«

Jaime Ramos erhob sich, blickte auf die bläulichen Wände im Büro des Direktors. Ihm fiel ein, dass in diesem Raum nicht geraucht wurde. Er musste daran denken, dass der Staub auf dem Schreibtisch jeden Tag verschwand und dass seine Füße auf dem Boden keine Geräusche machten. Er wandte sich der Tür zu, nachdem er die ausgestreckte Hand des anderen gedrückt hatte.

»Danke. Und denken Sie daran: Sie sollten die Sache nicht an die große Glocke hängen. Auch nicht mein persönliches Interesse an der Geschichte. Ich war vor langer Zeit mit ihm befreundet, an der Uni. Er war ein interessanter Mann, vom intellektuellen Zuschnitt der Jurastudenten. Ich glaube, er hat ein paar Artikel, philosophische Abhandlungen, Kinobesprechungen, Literaturkritiken oder so etwas in der Art geschrieben, ich erinnere mich nicht mehr genau. Erzählen Sie mir später etwas darüber.«

Jaime Ramos nickte, versprach, ihn über alles auf dem Laufenden zu halten, öffnete die Tür und drehte sich im letzten Augenblick um, nachdem er die Hand in die Manteltasche gesteckt hatte.

»Sehnsüchte sind das Schlimmste, was es gibt«, sagte er dann und schob dem Direktor über den Schreibtisch eine Zigarre zu. Er legte sie neben die Mappen mit den durchzusehenden Berichten. »Auch wenn Sie nicht rauchen. Nur damit Sie nicht vergessen, wie sie aussieht.«

5. August 1991, sechzehn Uhr

»Natürlich gibt es sehr unterschiedliche Särge«, sagte der Mann. »Ich behaupte nicht, dass es sie in allen Farben gibt, immerhin ist der Tod eine ernste Angelegenheit. Aber es gibt sie in allen Formen und Macharten. Eine Urne ist etwas Aufwendiges, es ist der letzte Transport, der uns gewährt wird.«

»Das stimmt«, entgegnete Jaime Ramos. »Für mich will ich etwas Einfaches, Billiges, aus gutem Holz.«

»Das Holz ist wichtig. Ein Sarg erfordert große Sorgfalt, große Sorgfalt. Der Zuschnitt. Der Zusammenbau. Auch die Beschläge müssen sorgfältig ausgewählt werden. Ganz zu schweigen von dem Ofen.«

»Das Holz von meinem Sarg muss gut brennen.«

Der Mann knabberte ein wenig an seiner Zigarette und sah Jaime Ramos jetzt mit größerer Aufmerksamkeit an.

»Wollen Sie verbrannt werden?«

»Daran habe ich gedacht. Es gibt Momente, in denen ich daran denke.«

»Mögen Sie Ihren Körper nicht? Wollen Sie sich von ihm befreien?«

»Darum geht es nicht. Ein Körper hat keine große Bedeutung, das stimmt, aber damit hat es nichts zu tun. Ich lasse nicht gern etwas mit mir geschehen.«

»Es ist ein einfacheres Verfahren. Und es ist in Mode, wenn Sie mich fragen, obwohl es ein teurer Spaß werden kann. Das hängt von dem Ort ab, an dem Sie sterben, klar. Verbrennungen machen sie nicht überall.«

»Ich werde irgendwo hier sterben«, sagte Jaime Ramos mit trauriger Überzeugung.

»Dann wäre es eine Lösung. Andernfalls würden Sie ein Heidengeld ausgeben. Transport, Behandlung, Vorbestellungen, Zeremonie, all das. Und dann muss man sehr aufpassen, weil nicht alle mit den Toten so umgehen, wie sie sollten. Ein Heidengeld kostet das, das sage ich Ihnen.«

»Wenn man seinen Todestag festlegen könnte, wäre alles viel einfacher.«

»Ohne Zweifel. Aber sehen Sie zu, dass Sie in Castelo Branco sterben. In Bragança. In Mogadouro.«

»Oder in Mirandela.«

»Oder in Mirandela, da haben Sie Recht. Wo auch immer. Teuer wird es überall.«

»Ich will überhaupt keine Zeremonie. Eine einfache Sache.«

»Gut, eine einfache Sache. Und die Asche?«

»Weg damit. Ich will nicht dieses Affentheater nach dem Tod. Sollen sie doch meine Asche auf einer Weide in meiner Heimat verbuddeln. Nicht direkt in meiner Heimat, aber in der Nähe, dort, wo man den Fluss sehen kann. Ich erinnere mich an eine Mauer, die ich immer mochte, daneben könnte es sein. Ich will nichts dergleichen von wegen die Asche im Meer verstreuen, im Wind. Nichts dergleichen, ich bin keine große Persönlichkeit.«

»Umso besser.«

»Aber es könnte ja sein.«

»Natürlich. Ohne Ihnen zu nahe treten zu wollen. Ein Herr aus Espinho, den wir betreut haben, wollte, dass die Familie seine Asche bei Lourenço Marques verstreut. Das war vielleicht ein Theater. Sie hatten keine Geldprobleme, aber es war eine komplizierte Sache, mit den Erlaubnisscheinen, den Verwaltungsvorschriften, wie man zu sagen pflegt. Und da flog die Asche im Flugzeug davon, mit einem der Söhne und der Frau, nach Mosambik, alles war geregelt. Allerdings gab es dann im Flugzeug Probleme, die Verpackung hielt nämlich nicht.«

»Die Verpackung?«

»Die Kiste mit der Asche. Sie hatte einen Riss, ich weiß heute noch nicht, wie das passieren konnte, ein unerklärlicher Fall. Ich weiß nicht, ob sie Teile des Mannes verloren oder nicht, aber als sie die Asche über dem Meer, dem Indischen Ozean abwarfen – das ist doch der Indische Ozean, oder nicht? –, also, da fing die Sache an schief zu laufen. Und warum ins Meer, so weit weg?«

»Ein sentimentaler Grund, nehme ich an.«

»Das muss wohl so sein. Aber die sentimentalen Gründe sollten vorher genau geprüft werden, bevor wir sie in die Tat umsetzen. Das war neunundsiebzig, glaube ich, mit all den Komplikationen in der Politik. Die Asche wartete hier sechs Monate darauf, an diesen Ort zu kommen. Aber wenn Sie so etwas gar nicht wollen, dann wird die Sache einfacher.«

»Kein Affentheater«, versicherte Jaime Ramos.

»Dann können Sie ja etwas vereinbaren, das Ihnen entspricht.«

»Aber ich werde jetzt noch nicht sterben.«

»Das weiß man nie. Nehmen Sie es mir nicht übel, aber

das weiß man nie. Ich arbeite schon vierzig Jahre hier in diesem Geschäft, und ich habe die seltsamsten Dinge gesehen. Junge, Alte, Magere, Fette, Große, Kleine, Männer, Frauen, Dunkelhäutige, Gelbe. So ist der Tod. Wenn man am wenigsten damit rechnet.«

»Spricht man von einem Standardformat?«

»Es gibt ein europäisches Format, ein universelles Format. Aber ein Standardformat, nein, so kann man das nicht sagen. Übrigens, in Wirklichkeit sind die Formate fast identisch. Wir rechnen das aus. Klar, wir fragen natürlich nach der Körpergröße, wenn wir sehen, dass es nötig werden könnte, aber eigentlich ist das nicht erforderlich. Ein kurzer Blick zur rechten Zeit genügt. Nach dem Tod sind wir alle so ziemlich gleich. Da ähneln wir uns wie ein Ei dem anderen.«

»Wenn Sie es sagen.«

»Ich habe meine Gründe. Ich habe schon viele Tote gesehen, und wir sind alle gleich, glauben Sie mir, wir werden steif, dörren plötzlich aus, schließen die Augen. Und fertig.«

»Vielleicht suche ich mir einen Sarg aus, bevor ich sterbe. Zahlen würde ich in Raten, selbstverständlich.«

»Das geht.«

»Und wenn ich ganz fett werde und nicht mehr hineinpasse?«, fragte Jaime Ramos und sah dem anderen auf den Bauch, der von einem Gürtel aus schwarzem Leder gehalten wurde.

Der Mann vom Beerdigungsinstitut blickte ihn erstaunt an und schien ihn von Kopf bis Fuß zu mustern.

»Machen Sie vorher eine Diät. Allerdings glaube ich nicht, dass es so weit kommen wird.«

»Ist das so wie mit den Lebensversicherungen?«, fragte Jaime Ramos wieder.

»Bei den Versicherungen wollen sie wissen, wie es um unsere Gesundheit bestellt ist. Aber stellen Sie sich vor, ich würde von heut auf morgen dick werden. Sehr dick. So dick, dass ich nicht mehr in den Sarg passe, den ich bestellt habe und dessen Holz und Schmuck, will sagen Beiwerk, ich ausgesucht habe, obwohl ich nichts Aufwendiges möchte. Lieber etwas Diskretes.«

»So etwas ist sehr unwahrscheinlich. Aber wenn Sie etwas kaufen, dann versteht sich von selbst, dass wir auch diesen Fall in Erwägung ziehen.«

»Wie teuer wird das?«

»Das kommt drauf an. Nun ja, es gibt eine mittlere Preisklasse, die kann ich Ihnen anbieten. Und es gibt Extras, klar. Besonderer Zuschnitt, Beschläge, was der Herr wünschen. Wozu all das? Dieses ganze Hin und Her, dem ein Körper ausgesetzt ist, vor und nach dem Tod, in und außerhalb der Urne, in und außerhalb der Erde. Aber Sie machen Spaß.«

»Nein, ich meine es ernst. Ich meine es wirklich ernst. Endlich habe ich mich dazu durchgerungen, über diese Dinge nachzudenken. Wer wird mich beerdigen, wenn ich sterbe?«

»Ihre Familie natürlich.«

»Meine Familie gibt es nicht mehr. Besser, ich kümmere mich selbst um alles. Und wer garantiert mir, dass Sie meinen letzten Willen respektieren?«

»Dafür gibt es in der Tat keine Garantie.«

»Offensichtlich.«

»Aber machen Sie es schriftlich. Ein Blatt Papier ist immer besser. Es ist ein Stück Sicherheit.«

»Heutzutage liest doch keiner mehr so was. Diese Dinge interessieren doch keinen mehr.«
»Das Beste wird sein, Sie nehmen gar nicht erst zu.«
»Wir müssen ins Geschäft kommen, ich werde Sie eines Tages anrufen.«
Der Garten war eine Art Sarkophag, in den kein Laut drang, kein Murmeln. Jaime Ramos wartete darauf, dass er an der Reihe war, und während aus dem Inneren des Hauses ein paar Geräusche zu hören waren, Geräusche von Schritten und Stimmen, fiel ihm eine Gruppe schweigender Männer und Frauen auf, die auch wartete, und zwar auf den Stufen zur Veranda. Allerdings warteten sie auf die Beerdigung, und Jaime Ramos wartete darauf, dass sich das Haus leerte und er mit derjenigen sprechen konnte, die er gern etwas gefragt hätte.
Er schlenderte unschlüssig umher und streifte um die geparkten Autos, die in einer Reihe vor den Rasenflächen und den gut gepflegten Blumenbeeten standen. Das Rauschen des Meeres drang bis hierher wie ein ferner Laut, das Raunen eines ruhigen Sommers.
Der Mann vom Beerdigungsinstitut stand noch immer an den Wagen gelehnt, mit dem die Urne auf den Friedhof gefahren werden sollte.
Trotz allem, so dachte er, sind nicht viele Leute gekommen.
»Sie wollten keine Anzeigen. In der Zeitung«, erklärte der Beerdigungsfachmann. »Alles ist ganz familiär heute, nur Familienangehörige. Ist ja auch verständlich, so ein Tod passiert nicht alle Tage.«
»Gehört die da auch zur Familie?«
»Nein. Nicht mehr. Das ist seine ehemalige Frau.«

Sie war in Blau gekleidet und ging auf einen Wagen zu, ihren eigenen natürlich. Eine hoch gewachsene Frau. Jaime Ramos schätzte sie auf ungefähr fünfundvierzig, obwohl er ihre Augen nicht sehen konnte, die von einer dunklen Sonnenbrille verdeckt waren. Der Rock war kurz, aus dunklem Samt. Die Bluse weit. Als sie auf halber Strecke zu ihrem Wagen war, blickte sie im Schutz der Baumschatten auf die Verandastufen zurück und winkte. Einige erwiderten ihren Gruß, und Jaime Ramos notierte es, bevor er sich ihr und der üppigen Bougainvillea zuwandte.

5. August 1991, siebzehn Uhr dreißig

»Das war irgendwann im letzten Sommer, als ich sechsundvierzig wurde. Ich bin übrigens Krebs. Alle sagen, das sei ein uninteressantes Sternzeichen. Verstehen Sie etwas von Astrologie? Ein interessantes Kapitel. Ich fing damals an, Bilanz zu ziehen, und ließ mein Leben Revue passieren. Damals beschloss ich, mein Leben mit diesem Tag neu beginnen zu lassen. Bis zu diesem Zeitpunkt bin ich nämlich nur von einem Schrecken in den nächsten gefallen. Es gab damals Dinge, die sich in mein Dasein drängten wie Unkraut. Ich musste meinem Leben eine Richtung geben oder dieses Unkraut für immer mit der Wurzel ausreißen. Eines dieser Dinge war Rui Pedro.«
»Unkraut?«, fragte Jaime Ramos.
»Wenn Sie so wollen. Seine Midlife-Crisis machte ihm zu schaffen. Seine vierzig Jahre und die paar mehr, wenn der Körper sich verändert. Also nahm er seine Veränderung selbst in die Hand und ging an einen anderen Ort. Er war sicher ein guter Mensch, aber für mich war er schon Unkraut. Alles, was mir als Erinnerung an meine Vergangenheit blieb, war Unkraut, ich musste wieder von vorn anfangen. Vielleicht sogar noch einmal heiraten. Ein neues Abenteuer erleben. Finden Sie mich alt?«
Jaime Ramos hörte ihr aufmerksam zu, nicht zuletzt, um

nicht vom Anblick des blauen Samtrockes abgelenkt zu werden, der langsam die Beine von Antónia Seixas Luz hochrutschte. Natürlich, es war der gleiche Name, der auf dem kleinen Rechteck gestanden hatte, das den Fahrer des Wagens auswies, so erinnerte er sich jetzt, und mit dem dieser von der Beerdigung nach Granja aufgebrochen war. Erst war es der Rock und dann die Knie, denn der Rock rutschte unaufhaltsam höher, in dem Maße, in dem Antónia Seixas Luz sich freundlicher gab. Rosa, wenn ich tot bin, bitte komm nicht zu meiner Beerdigung in so einem Aufzug, auch wenn du mich dann schon nicht mehr liebst, dachte er. Zieh etwas Unauffälligeres an, etwas Dunkles, Einfaches. Ich werde dich gut erkennen können, schließlich werde ich dich ansehen müssen, wenn sie mich fachgerecht in den Sarg gelegt haben, den ich eines Tages kaufen werde, um nach meinem Tod niemandem zur Last zu fallen.

»Keiner ist wirklich alt«, entschuldigte er sich. Aber sie war wirklich nicht alt. Ein paar Falten zogen sich über ihr Gesicht und zeichneten sanfte Linien in die Haut um die Nase und um die Augen. Eine faltige Haut ist keine alte Haut. »Wir schlafen weniger im Laufe der Jahre, aber mehr auch nicht. Sonst bleibt alles beim Alten. Klar, die Gewohnheiten.«

»Die Gewohnheiten, klar«, bestätigte sie. »Man schläft weniger, aber dafür besser, und ich habe nie ein Leben gehabt wie das, was ich jetzt führe. Was ihn angeht, glaube ich, dass er seine Krise mit vierzig nicht aushalten konnte. Er sah sich schon auf die Fünfzig zugehen und machte sich aus dem Staub, das war's.«

»Geht das allen so?«

»Vielleicht, ich bin nicht sicher. Wie alt sind Sie?«
»Sechsundvierzig, glaube ich«, sagte Jaime Ramos, dem auffiel, dass er zum zweiten Mal an diesem Tag nach seinem Alter gefragt worden war. »Sechsundvierzig. Und ich habe noch viel vor. Die Vierzig haben mir keine sonderlichen Kopfschmerzen bereitet.«
»Man leidet immer darunter«, sagte sie. »Rui Pedro trennte sich ungefähr in dieser Zeit von mir, genau vor acht Jahren. Wir hatten keine Kinder, und das machte die Sache leichter.«
»Haben Sie ihn lange nicht gesehen?«
»Seit einem Jahr ungefähr. Unser Leben verlief in unterschiedlichen Bahnen, wir gingen ganz andere Wege. Es stimmt, es brachte mich manchmal zur Weißglut, dass er sich mit jüngeren Frauen einließ, mit halben Mädchen sogar. Eines Tages erzählten sie mir, er habe vor, mit einem Mädchen zusammenzuleben, das seine Tochter hätte sein können und das so um die Zwanzig war. Sie ging zur Uni, studierte Architektur. Rui Pedro hätte es mit ihr nicht ausgehalten. Auch mit mir hat er es nicht ausgehalten, wenn Sie es genau wissen wollen. Er hielt mich nämlich für nachlässig. Vielleicht war ich das auch, jedenfalls ein bisschen, was die Dinge ohne jede Bedeutung betraf, den Haushalt zum Beispiel. Aber Rui Pedro hätte es nicht ausgehalten. Das erträgt kein gestandener Mann, wenn ein Mädchen hin und wieder in einer Diskothek tanzen geht, in der es junge Männer gibt, und das nicht weiß, wie man ein Omelette macht.«
»Finden Sie, dass er ein sehr konservativer Mann war?«
»Ein bisschen schon. Ich würde eher sagen, er war von gestern. Immer ziemlich nachdenklich. Aber es fällt mir

schwer, darüber zu sprechen, jetzt, wo er gestorben ist. Und darum hat es mich auch damals aufgeregt, als ich erfuhr, dass er sich mit halben Mädchen einließ. Eine Frau hat kein Alter, wenn es um diese Dinge geht.«

»Eine Frau hat kein Alter, ganz egal, um was es geht, verehrte Dame. Aber was ich gern gewusst hätte, betrifft einfachere Dinge, sagen wir Dinge, die sich erst kürzlich im Leben ihres Ex-Mannes ereignet haben. Stimmt es, dass er Beziehungen zu Leuten aus der Politik hatte?«

»Zu einigen ja. Es gab eine Generation von Anwälten aus Porto, die alle ihre Finger in der Politik hatten. Sagen wir, die Generation von Sá Carneiro, zum Beispiel, und die, die danach kam und die Sá Carneiro imitieren wollte. Es waren Firmenanwälte, Anwälte bedeutender Persönlichkeiten. Auch Rui Pedro nahm diese ziemlich wichtigen Fälle an, er war Anwalt für die unterschiedlichsten Firmen, unterhielt Beziehungen zu Leuten der PSD, natürlich. Sie waren alle von der PSD, vor allem die Anwälte dieser Generation.«

»Die von Sá Carneiro?«

»Die nachfolgende Generation. Er war damals noch jünger. Aber alle wollten Sá Carneiro imitieren, das sagte ich ja schon. Ich verstehe wenig von diesen Dingen. Ich habe alles nur beobachtet. Ich habe sie zu Hause beobachtet, wenn sie zu uns kamen, und in ihren Häusern, wenn wir dort eingeladen waren. Sie wissen sicher, wie das in Porto ist.«

»War er ein radikaler Anhänger der Partei?«

»Nein.«

Jaime Ramos machte sich keine Notizen, er beschränkte sich darauf, sein Gehör ganz dem Gespräch mit Antónia

Seixas Luz zu widmen, seinen Augen gestattete er hin und wieder einen Seitenblick auf die Beine vor ihm. Vielleicht würde sie die Position ihrer Beine verändern. Verehrte Dame, nehmen Sie Ihre Beine aus meinem linken Auge, konnte er das verlangen? Die Gardinen flatterten im Wind, das sah er, und er nahm eine geringfügige Störung wahr.

»Lebte er in diesem Haus?«

»Nein.«

»Ist er nie hierher gekommen?«

»Natürlich.«

In diesem Augenblick zog Antónia Seixas Luz ihren Rock herunter, und die Knie dankten es ihr.

»Haben Sie danach ganz allein gelebt? Haben Sie nicht daran gedacht, wieder zu heiraten?«

»Ich habe Ihnen doch schon alles gesagt, was es dazu zu sagen gibt.«

»Das stimmt. Außerdem ist jetzt nicht der Moment, über diese Dinge zu sprechen. Verstehen Sie mich bitte, mein Interesse gilt eigentlich nicht diesen Dingen.« Jaime Ramos schien zu einem Ende kommen zu wollen. »Nach Ihrem Verständnis gab es also nichts Gefährliches, in das Ihr Mann verwickelt war und das letztlich dazu geführt haben könnte, dass er ermordet wurde, wenn man es so ausdrücken will?«

»Nein, nichts. Sein Tod hat mich nicht überrascht, wenn Sie es genau wissen wollen, aber es gibt keinen konkreten Grund dafür. Einen, der mich überrascht hätte.«

»Eine Frau.«

»Nein. Das heißt, ich weiß es nicht. Ich selbst jedenfalls nicht. Keine von den Frauen, mit denen er sich eingelassen hat, wäre, soviel ich weiß, Frau genug oder interessant genug gewesen, ihn zu töten.«

Sie stand auf und machte drei Schritte, gerade so viele, um bis zu den Gardinen zu kommen. Sie griff mit den Fingerspitzen nach einem der Vorhänge und schob ihn zur Seite. Sie verharrte jetzt dort mit starrem Blick, und Jaime Ramos registrierte es mit Ungeduld, denn er war nicht bereit zu warten, auf was auch immer. Er verspürte in seinem Magen eine bekannte Säure aufsteigen, die der Kehle die aufgelösten Aromen einer vergangenen Mahlzeit und eines Drinks aufdrängten. Der Geist mahnte ein Mittagessen an, das nicht mehr weiter aufgeschoben werden sollte. Die Frau, gegen die Jaime Ramos eine immer größere Aversion empfand, je mehr Zeit verstrich und je länger sich seine Rückkehr nach Porto verzögerte, drehte sich nach ihm um, gerade als er sich zum Gehen anschickte. Jetzt sprach sie:

»Ich habe nie zuvor ein Wort mit Ihnen gewechselt, und ich weiß nicht, ob Sie vertrauenswürdig sind oder nicht. Wahrscheinlich nicht, schließlich sind das die wenigsten Menschen. Ich könnte Ihnen eine Menge über meinen Ex-Mann erzählen. Ich könnte Ihnen sogar erzählen, dass es mir Leid tat und ich ein paar Stunden daran zu tragen hatte, als ich erfuhr, dass er gestorben war. Sicher denken Sie von mir das, was die meisten Leute von Frauen wie mir denken, die geschieden sind. Ich meine Frauen, die von einem Mann in der Mitte ihrer Ehe verlassen werden, einer Ehe, die nicht zu Ende geführt wurde oder die dazu verdammt ist, nicht zu Ende geführt zu werden, die keine Zukunft hat. Ich könnte die Frage schnell vom Tisch fegen und Ihnen sagen, dass ich ziemlich gelitten habe und dass ich mir wünschte, er würde noch leben. Aber ich finde, es reicht, was ich gesagt habe. Ich werde Ihnen nichts dergleichen erzählen, und zwar deshalb, weil es nicht wahr wäre und es ihm auch nicht mehr wehtut, es zu erfahren. Für mich macht das keinen Unterschied, er fehlt mir nicht, ich weiß nicht, wer ihn getötet hat, nicht einmal, wer den Wunsch gehabt haben könnte, ihn zu töten, aber was ich Ihnen sagen kann, ist, dass Rui Pedro kein guter Mensch war. Ich weiß genau, dass sie jetzt alle gut von ihm reden und dass sie seine Gefühle über den grünen Klee loben werden, die natürlich erhaben waren wie die aller Toten. Ich sehe das ganz anders. Ich mochte ihn nicht mehr. Er war wie Unkraut auf dem Feld meiner Erinnerungen. Ich kenne seine guten und seine schlechten Seiten, aber ich habe keine Lust, etwas Schlechtes oder etwas Gutes über ihn zu sagen. Er interessiert mich einfach nicht mehr. Er würde böse werden, wenn er das hören könnte, weil er von der fixen Idee besessen war, er sei ein herzensguter Mensch, der immer über allem schwebte. Aber das tat er nicht. Oft tat er das überhaupt nicht. Ich sage ja nicht, dass er ein Versager gewesen wäre, ein Nichtsnutz. Obwohl, in gewisser Weise war er das. Er hatte keinen Ehrgeiz. Im Grunde interessierte er sich nicht für viele Dinge. Manchmal frage ich mich, ob er überhaupt eine eigene Meinung hatte oder ob er in einem Gespräch einfach irgendetwas zum Besten gab. Was ihm gerade so einfiel. Manchmal war er richtig gemein. Und noch etwas. Er hat mich immer verärgert, weil er sich mit einer Menge Frauen einließ, nachdem wir uns getrennt hatten. Das hat nichts mit Eifersucht zu tun, sondern mit Mitleid. Ich hatte großes Mitleid mit der Figur, die er dabei machte. Er versprach Dinge, die er nie für irgendjemanden empfunden hat, denn er liebte nur sich selbst. Bei den Frauen machte er einen auf Mitleid. Damit gaukelte er einigen von ihnen etwas vor. Nur mir nicht mehr. Das war vorbei. Jetzt ist er gestorben oder getötet worden, aber mich lässt die Sache kalt. Wenn Sie den Schuldigen nicht finden sollten, dann soll's mir auch recht sein. Ich habe mit der Sache nichts mehr zu tun. Rein gar nichts.«

5. August 1991, zwanzig Uhr

Na, dann wollen wir mal, dachte Inspektor Jaime Ramos, der vor den geöffneten Schubladen an seinem Schreibtisch saß. Sie gaben den Blick auf mehrere Kisten frei, die er ebenfalls geöffnet hatte, um ihren Inhalt, verschiedene Sorten Zigarren, zu begutachten. Auf der schwarzen, abgenutzten Unterlage seines Schreibtisches (ein schwarzes Lederimitat aus Plastik, auf dem Spuren von Tinte, Einkerbungen von einem Taschenmesser und Flecken von allerlei Flüssigkeiten zu sehen waren, die man hier verschüttet hatte) lag ein durchsichtiges Lineal von dreißig Zentimetern Länge. Er griff danach, nahm eine Zigarre aus einer Kiste und hielt sie an die Zentimeterskala des Lineals.
Eine »Montecristo No. 3« misst im Durchschnitt vierzehn Zentimeter. Er notierte sich die Zahl auf einem weißen Blatt Papier. »Romeo y Julieta«. Dann wollen wir mal einen Blick auf die »Romeo y Julietas« werfen, eine Kiste mit fünfundzwanzig »Panatelas«.
Er griff nach einer und maß elfeinhalb Zentimeter. Lasst uns die uralten »Dom Pedro« anschauen, aus der königlichen Tabakmanufaktur: genau zwölf Zentimeter, die an der Spitze ziemlich dünn zulaufen. Wilde »Havanas Agio«, die leichten, von elfeinhalb Zentimetern. Und jetzt die

»H. Upmann«. Er nahm eine davon aus ihrer Metallhülse, schraubte die Kappe ab und besah sich die Zigarre voller Zärtlichkeit, bevor er ihre Länge maß: sechzehn Zentimeter. Er schraubte die Kappe wieder auf und legte sie zurück in die Zigarrenkiste, unter das braune Packpapier mit der gelben Beschriftung. Und jetzt die hier. Er besah sich eine Zigarre, die er aus einer Holzkiste ohne Aufschrift oder Etikett genommen hatte. »Montecristo Churchill«, zweiundzwanzig Zentimeter.

Eines war ihm von vornherein klar, seine Lieblingszigarren in der Holzkiste, die mit weißem, schwarzem und braunem Papier beklebt war und auf der »echter kubanischer Tabak, Havanna« stand, würde er sich bis zum Schluss aufheben. Mit der Spitze eines Taschenmessers mit rotem Griff öffnete er schließlich die Kiste mit den »Cohibas«, denn so ließ sich der Deckel leichter aufbringen, der nur durch einen winzigen Haken mit der Kiste verbunden war und den korrekten Verschluss der Verpackung garantierte. Dann hob er das Deckpapier an, das schützend über den Zigarren lag, und nahm sich feierlich eine heraus, hob sie an seine Augen, um sie aus der Nähe zu besehen, und analysierte sorgfältig die Bauchbinde, die den schlanken und feinen Leib dieser »Cohiba Lancero« umgab. Er maß sie sorgfältig, aufmerksam, zärtlich, und ihn erfüllte gleichzeitig Scham und das Gefühl, die Integrität eines sakrosankten Kultobjektes zu verletzen. Achtzehneinhalb Zentimeter, genau achtzehneinhalb Zentimeter. Er ließ seine Finger sanft über das Zellophan gleiten, das die Zigarre umgab, und besah sich aus der Nähe, wie die Deckblätter die erlesene Mischung ihres Innenlebens umhüllten, näherte sie der Nase, doch er nahm nichts als den äußerst schwachen

Duft nach Zigarre wahr, die völlig von Zellophan geschützt war.

Er hatte die »Davidoff No. 4« bereits dieser Prüfung unterzogen, aber er wusste, dass die »Cohiba« der Perfektion sehr nahe kam, in deren Genuss selbst ein anspruchsvoller Raucher nur von Zeit zu Zeit, ganz selten einmal, gelangte. Es war diese zarte Hülle aus Tabak, feuchten Blättern, die sich dem glatten Körper der Zigarre förmlich anschmiegten, die Art, wie die Kappe sich rundete, die von erfahrenen Händen gerollt wurde, Hände, die daran gewöhnt waren, eine »Cohiba Lancero« zu formen.

Als er die Zigarre wieder in ihre Kiste legte und den Deckel herunterdrückte, um ihren Inhalt dicht zu verschließen, las er noch einmal die fast kunsthandwerklich gefertigten Bleibuchstaben: »Ausgewählte Tabakblätter aus der Ernte in Vuelta Abajo. Für ihre Herstellung wurden nur die erfahrensten Tabakdreher bestimmt.«

Gesegnet seist du, Fidel, dafür, dass du Tausende von »Cohibas« geraucht hast, und dafür, dass es »Cohibas« gibt. Und gesegnet seist du, Kuba, mit oder ohne Fidel, für diese Zigarren und die Hügel von Guantanamo, Pinar del Rio, Guama, Trinidad, Cienfuegos und Santiago, wo die wunderbaren Blätter wachsen, die Rauch in Duft verwandeln und das Rauchen zur reinen und vergänglichen Kunst erheben, in alle Ewigkeit.

Jaime Ramos schien in aller Stille zu beten, während er die Zigarrenkisten sorgfältig in den Schubladen seines Schreibtisches verstaute. In dem Augenblick, als er die Kisten mit den »Montecristo No. 3« schloss, konnte er der Versuchung nicht widerstehen, sich eine aus der obersten Lage herauszunehmen und sie anzuzünden, nachdem er sie zwischen den Fingern und in seinen Händen hin- und hergerollt hatte, und die Flamme des winzigen Anzünders darüber gleiten zu lassen, der in der Kiste gelegen hatte. Er zog genüsslich die erste Rauchwolke ein, genüsslich und langsam, und streifte so die feinen Geräusche der einfallenden Nacht von sich ab, die immer noch von seinem Arbeitszimmer aus zu hören waren. Geräusche von Schritten, die kamen und gingen, die Treppen des Gebäudes herauf und hinunter. Eine Tür schlug zu. Eine andere ging auf. Er vernahm zerstreut eine Stimme am Ende des Korridors.

Jaime Ramos beobachtete, wie die Zigarre langsam kleiner wurde und wie der Rauch Skizzen und Formen an die schmutzige weiße Decke malte. Vor Monaten hatte Rosa ihn gefragt, welche Zigarrenmarke er denn rauche. »»Don Julián No. 1«, hatte er geantwortet, »spanische Zigarren aus Vigo«, die er auf den spontanen Wochenendtrips gekauft hatte, wenn sie der Wagen über die ruhigen galicischen Küstenstraßen in eine lichtdurchflutete Stadt wie Vigo brachte. Jede Zigarre, die Jaime Ramos in dem dunklen Laden mit spanischen Tabakwaren kaufte, kostete hundertzwanzig Peseten. »Tabacos y Ultramarinos« stand auf dem Schild. Als er mit dem riesigen Packen Zigarrenkisten unter dem Arm aus dem Laden kam, hatte er sich schon eine angezündet, weil dann eine Zigarre noch ihre Zeit und einige Sorgfalt erforderte, bis man sie rauchen konnte.

An dem Tag, als Rosa ihn nach der Marke seiner Zigarren gefragt hatte, war Jaime Ramos eine gewisse Missbilligung in ihrer Stimme aufgefallen.

»Aber sind nicht die kubanischen die Besten?«

»Die aus Kuba, ja. Die Havannas. Man muss das Wort Havannas mit schwerer, aufreizender und schleppender Stimme aussprechen«, erklärte er. »Wenn man es mit ganz normaler Stimme sagt, dann hört es sich so an, als würdest du Filterzigaretten sagen. Havannas, natürlich. Sie sind allerdings viel teurer. Diese reichen mir, jedenfalls sind sie auch gut.«

»Du solltest Havannas kaufen. Havannas«, sagte Rosa und imitierte Jaime Ramos, indem sie mit schleppender Stimme sprach, während sie ihr Glas Brandy zum Mund führte, ihr bevorzugtes Getränk in ihrem Stammrestaurant. Dort aßen sie meistens zu Abend, wenn Jaime Ramos aufgrund der fortgeschrittenen Tageszeit nicht mehr danach war, bei sich zu Hause oder in Rosas Wohnung zu kochen, die im gleichen Gebäude, eine Etage über seiner, lag. Jaime Ramos ahnte schon, was kommen würde, und fuhr aus diesem Grund mit dem Rauchen seiner »Don Julián No. 1« fort, vorsorglich, umso mehr, als er noch zwei Reservekisten in dem kältesten Eckchen seiner Speisekammer aufbewahrte (abgesehen von den annähernd zwanzig losen Zigarren, die, in Plastik eingewickelt, im Kühlschrank lagen), fernab von Licht und Hitze, die sich zu dieser Tageszeit schon in der ganzen Stadt ausbreiteten und vom Morgen bis zum späten Nachmittag alles in einen bläulichen Nebel tauchten. Schließlich schien der Himmel dem Drängen eines orangefarbenen Blitzes nachzugeben, der sich in den Fensterscheiben der alten Häuser in der Avenida Rodrígues de Freitas widerspiegelte, und Jaime Ramos kehrte noch mit dem letzten Tageslicht zurück, das seine Straße, die Barão de Nova Sintra, erleuchtete. Er musste unbedingt eine Kiste mit »Montecristo« kaufen, schließlich wusste er, wozu Frauen

in der Lage waren. Wenig später, ein paar Tage später, rief Rosa ihn in ihre Wohung und überreichte ihm ein Paket, das ordentlich verpackt war wie ein Geburtstagsgeschenk.
»Ich habe doch nicht Geburtstag«, murmelte Jaime Ramos.
»Doch hast du, das Problem ist nur, dass du es vergessen hast«, sagte Rosa und zeigte auf den Kalender in der Küche, der bestätigte, dass der 10. März seinem Ende zuging.
In dem Paket waren drei Zigarrenkisten. Jaime Ramos lächelte und sagte: »Ein teures Geschenk.«
»Ich will nicht, dass mein Mann zweitklassige Zigarren raucht.«
»Sie sind nicht zweitklassig. Es sind spanische, und sie sind gut. Vielen Dank für diese hier. Ich werde sie aufbewahren und von Zeit zu Zeit eine rauchen.«
»Nein. Du musst sie rauchen, wenn du an mich denkst.«
»Das wird ein teures Laster.«
»Und du bist ein Geizhals. Ein alter Geizkragen.«
»Sparsamkeit. Man nennt das Sparsamkeit«, antwortete er, als ihm endlich dieses Wort eingefallen war, das zu seinen Lieblingsvokabeln zählte. »Ich kann mir diese Zigarren nicht leisten. So ein tolles Geschenk.«
»Aber jetzt wirst du diese hier rauchen, nur ein paar weniger eben.«
Jaime Ramos machte, was er wollte und was er für richtig hielt. Er rauchte die Havannas heimlich und nur, wenn er den Zeitpunkt für gekommen hielt. Natürlich wusste er, dass Rosa es gerne gesehen hätte, wenn er sich mit den Zigarren gezeigt hätte. Das war allerdings etwas, das er nie getan hatte und nie tun würde.
In der folgenden Woche kaufte er ein Buch über Zigarren.

Er hatte die Buchhandlung wie ein Eindringling betreten und um ein Buch über Zigarren gebeten.
»Ist das alles, was Sie wünschen?«, wollte der Mann an der Ladentheke wissen.
»Das ist alles.«
Er bekam sein Buch über Zigarren. Und noch eins über Kuba. Und noch eine Karte von Kuba. Und im Juni rief Jaime Ramos schließlich Jorge Alonso an, den Besitzer einer Bar in Foz, und bat ihn um einen Rat.
»Das Einzige, was ich über Zigarren weiß, ist, dass Mister O'Gradey holländische geraucht hat«, sagte Jorge Alonso am anderen Ende der Leitung und meinte damit den Iren und ehemaligen Besitzer der Bar. »Das war seine Marke, ja, genau, holländische Zigarren. Ich erinnere mich nicht an den Namen.«
»Ich rede von Havannas. Aus Kuba.«
»Wir sollten uns treffen, um über die Angelegenheit zu sprechen. Kommen Sie her.«
Jaime Ramos kam nicht, aber er rief an, um mitzuteilen, dass er aus dem Urlaub zurückgekehrt sei und dass er ein ganzes Arsenal an Zigarren habe, von denen er einige ein paar Schmugglerkreisen abgekauft habe und die jetzt darauf warteten, zum krönenden Abschluss eines Sommeressens getestet zu werden.
»Keine Wirtschaft kann auf so etwas verzichten«, urteilte der andere.
»Eine Wirtschaft ohne Schwarzmarkt, ohne Schmugglernetze und Parallelverkäufe ist eine blutleere Wirtschaft, in der das Salz in der Suppe fehlt. Aber Vorsicht, Schmuggeln kann teuer werden. Sie könnten ja nicht echt sein, die Zigarren.«

»Haben Sie nie Whiskey auf dem Schwarzmarkt gekauft?«
»Nein. Whiskey ist eine ernste Angelegenheit, auch wenn Sie mir das nicht glauben.«
Das Treffen würde heute stattfinden, und darum blieb Jaime Ramos noch länger im Büro als gewöhnlich, nachdem er aus Granja zurückgekehrt war, nicht zuletzt deshalb, weil Rosa Besuch von der Familie erwartete. Endlich erhob er sich von seinem unbequemen alten Holzstuhl, der unablässig knarrte, und sah durch das Fenster den Tag in der Stadt seinem Ende zugehen. Sein Blick fiel auf den hellen Schein, den der Himmel genau über den Fluss warf, auf den Nebel, den man gewöhnlich im Sommer zu dieser Tageszeit sehen konnte, wenn man in der Nähe des Meeres war. Er zog seinen Mantel an, nachdem er ein kleines, ledernes Etui für Zigarren in seiner Manteltasche verstaut hatte, zwei »Cohibas«, die er mit Jorge Alonso nach dem geplanten gemeinsamen Abendessen in der obersten Etage der Bar rauchen würde.
Dinge, die nach Leben schmecken, dachte er, der kein Mann der großen Worte war, als er in den Wagen stieg und die Fenster öffnete, um das Ende des Tages in sich aufnehmen zu können, ein Schauspiel, das man an der Flussmündung besser als irgendwo sonst in der Hafenzone geboten bekam. Wie oft hatte er sich schon gefragt: »Liebe ich diese Stadt?« Und wie oft hatte er nur mit einem Schulterzucken darauf geantwortet? Er durchfuhr sie, und das reichte ihm, er steuerte sein Auto durch die Wagenschlangen, die sich nach Passeio Alegre durchkämpften, fuhr langsam den schmalen Flussstreifen entlang, im Hintergrund das Meer. Kleine Geheimnisse. Jaime Ramos parkte den Wagen auf dem Fußweg gegenüber der Bar. Jorge Alonso erwartete

ihn, an den leeren Tresen gelehnt. Es war halb acht, die Familien aßen jetzt zu Hause zu Abend, er würde mit Jorge Alonso essen. Würde er eines Tages eine Familie haben, Gesellschaft beim Abendessen, oder würde er weiterhin nehmen, was kam?
»Frittierte Fischfilets. Das Beste, was man im Sommer essen kann«, kündigte Jorge Alonso an. »In Butter frittiert, mit einem Schuss Brandy verfeinert, einem kleinen Schuss nur, und zwar zum Abschluss, und dazu Kapern, schwarze, steinlose Oliven, als Beilage gefüllte Kartoffeln. Nicht das übliche Rezept, sondern auf französische Art. Verbessert.«
»Das macht Arbeit.«
»Man muss das Frittieren nur einmal unterbrechen, die Kartoffeln unter kaltes Wasser halten und sie in die Pfanne geben, nachdem man sie abgespült und mit einem trockenen Tuch abgetupft hat. Bevor sie fertig gebraten sind, gibt man einen Streifen Käse in die Kartoffeln. In jede einzelne. Diesmal hab ich Käse aus São Jorge genommen, um mal zu probieren, wie das schmeckt. Wegen der Konsistenz. Nur deshalb.«
»Und zu trinken?«
»Bier. Ein ganz besonderes Bier, aber ich kann für nichts garantieren. Es hat einen Monat gedauert, bis ich dran kam. Ich betrachte es als ein Zugeständnis, aber, na ja. Sie sprachen von kubanischen Zigarren, und da konnte ich nicht widerstehen. Ein Vetter meiner Frau arbeitet im Flugverkehr. Den hab ich gebeten, mir vier Dosen kubanisches Bier zu beschaffen. Ich hab's noch nicht probiert, und ich bezweifle, dass es schmeckt. Als Geschenk des Hauses gibt's noch vier Flaschen echtes Bier. Das beste Bier der Welt, ich sage das ganz uneigennützig, aber es stimmt. Me-

xikanisches Bier. Im Spanischen schreibt es sich ›2xx‹ wie ›zwei‹ und mit zwei ›x‹. Dos Equis.«

»Und das kubanische?«

»Hatuey. Es schmeckt sicher schrecklich, zwölf Prozent Alkohol. Damit werden wir anfangen, immerhin steht es seit drei Stunden schon im Kühlschrank, die optimale Zeit für ein stark alkoholhaltiges Bier. Mehr wäre übertrieben. Was das Dos Equis angeht, das gibt's zum Fisch. Wenn es uns schmeckt, können wir ja zum Schluss wieder das Hatuey trinken. Für ein paar Extrakalorien. Haben Sie die Zigarren mitgebracht?«

»Natürlich. ›Cohibas‹.«

»›Cohibas‹?«

»Ich erzähle Ihnen alles beim Abendessen. Über die ›Cohibas‹, selbstverständlich. Und über Kuba, was ich so weiß. Das ist jetzt in Mode gekommen. Früher haben sie sich Bilder von Che aufgehängt, jetzt gehen alle zum Mambotanzen ins Tropicana.«

»Wer ist dieser Che?«

»Ein Argentinier.«

»Ein Tangotänzer?«

»Nein. Ein Revolutionär, der sich in der ganzen Welt herumgetrieben hat.« Jaime Ramos sah ihn traurig und überrascht an. »In welcher Welt leben Sie eigentlich?«

»Kenne ich nicht.«

»Das sehe ich. Haben Sie schon mal von Carta Blanca gehört?«

»Noch so ein großartiges mexikanisches Bier. Aber aus Monterrey.«

»Rauchen wir die Zigarren zusammen mit was Alkoholischem?«

»Nach dem Kaffee, ja. Ein Whiskey. Ein Bushmills natürlich, wenn Sie einverstanden sind, ein Malt-Whiskey, der mit dem leuchtend grünen Etikett. Zehn Jahre alt. Und ein Guinness, um die Sache abzurunden, wenn wir wollen oder wenn's nötig sein sollte. Ich mag keine Zugeständnisse, vor allem nicht an Kuba oder an dieses Spaniengetue. Aber nun gut, wenn's ums Vergnügen geht...«

6. August 1991, achtzehn Uhr dreißig

Eines Tages, das wusste Filipe Castanheira, könnte ein gewöhnliches Erdbeben die ganze Stadt dem Erdboden gleich machen. Es reichte ein schicksalhafter Stoß oder etwas, das die höchst empfindlichen Bewegungen in Aufruhr brachte, die immer unberechenbar waren und die sich unter dem Meeresspiegel bewegten, Platten, die ihre Schwingungen unvorhergesehenen, unbekannten und gewaltigen Kräften anpassten, das war seit der Entstehung dieser Erde so, so viel wusste er.

Darum sah er die Stadt noch einmal an, wie sie verwahrlost und traurig dalag, heruntergekommen wie ein alter Mann, der nur noch sein gebeugtes Schattenbild auf den Wegen wahrnimmt, die er unlustig und einsam beschreitet. Nichts machte einen verlasseneren Eindruck als der Anblick einer Stadt aus der Ferne, ohne dass man das bisschen Leben darin vermuten konnte, das sie, Straße für Straße, Viertel für Viertel, belebte. Die Bewegungen der Maschine waren ihm vertraut, es musste dasselbe Flugzeug sein, das er immer nahm. Auch sein Platz war immer derselbe. Wenn es eben möglich war, nahm er 21-C, gleich am Fenster, Raucherzone. Ihm war die Art und Weise vertraut, wie es sich jetzt über der Stadt zur Seite neigte und sich von ihr entfernte. Er lauschte aufmerksam der Stimme, die ihn darüber in Kenntnis setzte, dass schon geraucht werden könne. Kaum sah er das Glitzern des blauen, silbrigen Meeres, da ging ihm durch den Kopf, dass man Städte wie diese nur liebte, wenn man sie verließ, und das barg die Gefahr einer leichten Wehmut, den Wunsch, sie könnte so bleiben, wie sie sei, ihrem Schicksal und den wenigen Geheimnissen, Unglücksfällen, Todesfällen, Zufälligkeiten, Liebesbekanntschaften und Häusern ausgeliefert, hinter deren Wänden niemand eine gewöhnliche oder ungewöhnliche Geschichte vermutete, etwas, das dramatischer oder stiller vonstatten ging als die Geschichten, die sich dort zufällig ereigneten.

Würde ein Erdbeben die unzuverlässigen Strukturen der Stadt erschüttern, dann bliebe von ihr nicht viel mehr als die Gespräche über die Notwendigkeit ihres Wiederaufbaus. Es gibt nichts Brüchigeres für das Leben einer jeden Stadt als die Konfrontation mit ihrer Vergangenheit. Wenn eine Stadt überlebt, weil man sie um jeden Preis erhält, dann deshalb, weil ein wichtiger Teil ihrer Erinnerung verloren gegangen ist. Diese Erinnerung ist dann schon nicht mehr greifbar, und wer das Vergessene wachruft, wird sich alt fühlen, so alt wie die alten Stadtviertel, wie diese Straßen, in denen die vielfältigsten Gerüche aufsteigen und die immer schwerer gegen die Aggressionen der Nacht zu schützen sind, die über sie herfallen, sie verändern und unkenntlich machen, bis sie vollständig verschwunden sind. Ihm fiel es jedenfalls schwer, diese Gerüche noch wahrzunehmen, insbesondere die aus vergangenen Zeiten. Er fühlte sich wie ein Tourist, der Altertümer oder Antiquitäten nicht zu schätzen wusste, vermeintliche Raritäten, die von den Verkäufern zu hohen

Preisen angeboten wurden, viel höher, als es ihrem eigentlichen Wert entsprach.
Doch die Stadt interessierte ihn nicht. In Wahrheit hatte er die beiden letzten Tage damit zugebracht, ein Zeichen zu suchen, und hatte es in einem jener braunen Umschläge deponiert, die der Polizei zur Aufbewahrung von Dokumenten dienten. Diese Dokumente waren kalt wie nackte Fakten, denen niemand mehr einen Wert oder eine bestimmte Erinnerung beimaß.
Er musste auch an einen Autopsiebericht vom Vortag denken, dieses Papier mit seinen gestempelten und säuberlich verfassten Seiten, die jemand auf der Schreibmaschine getippt hatte, damit sie nur ja keinen Fehler enthielten oder, um genauer zu sein, etwas falsch beurteilten oder fehlinterpretierten, wie man zu sagen pflegt. Alles muss stimmen: Alter, Geschlecht, Abstammung. Der Name, die Todesursache, die annähernde Stunde, in der ein Körper aufhört, Körper zu sein, um in die Kategorie der Leichen zu wechseln und zumindest die Ehre erwiesen bekommen, für die Nachwelt und die Zeit nach dem Tod festgehalten zu werden, eine Geschichte zu haben, die einen bestimmten Moment für immer bannt.
Der Arzt beugt sich über den leblosen Körper, der von einem weißen, fluoreszierenden Licht angestrahlt wird, das von dem rostfreien Stahl und auf der weißen Fläche eines jener gewöhnlichen Leichentücher reflektiert wird, von denen eins wie das andere aussieht. Dann lächelt er flüchtig, Filipe weiß, dass er einen Augenblick lang lächelt, einen winzigen Augenblick, und zwar dann, wenn derjenige, der dieser Operation beiwohnt, den Blick abwendet und sich auf das Weiß der Saalkacheln konzentriert. Der

Arzt bittet schließlich einen seiner Assistenten, ihm dieses oder jenes Instrument zu reichen, obwohl sie alle in Reichweite liegen. Sie plaudern ein wenig über Nichtigkeiten, wird das Wetter am nächsten Wochenende gut sein oder nicht, einer von uns wird zum Fischen gehen, der Himmel wird schon früh aufreißen, damit einer von uns, so denkt der Arzt, an die Ufer eines nahe gelegenen Strandes gehen kann und den ganzen Nachmittag darauf warten wird, dass ein Fisch anbeißt. Der andere wird nicht lächeln, er liegt da, und er wird immer nur daliegen, mehr wird er nicht tun, er kommt aus einem Kühlfach, und dahin wird er zurückkehren, nachdem er an den wichtigsten Stellen aufgeschlitzt wurde, die der Arzt mit dem Bistouri bearbeitet hat.
Der Arzt kennt den Tod. Beide kennen ihn, jeder auf seine Weise, aber nur der Arzt begegnet ihm in einem fort und kann ein fachmännisches oder juristisches Urteil über ihn abgeben. Vielleicht wird er am Ende sogar lächeln, den anderen ansehen, der nicht gerade sein Freund, aber auch nicht sein Feind ist, erneut lächeln und bereits etwas für die lose, verlorene Karteikarte diktieren, die auf seinem Schreibtisch neben Bergen von anderem, unnützem Papierkram, Berichten und Heften auf ihn wartet, das Ergebnis einer banalen und eintönigen Untersuchung. Drei Kugeln hatten ihn getroffen, hintereinander, eine ging in den linken Arm und zerfetzte einen Teil der Arterie im Oberarm; eine durchschlug den linken Hämothorax, zerfetzte die aufsteigende Aorta (schließlich war es ja die linke Seite, das gilt es festzuhalten) und rief einen ausgedehnten Bluterguss in den Herzbeuteln mit gleichzeitiger, sofortiger Herztamponade und bilateralem Hämothorax rechts sowie einem Lungenkollaps hervor; eine ging in den unteren Teil des rechten Hämothorax, per-

forierte die Leberkapillare und blieb im Parenchym des Organs stecken. Nichts Außergewöhnliches, sagt er leise zu dem anderen, den gleich jemand in Empfang nehmen wird, nachdem er, der Arzt, durch eine Tür gegangen ist, die auf einen schlecht beleuchteten, engen Korridor führt. Der andere dankt es ihm, immer noch liegend, so viel Gewissheit tut einem Toten gut, denken die beiden Männer.

Blutproben, Glaskörperflüssigkeit und Mageninhalt werden zur toxiko-thanatologischen Analyse geschickt, aber was gleich ins Auge springt, ist die Tatsache, dass der Magen erst vor kurzem, vor gar nicht langer Zeit Ethanol durch die Nahrung aufgenommen hat. Wie lange das zurückliegen mag? hatte ihn Filipe Castanheira gefragt. Zwei Stunden vor dem Tod, antwortete der Arzt, ohne den Blick zu erheben. Zwei Stunden seines Lebens, dachte daraufhin Filipe Castanheira, während er die Fotografien des Toten zusammenlegte und sie, eine nach der anderen, ansah. Er versuchte auf ihnen ein allerletztes Lebenszeichen oder noch so flüchtige Vorboten eines Todes zu entdecken, der ihm plötzlich so lachhaft erschien wie der Tageshimmel, der gerade von der Stadt Abschied nahm.

»Die Geräte hier im Haus sind nicht gerade auf dem neuesten Stand. Nicht zu vergleichen mit denen, die uns gewöhnlich zur Verfügung stehen«, meinte der Arzt zu ihm, während er einen gebrauchten Umschlag suchte. »Also müssen wir an diesen Materialien sparen. In der letzten Zeit gibt es keine neuen Umschläge mehr, nicht mal vorgedrucktes Briefpapier und auch kein Staubwischen.«

Der Umschlag war an ihn gerichtet und enthielt die Adresse, die den Namen des Toten mit einem Doktortitel dekorierte. Der Arzt hielt ihn Filipe Castanheira hin:

»Kannten Sie ihn?«
»Ja. Das war vor ungefähr zwei Jahren. Wir gingen in die gleiche Bar, und wir tranken das gleiche Bier. Aber mehr auch nicht.«
»Klar«, sagte der Arzt wie zur Bestätigung. Klar, dachte Filipe Castanheira, während er eine Zigarette aus der Tasche zog.
»Bitte, rauchen Sie hier nicht. Eine Grundregel.«
Wie auf einem Gymnasium, dachte Filipe Castanheira.
»Hier gibt es Räume, in denen man rauchen kann. Ich für meine Person habe vor drei Jahren mit dem Rauchen aufgehört, und jetzt kann ich Rauch nicht mehr ausstehen. Ich vertrage ihn nicht, ich glaube, er tut keinem gut. Ein Vergnügen, das man mit dem Tod bezahlt.«
»Alles bringt einen um. Die Vergnügungen ebenso wie der Ärger, früher oder später.«
Vor allem früher, dachte Filipe Castanheira wieder, während er auf die Straße hinausging und Richtung auf den kleinen Park im Zentrum von Ponta Delgada nahm. Dort würde er sich hinsetzen und den Bericht lesen. Ein Leichnam, der auf dem Boden liegt, ist nichts als ein lebloser Körper, der seinem unbedeutenden Schicksal überlassen ist. Es sind immer andere, die ihn finden.
Es war kühl geworden, als sie ihn entdeckten. Seine Kleider hafteten schon an den Piniennadeln, die unaufhörlich auf den Boden des Parkes fallen, eine kleine, geschützte Ecke in der Nähe von Ribeira Grande. Sicher lag schon eine feine, flüchtige Feuchtigkeit auf den Blättern der Bäume, und sicher würde niemand die vagen Spuren um seinen Körper herum wahrnehmen. Erst, wenn sie aus der Innentasche des Mantels die Brieftasche zögen, wo sich die Do-

kumente zu seiner Identifikation befanden, die später in einem durchsichtigen Plastikbeutel aufbewahrt wurden, um dieses kleine Geheimnis einer Biografie zu wahren, erst dann würden sie überrascht sein.

Filipe Castanheira rief sich die Ereignisse der letzten Tage in Erinnerung. Er dachte an das plötzliche Telefonat, das ihn an seinem Schreibtisch erreicht hatte und ihm am späten Nachmittag einen weiteren Todesfall gemeldet hatte. Ein eingeschobener Fall, der schnell gelöst werden sollte.

»Für Raub mache ich keinen Finger mehr krumm«, meinte Enes. »Das lohnt sich nicht mehr. Heutzutage bringt einer den anderen gleich um, als sei das Erschießen ein Spiel. Ein Herumexperimentieren mit Waffen und menschlichen Zielscheiben.«

Der Park lag an der Straße, die vom höchsten Gipfel der Stadt ausging, und als Filipe Castanheira ihn am Montag aufsuchte (nachdem er einen Sonntag mit der Erinnerung an den traurigen, kalten Körper von Rita Calado Gomes verbracht hatte, der am Meer gefunden worden war), machte dieses Gelände auf ihn einen verlassenen Eindruck, so als sei es der Urbanisierung preisgegeben. Nichts leichter als das: Sie würden die Bäume fällen, die Erlaubnis dazu würden sie schon bekommen, und zwei Seitenstraßen und eine Hauptstraße öffnen. Man konnte sich dort einen kleinen Wohnblock aus Behausungen vorstellen, die nach ihrer Fertigstellung zu einem überteuerten Preis verkauft würden. Der Park würde verschwinden. Dieser Mann wird das nicht mehr mitbekommen, mit seinen zweiundvierzig Jahren, wie aus dem Personalausweis hervorging, der im Einwohnermeldeamt von Ponta Delgada ausgestellt worden war, und zwar ohne besondere offizielle Anmerkungen. Den Rest kannte

Filipe Castanheira, allerdings nur oberflächlich, obwohl aus der Akte hervorging, dass der Mann verheiratet war und einen Meter und achtundsiebzig Zentimeter maß. Der Fotografie nach zu urteilen, hatte er dunkelblaue Augen, eine seltene Augenfarbe. Jetzt waren sie hinter den verschlossenen Lidern verborgen und mussten die nächtliche Feuchtigkeit einer Leichenhalle ertragen.

Es gibt eine feine Reifschicht, die auf die Erde niedergeht und sie mit Weiß überzieht, und wenn sie verschwindet, bleibt von der Nacht nichts als diese Erinnerung, die sich über die Vegetation eines Parks gebreitet hat. Filipe Castanheira mußte daran denken, als er bei der kleinen Lichtung eintraf, wo man immer noch die Markierungen sehen konnte, die die Polizei hinterlassen hatte. Hier hatte der Körper gelegen. Etwas weiter davon entfernt, von einem Wagen aus kommend, der bei einer Art Ginsterbusch geparkt war, fanden sich ein paar Spuren, die einem Schuh zugeordnet wurden. Er wurde später als der Schuh des Toten identifiziert – es waren übrigens zwei Schuhe, der des linken und der des rechten Fußes, die mehr oder wenig gradlinig nebeneinander hergelaufen waren, als zeugten sie von einem gemächlichen Fußmarsch in Richtung auf ein festes Ziel. Die Fußabdrücke brachen nach der halben Wegstrecke ab, und zwar zwischen dem in sechs Meter Entfernung geparkten Auto und einem Baum, der genau in der Verlängerung dieser Schritte stand und ungefähr zehn Meter von ebendiesem Auto entfernt war. Die Spuren, die von der Polizei hinterlassen worden waren, hatte er bereits gesehen, schließlich hatte er sie als ein richtiger Profi gleich nachvollziehen können, soweit es ging. Sie kennzeichneten noch die Objekte, die auf dem Boden gefunden worden waren.

»Nicht gerade eine Topadresse, wenn Sie mich fragen«, klärten sie ihn bei der Polizeiwache am späten Morgen auf. »Es gibt für alles die geeigneten Plätze. Ein Typ wie der hier hätte einen solchen Ort meiden können. Zweiundvierzig Jahre alt, einigermaßen ehrbar, Sie wissen schon. Der Mann hatte einen Beruf, Lebenserfahrung. Der war ungefähr fünfmal im Jahr in der Zeitung abgebildet oder noch öfter. Ich lese zwar nicht alle Zeitungen, aber ich weiß, dass sein Gesicht mindestens so oft abgelichtet wurde. Unterster Durchschnitt für einen Fußballer, ein ziemlich geringer Schnitt, aber immerhin einer, der ins Gewicht fällt. Nehmen Sie sich selbst. Oder mich. Gar nicht daran zu denken, dass einer von uns in seinem Leben fünfmal in der Zeitung abgebildet ist. Morgen wird er jedenfalls zum letzten Mal in der Zeitung erscheinen.«

Filipe lief noch einmal den Winkel auf dem feuchten Boden der Lichtung ab, den ihm die Polizei angewiesen hatte. Es war ein Dreieck, das erkannte er gut. Ein unregelmäßiges Dreieck mit ungleichen, aber perfekten Schenkeln. Es war mit einem Faden gezogen worden, den man an drei Stecken befestigt hatte und der ein Feld kennzeichnete, das nur den Untersuchungen vorbehalten war. Hier galt es, die Indizien zu sammeln und die Daten, die Auskunft über den letzten bekannten Aufenthalt eines Mannes gaben, von dem in den Akten als dem »Opfer« die Rede sein würde. Zweiundvierzig Jahre alt, zwei öffentliche Ämter, im Staatsdienst, aber privat vergütet, verheiratet, keine Kinder.

Eine feine Staubschicht hatte auf dem Armaturenbrett des Wagens gelegen, erinnerte er sich. Filipe Castanheira konnte sie nicht sehen, niemand hätte so feinen Staub erkennen können. Es waren die Überbleibsel einer Fahrt, die auf einem mehr oder weniger synthetischen Material haften bleiben. Der Hersteller hätte das Armaturenbrett gepriesen, die dezente Anordnung der Instrumententafeln und ihrer Anzeigen, die unauffällige Farbe, sogar den Staub, der sich im Lauf der Jahre, wenn es denn so viele geworden wären, angesammelt und die Perfektion der Linien nachgezeichnet hätte.

Wenn Filipe Castanheira an diesem späten, feuchten Mittwochnachmittag ins Flugzeug stieg, würde er ihm schon entgangen sein, dem Staub. Dann sollte er sich nur noch die Fotografien in Erinnerung rufen, die der Polizeiinspektor ihm ausgehändigt hatte, als legten sie Zeugnis ab von der Unmöglichkeit, das Leben dieses Mannes zu verlängern. Und er führte auch die anderen Fotografien mit sich, die von Rita Calado Gomes, die Originale, achtzehn an der Zahl, die in einem Koffer versteckt waren. Enes wusste davon nichts, obwohl er doch zugegeben hatte, dass es im Sommer mehr Mordfälle gab als sonst. Doch gestorben wird immer. Im Sommer wird immer viel gestorben, und dafür gab es sicher nahe liegende Erklärungen, ein Brennen in den Augen, ein glitzerndes Licht, ein unvergesslicher Augenblick, eine alte Fotografie. Im Sommer wird viel gestorben. »Alles Tod durch Ertrinken«, sagte Enes. Es gab viele Möglichkeiten zu sterben, man stirbt an Gott weiß was, auf tausend verschiedene Arten und zu allen möglichen Tageszeiten, unerwartet, überraschend.

Die Frau des Toten, so rief er sich jetzt in Erinnerung, war eine kleine Pappfigur, die sich während ihrer Unterhaltung artig auf dem Sofa drapiert hatte. Ein gemütliches Wohnzimmer, würde Enes sagen, der an sein Arbeitszimmer mit den weißen Wänden gewöhnt war, dessen einziger Schmuck ein zwei Jahre alter Kalender und eine bläuliche Landschaft mit einem See war, der irgendwo in der Welt existieren musste.

»Ob er in den Puff gegangen ist?«, fragte Enes. »Mit so einer Frau wie der zu Hause?«

»Das ist nicht anzunehmen.«

»Das ist eine Manie dieser Leute.«

»Eine Manie?«

»Genau das. Sie suchen solche Orte auf.«

Auf dem Boden der Lichtung hatten sie ein kleines Päckchen Kaugummi, zerknüllte Papiertücher und Reifenspuren von Autos entdeckt, die hin- und wegführten. Eine Frau steigt in ein Auto, auf den Beifahrersitz, und was dann kommt, geht uns nichts mehr an, dachte Filipe Castanheira.

Der Mann – so schloss Filipe Castanheira, und auch die anderen von der Polizei waren dieser Meinung, als sie sich dem Park genähert hatten, wo der Tote gefunden worden war – war gegen fünf oder sechs Uhr nachmittags an diesen Ort gekommen. Von hier aus konnte man das Meer sehen, das sich im letzten Lichtschein des Tages gegenüber von Ribeira Grande brach. Dort traten jetzt langsam die Wagen die Heimfahrt an, und bald würden auch die Straßenlaternen angehen und an das Leben in der näheren Umgebung gemahnen, an die Sommernachmittage, an das tägliche Abschiednehmen von den Tagen, an denen es im regelmäßigen Rhythmus regnete, soweit ein jeder Monat einem Rhythmus folgt und der Himmel für jeden Tag, der vergeht, eine Jahreszeit hat, wenn der Tod uns im Vorübergehen streift und das Leben plötzlich schrecklich traurig ist oder einfach nur sein gewöhnliches Gesicht zeigt und uns das Dasein unerträglich macht. Es gehen die Lichter auf den Straßen der Stadt an, sonst ist nichts zu hören, das Leben läuft in Zeitlupe ab. Alles könnte wieder zur Normalität zurückkehren, dachte Filipe Castanheira, wäre da nicht die Vorstellungskraft. Sie verschafft uns einen klareren Blick als den aus diesem Flugzeug, das gerade die Stadt überfliegt. Es neigt sich jetzt über den silbrigen Spiegel des Meeres, und in weiter Ferne, im Norden der Stadt, kann man die Anzeichen von Vegetation ausmachen. Es gibt nichts Öderes als eine Stadt, in der man kein einziges Geräusch vermutet, keine Bewegung. Es könnte ein Erdbeben kommen, ein Schuss in der Nacht, drei Schüsse, und die Stadt träte gemächlich vor dem Augusthimmel an. Das letzte Bild, das er vor seinen Augen hatte, war eine unbefestigte Straße, die auf eine Lichtung führte, und dort stand ein Wagen.

Der Mann, der sterben musste, so als sei sein Schicksal irgendwo fest besiegelt, war diese Straße ganz langsam entlanggefahren, wie ein ganz gewöhnlicher Autofahrer. Er hatte den Knoten seiner Krawatte gelöst (so stand es in dem Bericht) und sein Anzugjackett auf die Rückbank des Wagens geworfen. Dann hatte er das getan, das zu tun er sich zuvor nie vorgestellt hatte, aber die Vorstellung ist immer etwas Fantastisches, schwer Fassbares. Er hatte das Auto geparkt, ein Wagen kam, und heraus stieg eine Frau, die unauffällig gekleidet war, wie er bemerkte. Er ging auf sie zu, mein Name ist soundso, zwei öffentliche Ämter in zwölf Jahren, ich biete die Dienste der politischen und staatlichen Demokratie, vor allem der Demokratie der Insel. Langsam kam er der Frau näher, Schritt für Schritt, er stieg aus dem Wagen, den zielsicheren und gemächlichen Fußspuren nach zu urteilen, sie drehte sich um, er lächelte nur für einen winzigen Augenblick, den Bruchteil einer Sekunde, bis ein Blitz sein Gesicht erhellte, der letzte Blitz, der ihn zwang, die Augen zu schließen. Wozu noch einmal die Augen öffnen, wenn das, was folgen sollte, nichts als Dunkelheit war?

Der Arzt hatte auch für einen kurzen Moment gelächelt, bevor er sich von Filipe Castanheira verabschiedete.

»Das war's.«

Filipe hatte ihn daraufhin angesehen. Er wollte dem anderen ausweichen, damit ihn dieser nicht beim Vorbeigehen streifte, so als habe er Angst, dass ihn der Geruch des Todes umgab. Aber der andere war stehen geblieben.

»Es gibt Dinge, die man nur vermuten kann. Ich gehe morgen zum Fischen, weil morgen Dienstag ist und ich dann keinen Dienst habe. Ich hoffe, dass an diesem Tag die Sonne scheint, damit die Ferien einen guten Anfang nehmen. Die Schüsse wurden von vorn abgegeben, das ist sicher, direkt von vorn. Auge in Auge sozusagen.«

Eine Gegenüberstellung, dachte er. Der allerletzte Blick, der letzte Blick, den eine Frau einem Mann zuwirft. Das Flugzeug hob jetzt ab, es würde seinen Zielort in zwei Stunden erreichen. Filipe würde sich an nichts als einen letzten Blick erinnern, an ein trauriges und untröstliches Erbarmen, an den Laden mit den Zeitschriften und Zeitungen am Flughafen, an den Taxifahrer, der ihn auf dem hellen Vorplatz des Flughafens absetzte. Minuten später sah er die Stadt, verabschiedete sich von ihr und dem leblosen Körper eines beinahe Unbekannten, von dem nichts als eine Zeitungsnotiz blieb, der andere folgen würden, das wusste er.

Eines Tages, das wusste er auch, würde ein gewöhnliches Erdbeben die ganze Stadt dem Erdboden gleich machen, würde dieser flüchtige, schnelle Abschied auf dem Boden eines Parkes in den Randbezirken, wo jemand Schutz sucht, um dem Körper den letzten Dienst zu erweisen und die Julitage abzuschütteln, die Stadt für immer zerstören. Ein so endgültiger Blick, den Filipe in den Augen des Toten erkannt hatte, dessen Autopsie er beinahe mit angesehen hatte, Ausdruck eines höchst vertrauten Unwohlseins, das jemand zu ertragen hat. Niemand schießt aus so kurzer Entfernung, so frontal, so schnell. Seine Frau, dachte Filipe Castanheira, als er den Bericht und die notwendigen Schlussfolgerungen abgab. Sie hätte in dem Augenblick der Eifersucht nicht gezögert, wenn sie jemand an der Ausübung ihrer Tat gehindert hätte, bevor sie wieder nach Hause zurückkehrte. Eine Eifersucht, die ihre kleine, puppenhafte Gestalt verzehrte, die sich so gefügig einer soliden Ehegemeinschaft angepasst hatte.

»Eifersucht, das liegt auf der Hand«, sagte Enes.

Das war es letztlich, was Filipe Castanheira in seinen Bericht schrieb und mit sich führte: »Von der eigenen Ehefrau ermordet«, während das Flugzeug in die blaue Ebene stach, das ihn nach Porto und in seine Ferien bringen würde. Er war sich seiner Sache ziemlich sicher, vielleicht, weil es die einzige Lösung war. Die allerletzte Lösung, wenn man die Sache genau betrachtete, wie ein allerletzter, endgültiger Blick.

6. August 1991, dreiundzwanzig Uhr dreißig

Jaime Ramos war kein Freund von Unordnung, und beim Anblick seines Schreibtisches, auf dem sich die Papiere wie zufällig stapelten, begann er die Unterlagen zu ordnen und sie langsam, Stück für Stück, zurechtzulegen, wobei er über den Rand seiner Brille guckte, die er nur zum Lesen brauchte.
Selbstverständlich ordnete er sie nach ihrem Inhalt, aber auch nach ihrer Größe, wie Filipe Castanheira feststellte, der ihm gegenüber saß und an einem Bierglas nippte.
»Der Beweis dafür, dass es sich dabei um eine ziemlich langweilige Angelegenheit handelt, liegt in der Vertraulichkeit, mit der sie die Sache behandeln. Ich hasse dieses Wort. Vertraulichkeit. Und interessant, ein anderes Wort, das abgeschafft werden müsste. Gestern sagte mir der Chef, der Typ ›war interessant‹, oder ›er sei ein interessanter Typ gewesen‹. Natürlich ist er ein interessanter Typ gewesen. Ich finde das alles andere als lustig. Das gibt nichts her für einen ernsthaften Fall, wenn du mich fragst. Er verlässt Porto, taucht unter, nimmt ein Flugzeug nach Madrid, und einen Monat später wird er tot aufgefunden, und niemand weiß genau, warum. Tot. Drei Tage, bevor er für tot erklärt wird, erhält seine Familie einen Brief, in dem der Typ erklärt, warum er sich zurückgezogen hat, so als sei er der Besitzer eines

Geschäfts, der im Anzeigenteil des ›Notícias‹ bekannt gibt, dass er aus den und den Gründen jetzt die Branche gewechselt habe. Ich verkaufe jetzt keine Seifen mehr, sondern betreibe einen Großhandel mit Stockfisch. Oder mit Gebrauchtwagen. Ein ewiger Nörgler, hatte immer was zu meckern, wenn ich dem glauben darf, was mir seine Leute zu Hause erzählt haben. Der Schwager, die Frau. Die gehören übrigens nicht mehr zur Familie, weil er schon geschieden war. Aber, na ja, eine Meinung, die man nicht außer Acht lassen sollte.

Der Direktor selbst hat gesagt, dass der Mann Gedichte geschrieben hat, als er noch Jurastudent war. Und, schlimmer noch, er hat was übers Kino und über Bücher geschrieben. Ich habe seine Artikel gelesen, die waren in einem Aktenordner drin, wie zur Erinnerung an alte Zeiten. Wie dem auch sei, der Junge war Kommunist. Und wenn er kein Kommunist war, dann war er etwas anderes Zweifelhaftes, wenn man bedenkt, wie alt er zu diesem Zeitpunkt war. Und ein richtiger Frauenheld, wie sie mir sagten. Eine hier, eine da, Abendessen, Mittagessen, Wochenenden hier und da, eine Angewohnheit von ihm. Aber was komisch ist, er hat kein Aufhebens davon gemacht. Eher in aller Stille. Ein ziemlich stilles Wasser, wenn du verstehst, was ich meine. Es gibt einen Artikel von ihm über einen Film, den ich gesehen habe. Du weißt, dass ich immer die Regisseure miteinander verwechsle und die Schauspieler auch. Rosa nicht, sie kennt alle Schauspieler mit Namen, sie weiß genau, wie oft sie verheiratet waren, alles, sie liest das in einer spanischen Zeitschrift nach, in der ›Hola!‹. Ich lese die auch manchmal, das stimmt, und zwar um festzustellen, ob ich immer noch Spanisch sprechen kann und ob ich es noch

verstehe. Ich lese die Artikel dann mit lauter Stimme, ich weiß nicht wie viele, über den Oxenberg und die Marquise von Trujillo. Na ja, ich weiß nicht mal, ob es diese Marquise von Trujillo wirklich gibt. Nein. Es gibt sie nicht wirklich, das steht fest, aber es ist so, als hätte es sie gegeben.
Als ich den Namen Trujillo aussprach, wurde mir klar, dass ich das Spanisch trainieren sollte. Trujillo, ich habe diesen Namen schon immer gemocht. Aber es gibt einen Artikel von diesem Rui über einen Film von John Ford. Du wirst dich sicher an John Wayne erinnern, bestimmt. Es gab einen Film mit ihm, der sich ›Das war der Wilde Westen‹ nannte. Die Handlung war wirklich gut. John Wayne hatte die Hauptrolle. Und ›Die Hafenkneipe von Tahiti‹, ein erstklassiger Film mit Lee Marvin, Cesar Romero, Dorothy Lamour, Elizabeth Allen und, klar, mit John Wayne. Aber der Typ behauptet, dass ›Das war der Wilde Westen‹ ein Film ist, der, lass mal sehen, so drückt er sich aus, hör dir das an, also ›der in der ernst zu nehmenden Filmografie von John Ford keinen Ehrenplatz einnimmt‹. Für mich ist Kino John Ford, John Huston, ›Citizan Kane‹ und alle Filme mit Bogart. So was wie den ›Citizan Kane‹ hätte jeder geben können, jeder, der nur ein bisschen was drauf hat oder auch nur etwas von der Genialität eines Welles gehabt hätte. Bogart werden wir nie mehr sehen können.
Und dann gibt es ›Der letzte Befehl‹, klar, von Ford, mit John Wayne natürlich, und ›Dem Adler gleich‹, auch mit Wayne, und ›What Price Glory?‹, nicht mit Wayne, aber mit dem Cagney, ›Bis zum letzten Mann‹, mit John Wayne, und ein schlechter Streifen, daran kann ich mich erinnern, ›Keine Zeit für Heldentum‹, aber er ist schlecht, weil Henry Fonda da mitspielt. Ich habe diesen Henry Fonda nie ge-

mocht. Und als ich dann den Artikel von diesem Rui in einer Zeitung aus Coimbra gelesen habe, da habe ich mir gesagt, mein lieber Jaime, du magst diesen Kerl nicht, das ist ein Möchtegern. Und ich sage dir, er ist ein Möchtegern. Man macht keinen Film von Ford runter, noch viel weniger einen mit Wayne.«

Er nahm sich jetzt auch ein Bier und fuhr mit dem Aufräumen seiner Unterlagen fort.

»Es sollte Institutionen geben, die man nicht kritisieren darf. Ich meine damit nicht Gott, das Vaterland und diesen ganzen Schmu. Nein. Aber John Ford. Wirklich, das hat mir gar nicht gefallen, dass er John Ford kritisiert hat. Es ist der Anfang einer Biografie der Selbstzerstörung, der Anfang einer Karriere als Selbstmörder. Eigentlich wollte ich das nicht sagen, aber es musste einmal ausgesprochen werden. Es wundert mich nicht, dass sie ihn getötet haben.«

»Du bist betrunken«, entgegnete Filipe Castanheira.

»Nein. Aber ich kann zwischen Maureen O'Hara in ›Rio Grande‹ und dieser Dolores del Rio in ›Befehl des Gewissens‹ unterscheiden. Weißt du, wer auch noch mitspielt in ›Befehl des Gewissens‹? Pedro Armendariz, und der ist so wie dieser dämliche Henry Fonda. Hast du ›Dem Adler gleich‹ mit John Wayne gesehen? Und mit Maureen O'Hara, natürlich.«

»Der Mann mochte den Film nicht, weil John Wayne da mitspielte und der war antikommunistisch eingestellt. Das hat man damals nicht gern gesehen.«

»Schlimmer noch, dieser Wayne macht sich darüber lustig.«

»Jaime«, rief ihn Filipe Castanheira zur Ordnung, »darauf kommt es doch nicht an.«

»Ich weiß.«

Es entstand ein Schweigen zwischen den beiden. Jaime Ramos legte jetzt die Papiere, die er in der linken Hand gesammelt hatte, auf den Tisch, wo die anderen darauf warteten, ergänzt zu werden und den nahtlosen Fluss von Informationen, Daten und Fakten zu gewährleisten. Er hatte sie im Laufe von uninteressanten und langweiligen Arbeitstagen zusammengetragen, denn wenn es nach ihm gegangen wäre, so hätte er lieber jemanden zu Hause aufgesucht und mit ihm geredet, ihm Fragen gestellt und Antworten erhalten. Lieber hätte er jemanden als Gegenüber gehabt. In diesem Fall war es beinahe umgekehrt: Der Direktor hatte ihm eine Aktenmappe zukommen lassen, aus der die wichtigsten biografischen Daten hervorgingen und in der auf die Dinge hingewiesen wurde, die zur Kenntnis der Person des Rui Pedro Martim da Luz einfach unabdingbar waren: Geburtsdatum, Tag der Heirat, die Eintragung »keine Kinder«, das Datum der Scheidung von Maria Antónia Seixas Luz, der Geburtsort, die Vorlesungen, die er besucht hatte, der Hauptwohnsitz, die bekannten und üblichen Eintragungen der Polizei und der Rechtsanwaltskammer. Es waren unterschiedliche Daten, sicher, aber über alle Maßen ehrbar, zu sauber, um als Grundlage für eine Untersuchung dieser Art zu dienen.

Das Zusammentragen dieser Daten hatte Jaime Ramos nicht viel gekostet. Es war zu einfach gewesen. Sie waren ihm zugegangen mit der Leichtigkeit, mit der ein Sachbearbeiter die Archive seiner Arbeitsstelle konsultierte, ohne dazu einen Antrag stellen oder das Gebäude verlassen zu müssen.

»Ich weiß, dass es nichts wert ist. Aber du hast mir auch nicht gerade geholfen, das kommt dazu. Dass er gestorben ist, ist an sich nichts Außergewöhnliches. Das passiert.

Das hätte auch mir passieren können, wenn ich mir einen Ort wie diesen zum Leben ausgesucht hätte, das hätte genauso gut auch dir passieren können und jedem anderen auch, und das weißt du. Aber dass er in einem unbekannten Dorf in Galicien gestorben ist und dass rein zufällig am gleichen Tag, an dem er ablebte, oder zwei Tage später, sein Name auf einem Zettel auftaucht, den du in einem Hotel auf den Azoren gefunden hast, das ist wahrlich keine große Hilfe. Schlimmer noch. Du hast den Namen erst gefunden, nachdem seine Geliebte gestorben ist.«
»Hier ist eine Aufnahme von ihm.«
»Nicht gerade berühmt, wenn ich dir das sagen darf.«
»Man kriegt das nicht besser hin, wenn man im Inneren eines Hauses fotografiert, und es ist ohne Blitz aufgenommen worden. Fest steht, dass beide gestorben sind.«
Jaime Ramos stand jetzt auf, durchschritt den kleinen Korridor, der eine Verbindung zur Küche schuf, in der sie sich zusammen an den Holztisch gesetzt hatten, wo für gewöhnlich die Mahlzeiten eingenommen wurden. Das Wohnzimmer war mit zwei Sofas und einem Regal eingerichtet, in dem ein paar Bücher standen. Er ging den gleichen Weg wieder zurück und machte vor einem Rohrschrank halt. Dort öffnete er eine Schublade und zog eine Zigarre hervor. Er öffnete die Zellophanhülle, sah sie ohne Begeisterung oder Interesse an, rollte sie zwischen den Fingern hin und her, gab sie von einer Hand in die andere, hob sie an den Mund, aber zündete sie nicht an. Er hielt sie eine Weile so in der Luft, bewegte sie mit den Lippen von oben nach unten und kehrte in die Küche zurück, wo Filipe Castanheira immer noch dasaß und mit der Durchsicht der Unterlagen beschäftigt war.

»Weißt du, dass ich Zufälle nicht mag? Ich habe sie nie gemocht. Es kommt mir immer so vor, als seien sie künstlich herbeigeführt worden, um wirkliche Zufälle zu sein. Eine klassische Erfahrung, die wir in unserem Leben machen, und vor allem im Lauf unserer Arbeit. Zu einem gewissen Zeitpunkt kann man die Zufälle nicht gebrauchen. Sie sind einfach überflüssig. Um die Wahrheit zu sagen, sie stören, weil man gerade die erste Hälfte seines Urlaubs hinter sich hat. Man kehrt zu seiner Arbeit zurück, und die Sache kommt einem wie ein ziemlich langweiliger Fall vor. Es ist kein Zufall, klar, aber er hat mir bewusst gemacht, wie schnell man heutzutage den Löffel abgibt. Und außerdem kommt mir diese Geschichte absurd vor: Ein Mann wird morgens gegen halb sieben an einem bestimmten Ort umgebracht, und um sieben, also eine halbe Stunde später, finden sie die Leiche seiner Geliebten, die im azorianischen Meer treibt.«

»Sie ist da nicht getrieben.«

»Aber es war so als ob. Und außerdem mag ich dieses Bild. Herumgetrieben. Das ist der erste Zufall. Der zweite Zufall ist, dass beide im Meer den Tod fanden. Das heißt, sie starb im Meer, das ist offensichtlich, und er starb am Meer. Manchmal gucke ich aus dem Fenster und denke, dass alle übergeschnappt sind. Sie bringen sich gegenseitig um. Sie sterben. Sie verschwinden. Sie machen uns Probleme, sie sorgen dafür, dass wir beschäftigt sind. Niemand weiß, dass die beiden, sie und er, miteinander verkehrten, dass sie miteinander ins Bett gingen und dass sie Aufnahmen machten, um einen weiteren Zufall zu schaffen. Rauche ich die Zigarre nun oder nicht?«

»Das hängt von dir ab.«

»So ist es mit allem. Die ehemalige Frau von ihm behauptet, dass sie sich nicht für den Fall interessiert, was mich nicht wundert, schließlich gibt es heutzutage keine richtigen Familien mehr. So was existiert nur noch in den Filmen. Und dann ist da noch sein Vermögen. Das Geld. Es gibt keine Hinweise, was mit dem Geld geschehen soll, wie mir seine Rechtsanwälte oder besser sein Rechtsanwalt und Ex-Schwager versicherte. Verstehst du das? Der Rechtsanwalt ist ein Bruder seiner ehemaligen Frau. Das riecht nach Promiskuität.«

»Vielleicht auch nicht.«

»Im Allgemeinen ist das so. Ich verstehe nicht so viel davon. Und dann ist da noch was. Seine Geliebte ist nicht ermordet worden. Sie ist gestorben. Schlicht und ergreifend gestorben. Sie schwamm mitten in der Nacht ins Meer hinaus und ertrank. Kein schöner Tod. Da so herumzutreiben.«

Er suchte jetzt in einer Küchenschublade nach Streichhölzern, zündete eins an, hielt es auf Augenhöhe direkt vor sein Gesicht und ließ die Flamme des Hölzchens ein wenig herunterbrennen, damit der anfängliche Geruch der Zündung verstrich. Erst dann brachte er sie an die Zigarre, die noch in seinem Mund steckte. Eine Rauchwolke stieg über ihren Köpfen auf und zog in Richtung Fenster, das zur Nacht geöffnet war und die Hitze des sommerlichen Himmels hereinließ.

»Wenn der August kommt, sehne ich mich nach dem Winter oder sogar nach dem Oktober. Dieses Jahr muss ich flussaufwärts in mein Dorf, und ich nehme Rosa mit. Ich werde ihr zeigen, was von meiner Familie geblieben ist. Vielleicht auch nicht, aber ich werde auf jeden Fall flussaufwärts fahren, auf diesen Straßen, die bergauf, bergab gehen

und nie ein Ende zu nehmen scheinen. Und ich habe schon versprochen, dass ich sterben werde, ohne jemandem Probleme zu machen. Und was ist mit Isabel, hast du Isabel gesehen?«
»Nein. Ich habe vor einer Woche mit ihr gesprochen, ungefähr. Dann habe ich sie noch mal angerufen, aber sie war nicht da. Sie ist in Urlaub gefahren. Ich weiß nicht, wohin.«
»Die Frauen tun einfach, was ihnen in den Sinn kommt. Dagegen kann man nichts machen. Und es scheint mir nicht das Schlechteste zu sein. Guck dir doch an, wie viel Zeit wir beide damit verbringen, über Tote zu reden.«
Wir sollten sie vergessen, dachte Filipe Castanheira. Wir sollten die Toten Tote sein lassen, aber sie sind es, die uns nicht in Ruhe lassen. Der Dialog zog sich noch eine Weile hin, und Filipe Castanheira wäre beinahe eingenickt, eingelullt von der Stimme seines Freundes, die eine lange, monotone und angespannte Rede über den Tod von Rui Pedro Martim da Luz zu halten schien. Als er sich auf eines der Sofas im Wohnzimmer legte, ein kleines, improvisiertes Bett, das immer auf ihn wartete, wenn er bei Jaime Ramos zu Besuch war, ging Filipe durch den Kopf, dass das Verhalten seines Freundes zwar keine Unstimmigkeiten aufwies, aber dass er von einer ungewöhnlichen Spannung erfüllt schien, einer Spannung, die gestiegen war durch die Beschäftigung mit den Unterlagen, die dieser auf dem Küchentisch unzählige Male geordnet und wieder in Unordnung gebracht hatte und woran er noch eine ganze Weile gesessen hatte.
Er kannte diese Anspannung nicht, das heißt, er erkannte sie nicht sofort, und er interpretierte sie nicht als Ausdruck

eines Gefühls, einer Angst, einer Fährte, die er aufgenommen hatte. Er wollte nur schlafen, er wusste, dass er vor Übermüdung einschlafen würde, und genau in dem Augenblick, als er die Augen schloss, um sich auf dem engen Sofa auf die Seite zu drehen, konnte Filipe noch durch das schummrige und gedämpfte Licht der Vorhänge zwischen Wohnraum und Veranda das beinahe vergessene Gesicht von Rita Calado Gomes erkennen, ohne die Spur eines Lächelns, ausdruckslos wie ein bloßer Abdruck des Bildes im Reisepass, den er zwischen ihren Habseligkeiten im Hotel auf den Azoren gefunden hatte. Als habe jemand diesem Gesicht das Lächeln geraubt, jeden noch so geringfügigen Ausdruck. Und für den Bruchteil einer Zeitspanne, die er nicht hätte benennen können, weil alles zu schnell ging, viel zu flüchtig und rasch, wusste er, dass ihm die Träume helfen würden, weil sich in den Träumen alles klärte. Er nahm noch den sternenübersäten Himmel über dem Meereswasser wahr, wo der Körper der Frau gefunden worden war, und plötzlich sah er etwas, das einem anderen, beliebigen Bild entliehen zu sein schien und das er gern für längere Zeit mit sich geführt hätte. Es war die rechte Hand von Rita Calado Gomes, eine Hand, die der Kälte preisgegeben war, dem Tod, dem Schweigen, und es kam ihm so vor, als liefen Minute für Minute die Bilder jenes Morgens vor ihm ab, an dem ihr Körper gefunden worden war, als sei alles Teil eines Filmes, eines gänzlich tonlosen Filmes, in dem nicht einmal das Geräusch des Filmprojektors zu hören war, ja, es war nichts zu hören. Und da überkam ihn Mitleid, doch nur für einen Augenblick, denn er wusste, dass er gleich einschlafen würde und dass die Träume völlig tonlos sind, still, schrecklich still und ohne Farbe.

7. August 1991, fünf Uhr morgens

Er sah auf die Uhr. Fünf Uhr. Die Nacht war also noch nicht zu Ende. Durch die Vorhänge fiel immer noch das gleiche Licht, mit dem er eingeschlafen war. Doch das war es nicht, was ihn geweckt hatte, nur drei Stunden, nachdem er die Dunkelheit des Schlafes und eine kurze, notwendige Erholung gefunden hatte. Im Gegenteil, es war ein Geräusch, ein vages und vertrautes Geräusch, das aus der Küche kam, wo er Jaime Ramos auf die Papiere konzentriert zurückgelassen hatte, die dieser über Stunden hinweg immer wieder auf dem Tisch durchwühlt und durcheinander gebracht hatte. Aber die Wohnzimmertür war geschlossen. Das Geräusch schien ihm so vertraut wie ein höchst seltener und noch frischer Geruch, etwas, das ihn aus seiner Traumreise zwischen den improvisierten Laken des Sofas riss und ihn augenblicklich auf eine andere, weit ausgedehntere und abwechslungsreichere Reise schicken sollte.

Er streifte sich nur die Hose über, die auf der Rückenlehne eines Stuhles hing, und durchquerte barfuß und mit nacktem Oberkörper das Wohnzimmer, öffnete die Tür und wurde Zeuge einer Szene in der Küche, die er dort schon vermutet hatte. Da stand Jaime Ramos, ebenfalls barfuß und nur mit einer Badehose bekleidet, hielt ein Messer in der rechten Hand und widmete sich einer Operation, die relative Genauigkeit erforderte. Es sah so aus, als verlangte sie ihm die ganze Konzentration ab, die man gewöhnlich in großen Momenten aufbringen muss, in denen man mit einem Handgriff eine Katastrophe verhindern und mit einem anderen ein Wunder vollbringen kann und in denen, für den Bruchteil eines Augenblicks, eine einzigartige, schöpferische Kraft freigesetzt wird. Auf dem marmornen Küchentresen lagen die sorgfältig vorbereiteten Zutaten aufgereiht, und ein Topf auf kleiner Herdflamme verströmte das nach Fleisch, Kräutern, Olivenöl und Gewürzen duftende Aroma, angereichert mit dem Balsam eines weißen Weines, der vorsichtig zugegeben worden war, um nichts als einen Hauch über die Speisen zu legen und den anderen Elementen nicht seinen Charakter aufzuzwingen.

»Setz dich«, forderte Jaime Ramos ihn auf. »Den Dourokuchen macht man aus Fisch, und zwar nur aus Sardinenfleisch. Im Allgemeinen wird er aus den Sardinen gemacht, die in Fässern konserviert werden, so wie es sein sollte und wie es früher war, weil es so appetitlicher ist und sie dann in ihrer eigenen Würze liegen. Diesen Fleischkuchen isst man am nördlichen Flussufer. Am südlichen Ufer wird er nach Art der Beiraner gegessen. Nicht so reichhaltig und nicht so schmackhaft. Guck dir die Romane von Aquilino an. Hast du die Romane von Aquilino gelesen?«

»›Casa Grande‹.«

»Und die Kurzgeschichten. Und ›O Malhadinhas‹ und alles, was er so geschrieben hat. Ich lese wenig, aber ich habe zwei oder drei Meisterwerke gelesen, du weißt, ich lebe gerne in der Vergangenheit. Aber nimm nur mal die Romane von Aquilino. Da essen sie Kartoffeln und einfaches Fleisch, und zwar ganz ohne Arbeit, ohne größere Vorbereitung. Übri-

gens haben die Dinge am nördlichen Ufer des Douro einen anderen Geschmack. Ich sage das nicht, weil ich aus dem Norden bin. Die Küche dort hat sich eben noch mit anderen, reichhaltigeren Küchen vermischt, mit der echten aus Trás-os-Montes, mit der galicischen Küche, mit der aus Leão und einer Kreuzung aus der Küche von Leão, Galicien und sogar aus dem weiter entfernten Asturien. Übrigens ist Asturien schon so weit entfernt, dass man seinen Einfluss nur noch an dem ein oder anderen Reistopf oder an dem Cidre bemerkt. Eines Tages werde ich mir Cidre besorgen. Am Südufer, du weißt schon, an der Küste. An der Küste gibt es Gebratenes, einfache Fleischtöpfe und Suppen, jede Menge Suppen gegen die Kälte. Und dann gibt es diese Geschmacksrichtungen, die ich verabscheue, die nach Mandeln aus dem Dourogebiet, von den Hängen von Côa, der trockensten und traurigsten Erde, die es in diesem Land im Sommer gibt. Am Douro sieht es dann schon anders aus, und zwar am nördlichen Flussufer. Du überquerst irgendeine der Brücken dort, und – nicht dass du darauf ein anderer wirst, schließlich ist das so gut wie unmöglich – trotzdem, die Dinge sehen gleich ganz anders aus. Du kannst die Weinberge sehen, die bis an den Fluss herunterwachsen, so als würden sie dort etwas suchen. Und das geht so bis nach Pinhão, nachdem du den Tua überquert hast. Dann sieht alles gleich aus, ich weiß. Aber nur da und nirgendwo anders gibt es die Küche, die ich mag.«
»Und es ist deine Heimat, das ist der Punkt.«
»Das ist der Punkt. Man sollte einen Ort verteidigen, auch wenn einem die richtigen Argumente fehlen. Dann muss man eben ein paar unschlagbare erfinden. Das habe ich gerade getan.«

Er wandte sich wieder dem fleischfarbenen Topf zu, in dem ein Eintopf immer noch seine Aufmerksamkeit forderte. Er fügte ihm jetzt ein Gewürzsträußchen hinzu, das er vorbereitet und mit einem feinen weißen Nähfaden zusammengebunden hatte, der ein paar Petersilienwurzeln, grüne Minze, ein Loorbeerblatt und einen Zweig Oregano zusammenhielt und der noch eine graugrüne Färbung wie zum Zeitpunkt des Pflückens aufwies. Er rührte sorgfältig in der Speise, während Filipe Castanheira den Kühlschrank öffnete, um festzustellen, ob es dort auch Getränke gab, sich ein Bier herausnahm, sich auf eine Holzbank am Fenster setzte und das gemächliche Morgengrauen auf dieser Seite der Stadt kommen sah.

Jaime Ramos gelang es, das Aroma der Gewürzkräuter in wenigen Sekunden mit den übrigen Zutaten zu vereinigen, den kleinen Fleischstückchen, den Hühnchenstreifen, dem Speck, den Wurstscheiben und der Bauernwurst, ein paar klein geschnittenen Schinkenstückchen und hauchdünnen Zwiebelringen, von denen man nur noch ahnen konnte, was sie einmal gewesen waren, denn sie hatten ihre ursprüngliche Konsistenz verloren, waren in eine leichte, transparente Masse übergegangen und bedeckten die übrigen Zutaten des Eintopfes.

Er nahm das Gewürzsträußchen heraus und ließ das Gericht ein wenig Farbe annehmen, nahm den Deckel vom Topf, damit die Flüssigkeit leichter verdampfen konnte und die restliche Sauce Substanz bekam und so all jene Zutaten verbinden würde, die er später noch verwerten würde.

Jaime Ramos schaltete den Herd aus und holte eine Schüssel mit Mehl aus dem Schrank. Er hatte die Masse schon vorbereitet. Sie war einem Mehlteig ähnlich, aus dem Brot bereitet wird. Er knetete den festen Teig noch einmal durch, fügte drei Eidotter hinzu, damit er den faden Mehlgeschmack verlor und sich gelb einfärbte. Dann breitete er ihn auf einer flachen und tönernen Auflaufform aus, die er zuvor mit Schmalz eingefettet und mit Mehl bestäubt hatte und die er auch mit Wasser besprizte, denn er würde sie gleich mit Tomatenscheiben bestücken und den Eintopf darauf geben. Er legte die Stücke in einer dünnen Schicht gleichmäßig aus und gab grob gehackte Petersilie darüber, dann bedeckte er das Ganze mit noch mehr Teig, einer feinen, hauchdünnen Teigschicht, die alles umhüllte. Der Backofen war eingeschaltet und hatte schon die richtige Temperatur erreicht. Jaime Ramos ritzte ein Kreuz in den Teig und benutzte dazu seine Hand wie einen Säbel, dann stellte er die Form in den heißen Ofen. Erst jetzt wandte er sich Filipe Castanheira zu, der aus dem Fenster blickte:

»Es ist viertel nach fünf, ich weiß, und du wirst mir sagen, dass es nicht der richtige Zeitpunkt für so etwas ist, aber der Hunger kennt keine festen Zeiten. Wir lebten in einem kleinen Steinhaus. Man kam über eine Treppe auf die Veranda, und von dort ging es gleich in die Küche, unter einer kleinen Weinlaube hindurch. Der Boden knarrte, wenn man die Küche betrat, und wir hatten auch einen Rohrstuhl, beinahe der einzige Stuhl im ganzen Haus, ein Rohrstuhl, der im Korridor stand. Meine Mutter wollte nicht, dass man ihn von dort wegnahm, weil er ein Zeichen für Reichtum war. Es war der einzige, den wir hatten. Sonst hatten wir nur Bänke und zwei dunkle Holzschemel, die der Rauch geschwärzt hatte. Sie standen in der Nähe des

Herdes, und dann waren da noch zwei Tische zum Herunterlassen. Stell dir vor, wie das ging, ich weiß es noch. Zwei Holzplatten, die an der Küchenwand mit einem Lederriemen befestigt wurden. Sie hatten auch ein Stützbein aus Holz, das die Platte trug, wenn man sie herunterließ. Und dann unsere Sofas, die immer gegenüber vom Herd standen. Ansonsten gab es Bänke, kleine Bänke, auf denen man zum Essen vor dem Herd sitzen und in den Kochtöpfen rühren konnte, wenn man das Essen zubereitete und meinem Onkel zuhörte. Er kam jeden Samstag und setzte sich immer auf einen der Schemel. Meine Mutter nahm auf dem anderen Platz, und wir setzten uns auf die Bänke, um den Herd herum. Meine Tante setzte sich neben meine Mutter. Dann konzentrierten sich die beiden immer ganz darauf, Wollstrümpfe zu stricken.

Kaum erinnere ich mich an Zuhause, und schon muss ich an die Wollstrümpfe denken, an diese Baumwollstrümpfe, an die Schürze meiner Tante, die genauso aussah wie die aller Tanten, aber ihre hatte eine Tasche, aus der sie immer Brotkrusten zog. Ich vermute, dass sie damit ihre Zähne sauber hielt. Sie kaute die ganze Zeit, wo sie auch war, auf dem Weg vom Obstgarten ins Haus, von der Veranda auf die Straße. Ruck, zuck, schon zauberte sie wieder eine Brotkruste hervor, knabberte daran und ließ sie ganz zerkaut in ihrem Mund. Es muss wegen der Zähne gewesen sein. Und sie hatte immer großen Appetit, vor allem an Ostern, wenn wir auf der Veranda am Ostersonntag die ersten Salate des Jahres und ein junges Zicklein verspeisten. Ich erinnere mich noch genau daran, dass es immer mein Onkel war, der eins mitbrachte. Wir aßen es mit Reis aus dem Ofen, der immer nach Bauernwurst und Minze schmeckte.

Das war unser Zuhause. Ein kleines Haus von zwei Etagen. Ich erinnere mich nicht mehr gut an die Geräusche der Tiere im Stall, die zu dieser Morgenstunde zu hören waren, aber es gab da ein sehr angenehmes Geräusch, und zwar von jemandem, der gleich nach dem Aufwachen mit dem Essen begann. Durch den Flur kam man in die Küche, die sich übrigens gleich nebenan befand, und es gab noch ein großes Zimmer, das immer leer und unbewohnt war. Es stand leer seit dem Tag, als mein Vater starb und meine Mutter nur noch an dem Platz schlief, an dem das Mehl aufbewahrt wurde, die Trauben zum Trocknen lagen und die Kiste mit dem Brot stand. Ich glaube, von der Stunde an, in der mein Vater starb, war sie immer gern in der Nähe der Lebensmittel, um aus nächster Nähe ein Auge darauf zu haben und uns zu beschützen, uns, die wir alle in einem Zimmer am anderen Ende des Hauses schliefen. Von unserem Zimmer aus sah man die Weiden, die zum Fluss hinunterführten. Es gab Mauern, die im Winter tief verschneit waren. Und Ulmen. Ich hatte noch nie von Ulmen reden hören, bis ich diesen Ort verließ. Ulmen, das sind sehr große Bäume. Jede dieser Ulmen hatte ein Storchennest in der Krone. Die Störche im Dorf standen unter Naturschutz. Es gab zwei verschiedene Sorten Störche, die einen waren weiß, schneeweiß, und die anderen hatte einen rosafarbenen oder bräunlichen Fleck.

Ich habe nie sehr viel von Vögeln oder von der Jagd verstanden. Alle meine Brüder waren Jäger, einer von ihnen jagt heute noch, aber ich habe nie gejagt, obwohl ich Gewehre mag. Mein Vater hatte ein Gewehr, ein altes, uraltes Ding, mit einem Doppellauf natürlich. Keine bekannte Marke, es war nämlich Schmugglerware, aus Spanien, klar, aus der

Quelle desselben Mannes, der auch spanische Spielkarten mitbrachte. Und am anderen Ende von den Weiden, da standen acht oder neun Ulmen, die das ganze Gewicht des Himmels trugen. Und ein Weg, über den immer die schlechten Nachrichten überbracht wurden, und zwar alle schlechten Nachrichten, die wir im Lauf der Zeit erfahren mussten: der Tod meines Vaters, die Briefe der Bank, die zur Zahlung mahnten. Und es war der Weg, den ich zur Schule ging und den ich später nahm, um in die Stadt zu kommen und zu studieren. Alles das Werk meines Onkels natürlich, der die Mandelernte verkaufte und mich zur Schule schickte. Ich wurde immer gut behandelt, sehr gut. Heute vermeide ich es, dorthin zu gehen. Mein Vetter Henrique ist an einem Herzinfarkt gestorben. Meine Mutter ist schon vor zehn Jahren gestorben, sie wählte immer die CDS und ging jeden Samstag zur Mette, weil es ihr am Sonntagmorgen zu kalt war. Sie wählte die CDS, weil mein Onkel die gleiche Partei wählte. Ich habe das nie genau verstanden, aber ich fand das lustig. Meine Brüder waren eine ganze Zeit lang richtige Kommunisten und ich auch. Um uns zu rächen.

Nun hat das alles an Bedeutung verloren, im Lauf der Zeit verlor es an Bedeutung, all das, es war nicht mehr wichtig, je mehr Zeit verging und sie im Dorf nicht mehr diesen Fleischkuchen machten und die Pfarrer durch andere ersetzt wurden. Der alte Pfarrer wurde durch einen ganz jungen Spund ersetzt, der einen Bart trug und nur an den Freitagnachmittagen die Beichte abnahm. Er mochte die Jagd nicht, und zu Ostern kam er auch nicht zu den Leuten nach Hause zum Essen. Dieser junge Pfarrer hatte ein Auto, aber es war schon kein Volkswagen mehr, das Auto, das alle

Pfarrer fuhren, die einen Wagen besaßen. Hunde hatte er auch nicht. Und er ging auch nicht in Schwarz und Grau. Er hatte keinen Garten, und er hatte keinen Appetit, daran erinnere ich mich noch. Ich weiß noch genau, dass er auf der Beerdigung einer Tante, zu der ich gehen musste, nicht ein Plätzchen gegessen hat. Das war so üblich, weißt du. Ein Plätzchen zu essen und eine Tasse feinen Wein zu trinken. Ich weiß nicht, wie ich mich von all dem befreit habe, von so vielen Dingen. Manchmal kommt es mir so vor, als würde ich noch das Zirpen der Grillen hören und das Geräusch der Ochsenkarren, die vor das Dorf gezogen wurden. Und es gab da einen Typ, dem eine Kneipe gehörte. Er war es auch, der das Geld der Leute aus dem Dorf auf die Bank in der Stadt brachte. Ein Abgesandter der Bank. Im Grunde mochte niemand dort die Banken leiden, keiner. Aber der war ein richtiger Bankmensch. Er kümmerte sich um die Bankkonten, die Zinsen, um alles. Und er hatte Angst, wenn ein Gewitter kam. Dann stellte er sich an die Tür seiner Kneipe und fing laut an zu schreien: ›Oh, Allmächtiger Gott, zeig uns dein Gesicht!‹. Und dann fing es wirklich an, auf ihn niederzuprasseln, schließlich gab es viele Unwetter im Mai.
Ich habe noch heute Angst vor den Maigewittern, und ich höre den Mann noch schreien: ›Oh, Allmächtiger, zeig uns dein Gesicht!‹. So rief er immer. Zu dieser Zeit verstand ich nie ganz, was göttliche Kräfte waren, ich habe das fünfte Jahr auf dem Gymnasium erst später gemacht und ging von zu Hause weg, um in Porto zu arbeiten. Auf einer Bank, klar. Da durfte ich nur das Papier von rechts nach links schieben, mehr nicht. Dann habe ich mich bei dieser Scheißstelle hier beworben, damals verdiente man hier

mehr, viel mehr als auf einer Bank. Die hieß damals Banco Pinto de Magalhães, die Bank. Bei der Polizei zahlten sie mehr. Ein entfernter Vetter von mir arbeitete dort und legte ein gutes Wort für mich ein, bevor er ganz in der Nähe starb, beim Rio Tinto. Ein Schuss aus einer Jagdflinte mit abgesägten Läufen. Es schien unmöglich, aber er war mausetot, ein gut abgefeuerter Schuss.
Und trotzdem, wenn du mir was von abgesägten Gewehrläufen erzählst, dann macht mir das keine Angst. Ich würde gern durch einen Schuss sterben. Aber die Leute sind bis oben hin voll mit Ängsten. Die haben vor allem Angst. Ich habe immer Hunger zu dieser Tageszeit, ich habe immer Hunger, eigentlich immer. In der Dorfkneipe wurde nicht gegessen. Man aß nur zu Hause. Da wurde getrunken, nur getrunken, und das ist noch heute so, schmutzige Gläser, bis oben hin mit Rotwein gefüllt, und kleinere Gläser mit Schnaps. Wenn du ein Schnapstrinker warst, dann hast du die Feigen von zu Hause mitgebracht, in einer Tasche aus Ziegenleder, oder du hast es wie meine Tante gemacht, die immer die Brotkrusten in der Schürze mit sich führte.«
Es war eine halbe Stunde vergangen, und Jaime Ramos warf einen Blick in den Backofen, ohne seinen Sitzplatz am Tisch zu verlassen.
»Siehst du die Fensterscheiben? Sie sind schmutzig. Im Sommer wird alles schmutzig. Es ist heiß, Rosa isst nichts, du isst nichts, und es sterben Typen irgendwo in der Weltgeschichte. Weit weg von hier, viel zu weit weg und nur, um uns Probleme zu machen. Typen, die nur das Zeitliche segnen, um uns von hier wegzulocken. Sollen sie doch sterben. Meinetwegen. Aber ohne mich. Sollen doch alle Nachbarn den Löffel abgeben, ich bewege mich nicht von der Stelle.«

Er öffnete jetzt den Backofen, zog die Auflaufform mit einem Kochhandschuh heraus und besah sich die gebräunte Kruste der Fleischkugel bei Licht, das durch das Fenster hereinfiel, an dem Filipe Castanheira Platz genommen hatte.
»Es riecht gut«, sagte dieser.
»Darauf kommt es an, fürs Erste. Ein Wein käme jetzt sehr gelegen. Aber ich habe eine lange Nacht hinter mir, und was dich angeht, du bist ja gerade erst aufgewacht.«
»Was steht in den Papieren, die dich so aus der Fassung bringen?«, fragte Filipe Castanheira jetzt.
»Wenn es kein Wein sein kann, dann vielleicht etwas Leichteres. Lassen wir die Kugel ein wenig abkühlen, und dann trinken wir entweder Bier oder Wasser. Schließlich haben wir Sommer, das sollten wir nicht vergessen.«
»Die Papiere. Ich habe nach den Papieren gefragt.«
Jaime Ramos lief um den Tisch herum und griff nach dem Packen mit den nach Themen und Größe sortierten Papieren, die jetzt so geordnet waren, wie es ihm vorgeschwebt hatte. Er steckte sie in einen grauen Papierumschlag und ging damit an das Rohrregal im Flur, wo auch das Telefon stand und wo sich, wie Filipe wusste, im untersten Fach, hinter einer Tür aus Rohrgeflecht und beinahe für alle Augen sichtbar, der Pappkarton befand, in dem Jaime Ramos seine Dienstwaffe aufbewahrte. Als er zurückkam, hatte er schon seine Brille auf der Nase und nur ein Blatt Papier in der Hand, das er auf den Kühlschrank legte.
»Du weißt«, sagte er dann, »dass ich die Toten immer weniger leiden mag. Zumindest die, die keine Spuren hinterlassen. Ich mag es, mich mit ernsthaften Fällen zu befassen, in denen Hass und ein handfester Tod vorkommen.

Ein Typ wird umgebracht, es gibt diesen oder jenen Verdächtigen, und man hat einen besonders im Visier, einen Verdächtigen, der es verdient, gefasst zu werden. Das, was sie uns beigebracht haben, als wir jung waren. Einen richtigen Kriminellen. Aber ich bin von der alten Garde, du weißt schon. Ich habe nicht viel Poesie gelesen in meinem Leben, nur die Grundzüge, Guerra Junqueira, ›Klack-Klack-Klack, die Müllerin, die mit dem Esel über die Straße zieht, die Amsel, der Pater, Antero und noch ein paar andere‹. Von den Neuen kenne ich nichts, es sei denn, sie werden in den Zeitungen erwähnt. Die Poesie ist zu nichts nutze, zu absolut gar nichts, sie bringt uns nichts als Komplikationen. Ich meine es ernst.«
»Die Sinnlosigkeit der Poesie.«
»Oder das. Ich verstehe von der Sache nichts. Du weißt ja, wie das ist, wenn man das Leben von so einem Typen unter die Lupe nimmt. Du setzt dich zwei Tage hin und siehst die Unterlagen durch, du stellst dir die dümmsten Geschichten vor, in die der Typ verwickelt war, du stellst dir die Frauen vor, die er gekannt hat oder die, die er nicht kennen gelernt oder nur auf eine sehr flüchtige Art kennen gelernt hat, irgendwo da draußen. Und du stellst Fragen, du fragst diesen, du fragst jenen. Wenn jemand stirbt, dann gibt es immer eine Spur, eine Reihe von Spuren, die der Tote im Sand hinterlässt, auf dem er gelaufen ist. Wenn jemand stirbt, dann hat er immer vorher irgendeine Fläche überquert, so denke ich, um dort seine Spuren zu hinterlassen. So sollte es sein, und es sollte verboten werden, dass es anders läuft, schließlich sollte man auch unsere Arbeit respektieren. Aber mit diesem Typ gibt es nur Schwierigkeiten.«
»Warum?«

»Weil die einzigen Spuren, die er hinterlassen hat, die sind, die auf diesem Papier stehen. Hier steht alles auf Spanisch. Eine Schilderung des Vorgangs von der örtlichen Guardia Civil. Mehr nicht, nur dass sie die Spuren untersucht haben, die er im Sand hinterlassen hat, und dass es wirklich seine Fußspuren sind. Es gibt noch andere, dahinter, aber die sind nicht so definiert. Es ist diese letzte Spur, die sich verloren hat. Man weiß nicht, wo sie beginnt. Sie ist einfach nur da, das ist alles. Die Guardia Civil von dort ist ein einziger Haufen Kohlköpfe. Das Wichtigste haben sie hier aufgeschrieben, das stimmt schon: Der Typ ist ein paar Meter durch den Sand gelaufen, er kam von einem Pfad, wo er den Wagen geparkt hatte, nah an einer Straße, von der sie behaupten, das sei die Carretera Principal, na ja, aber was die dort als Hauptstraße bezeichnen, die führt wahrscheinlich zu ein paar Ferienhäusern in der Nähe des Strandes.

Ich habe den Ort nicht vor Augen, aber die sind mehr oder weniger alle gleich. Wenn du an einem gewesen bist, dann hast du sie alle gesehen, da gibt es keine großen Unterschiede, eine Straße, ein paar Bäume, ein paar Pinien. Von diesen Häusern führen ein paar Wege an den Strand, und wenn es so ist, wie ich vermute, dann hat der Typ einen dieser Wege genommen. Sie haben ungefähr aus zehn Metern Entfernung von hinten auf ihn geschossen, als er sich mitten auf der Sandfläche befand. Man nimmt an, dass die Schüsse seitlich von ihm abgegeben wurden, weil sie, so wie es aussieht, seine Brust durchschlugen, und zwar von der Seite. Entweder er hat sich umgedreht, oder er hat sein Profil gezeigt, weil er glaubte, es sei seine Schokoladenseite.

Es gibt zwei verschiedene Spuren. Einmal seine Spuren, das ist klar. Und dann die von einer weiteren Person, anders kann es nicht sein, schließlich hat jemand auf ihn geschossen, und das muss feststellbar sein. Allerdings sind sie da nicht zu großen Erkenntnissen gelangt, schließlich wurden die zweiten Spuren auf dem trockeneren Sandboden entdeckt und waren damit nicht so gut zu erkennen. Seine schon, die konnte man gut sehen, weil er sich schon auf der Sandfläche befunden hatte, die vom Meerwasser überspült wird. In dem Bericht steht, dass es sich um bloße Stoffschuhe handelte und all dieses Zeug, und das behauptet auch dieser Leutnant Alberico Nuñez, mit dem ich am Telefon gesprochen habe und der mir nichts sagen wollte. Er meinte nämlich, solche Informationen dürfte man schließlich nicht am Telefon weitergeben. Und er hat Recht. Man sollte am Telefon nichts preisgeben, nicht ein Wort. Aber Fußspuren auf feuchtem Sand sind für jeden Kriminellen von Nachteil, weil sie sich nicht wegwischen lassen. Wenn du deinen Fuß draufstellst, dann kann man immer noch sehen, wohin du gegangen bist und woher du gekommen bist. All das. Ich rede von den grundsätzlichen Dingen. Alles verlief gut und in ganz normalen Bahnen, wenn man das so nennen kann.«

Jaime Ramos streckte die Hand nach einem Messer aus und schnitt die erste Scheibe von dem Fleischkuchen herunter. Er roch daran, ohne sie der Nase zu nähern, legte sie auf einen Teller und reichte sie Filipe Castanheira, der darauf gewartet hatte. Dann nahm er sich selbst eine und füllte ein hohes Glas mit Milch.

»Das ist gut zur Entgiftung und gegen Schlafmangel. Ich habe seit gestern Morgen nicht einen Kaffee getrunken.

Ich wusste, dass es so kommen würde. Ich habe es geahnt, es ist immer das Gleiche. Es verlief also alles bestens, wenn man davon sprechen kann, dass so etwas bestens läuft. Gestern Abend, am frühen Abend, gegen acht Uhr vielleicht, ruft mich dann dieser Alberico Nuñez an. Ein lustiger Name. Wahrscheinlich schon ein etwas älteres Semester, dieser Name ist einfach zu unschuldig. Alberico. Er hat mich auf der Polizeiwache angerufen. Ich hatte ihm meine Telefonnummer für den Fall gegeben, dass er sein Schweigen bereuen sollte, und er sagte mir, ich solle nach Hause gehen, damit er mich dort anrufen könne. Das habe ich getan. Er rief an, wie er es versprochen hatte, eine Stunde später. Es war ungefähr gegen zehn Uhr, und er meinte, dass derartige Dinge zwar schlecht für die Verdauung seien, aber nun mal sein müssten. Ich fragte ihn, was er gegessen habe. Er sagte mir, gebratenen Fisch, Fisch aus dem Backofen. Aber das Schlimmste sei der Orujo. Seine Frau sei nämlich Katalanin, und der Schwiegervater habe einen Orujo geschickt. Den habe er trinken müssen, denn wenn er sich geweigert hätte, dann hätte seine Frau gedacht, dass er ihre Familie nicht mag. Komplikationen, die wir alle kennen.

Dann teilte mir dieser Alberico mit, dass es nicht nur zwei Gruppen von Spuren gäbe, sondern drei verschiedene Fußspuren. Genauer gesagt, die Spuren des Toten, dieses Typen, den ich nicht mag, weil er über Ford und Wayne schlecht geredet hat, dann die Spuren der Person, die geschossen hat, und noch eine dritte Spur, die Alberico Nuñez noch am gleichen Tag entdeckt hat. In seinem Bericht hat er sie allerdings nicht erwähnt, weil ihm das nur Schwierigkeiten eingebracht hätte. Darauf hatte er wohl keine Lust. Schwierigkeiten, na ja, das ist vielleicht zu viel gesagt, aber Ärger bestimmt. Es hätte schließlich zusätzliche Arbeit gemacht, und so wie es aussieht, haben die dort schon seit längerem nicht mehr gearbeitet und sind nicht mehr daran gewöhnt. Die scheinen sich dort im Dauerurlaub zu befinden.

Die dritte Spurengruppe, die er gesehen haben will – und nach seiner Stimme zu urteilen und nach dem, was er so sagt, gehört er zu diesen sympathischen Typen, die sich für gut halten und die auch wirklich gut sind –, also gut, die dritte Kategorie Fußspuren soll ungefähr hundert Meter von dem Platz entfernt gewesen sein, an dem der Freund von deiner Tante da getötet wurde, du weißt schon, von dieser Frau, die auf den Azoren gestorben ist. Diese Spuren, das hat er wohl gleich gesehen, führen direkt von der Hauptstraße an den Tatort und nicht über die Wege, die von den Ferienhäusern an den Strand gehen. Sie beginnen direkt von einem Wagen aus, der dort geparkt hatte und der dann in Richtung Dorf gefahren sein muss.

Das war es, was er mir sagte, und dann schickte er mir noch eine illustrierte Postkarte. Eine Postkarte von diesem Dorf, und zwar per Fax. Hier ist die Kopie, sie ist saumäßig schlecht, aber das ist alles, was wir haben. Und es sieht nicht übel aus. Das Dorf ist wahrscheinlich nicht sehr groß. Ich habe der Sache keine große Bedeutung beigemessen. Andere Spuren sind andere Spuren, sicher. Drei verschiedene Arten von Spuren. Ob jemand am Weg Wache geschoben hat, um sicher zu gehen, dass keiner die Sache beobachtete? Oder war es jemand, der zur Tatzeit vorbeikam? Oder jemand, der nachher dort vorbeikam? Alberico Nuñez meinte, es gäbe nichts, was die Sache aufklären würde, sonst hätten sie uns schon darüber informiert. Es seien da nur andere Spuren. Und dann sagte dieser Alberico Nuñez nichts mehr und ich auch nicht. Na gut, weitere Spuren. Und er drehte und wand sich, und dann kam er mir mit ›Sie verstehen wohl nicht‹, und ich meinte ›nein‹, und er sagte: ›Also gut, wir haben da eine andere Person, das ist offensichtlich, denn die Spuren sind relativ frisch. Wir haben also eine dritte Person, und sie ist aus dem Dorf.‹ Jemand aus dem Dorf, jetzt war's raus. Das Dorf hat nur ungefähr vierhundert oder fünfhundert Einwohner, glaube ich. Oder lass es tausend sein. Oder zweitausend. Von mir aus auch eine Million. Es gab nicht viele, die in Verbindung mit der Person des Toten standen. Im Gegenteil, wir wissen, dass er nur mit wenigen Menschen verkehrte, dass er im Verborgenen lebte, irgendwo dort. Also ich empfinde wirklich keinerlei Sympathien für den Kerl, und zwar wegen der Sache mit dem Kino, verstehst du, aber mich beginnt die Sache irgendwie zu interessieren. So ein Typ wie der, der für einen Monat an so einen Ort geht, der hat weder eine noch mehrere Personen um sich, wenn er ablebt. Zwei Personen, die ihn beobachteten. Eine, die ihn schließlich umbringt. Eine weitere, die ihn zu Boden stürzen sieht. Und die ist nicht Freund genug mit dem Toten, weil sie nichts sagt. Sie verzieht sich ins Dorf, in ihr Haus oder sonst wo hin, und punktum, sie schweigt sich aus. Sagt nichts, rein gar nichts. Die Leiche wurde erst gegen acht Uhr gefunden, als der Mann, der dort auf der Strandesplanade arbeitete, die Stühle ordnete und entdeckte, dass sie genau vor dem Strandcafé einen Typen um die Ecke gebracht hatten. Er war es, der die Polizei angerufen hat. Sicher hat er diesem Alberico Nuñez Bescheid gegeben.«

7. August 1991, zwölf Uhr

»Tatsache ist, dass sein Tod nichts geändert hat. Tatsache ist auch, dass ich ihn gekannt habe. Ich kannte ihn, und ich habe mich für die Sache interessiert, wie wir uns eben für den Tod der Menschen interessieren, die uns einigermaßen nahe standen. Haben Sie schon mit seiner Frau gesprochen?«
»Vorgestern. Gleich nach der Beerdigung.«
»Sie waren schnell, Inspektor.«
»Das bin ich immer. Aber ich habe nichts Besonderes erfahren. Übrigens macht mir das zu schaffen, dass niemand etwas Genaueres über die Sache weiß.«
»Keiner weiß etwas Genaues, das stimmt. Nicht mal ich«, sagte der Direktor. »Eines Tages werde ich das hier drangeben.«
»Werden Sie sich dann dem Sport verschreiben?«
Der Direktor lächelte Jaime Ramos an. Er strich mit der linken Hand über die Schreibtischauflage und griff gleichzeitig mit der rechten nach einem blauen Aktendeckel.
»Verlieren Sie nichts davon, Inspektor. Ist das hier Ihr Bericht? Bewahren Sie ihn für mich auf. Er geht zu Ihren Händen. Schließlich war es eine ganz persönliche Sache.«
Jaime Ramos nahm jetzt an sich die Nachwirkungen einer schlaflosen Nacht wahr, einer ganzen Nacht, in der ihn

eine äußerst heftige Unruhe Minute für Minute begleitet hatte, eine Unruhe, die ausschließlich ihn selbst betraf und die ihn nicht losließ. Schließlich machte er sich gegen acht Uhr morgens auf den Weg in die Stadt. Er wollte das Haus verlassen, damit sich der Geräuschpegel der Stadt über ein anderes Geräusch legte, das nur im Inneren seines Schädels zu hören war. Vielleicht wollte er es auch nur zerstreuen, dieses Geräusch, und es den anderen Lauten des Lebens anvertrauen, dem leisen Gemurmel aus den Büros, dem Knistern von Papierseiten, dem gelegentlichen Gelächter, den Unterhaltungen auf dem Flur. Und das war auch der Grund, warum er sich unfähig fühlte, die Angelegenheit mit wem auch immer zu besprechen, schließlich betraf diese innere Unruhe nur ihn, und sie stürzte ihn in einen unendlichen Abgrund. Alles, was er während der vergangenen Nacht empfunden hatte, ging jetzt in eine andere, körperliche Verwirrung über, in ein tiefes Sodbrennen und, wenn er viel daran denken musste, in Übelkeit.

Als er an seinem Schreibtisch ankam, setzte er sich und suchte in den Schubladen nach den Untersuchungsunterlagen, damit ihn der Schlaf nicht mitten am Morgen überwältigte, was nicht verwunderlich gewesen wäre. Im Grunde hatte er schon darauf gewartet, dass ihn der Direktor an diesem Tag zu sich rufen würde. Und so war es auch. Mechanisch hatte er die Stufen in die obere Etage genommen. Die Tür stand offen, und der andere erwartete ihn schon im Stehen und in Hemdsärmeln. Er fühlte sich von dem vagen Geruch nach Kölnisch Wasser und dem rasierten Gesicht irritiert, obwohl es bereits Mittag war, die Uhrzeit, zu der einen die Müdigkeit am heftigsten quälte, wenn man eine Nacht durchwacht hatte. Warum hast du diese Nacht durchwacht? War es überhaupt in ihrem Interesse, dass er seine Nächte schlaflos verbrachte wegen eines Mannes, der weit weg von zu Hause gestorben war?

»Man sollte in diesem Fall keine unnötigen Verrenkungen machen«, versicherte ihm der Direktor, als sein Gegenüber keine Anstalten machte zu lächeln. »Doch erzählen Sie mir, was Sie erfahren haben.«

»Diesmal bin ich auf mein Gefühl angewiesen, mehr als auf das, was ich weiß. Ich habe nichts als die Informationen, die Sie mir gegeben haben, und ein bisschen mehr, schließlich ist der Fall nicht offiziell, wie wir alle wissen.«

»Das sagte ich Ihnen, genau.«

»Die Frau Ihres Freundes interessiert sich nicht für die Angelegenheit. Die beiden lebten schon lange getrennt. Ich glaube nicht, dass ich mich täusche, wenn ich annehme, dass sie sich auch nach ihrer Trennung noch häufig trafen. Aber alles scheint mir auf eine Krise im Leben eines über Vierzigjährigen hinauszulaufen. Der Mann war es einfach müde, diesen Namen zu tragen, und ist gegangen. Die Daten, die Sie mir gegeben haben, sprechen in einem Punkt eine ganz deutliche Sprache, und das betrifft etwas, das nirgendwo geschrieben steht.«

»Und was wäre das?«

»Die Tatsache, dass alle diese Informationen aus den Archiven stammten. Sie wissen, woher sie kamen, und ich auch. Es scheint so, als hätten wir unseren Krieg mit der Armee unterbrochen, um alle diese Informationen von ihnen zu bekommen.«

»Sagen wir, ich habe sie auf ganz persönlichem Weg erhalten. Das habe ich Ihnen doch schon gesagt.«

»Das hilft mir nicht viel. Wenn ich mit niemandem sprechen kann, nicht mit seiner Familie, nicht mit seinen Kollegen, dann kann ich nicht viel tun. Das ist dann nur eine private Karteikarte ohne jedes Interesse.« Jaime Ramos zeigte auf die Papiere. »Damit kann niemand etwas anfangen.«
»Der Fall gehört nicht uns, Inspektor.«
»Haben die sich der Sache angenommen? Die vom Geheimdienst?«
»Sie kennen doch das Verwirrspiel, das dahinter steht, Inspektor. Wir haben unsere spärlichen Informationen, unseren Handlungsspielraum. Und mehr auch nicht, das ist alles, was wir über die Dinge erfahren können, die sich in unserem Aktionsradius abgespielt haben. Aber es gibt eine Regel: In bestimmten Fällen muss man Vorsicht walten lassen, da muss man einfach darauf warten, dass man gerufen wird. In diesem Fall sind wir nicht mit der Sache beauftragt worden. Sie sind uns dankbar, wenn wir uns da nicht einmischen, so wie es aussieht. Wir sollen so weitermachen, als wäre nichts Besonderes passiert.«
»Haben wir nicht die Erlaubnis, uns sein Haus anzusehen?«
»Nein. Es gibt nicht mal ein Haus. Sie wissen doch, wie das ist. Die Sache hat internationale Dimensionen, er ist nicht hier gestorben. Er starb in Spanien, die Guardia Civil hat die Grenzpolizei informiert. Sicher hat der Computer Meldung gemacht. Ein rotes Licht, Sie wissen schon. Aus Gründen, die jetzt nichts zur Sache tun, habe ich von der Angelegenheit erfahren und wollte nicht ahnungslos dastehen. Aber ich weiß jetzt, dass das vielleicht gar nicht nötig ist. Vielleicht hat die Guardia Civil den Fall schon gelöst. Irgendso ein betrunkener Spanier vielleicht, um sechs

Uhr morgens. Oder eine Frauengeschichte. Haben Sie mit einem von der Guardia Civil gesprochen, Inspektor? Sicher haben Sie das.«

»Ja.«

»Sie wissen von nichts. Uns ist alles aus den Händen geglitten.«

»Es ist Mittag, und ich habe nicht geschlafen. Ich habe nicht geschlafen, weil ich nichts über die Vorgänge weiß, die mit der Leiche zu tun haben und mit deren Untersuchung Sie mich beauftragt haben. Ich habe den Mann nur auf Fotografien gesehen.«

»Und jetzt bitte ich Sie darum, die Sache zu vergessen. Kehren Sie zu Ihrer Arbeit zurück. Ich danke Ihnen für das, was Sie bisher unternommen haben. Rui Pedro Martim da Luz. So hieß er«, sagte der andere melancholisch. »Er hatte mein Alter, und es gab keine Anzeichen dafür, dass er so enden würde. So ein Tod, weit weg von hier. Wir hielten ihn für einen Lebenskünstler, mehr nicht. Einen mehr oder weniger reichen Menschen.«

»Was ich zusammengetragen habe, steht alles hier geschrieben«, sagte Jaime Ramos wieder. »Es ist fast nichts. Aber es gibt da ein paar Dinge, von denen Sie nichts wissen. Mich persönlich hat der Fall ihres Freundes nicht gerade sehr interessiert. Sie kannten ihn. Sie kannten besser als ich die Gründe, die jemanden wie ihn veranlasst haben mögen, seine Arbeit aufzugeben. Mich interessiert das nicht. In diesem Augenblick interessiert mich die Sache nicht. Wenn ich diese Stufen hinuntergehe und da draußen in meinen Wagen steige, dann werde ich darüber nachdenken, ob ich mich für den Fall interessiere oder nicht. Ich mag das nämlich nicht, wenn man mir meine Toten wegnimmt. Sie haben mir ihn anvertraut, einen Toten, der gerade eingetroffen ist. Es gibt da übrigens ein seltsames Detail, das ich Ihnen nur erzähle, damit Sie daran denken, wenn Sie uns andere Fälle wegnehmen oder wenn Sie Sport machen. Zur gleichen Zeit, zu der man ihn in Spanien getötet hat, wurde die Leiche seiner Geliebten gefunden, und zwar noch weiter weg, auf den Azoren. An einem sehr schönen Platz zum Sterben. Tod durch Ertrinken. Ein Unfall, falls es Sie interessieren sollte und falls Sie Zufälle mögen. Ich habe sie nie gemocht.«

7. August 1991, achtzehn Uhr dreißig

Der Mann erwartete ihn in einer Ecke des Saales. Er saß an einem Tisch, auf dem schon ein Kaffee und ein Mineralwasser standen, und las in einer Zeitung.
»Ich habe nicht viel Zeit, und ich finde, dass diese Dinge ganz offiziell behandelt werden sollten. Damit es später keine Probleme gibt.« Erst jetzt erhob er sich und streckte Jaime Ramos eine Hand entgegen, der mit einem Lächeln antwortete.
»Wir alle schulden den anderen etwas.«
»Das ist kein Gefallen, den ich euch Polizisten schuldig bin. Es ist ein Freundschaftsdienst.«
»Wie auch immer, ich nehme an, auf meine Verantwortung. Es wäre leichter, wenn ich dir im Namen des Hauses danken könnte. Ich will nicht viel von dir wissen, und du wirst mir gleich helfen können.«
Der andere bestellte sich noch einen Kaffee und lehnte sich mit übereinander geschlagenen Beinen in seinem Stuhl zurück. Er legte das rechte Bein über das linke, schaukelte ein wenig hin und her und rückte mit der linken Hand seine Sonnenbrille zurecht.
»Ihr hattet schon immer die Wahnvorstellung, unabhängig zu sein.«
»Unabhängig von der Armee, das stimmt. Und nicht immer

zu unserem Vorteil. Wir arbeiten auf der Straße, aber wir haben keinen Zugang zu euren Archiven.«
»Um sie dann an die Zeitungen zu verkaufen.«
»Wir verkaufen nicht«, entgegnete Jaime Ramos und lächelte wieder.
»Wir geben sie her.«
»Im Tausch gegen ein paar Gefälligkeiten.«
»Wir sind nicht gerade genügsam, das stimmt, aber verträgliche Leute. Und wir geben die Sachen nicht an die Zeitungen weiter, das weißt du. Zugang zu den Quellen, Informationsfreiheit, offene Gesellschaft, zum Teufel damit. Aber das ist ein anderes Thema.«
»Der Fall wurde von unserer Seite aus abgeschlossen. In ein paar Tagen gehört er ganz euch.«
»Auch ein Toter hat ein Verfallsdatum, das solltet ihr wissen. In einer Woche nützt uns das nichts mehr. Dann bleibt uns nur noch, die Dinge zu bestätigen. Gehörte er zu euch?«
»Auf gewisse Weise schon«, murmelte der andere und wartete, bis der Kellner den Kaffee auf den Tisch gestellt und sich entfernt hatte.
»Nur auf gewisse Weise. Er arbeitete für uns, und zwar nicht auf dem eigentlichen politischen Gebiet, sondern auf spanischem Territorium, wenn du es genau wissen willst. Allerdings nichts Weltbewegendes. Keine großen Dinger. Er kam um fünfundsiebzig oder sechsundsiebzig herum zu uns, als es noch überall Kommunisten gab. In Galicien waren es die Leute von der ETA. Na ja, nicht in Galicien, nicht überall im Land, sondern im nördlichen Teil, an der Grenze zu Asturien. Er hatte da ein paar Kontakte, ein paar Geschäftsbeziehungen. Damals war er auf dem Laufenden.«

»Nicht nur, was die ETA anbetraf?«

»Nicht nur über die ETA.«

»Auch über die Rechten?«

»Auch. Es gab Firmen, die für die Rüstung arbeiteten und darüber hinaus auch die Armeen ausstatteten. Ich sage nicht mit Waffen, nicht im eigentlichen Sinne, schließlich ist das Geschäft mit Waffen legal. Sogar ein Teil des Schwarzhandels wird kontrolliert, das wisst ihr. Aber es gibt Bewegungen, die uns in der damaligen Zeit weit mehr interessierten, bis achtzig oder zweiundachtzig. Er war Anwalt für ein paar Unternehmen, die im Im- und Export arbeiteten. Der Im- und Export interessiert uns auch. Wenn du zum Beispiel feststellst, dass eine Firma Monteuranzüge in großer Stückzahl verkauft oder Kochgeschirr oder Schirmmützen oder Benzinkanister, dann kann das von Bedeutung sein. Es gibt zwar die Marktfreiheit, und wir sind bestimmt nicht dagegen, bestimmt nicht. Wir müssen nur wissen, wo die Geschäfte gemacht werden und um was für einen Markt es sich dabei handelt.

Zu einem gewissen Zeitpunkt hatten auch einige alte Politiker ihre Hände im Spiel. Es waren fast alles ehemalige Kommunisten oder Militärs des rechten Lagers. Die sind einer wie der andere, und das Geschäft, das wussten wir, wurde damals nach Angola, Mosambik und in den Mittleren Orient ausgedehnt. Es gab portugiesische Waffen im Irak, das wussten wir auch. Aber die Waffen sind eine überschaubare Sache. Es gibt andere Dinge, die man nicht kontrollieren kann, Gespräche, Kenntnisse, Beziehungen. Hinter den Waffen steht immer etwas anderes. Reißverschlüsse für Anzüge. Seifen aus Braga. Unterhosen aus Póvoa de Lanhoso. Das weiß man nie.«

»Und arbeitete er für euch?«

»Ja, aber nur bis zweiundachtzig. Dann ging jeder seiner Wege. Wir haben die Sache in die Wege geleitet, und er ging. Er und viele andere mit ihm.«

»Viele?«

»Viele andere, das ist nur so eine Redensart. Dreißig oder vierzig vielleicht. Leute, mit denen wir sprachen, wenn wir es für nötig hielten, oder die mit uns in Kontakt traten, wenn sie meinten, es sei die Sache wert.«

»Ihr habt immer das größere Budget gehabt. Wo trafen sie sich?«

»An Orten wie diesem. Aber das spielt keine Rolle, offensichtlich. Worauf es ankommt, ist, dass jemand nicht aufhört, für den Geheimdienst zu arbeiten, auch wenn er nach Australien oder nach Indien geht. Natürlich gibt es immer einen gewissen Grad an Wichtigkeit, und der hängt nicht von den Informationen ab, die er gibt, sondern von den Informationen, zu denen er Zugang hat.«

»Und er?«

»Er? Es ging so.«

»Habt ihr ihn getötet?«

»Wir?« Er brach in Gelächter aus, aber Jaime Ramos wartete den Lachanfall bis zum Ende ab, ohne ihn aus den Augen zu lassen. Er wartete, bis der andere seine Brille abnahm und sie wieder aufsetzte.

»Wenn ihn jemand getötet hat, dann ihr. Aber so solltet ihr uns nicht den Fall in die Schuhe schieben, so nicht.«

»Der Typ war ein Schwächling. Er wusste nicht genau, worauf es im Leben ankam. Nein, völlig absurd, wir haben ihn doch nicht getötet. Wir haben ihm einen Stoß versetzt, wenn's nötig war, das ja. Er wäre nicht der Erste gewesen.

Aber niemand will Informationen über Portugal kaufen. Die Armee ist nicht mehr das, was sie mal war. Der Minister ist ein Ziviler, und ihr mischt euch in alles ein.«
»Das ist der Fortschritt.«
»Von mir aus.«
»Wie ist er euch eigentlich diesmal in die Arme gelaufen, jetzt?«
»Jeder begeht einen Fehler.«
»Niemand ist fehlerfrei.«
»Einer von unseren Leuten wusste, dass er um Aufenthalt in Spanien gebeten hatte, und zwar in dieser Zone, das war sein Einzugsgebiet, und das hat uns aufmerksam gemacht. In einem Jahr hat er über zwanzig Mal die Grenze passiert, vielleicht sogar dreißig Mal, und das für Zeiträume, die nicht nur ein oder zwei Tage betrafen. Wir dachten an Schmuggel oder an mehr oder weniger gezielte Kontakte mit den Drogendealern in Galicien.«
»Uns habt ihr davon nichts gesagt.«
»Die Sache war in Arbeit. Im Gegenteil, ihr hättet das noch rechtzeitig erfahren. Aber zu dieser Zeit gingen in Galicien Bomben hoch, es gab dort ein paar Waffen, von denen wir schon wussten und die wahrscheinlich aus oder über Portugal dahin gekommen sind. Eine stabile Demokratie. In Vigo sagte man uns, dass nichts über den Typen vorliege. Seine Computerakte war sauber, auf beiden Seiten der Grenze. Dann stellte er wieder einen Antrag auf Aufenthalt, er hielt daran fest, und das haben wir von seiner Familie erfahren. Es gibt da Leute, die immer noch mit uns zusammenarbeiten. Und dann verschwand er von der Bildfläche. Ein Anwalt geht noch nicht mit fünfzig in Rente. Als sie ihn getötet hatten, sagten uns die Spanier: ›Also,

dieser Typ, über den ihr was wissen wolltet, der ist tot.‹ Die normalen Kanäle wurden bemüht, und wir ließen die Sache nicht aus den Augen, aber glaub nicht, dass wir unsere Nase gleich in die Angelegenheit gesteckt hätten. Es wurde alles so behandelt, als hätte er eine Lungenentzündung gekriegt und wäre dort gestorben. Allerdings wollten wir es genau wissen. Sagen wir, die Sache war fünf Tage lang in unserer Hand, dazwischen lag ein Wochenende. Wir wollten wissen, ob es da etwas gab. In diesen Dingen kann man nicht vorsichtig genug sein.«

»In der Tat. Und jetzt?«

»Jetzt wissen wir, was wir wissen wollten. Er ist euch schon vor zwei Tagen übertragen worden, der Fall, aber nicht hierher, nach Porto. An eine Dienststelle weiter im Norden. Es war nicht nötig, euch damit zu belästigen. Er wurde euch übertragen, in allen Ehren, wie's sich gehört. Übrigens war es meine Dienststelle, die den Fall untersucht hat.«

»Und was habt ihr erfahren?«

»Dass die Sache nicht in unsere Hände gehört. Nichts, was uns interessieren würde. Gut, er hat ein Vermögen hinterlassen, das ja. Zwölftausend Contos, eine sehr gute Rente. Der Rest ist ohne Interesse. Wenn du meine Meinung hören willst, handelt es sich um eine Frauengeschichte. Er hatte immer diesen Ruf. Aber das ist jetzt euer Fall, schließlich sind Weibergeschichten doch eure Spezialität.«

»Wir haben nichts dagegen. Ich habe noch eine Frage. Erinnerst du dich an den Namen irgendeiner Frau, die in dieser Geschichte vorkommt?«

»Den seiner ehemaligen Frau?«

»Nein. Ihren Namen kenne ich. Ich meine andere.«

»Er war ein Fachmann auf dem Gebiet, das habe ich dir ja schon gesagt. Nein, ich habe keine behalten, aber man erzählt sich so Geschichten, von wegen, da habe es eine Frau in Lissabon gegeben, eine, mit der er ein paar Mal in der letzten Zeit gesehen wurde. Mehr auch nicht. Diese Informationen sind gratis. Meine Kaffees musst du nicht bezahlen. Das geht auf meine Rechnung. Übrigens, wir haben uns hier getroffen, um über Fußball zu sprechen.«

»Genau. Und bei der nächsten Meisterschaft würde ich gerne Porto gewinnen sehen.«

9. August 1991, drei Uhr dreißig

Ganz gleich, wohin du gehst, das Geräusch der Nacht wird dich verfolgen, die Hitze des Sommers wird dich begleiten, anhaltend und schwer wie die Schlaflosigkeit. Alles geschieht in der Nacht, wenn wir in ihren regellosen Wassern schiffen, alles geschieht in den Träumen, erst kommt einer und dann noch einer, wenn du einschläfst. Und während du schläfst, geschehen seltsame Dinge. Dein Schlaf ist eine Herberge, in der die ganze Finsternis Platz genommen hat, auch wenn die Scheinwerfer des Autos, so wie jetzt, jeden Winkel der Straßen im Landesinneren ausleuchten und seine Lichter dir später den Weg über die Küstenstraßen weisen.

Du wirst verlassene Dörfer durchqueren, und mit dir fährt der Schatten einer Geschichte, die beschlossen ist und dir anhaftet wie der Schweiß an der Haut. Deine Autofenster sind geöffnet, die vertraute Sommerbrise weht herein, jetzt bereist du die Stunde der Nacht, in der sich der Tau wie Himmelsbalsam auf die Pflanzen legt. Einen Augenblick länger, und du verlierst den Verstand, ganz sicher; wenn du deine Fahrt zu diesem Zeitpunkt unterbrichst, könntest du einschlafen, darum ist es besser, wenn du die scharfen Linien der Kurven auf der Straße verfolgst, die Lichter der verstreuten Ansiedlungen, in denen friedlich geschlafen wird, denn dein Weg führt dich nach Finisterra.

Und erinnere dich daran, ja, erinnere dich, welches Leben du erfahren hast, das von dir abfiel und nicht mehr wiederkehren wird, auch wenn du darum bittest. Die Saufereien, der chronische Ekel vor Alkohol und vor dem Rauchen, die Wände der Bars, die aufgedunsenen Gesichter, die frühen Morgen, die dir unmerklich zwischen den Fingern zerrannen, die Briefe, die du aus Pflichtgefühl beantwortet hast, und die Verpflichtungen, auf die du keine Antwort hattest. Das Herz ist wie ein Fluss, hochmütig und verdammt schwankend, sein Licht spiegelt sich im Himmel, an den äußersten Grenzen des Lebens. Erinnere dich daran, wie oft du nach Hause zurückgekehrt bist und auf dem Boden einschliefst, weil du dein Bett nicht finden konntest, und an den Wecker, der beim Aufprall gegen die Wand zersprang, an die Gezeiten, die dir mit der Zeit lästig fielen. Die feuchte Nachtluft schien immer viel zu kalt zu sein, bald diese, bald jene Vision, eine wechselte auf die andere, so wird es immer sein.

Andere an deiner Seite werden das Leben wie durch Magie zum Fließen bringen, und immer wird sich das Leben bereitwillig diesem einfachen Akt der Zauberei unterwerfen, sein Wert wird immer von diesen Gesten abhängen. Jaime Ramos würde dir sagen, was er schon Stunden zuvor gesagt hatte, »wir können uns nicht schützen«, du bist deinem Herzen ausgeliefert oder besser seiner Leichtfertigkeit, seiner vorübergehenden, lächerlichen Verzauberung. Es schleppt das Gewicht eines ungelösten Bildes mit sich, das Gewicht eines Wortes, das die Welt mit dir verbindet, die Welt in sich verbindet, eine Sache mit der anderen, ein

Wort, das eine Verwandtschaft zu den Dingen schafft, zu denen wir keinen Zugang haben und die uns fremd sind.
Die Straße vor dir nimmt ihren Lauf.
»Sie ist lang«, sagte Jaime Ramos beim Abendessen in Porto. »Lang und voller Kurven, eine traurige Reise, um ehrlich zu sein. Ich würde später losfahren, wenn's eben geht.«
»Ich fahre. Ich habe hier nichts zu tun. Und es gibt da noch eine Angelegenheit, die mich nicht losläßt, und zwar, dass seine Geliebte auf den Azoren ertrunken sein soll. Das habe ich noch nicht gelöst.«
»Nicht du hast das noch nicht gelöst. Diese Dinge lösen sich nie«, entgegnete der andere schließlich. »War es überhaupt seine Geliebte? Eine seiner vielen Frauen? Ist sie wirklich gestorben? Ist es ein reiner Zufall? Ich mag Zufälle nicht, sie sind trügerisch, sie schaffen Illusionen.«
Dinge, die schrecklicher sind als der Tod.
Erinnere dich an das letzte Mal, als du dich betrunken hast. Und an den allerletzten Augenblick der Klarheit, bevor du im Alkohol untergingst, der vor dir und in dir alles zum Schwanken brachte. Die Straße vor dir nimmt ihren Lauf, du parkst den Wagen an einem Fluss, dort gibt es eine Brücke, das trübe Lächeln eines Flusses. Du schläfst ein. Am Morgen wirst du den Weg nach Finisterra fortsetzen.

9. August 1991, zweiundzwanzig Uhr dreißig

Der Mann brachte Filipe Castanheira noch einen Drink, das dritte oder vierte Glas Brandy. Torres, Diez. Ein zehn Jahre altes Etikett.
»Ich hab hier noch einen Besseren. Probieren Sie den Lepanto.«
»Der ist gut genug.«
Du bist zum Sterben hierher gekommen. Es muss einen Platz zum Sterben geben, einen idealen Platz, an dem das Leben sein Ende nimmt, es ist nur natürlich, dass es dieser hier sein muss, die Griechen dachten, dass die Welt hier zu Ende sei, dass sie hier enden musste. Du bist zum Sterben hierher gekommen, und sicher hast du von diesem Brandy getrunken, der für nicht besonders anspruchsvolle Mägen nicht schlecht ist. Der Rauch der Bar, im Speisesaal da unten, im Erdgeschoss. Die Rauchschwaden, die bis an die Decke ziehen. Hier könnte die Welt enden, es gibt hier eine Bucht, in der sich Francis Drake versteckt hat. Die Schiffe umfuhren die Todesküste, sie mieden das Cabo da Nave und kamen über den Strand bei der offenen See herein, fuhren dicht an der kleinen Insel vor dem Leuchtturm vorbei und gelangten in die Bucht. Finisterra. Die Anker waren vom Strand von Langosteira aus zu sehen, denn das Wasser ist hier kristallklar und tiefblau. Hier hat man den

ganzen Himmel vor sich. Der Berghang von Corcubión gebietet Stille, so als schlafe er friedlich über diesem Meer.
Filipe Castanheira saß an einem Tisch beim Fenster. Von dort konnte er das Glitzern der nächtlichen Lichter des ganzen Dorfes sehen, die sich in der Bucht abzeichneten, wie ein dem Himmel zugewandter Spiegel, und es war das dritte Mal, dass sich sein Blick mit dem der Frau kreuzte. Sie lächelte ihn schließlich an, und Filipe reagierte zaghaft, um zu vermeiden, dass das Ehepaar an ihrer Seite diese Geste bemerkte, doch vergeblich. Sie musste Mitte zwanzig sein, vielleicht fünf- oder sechsundzwanzig. Ihr Tisch stand nur ein paar Meter von seinem entfernt, und nur der Durchgang trennte sie, auf dem von Zeit zu Zeit der Kellner erschien.
Als Filipe das Restaurant betrat, eine Art verglastes Aquarium, dessen eine Wand geöffnet war und die Mücken hereinließ, waren sie ihm aufgefallen, ein Ehepaar und eine junge Frau mit gebräunten Gesichtern, die gemächlich und sichtlich ohne großes Interesse Meeresfrüchte verspeisten. Ein schönes Bild, dachte er gleich. Die Gläser wurden mit weißem Wein gefüllt, am Glasrand der Kelche stiegen kleine Wasserbläschen auf, denn die Flüssigkeit, die aus einem Tonkrug serviert wurde, war eisig kalt.
»Wein?«
»Ja. Einen roten.«
»Einen Ribeiro?«
»Nein, keinen Ribeiro«, sagte Filipe Castanheira, der keinen Vinho Verde mochte. Er bestellte schließlich einen gewöhnlichen Monterrey, den er zu dem Reis mit Sardinen trank, obwohl er ihn an den kalten Geschmack eines Amandi erinnerte.

Er aß in aller Ruhe und verfolgte vergnügt die Bewegungen des Ehepaars und der jungen Frau, die ihn ansah, während sie an einer Krabbe herumstocherte und sie ebenso gemächlich von ihrer Schale befreite. Sie sah ihn zum zweiten Mal an, was ihr einen Tadel des Mannes eintrug, der nicht viel älter war als seine Partnerin. Doch beide waren etwas älter als das Mädchen.

Beim Nachtisch, als Filipe Castanheira auf die Eiskarte verzichtete und sich für einen Kaffee und das erste Glas Torres, den spanischen Lieblingsbrandy von Jaime Ramos, entschied, sah sie ihn aufmerksamer an, und Filipe führte Buch: Es war das dritte Mal. Sie lächelten sich nicht gleich an, während sie dem Blick standhielten und Filipe sich zum dritten Mal entschied: für den Torres.

»Das sind gute Laster. Ein Brandy. Ein Wein. Ein guter Tabak. Ein Klarer?«

»Nein. Für heute ist mir das zu schwer.«

»›Don Paco‹. ›Condal‹. ›Don Julián‹?«

»Nein danke. No gracias.«

Der Mann zog sich zurück und lächelte ebenfalls. Er sah, dass man ihm am Nachbartisch ein Zeichen machte, und näherte sich der Gruppe. Er drehte Filipe jetzt den Rücken zu, und dieser hatte Zeit, den Arm der Frau zu sehen, die ganz offensichtlich zu dem Mann gehörte. Sie zog das Mädchen am Arm. »Lass uns gehen«, sagte sie. »Noch nicht.« »Doch.« »Noch nicht.« »Es gibt schon genug Probleme«, hörte Filipe Castanheira. Die junge Frau sah ihn wieder an, dann lächelte sie und zuckte mit den Schultern.

Filipe nahm das Glas zwischen die Hände, trank noch einen Schluck und hörte die Schritte der beiden Frauen, die die Treppen hinunterstiegen, bis man nur noch die

vage Geräuschkulisse aus dem Speisesaal vernahm, ein Besteck hier, ein Teller dort, aber keine Stimme. Nicht einmal die Stimme des Restaurantbesitzers war zu hören, der sich mit dem Mann besprach, dem Mann dieses Paares.
An der Wand hing ein Bild. Es war eines von den Gemälden, die in allen Strandrestaurants in Portugal und in Spanien zu sehen sind, ein Boot, Männer, die Fischernetze einziehen, das banale Abbild eines Fischerdorfes. Darauf richtete er seine Aufmerksamkeit. Seine ganze Aufmerksamkeit. Das ist eine Übung, nur eine Übung, dachte er. Schau zuerst den Rahmen an, er ist aus Gips, den man mit dem Taschenmesser bearbeitet hat, nachdem man den Rahmen aus der Gussform genommen hat. Anschließend wurde er grünbraun angemalt. Sieh dir die Pinselstriche an, die unvergänglichen Striche des Pinsels. Maler gibt es überall. Und auch Maler, die in der Nähe von Fischerdörfern leben und die Fischerdörfer und Fischernetze malen. Sieh dir den Kontrast zwischen dem braunen Bilderrahmen und der glänzenden Wand an, die gelackt wurde. Es ist nur eine Übung, du sitzt hier, als wäre nichts passiert, nichts. Eine Frau hat dich angesehen, denk daran, das war alles, mehr nicht. Mehr nicht. Und bitte um die Rechnung, sieh jetzt zu den beiden Männern hin. Ganz natürlich.
Er verlangte mit einem Handzeichen nach der Rechnung. Der Angestellte nickte ihm bestätigend zu.
Der Besitzer des Restaurants drehte sich um und sah Filipe Castanheira an, als habe er vorübergehend seine Anwesenheit vergessen. Aber das stimmte nicht, denn er wechselte einen Blick mit dem anderen Mann, und erst dann ging er auf den Tresen zu, wo er die Rechnung fertig machte und sie an Filipes Tisch brachte.

»Hat Ihnen das Essen geschmeckt?«
»Ja, gut.«
»Werden Sie lange hier bleiben?«
»Zwei Tage mindestens«, antwortete Filipe Castanheira und reichte ihm das Geld, zweitausend Peseten.
Sie redeten jetzt auf Spanisch:
»Man kommt nach Fisterra, um sich zu erholen. Zum Nichtstun. Hier sucht man keine Komplikationen.«
»Ich will nicht stören.«
»Wir sehen gern neue Gesichter. Man kommt nach Fisterra, um sich zu erholen. Sich zu vergnügen. Sagen Sie mir gleich, ob Sie etwas brauchen. Es könnte ja sein.«
»Das werde ich. Ihr Restaurant ist sehr gut.«
»Wie ich es mag. Ein ruhiges Fleckchen. Wie Fisterra. Essen und schlafen, das tut man hier, die Touristen. Sind Sie Tourist?«
»Tourist. Ja«, murmelte Filipe Castanheira und erhob sich.
»Einen schönen Aufenthalt, der Herr.«
Filipe verließ jetzt das Restaurant »O Centolo« über die Treppen, die in das Café und auf die Esplanade gegenüber der Bucht führten, und entschloss sich, noch ein wenig an der Mauer entlangzulaufen. Er zog seinen Mantel noch nicht an, den er über die Schultern geworfen hatte, und bewegte sich auf die Lagerhallen des kleinen Fischerhafens zu. Die Straße war dunkel und nur von dem spärlichen Licht orangegrauer Straßenlaternen erleuchtet. Und sie war dreckig, mehr oder weniger undefinierbare Materialien lagen dort herum, Kartons, Angelleinen, Reste von Resten von Resten von Booten, wahrscheinlich einmal denen ähnlich, die gerade gemächlich an der Hafenmauer schaukelten, im ruhigen Wasser der Bucht. Die Hafenlager waren

leer, aber die Stille ringsum war nur ein scheinbarer Mantel der Ruhe, begleitet vom Raunen der sanft schaukelnden Boote, kleine Fischerboote mit Schleppnetzen, die am Tag von der Bucht aus ins offene Meer stachen. Dann hielten sie sich in einiger Entfernung zu den Felsen von Veladoiro, in der Nähe des Cabo da Nave und der Punta das Pardas auf oder brachen weiter bis nach Talón, hinter der Bucht von Ria de Lires auf. Dort fischten sie in den Gewässern am Cabo Touriñan, dessen Leuchtturm die Bucht von Cuño erhellte.

Aber hier herrschte eine gespannte Stille, verschwiegen und verhalten, und es kam Filipe so vor, als beobachte ihn das ganze Dorf, das jetzt im Hintergrund der Bucht lebendig wurde, am anderen Ende der Bucht, die den Fischerbooten als Liegeplatz diente. Jemand musste ihn beobachten, und es war nicht nur der klare Himmel und nicht der im Nachtdunkel versunkene Hügel, der sich in der Nähe des Leuchtturmes erhob.

Der Eindruck verstärkte sich noch, als sich Filipe eine neue Zigarette anzündete und die Flamme des Feuerzeuges das kleine Gässchen zu seiner Rechten erhellte, das bis ans äußerste Ende der kleinsten Mole führte. Er sah, dass in der Straße des Restaurants, wo die Lichter des Dorfes begannen, ein Wagen langsam in Richtung Hauptstraße aufbrach. Von diesem Punkt aus konnte Filipe Castanheira den Wagen die Straße hochfahren sehen, die am Hotel »Finisterre« vorbeiführte. Die Scheinwerfer warfen einen hellen Schein auf die weißblaue Fassade einer Bar, vor der junge Leute in Bewegung gerieten und jemandem im Wageninneren zuwinkten. Dann sah er nur noch, wie das Auto hinter den Bäumen verschwand, wo das Dorf zu Ende war.

»Es gibt ein paar Diskotheken in der Umgebung«, hatte ihm der Mann vom Hotel gesagt, »für den Fall, dass Sie die Nacht nicht hier verbringen wollen. In der näheren Umgebung, in Corcubión, Sardiñeiro und dann noch in Cée. Dahin fahren viele um Mitternacht. Junge Leute, klar. Sie suchen ihr Vergnügen außer Haus, das ist immer das Gleiche.«

Die Nächte sind immer geheimnisvoll; wenn es richtig Nacht ist, tiefdunkle Nacht, wird ihre Stille ein finsteres Kloster. Dort sind Cassiopeia, Andromeda, Perseus zur Rechten und dahinter die Giraffe. Cepheus liegt direkt gegenüber und der Große Bär, Etamin, Drache, Luchs, das Haar der Berenike, das sich wie ein gefährlicher Streifen aus Licht und freischwebender Materie aufrichtet. Sirius, der geheimnisvolle Aldebaran im Stier, der mit Beteigeuze und den Plejaden im Wettstreit liegt. Neben Castor liegt Pollux in den Zwillingen, und im Fisch steht Alrisha, in einiger Entfernung zu Hamal, dem strahlendsten Stern im Widder, nie gesehen, und Atair, in der Nähe von Steinbock und Schütze, und wieder der Große Bär über dem Kleinen Löwen, der fast den Luchs berührt. Auf einer Insel im Süden würde die Nacht Cassopo und Phoenix sichtbar machen, auch einer, der noch nie gesehen wurde, Kranich, Eridanus, Centaurus, das glitzernde und weißglühende Kreuz des Südens, das wie das Herz des Himmels ist, mit Acrux und Mimosa als seinen rätselhaften Waisen, Tukan und den heißesten Sternwolken, den Magellan-Wolken in der Nähe der Wasserschlange. Und Wega, in der Konstellation der Leier, und Rigel im Orion und alle Sterne, die uns am nächsten sind, die des Centaurus, Ypsilon-Eridanus, Barnard und Sirius, Lalande und Wolf. Und die Mondfins-

ternis und das falsche, morgendliche Glitzern oder Dämmern der Venus, die Asteroiden um Mars und Jupiter, die Kometen, die Sternschnuppen, Meteoriten, Sternennebel und Sonnenwinde, die um die Sonne kreisen.
Die Nacht fiebert der Tagundnachtgleiche und der Sonnenwende mit besonderer Inbrunst entgegen, der tiefen Nacht am Himmel, der alles beherrschenden uralten Finsternis, in der sich die Türen der Häuser schließen und die Zweige der Bäume langsam in Bewegung geraten und in der man das Heulen der Wölfe in der Dunkelheit der Wälder vernehmen kann, das Geheimnis der Hügel von Finisterra.
Filipe beschließt, den gleichen Weg zurückzugehen. Einen anderen gibt es nicht. Also durchläuft er die Hafenzone, in der sich Angelzubehör, Körbe, Netze, Seile, Ankertaue stapeln, vorbei an einem Boot auf einem Trockendock, das nur oberflächlich ausgebessert wird. Er trotzt der Dunkelheit mit einer brennenden Zigarette, doch die leuchtende Glut wird ihn verraten, und man wird ihn erkennen, wenn er stehen bleibt, um sich endlich den Mantel überzuziehen, so als wolle er sich gegen eine unsichtbare und unzugängliche Kälte schützen. Er muss wieder an den Blick des Restaurantbesitzers denken und an den Mann dieses Paares, das die junge Frau begleitete. Es war ein tadelnder und gleichzeitig ein warnender Blick.
Man kommt nach Fisterra, um sich zu erholen. Zum Nichtstun. Hier sucht man keine Komplikationen.
Filipe Castanheira ist jetzt wieder bei den Straßenlaternen und überquert die kleine Biegung, von der die Straße zum Restaurant abgeht. Er leistet der kleinen Mauer der Bucht Gesellschaft, oder besser, sie leistet ihm Gesellschaft. Das Kommen und Gehen der Wellen ist zu hören. Der Besit-

zer des »O Centolo« beobachtet ihn durch die Scheiben des Restaurants in der ersten Etage. Filipe weiß, dass er ihn beobachtet. Der Mann hatte ihn angestarrt, obwohl es in Finisterra viele Gesichter von Touristen gibt und einige davon sich gerade jetzt an die Tische auf der Esplanade setzen und Bier trinken. Man kann ihr Lachen hören, es ist Sommergelächter.
Man kommt nach Fisterra, um sich zu erholen.
Ob das mit allen Besuchern von Finisterra so ist? Auch mit dem Dreiergespann, das neben ihm im Restaurant zu Abend aß?

9. August 1991, dreiundzwanzig Uhr dreißig

»Ich mag Ausländer«, hörte Filipe Castanheira zum zwanzigsten Male. Die Bar war voller Leute und verströmte den Geruch nach verschütteten Getränken auf dem Tresen aus braunem Furnier, hinter dem zwei in Schwarz und Weiß gekleidete Mädchen sich beeilten, noch mehr Getränke auszuschenken, die wieder getrunken oder auf dem Tresen oder dem Boden landen würden. »Ich mag Ausländer.«
Filipe lächelte vage und nickte wie zur Bestätigung mit dem Kopf.
»Die Ausländer sind immer angenehmer«, fügte er hinzu. »Die Ausländer und die Frauen von Finisterra.«
»Fisterra«, verbesserte ihn der andere. Sie sprachen Kastilisch, und Filipe bemühte sich zu verstehen, was sein Gesprächspartner zu ihm sagte, ein blonder und klein gewachsener Bursche, der Heineken trank. »Auf Galicisch heißt es Fisterra. Ich bin Galicier, und man sollte Fisterra sagen. Oder Finisterre, das klingt internationaler. Fisterra ist besser. Haben Sie schon von der Partei hier gehört? Von der Partei hier in Fisterra? Sie kandidiert auch bei den Wahlen, sie wird wenig Stimmen kriegen, aber ein paar wird sie bekommen. Ich wähle Psoe. Diesmal wähle ich Psoe, um Manuel Fraga in die Pfanne zu hauen. Wissen Sie, wer Manuel Fraga ist?«

»Ja. Ihr Präsident, der von Galicien.«
»Es fehlte nur noch, dass er von El Ferrol ist, damit er dem anderen nacheifert, aber der ist intelligenter als Franco.«
»Und wer gibt hier den Ton an?«
»Die Leute von der Alianza. Die von Fraga. Ich nenne ihn immer Fraga, nie Iribarne, der Name ist mir zu lang.«
»Und wer sind die aus Fisterra?«
»Verrückte, wenn du mich fragst. Die Welt hier ist klein. Ein oder zwei Dörfer auf der Halbinsel.«
»Autonomisten?«
»Nicht gerade, eher so eine Art Separatisten aus Coruña, wie die von den Balearen, kennst du die Balearen? Das sind Separatisten aus Katalanien, Separatisten in Bezug auf Spanien. Der aus Fisterra hat wenig Stimmen bekommen, aber diesmal wird er besser abschneiden. Es gibt Leute, die werden den Psoe nicht mehr wählen, um denen von der Alianza einen Denkzettel zu verpassen, und die werden für den aus Fisterra stimmen. Na ja, vielleicht ist das ein Muss.«
Er trank noch einen Schluck Bier direkt aus der Flasche.
»Magst du diese Musik? Ich mag sie nämlich nicht. Jeden Abend das Gleiche, also dieser Ruben Blades, Juan Luis Guerra und Azúcar Moreno, die können mir gestohlen bleiben. Ich mag Rock. Magst du Rock?«
»Nein«, sagte Filipe Castanheira.
»Überhaupt nicht?«
»Überhaupt nicht.«
»Also, Mann, du kommst mir vor wie ein Alter. Wie alt bist du?«
»Fünfunddreißig.«
»Siehst älter aus. Also ich bin dreißig, ich mache hier

Urlaub, und ich habe schon die Nase voll. Mir fehlt der Rock.«

»Wo hörst du Rock?«

»Auf dem Boot. Ich arbeite auf den Booten, die's hier so gibt, ungefähr seit ich siebzehn bin. Ich habe auf den Fischerbooten angefangen, aber das war ziemlich hart, alle arbeiteten auf den Fischerbooten. Da machen sie Fahrten aufs Meer mitten am Tag. Ich wollte mehr. Ich heure immer auf einem dieser großen Schiffe an, die du weiter hinten, in Corcubión, sehen kannst, und auf denen von Coruña, die auf offener See fischen. Dann nehme ich meinen Walkman und die Kassetten mit und höre Rock. Marillion, Bryan Adams. Und die von hier. Ducandhu, Siniestro Total. Ich mache hier alle drei Monate vierzehn Tage Urlaub, wenn das Schiff vor Anker liegt.«

Das größere der beiden Mädchen hinter dem Tresen, das in Weiß und Schwarz gekleidet war und dessen Arbeitskleidung in Hüfthöhe einen Fleck aufwies, näherte sich dem jungen Mann und flüsterte ihm etwas ins Ohr.

»Nur Ruhe, Féli, behalt die Ruhe. Es ist noch Zeit«, sagte er zu ihr in seinem Dialekt. Und dann, zu Filipe gewandt: »Ich mag Ausländer.«

»Und ich die Mädchen aus Finisterra.«

»Fisterra.«

»Also gut, Fisterra.«

»Hier gibt's von allem etwas. Gute und Schlechte, aber im Allgemeinen sind die in Ordnung. Für einen Mann, der zur See geht, sind die Mädchen aus Fisterra das Beste, was es gibt, auch wenn er Rock hört, aber lass dir bloß nicht einfallen, eine von denen zu heiraten. Du bist auf dem Meer und glaubst, dass hier jemand auf dich wartet. Also, da hast du dich geschnitten, von denen wartet hier keine auf dich. Du hast Glück, du bist Ausländer, und mit den Ausländern gehen sie besser um. In diesem Augenblick gibt es zwei oder drei, die einen Blick auf dich geworfen haben. Nicht dass da was mit denen laufen würde, aber sie sehen dich an. Du kannst mit irgendeiner von denen reden, von denen hier drin oder von denen, die draußen vor der Tür stehen, und vielleicht hast du Glück und bekommst sogar eine Antwort, eine positive Antwort. Es ist so, wie ich dir sage, für Ausländer gibt es hier immer ein Plätzchen da unten am Strand oder auf der Straße beim Leuchtturm. Da bleiben keine Wünsche offen, auch nicht für Portugiesen. Die Portugiesen sind Fremde, aber sie sind gleich von nebenan sozusagen, sie benutzen die gleichen Parfums, sie gewöhnen sich an das Fortuna und an das Bier von hier. Trinkst du Estrella?«

»Nie.«

»Ich nämlich auch nicht. Das ist zu schwer. Und Heineken?«

»Auch nicht.«

»Wie auch immer. Aber die Portugiesen, auch wenn sie Ausländer sind, haben schlechte Karten im Vergleich zu den Franzosen oder Amerikanern. Und den Italienern. Weißt du, sie mögen diese Italiener. Sie haben eine Schwäche für diese Hurensöhne, die nur für eine Nacht hierher kommen, vor allem Italiener. Aber versuch dein Glück, vielleicht klappt's ja. Möchtest du mit jemandem reden? Es sind Studentinnen, hier aus Muros oder aus Santiago, Pontevedra oder aus Coruña. Sie verbringen hier das Wochenende und gucken aus der Wäsche, als würden sie vor Langeweile umkommen. Sieht so aus, als gäbe es hier keine

Schwänze, die es ihnen richtig bestellen. Sie haben sich an die feinen Pinkel aus der Stadt gewöhnt. Die kommen hierher und tun so, als würden sie sich vor uns ekeln, die Mädchen, die sehen alle so aus, als würden sie in der Stadt in so einer Nuttenbar arbeiten. Das ist die Figur, die sie hier immer abgeben, wenn man's genau nimmt. Ich bin auch nicht von hier, ich gehe zur See.«
»Gibt es hier viele Portugiesen?«
»Ein paar. Neulich haben sie einen am Strand um die Ecke gebracht. Siehst du die Häuser da hinten am Strand? Da ist's gewesen. Na ja, er war ein Portugiese, den man hier in Fisterra schon kannte. Er hatte da hinten ein Haus, der wohnte so gut wie hier, und er kam oft. Ein komischer Kauz. Mal sagte er, er sei Schriftsteller, dann tat er so, als machte er hier nur Urlaub. Ich habe ein-, zweimal mit ihm gesprochen. Er kam ein paar Mal in diese Bar, am Wochenende, zwei oder drei Tage hintereinander. Dieses Mal war er einen Monat hier, ungefähr. Er kam in die Bar, redete ein paar Worte, unterhielt sich mit ein paar Leuten oder verbrachte seine Zeit zu Hause und ging in der Mittagszeit an den Strand. Er sparte an Essen, klar, weil er immer zu dieser Uhrzeit ging, aber er gehörte sicher nicht zu denen, die sparen müssen, dem ging's gut, er fuhr einen guten Wagen. Das Haus, in dem er lebte, war in den Bergen. Hast du es gesehen? Ein Haus, da hinten auf dem Hang, wenn man zum Leuchtturm geht, hinter der Kirche. Also, man sagt, dass er sich hier mit jemandem angelegt haben soll und dass sie ihn getötet haben. Weißt du das schon?«
»Ja. Gibt es hier jemanden, der ihn gut kannte?«
»Ja, klar. Ramón. Ramón! Komm, Ramón, beweg dich hierher, komm schon!«, rief er. »Der mag die Ausländer noch

mehr als ich. Dieser Ramón hat sich oft mit ihm unterhalten. Willst du was über den Portugiesen wissen? Bist du von der Polizei?«

»Nein, ich meine nur so«, sagte Filipe und sah auf sein Glas. Der andere, der beinahe flüsterte, stand jetzt fast Ohr an Ohr mit ihm, um den Lärm und die Musik zu überspielen, die jetzt lauter war und aus der Bar zu ihnen herüberdrang.

»Also, dieser Ramón weiß 'ne ganze Menge über ihn. Sie fuhren zusammen in einem Boot raus zum Fischen. Sie verließen zwar nicht die Bucht, aber sie gingen fischen, und es sah so aus, als hätte der Portugiese hier ein Mädchen gehabt. Da kannst du es sehen, er war Ausländer, obwohl er ein Portugiese war, und er hatte Glück mit einer von hier, mit der Marta. Bist du schon lange hier?«

»Ich bin heute gekommen.«

»Dann hast du die Marta noch nicht gesehen. Wenn du die Marta schon gesehen hättest, dann wüsstest du, dass es die Marta war. Sie ist das Beste, was Fisterra zu bieten hat. Wenn die von der Partei hier sie als Bürgermeisterin aufstellen würden, dann bekämen sie auch mehr Stimmen. Alle sind sie hinter ihr her, alle. Dann kam dieser Portugiese und nahm sie sich. Darum ist der auch länger hier geblieben, fast einen Monat. Na ja, am Wochenende haben sie ihn dann getötet, das stimmt.«

»Und Marta?«

»Was weiß ich«, sagte der andere traurig. »Was weiß ich denn schon, ich hab's dir ja schon gesagt. Da kam so ein Vetter von ihr und noch jemand, um den Rest der Ferien mit ihr zu verbringen. Sie studiert in Gijón. Es hätte in Santiago oder in Salamanca oder wo auch immer sein können. Aber nein, es musste in Gijón sein, in Asturien. Sie hat da Familie, und sie studiert Technologie. Frauen und Technologie? Gibt's das? Auf den russischen Schiffen gibt es auch Frauen, das stimmt, aber das sind eben Russinnen. Auf den galicischen Schiffen sind Frauen nicht zugelassen, das kannst du mir glauben. Ein Galicier würde die Welt nicht mehr verstehen. Aber eine Frau in der Technologie, das ist neu. Die Russen haben den Kommunismus und die Disziplin und all das, und sie müssen das ertragen, ob sie wollen oder nicht, aber ein Galicier, nein, undenkbar.«

»Die Russen haben keinen Kommunismus mehr. Der Kommunismus ist am Ende.«

»Ein Onkel von mir, der Kommunist ist, sagt immer, dass man nicht für eine bestimmte Zeit Kommunist ist. Ein Kommunist wird nie was anderes sein als ein Kommunist, und er hat Recht. Die Russen werden immer Kommunisten sein, ob du willst oder nicht. Entweder Kommunisten oder was anderes in der Art.«

Er trank noch einen Schluck Bier, und dann ließ er die Flasche auf den Boden fallen.

»Féli! He, Féli, noch ein Heineken! Und einen Torres. Von dem Diez!«

»Ist die Marta hier?«

»Sie ist immer hier, auch wenn sie in Gijón ist. Wenn sie in Gijón ist, dann ist es so, als säße sie auf der Veranda zu Haus, da hinten, am Ende der Straße. Sie haben gewettet, wer von ihnen mit ihr in der Diskothek tanzen würde. Früher gingen sie Wetten ein, um zu sehen, wer von ihnen mit ihr ins Bett gehen würde, aber später haben sie dann damit aufgehört.«

»Waren es viele?«
»Nicht mal. Einer oder zwei. Oder lass es zwanzig sein, was weiß ich«, antwortete Jesús gequält. »Wie es so schön heißt, mit einer Frau gehen ist eine Sache, mit ihr ins Bett zu gehen eine andere, wenn du verstehst, was ich meine. Jungfrau ist die nicht mehr, und das war die auch nie, glaube ich, aber die setzte sich dahin, auf die Veranda, zum Lesen und las Bücher oder Zeitungen oder Zeitschriften, und klar, die Leute gingen vorbei und sahen sie an und das war's. Als sie erwachsen wurde, wurde die Sache komplizierter, da ging sie dann mit einem Typen aus Muros, der sie mit dem Auto abholen kam, wohin, weiß ich nicht. Na ja, wissen tat man es schon. Die fuhren auf der Straße nach Sardiñeiro oder nach Veladoiro oder irgendwohin, hier in die Nähe, ans Ende von Langosteira. Der war ihre große Liebe, der Typ aus Muros. Sie standen kurz davor zu heiraten, als sie nach Gijón ging. Die Eltern konnten sie nicht nach Santiago oder nach Coruña schicken, auf die Polytechnische. Sie sind nicht arm, aber hier leben alle vom Fischen, und da sie Familie in Gijón hatte, war es so billiger.«
»Hat die Polizei schon mit ihr gesprochen?«
»Warum sollte sie?«
»Sie ist mit dem Portugiesen gegangen, und den haben sie getötet...«
»Und wenn schon, was hat das damit zu tun? Die Polizei weiß sowieso nichts davon, weil sie sich nicht dafür interessiert. Als der Portugiese tot war, kamen zwei aus Corcubión und aus Muros hierher, und ich glaube noch zwei von außerhalb, woher, weiß ich nicht, allerdings erst später, und die brachten ihn dann in einem Krankenwagen weg. Gleich, nachdem das passiert war, am Ende des nächs-

ten Tages. Keiner von der Familie. Und gleich darauf brachten sie ihn dann nach Portugal.«
»Und Marta?«
»Was hast du nur mit deiner Marta? Die Marta hat jetzt keinen Mann mehr, das ist alles, wenn du's genau wissen willst. Also, eines muss man mal sagen. Mit wem du gehst oder nicht, darauf kommt's doch nicht an, solange du niemanden was Böses tust. Und die von außerhalb haben nichts mit Fisterra zu tun. Ich wähle bestimmt nicht die aus Fisterra, weil ich nämlich den Psoe wähle, aber trotzdem, das ist meine Meinung. Die Marta ist aus Fisterra. Der Portugiese kam hierher. Soll er doch. Und er fing was mit der Marta an. Eigentlich ein Trauerspiel, wenn du mich fragst, weil die Marta schließlich von hier ist, nicht dass ich was gegen die Portugiesen hätte, aber die Marta sollte hier bleiben. Ich wollte nie was mit ihr anfangen, ich geh ja zur See, und Frauen gibt's wie Sand am Meer, in Coruña, in Gijón, in Santander, in Derry, wo du willst, in Amsterdam, egal, aber die Marta, das ist was anderes, sie war immer was anderes und wird's immer bleiben. Schau sie dir an, und dann sag mir, was du denkst. Wie lange willst du hier bleiben?«
»Zwei Tage oder noch weniger. Das hängt davon ab.«
»Du musst von der Polizei sein. Wie auch immer. Du könntest sogar Russe sein oder ein Spieler von Celta, mich geht's ja nichts an. Besser, du bist ein Russe. Ein Spieler von Celta, das will keiner sein, also wundert's mich nicht, dass du keiner von denen bist. Die gewinnen nie, das ist die reine Wahrheit. Die kommen mir vor wie die Messdiener von der Heiligen Woche. Sie gehen auf's Feld, und schon haben sie das Spiel verloren. Wünsch dir nie, einer von denen zu

sein. Lieber einer von Barça, und das sagt dir ein Galicier, einer, der zur See geht. Aber wenn du mehr wissen willst, dann rede mit Ramón. Der Ramón hat nämlich mit der Polizei gesprochen.«
Und er verlangte noch mal nach einem Heineken. Féli zuckte mit den Schultern und ließ sich gehörig Zeit damit, bis sie ihm ein neues gab. In diesem Augenblick brachte das Fernsehen ein Striptease-Programm. Jesús wandte sich dem Bildschirm zu.

10. August 1991, null Uhr dreißig

Filipe verließ die Bar in Begleitung von Ramón. Die beiden Männer nahmen jetzt Richtung auf den Strand. Sie überquerten die Straßen mit den niedrigen weißen und winzigen Häusern, begegneten einem Wagen, der voll gepackt war mit Jungen und Mädchen, und kamen an einer Bar vorbei, in der auf einer improvisierten, von fluoreszierenden Lichtern beleuchteten Bühne ein Duo, ein Mann und eine Frau, gängige Volkslieder interpretierten, er neben einem Synthesizer und sie im Stehen. Die Musik war noch lange zu hören und begleitete sie beinahe auf ihrem ganzen Weg zu einem schlecht beleuchteten und menschenleeren Platz nahe beim Meer.

Ramón hörte sich aufmerksam die Erklärungen an, die Filipe von sich gab. Dass er von der Polizei sei, dass er nur zwei Tage hier bleibe und gern ein paar Dinge über Rui Pedro Martim da Luz gewusst hätte. Ramón sprach recht gemächlich, eine Sache, die in vollkommenem Einklang mit seiner riesigen Statur eines Seemannes stand.

»Wir sind alle Seeleute hier. Von klein auf. Seemänner und Fischer. Haben Sie Don Camilo gelesen?«

»Cela, ja, den kenne ich. Aber nichts darüber.«

»Dann lesen Sie es. Über die Todesküste. Und Don Gonzalo, Gonzalo Torrente Ballester, den auch. Aber Don Ca-

milo ist früher ein paar Mal hier gewesen. Er lebte hier in der Nähe, zwischen Pontevedra und Santiago. Ein Nachbar, wenn Sie so wollen. Das hier ist ein Land der Schriftsteller oder für Schriftsteller.«
»Sind Sie auch Schriftsteller?«
»Ich bin Seemann. Dichter sind wir doch alle, stimmt's?«
»Wann haben Sie Rui Pedro Luz kennen gelernt?«
»Beim ersten Mal, als er hierher kam. Er kam in die Bar, wie Sie auch, trank, wie Sie auch, und fragte Pepe, den Bruder von Féli, die hinter dem Tresen in der Bar, nach einem Haus, das er mieten könnte. Es war gerade am Anfang des Sommers. Vor drei Jahren genau. Zu dieser Zeit waren keine Häuser zu mieten, weil die aus Coruña und aus Santiago dann hierher kommen und für vierzehn Tage am Strand wohnen. Sogar die aus Carballo kommen dann hierher, vor allem die Auswanderer. Pepe fragte ihn, warum er ein Haus mieten wolle, und er sagte ihm, dass er ein Buch schreiben wolle und dass ihm ein kleines, einfaches Haus in der Nähe vom Strand reichen würde. Es verging etwas Zeit, bis Pepe eines Tages von Rui Pedro angerufen wurde, der fragte, ob ein Haus zur Miete frei stünde. Zu diesem Zeitpunkt waren schon welche frei, es war Herbst, und im Herbst gehen sie alle wieder fort. Da bleiben nur wir, die Leute aus Fisterra. Also kam er her, um sich ein paar Häuser anzusehen. Da gab's eins, hier ganz in der Nähe, aber das hatte eine zu kräftige Farbe, meinte er, und er wollte lieber das da oben, ein Haus auf dem Hang, aus Stein, gleich neben der Kirche. Er war zufrieden, weil er von da aus das Meer sehen konnte, und zahlte gleich sechs Monate im Voraus. Dreihunderttausend Peseten. Zu dieser Zeit lernte ich ihn besser kennen, weil ich ein kleines Boot vermietete und er ein paar Touren

aufs Meer hier in der Gegend machen wollte. Außerdem konnte er mit dem Boot nicht umgehen, und da musste ich ihn fahren. Wir machten Ausflüge hier in die Umgebung, bis nach Llobeira, Caldebarcos, Ezaro, O'Pindo, alles hier im Fjord. Ich brachte ihm bei, das Boot zu steuern, und er hätte es fast gekauft. Dann, später, war er alle vierzehn Tage hier, und als der Winter anfing, kam er jeden Samstag ziemlich früh hierher, weil er einen spanischen Wagen, einen Golf, gekauft hatte, mit einem Kennzeichen von Coruña und allem Drum und Dran. Den ließ er in Santiago stehen, das habe ich einmal mitgekriegt, als ich vor zwei Jahren zum Jahresende mit ihm dort war.«

»Und wie ist er nach Santiago gekommen?«

»Mit dem Flugzeug. Oder mit dem Zug. Er war reich, er hatte Geld, und das Leben in Fisterra ist nicht teuer. Gleich im ersten Winter kaufte er dann das Haus. Wissen Sie, wie der Winter hier ist? Es regnet die ganze Zeit, den ganzen Tag und die ganze Nacht, es ist kalt, und manchmal fällt sogar Schnee da hinten auf den Bergen, am Fuß des Dumbria und Morancelle.«

»Haben Sie irgendwann einmal das Buch gesehen, das er schreiben wollte?«

»Es gab ein paar Hefte, die er in einer Mappe mit sich führte, immer wenn er hierher kam. Ungefähr sechs oder sieben Hefte. Er setzte sich zu Hause hin, zog ganz komische Sachen an, ein paar weite Pullover, Wollstrümpfe und einen Hut auf den Kopf.«

»Einen Hut?«

»Eine Art Kappe. Er setzte sich ans Kaminfeuer und verbrachte zwei Tage hintereinander mit Schreiben. Dann ging er weg.«

»Und wer kümmerte sich um das Haus?«
»Meine Mutter. Und ich, wenn ich konnte. Ich reparierte den Zaun, brachte Brennholz. Er bezahlte dafür. Wenn er ankam, hupte er vor unserem Haus und sagte meiner Mutter, wie lange er bleiben würde, denn ich war nicht da. Er meinte dann, ich bleibe soundso lange, bringen Sie mir dieses und jenes. Meine Mutter mochte ihn, und er brachte uns immer kleine Geschenke, jedes Mal, wenn er kam. Flaschen, Schokolade, Kleidung, Essen. Und Tabak, das auch. Spanischen Tabak, den er, ich weiß nicht wo, gekauft hatte.«
»Blieb er lange?«
»Im Winter blieb er länger. Vier, fünf Tage, von Zeit zu Zeit. Im zweiten Jahr, das er hier verbrachte, blieb er von Weihnachten bis zum Dreikönigstag. Immer mit Schreiben beschäftigt, den ganzen Tag. Er aß von morgens bis abends Kekse. Zum Abendessen kam er ins Dorf, mit dem Auto, und aß in Pepes Café. Er ging selten mal ins ›Centolo‹, weil er keine Meeresfrüchte und keinen Fisch mochte. Ich erinnere mich daran, dass er gern Blutwurst und Schweinshaxe aß. Schweinshaxe mit Rübenschösslingen und Kartoffeln. Gebratene Schweinshaxe. Er aß im Café zu Abend, trank etwas mit uns, und dann spielten wir Karten. Mouche. Wir spielten Mouche. Er lernte die Regeln schnell und liebte es zu gewinnen. Dann, wenn Mitternacht kam und Pepe das Café schließen wollte, war die Zeit gekommen, noch etwas zu essen.«
»Und was aßen Sie?«
»Fleischspieße, wenn's Winter war, denn dann gibt's hier Hausschweine. Und Tapas. Schweineohren, die mochte er.«
»Haben Sie viel mit ihm unternommen?«

»Ja.«
»Warum?«
»Weil er allein war und ich auch.«
»Haben Sie einmal etwas von ihm gelesen?«
»Nein.«
»Auch nicht, wenn Sie da in sein Haus gingen und er nicht da war?«
»Das war auf Portugiesisch, was er geschrieben hat, und ich verstehe nichts, was nicht auf Spanisch ist. Oder Galicisch. Im Dorf werden sie Ihnen vielleicht sagen, dass ich andersherum bin, weil ich nichts mit einer Frau habe und weil ich auch nicht verheiratet bin und mit meinen fast vierzig Jahren immer noch bei meiner Mutter lebe. Mein Vater ist vor langer Zeit auf dem Meer gestorben.«
»Haben Sie nie etwas von ihm gelesen?«
»Nie.«
»Und er sprach auch nicht über das, was er schrieb?«
»Dass es für ein Buch sei. Ich fragte ihn, ob es ein Buch über Fisterra sei, und er meinte, nein. Es waren Dinge über sein Leben.«
»Fanden Sie das nie komisch, dass er jede Woche von Portugal nach Finisterra kam?«
»Das ist ein Ort wie jeder andere.«
»Aber es ist eine weite Reise.«
»Er wollte sich hier niederlassen. Er meinte immer, dass man mit wenig leben könnte und dass er schon genug Geld zusammen habe, um bis zum Alter von siebzig ohne Arbeit über die Runden zu kommen. Und dass er vielleicht ein Restaurant eröffnen werde oder ein Hotel. Und dass er mich und meine Mutter anstellen werde, damit wir da arbeiten. Um die Sache zu leiten, klar. Er sah sich das eine

oder andere Haus an, das er kaufen und zu einem Hotel machen wollte. Eine Idee von ihm war, ein Hotel im Leuchtturm aufzumachen. Jetzt wollen sie da oben einen Betrieb eröffnen. So ein Luxusding. Aber das war mehr oder weniger auch, was er vorhatte. Etwas, von dem man die Küste auf der einen und die Bucht auf der anderen Seite sehen kann. Er ging da hin, machte Fotos und meinte, dass dieses Kreuz an der Todesküste ein Nationaldenkmal sein müsste. Ein Kreuz, auf dem steht ›Kreuz der Todesküste‹. Haben Sie es schon gesehen?«

»Ja. Und dann hat er die Sache mit dem Hotel aufgegeben?«

»Ja. Eigentlich schon. Er guckte sich immer noch Plätze an. Er behauptete, er habe noch nicht das ganze Geld zusammen und dass er die Sache in ein oder zwei Jahren in Angriff nehmen werde. ›Ramón, lass uns daran arbeiten‹, das sagte er mir.«

»Brachte er nie jemanden mit?«

»Vor langer Zeit kam er mit einer Frau. Aber nur ein Mal. Dann kam er immer allein.«

»Und wie war diese Frau?«

»Ich erinnere mich nicht. Eine junge Frau, klein, zart. Sie ist nie wieder gekommen.«

»Wie war die Geschichte mit Marta?«

»Marta ging eines Tages in sein Haus dort, im letzten Jahr, in den Sommerferien. Sie kam aus Gijón und blieb zwei oder drei Monate hier. In diesem Jahr ist Rui Pedro fast vierzehn Tage hintereinander auch im Sommer geblieben. Er brachte sie einmal nach Gijón. Und sie fuhren nach oben, in den Norden, nach Coruña, bis nach Ribadeo und Gijón.«

»Haben sie miteinander geschlafen?«
»Manchmal ja.«
»Und ihre Familie?«
»Am Anfang glaubten sie noch, sie würde im Haus einer Freundin übernachten. Wie das Mädchen eben so tun. Oder dass sie im Haus der Vettern sei, in Vimianzo. Sie haben einige Kinder, und sie bekamen nicht alles mit.«
»Hatte Marta Verhältnisse mit anderen Männern?«
»Früher ja, aber fast nie mit Leuten aus Fisterra. Sie hatte eine Geschichte mit einem Typen aus Muros und mit einem aus Gijón, das wusste man hier. Aber danach war nichts mehr. Er kam immer hierher, wenn sie da war. Und sie spielte die Kranke, damit sie nicht so bald wieder zu den Vorlesungen musste.«
»Ist sie mal nach Portugal gegangen?«
»Das muss sie wohl, ja. Natürlich, warum auch nicht? Eine Flucht. Er war reich, er konnte ihr das Flugzeug bezahlen. Von Santiago oder von Gijón nach Santiago und nach Porto.«
»Wusste das ganze Dorf davon, dass sie etwas miteinander hatten?«
»Den Leuten in einem Dorf wie Fisterra entgeht nichts.«
»Ist etwas Ungewöhnliches passiert, als er im vergangenen Monat hierher kam?«
»Mit Marta?«
»Mit ihm.«
»Nein. Er blieb einen Monat. Als er ankam, machte er vor diesem Geschäft hier am Platz Halt und kaufte die Zeitungen. Er kaufte immer alle Zeitungen, die ›Voz‹, den ›O Faro‹, ›O País‹, alle. Und dann kam er zu Hause vorbei, bei mir zu Hause, und sagte meiner Mutter, dass er mich

sprechen müsse, sobald ich zurück sei. Er sagte mir, dass der Tag kurz bevorstünde, an dem er sich zum Leben hier niederlasse, und dass er sehr zufrieden darüber sei. Es war das erste Mal, dass er mir etwas über sein Leben in Portugal erzählte. Na ja, ich wusste, dass er Anwalt war und dass er in Porto lebte, aber ich stellte nicht viele Fragen, nein. Diesmal sagte er mir, dass er sie alle da in Portugal satt habe, und vor allem habe er die Nase von diesen Arschlöchern da voll, von der Familie, von allen. Und dass er hier leben wolle.«

»Erwähnte er nie Frauengeschichten in Portugal?«

»Ein paar.«

»Eine Rita?«

»Rita? Nein. Nicht dass ich mich erinnern könnte. Er nannte seine Ex-Frau eine Idiotin. Und er lachte über sie. Seine ehemalige Frau muss schlecht für ihn gewesen sein, ich weiß nicht. Aber früher sprach er oft von ihr.«

»Und von Marta?«

»Er wollte sie heiraten. In diesem letzten Monat sagte er mir, dass er sie heiraten wolle. Die Familie ahnte schon, dass die Sache mit den beiden mehr oder weniger ernst war. Und die Marta ging auch schon in seinem Haus ein und aus, wann sie wollte. Der Vater von Marta sah das nicht gern, aber Frauen machen ja, was ihnen gefällt. Wenn sie Feuer im Hintern haben, dann gehen sie, wohin sie wollen. ›Ramón‹, sagte er mir, ›findest du das in Ordnung, wenn ich die Marta heirate?‹ Ich sagte ihm, dass ich es für gut hielte, aber für mich wäre das wahrscheinlich nichts, weil die Marta sechsundzwanzig ist und er sieben- oder achtundvierzig, aber das spielte wahrscheinlich keine Rolle, schließlich war er gut in Form. Er sprang in das Boot wie ich und spielte Karten bis in den Morgen, wenn's drauf ankam. Und er ging stundenlang in den Bergen spazieren. Und er schlief viel, wenn er hier war, das ja, er schlief seine zehn Stunden, er meinte, er habe Schlaf nachzuholen und dass er in Portugal nicht gut geschlafen habe. Zwei Tage vor seinem Tod sagte er mir, dass er sich wie neugeboren fühle und dass er nach Portugal gehen würde, um so was wie Abschied zu nehmen, und dass er in einem Monat oder noch schneller wieder hier sei, um sich um sein Leben hier zu kümmern. Er war nach Corcubión gegangen, um die Papiere für die Aufenthaltsgenehmigung zu beantragen. Für den neuen Wohnsitz. Und er war auch schon nach Santiago gegangen, um sich darum zu kümmern. Diesmal wollte er für einen Monat nach Portugal.«

»Aber in dieser Zeit war Marta hier. Und trotzdem wollte er wegfahren?«

»Es musste wohl in dieser Zeit sein, ich weiß es nicht. Irgendetwas hatte er wohl in Portugal zu erledigen an diesem Tag, weil er abreisen wollte.«

»Haben Sie irgendeine Vorstellung davon, um was es sich gehandelt haben könnte?«

»Nein, überhaupt nicht. Er redete nicht viel, und ich auch nicht. Er sagte mir nur, was es zu tun gab, und ich half ihm. Ich kriegte eine Menge mit, das stimmt, aber ein Mann sollte nur das wissen, was zu wissen nötig ist.«

Filipe Castanheira nahm Bootsbewegungen wahr. Das Dorf erstrahlte über der Bucht wie ein erleuchtetes Amphitheater, das sich im Meerwasser spiegelte. Ramón erhob sich von seinem Sitzplatz auf der Mauer aus Steinen, Zement und weißblauem Kies und zeigte auf das andere Ende der großen Bucht, die sich bis nach Corcubión erstreckte und den Fjord in ihrer sanften und rundlichen Körperbiegung aufnahm.

»Eines Tages im Sommer, ich weiß nicht mehr, wann, daran erinnere ich mich nicht mehr, nahm er das Boot und fuhr aufs Meer raus. Es war elf Uhr nachts, und er kam erst Stunden später zurück. Die ganze Zeit hatte er im Boot gelegen und sich die Sterne angesehen. Was nicht verwunderlich ist, denn er mochte die Sterne. Er kannte die Namen von was weiß ich wie vielen Sternen. Und er liebte das Meer. Es gibt Boote, die von Corcubión aus in See stechen, ohne bestimmtes Ziel, und er ging dahin, um zu fragen, wohin sie fuhren. Er wollte nach Derry in einem dieser kleinen Frachter. Ich redete ihm das aus, ich kenne das Meer, die ganze Küste, ich weiß, dass es schön ist, aber es ist rau. Sind Sie schon mal auf einem Schiff gefahren? Auf einem solchen Meer? Wenn ein Unwetter aufkommt, dann dreht sich einem der Magen um, die Eingeweide kommen einem vorn zum Mund wieder raus, wenn einem übel wird. Mir wird immer schlecht. Mir ist schon immer schlecht geworden, und wenn das Meer so aufgewühlt ist, so unzugänglich, dann denke ich an was anderes. Ich denke an ›Unsere Liebe Frau‹, ein Bild von der Jungfrau, das meine Mutter im Esszimmer gleich beim Eingang stehen hat, und ich denke an das Kreuz, das sie über ihrem Kopfende im Schlafzimmer hängen hat. Dann wird mir nicht so speiübel.«

»Und er ist nie auf so eine Reise gegangen?«

»Er wollte, er hat davon gesprochen, aber er ist nie gegangen. Wenn er nach Derry gehen würde, dann mit dem Flugzeug. Aber er hat die ganze Küste abgefahren. Von Fisterra bis nach Cabo Ortegal, über die Sisargas zum Cabo Tosto, zum Cabo Prior, über die Punta Candeleira. Er lernte alles kennen, mit dem Wagen natürlich. Eines Tages machte er diese ganze Autofahrt zusammen mit der Marta. Sie brachen am frühen Morgen auf und aßen in Coruña zu Mittag. Dann kehrten sie am nächsten Tag zur Mittagszeit zurück. Das war im April. Zu der Zeit ist die ganze Küste da draußen grün, und man kann bis nach Cantábrico so fahren, berauscht von dieser schönen Straße, wenn man langsam und in aller Ruhe daherfährt, die Berge von Capelada durchquert und in Ortigueira übernachtet. Es ist leichter, die ganze Todesküste in einem Tag zu machen. Jesús, mit dem Sie eben noch gesprochen haben, hat einmal gesagt, dass Rui das alles nur machen konnte, weil er reich war und seine Möglichkeiten hatte. Nein. Ich würde sagen, das braucht man dazu nicht. Ein Mann, der bis zum Leuchtturm segelt, wenn der nicht aufpasst, dann fängt der an zu fliegen. Der ist dann nicht mehr zu bremsen, bis er Bergantiños erreicht, nur durch den Wind natürlich, klar, ansonsten geht die Fahrt bis nach Irland.«

»Hat er nie Anrufe bekommen, als Sie bei ihm waren?«

»Wenn er hierher kam, dann existierte er für die anderen nicht mehr, das weiß ich, weil er's mir gesagt hat. ›Ramón, mich kennt keiner.‹ ›Ramón, ein Mann kann sein Leben in Portugal leben, oder wo auch immer er mag, und hierher kommen, und alle Leute werden ihn vergessen, weil er ein neues Leben beginnt und ein anderer Mensch ist.‹ ›Ramón, wenn du nach Portugal gehst, dann kennst du mich nicht, hast du gehört? Keiner kennt mich.‹ Eines Tages kam ein portugiesisches Ehepaar, Touristen. Sie gingen ins Hostal, und er machte einen weiten Bogen um sie, einen ganz weiten Bogen. Er wollte nichts mit denen zu tun haben. Also normalerweise, wenn ein Portugiese auf einen Landsmann

trifft, dann sprechen sie miteinander, wenn sie im Ausland sind. Aber er nicht.«
»Warum wissen Sie so viel über ihn?«
»Weil ich ihn nie nach was gefragt habe. Er sagte mir immer nur, was er wollte, und nur dann, wenn er wirklich etwas wollte oder brauchte. Und ein Mann wie er sprach nur, wenn er etwas Wichtiges zu sagen hatte. So meine ich. Ich nehm's an.«

10. August 1991, zwanzig Uhr

Wenn sich ein feuerroter Mantel über die Bucht legt und den Hügel unter sich versteckt, der sich von der Talsohle bis zum Leuchtturm erhebt, scheint die Abenddämmerung auch das Dorf zu erfassen. Es sind kleine Zeichen, diese Vorboten der einbrechenden Dämmerung über einem einsamen Dorf, das auf die scharfe Linie des Meeres zuläuft. Die letzten Vögel des Tages suchen ihre unsichtbaren Unterschlüpfe auf, eine Welle der Stille erfüllt für Augenblicke die Winkel des Strandes auf Langosteira, als sei sie vom Meer herübergewogt und habe die ganze Todesküste erfasst, die kleinen Ansiedlungen von Malpica und Corme und weiter nördlich Laxe, die kleine, enge und feuchte Verbindungsstraße zwischen Camele und Camariñas, die Bucht von Muxia und die äußerst kurze Hochebene, die kurz darauf in steilem Sturz nach Finisterra abfällt. Es ist die Stille des Ozeans, so dachte Filipe Castanheira, das Schweigen der Erde angesichts der Dunkelheit. Ara Solis. Der Altar der Sonne. Zu Ehren der Sonne, die vor der scharfen, beinahe unendlichen Linie des Meeres untertaucht.
Von dort kann man das ganze Dorf sehen, man hat das Gefühl, dass man vorher nicht existiert hat und gerade geboren wird, just in diesem Augenblick, im Schatten der Dämmerung, dem lebendigsten Antlitz des beginnenden

Abends. Bei den Binsen, die den Strand begrenzen und eine klare Trennung zu den Fußwegen bis zu den weißen Ferienhäusern setzen, diesen Wochenendhäusern, die auf dem Sandboden entstanden sind, gibt es immer noch kleinere Bewegungen. Jemand schließt den Holzladen eines Fensters, holt einen Stuhl und ein Handtuch herein, das gerade eben noch auf einer Drahtleine hing, und jetzt ist das Leuchten der Sonne nur noch am Himmel zu sehen, nicht auf der Erde und nicht auf dem Meer, aber am Himmel, genau dort, wo schwarze Schatten an seinem Körper aufsteigen wie zum Zeichen der herannahenden tiefen Nacht. Dieses Tuch verdunkelt die Welt, es ist jetzt lilafarben, purpur, seine Begrenzungen verwischen. Ganz in der Ferne sieht man den Leuchtturm bei dem Vorgebirge, das über das Ende der Welt emporragt und einen schwärzlichen und dauerhaften Glanz angenommen hat. Dieser Glanz wird andauern, solange die Nacht anhält und sich über die weißen Häuserreihen von Finisterra breitet, dort, wo die Erde zu Ende ist.

Die Nacht wird kommen, diese und andere Nächte und alle anderen Nächte, die über Finisterra einbrechen werden, so als sei es etwas anderes, von der Nacht als vom Tage erfüllt zu sein. Auf jeden Fall, so dachte Filipe Castanheira wieder, herrscht hier die Stille des Ozeans, der Glanz der Welt, dieser Ort ist nichts als ein Ort der Besinnung, ein Platz, um sich zu erinnern. Er wäre gern Vogelkundler und könnte die Vögel an ihrem Flug, an ihrer Farbe, an ihrer Stimme und ihrem Gesang unterscheiden. Er würde die Todesküste auf der Suche nach seltenen Arten ablaufen, auf der Suche nach dem Wirbelwind der Buchten, direkt an den Steilküsten, wenn das Licht der Sonne sich versteckt. Ara Solis.

Wo man der Sonne huldigt. Wo die Erde zu Ende ist. Finisterra. Er könnte erblinden, und dennoch würde er den Augenblick wieder erkennen, wenn sich die Sonne zurückzieht und eine viel intensivere Kälte in das Tal einfällt. Sonnenuntergang, der kurze Augenblick, bevor sich der Glanz des Lichtes verändert und den Blick auf einen unendlichen Sternenhimmel freigibt.

Er würde die Sterne wieder erkennen, den weiß glühenden Flug der Planeten, die tiefe Stimme, die aus dem Kern der Erde zu uns dringt und uns ruft. Und er würde die Küste wieder ablaufen, die flüchtige Flamme des Firmaments, das in Dunkelheit erstarrt, wenn seine Stunde gekommen ist; er würde in den Himmel gucken, würde das Geräusch der Meißel vernehmen, die den Himmel behauen, um ihn mit Sternen zu schmücken. Das Ende der Welt. Das Ende der Welt, stellte Filipe Castanheira fest. Es wird einen Grund geben, warum dieser Platz das Ende der Welt ist, das Ende der Welt überhaupt, und der Platz der Sonnenanbetung, der intensiven Wintersonne, der zu allen Sonnenwenden, zu allen Kälte-und Hitzewellen, zu allen Meereswellen gedacht wird, die sich an dem herausragenden Bergfelsen dicht am Steilhang des Leuchtturmes brechen.

Da ist ein Kreuz, »Das Kreuz der Todesküste«. Filipe Castanheira hatte es noch am Vortag gesehen, als die Dämmerung einfiel, und er musste zugeben, dass andere, Ältere und Weisere als er, mit ihrer Behauptung Recht gehabt hatten, dass die Erde, ja die ganze Welt, hier zu Ende sei. Finisterra.

Er stand spät auf, als das Morgenlicht schon das Zimmer mit seiner Wärme erfüllte. Nachdem er mit Ramón gespro-

chen hatte, der ihn bis zum Hotel begleitete, hatte er sich auf das Bett gesetzt und mit Jaime Ramos telefoniert.
»Was isst man eigentlich da?«, fragte ihn dieser.
»Reis mit Sardinen, das habe ich hier entdeckt. Und Meeresfrüchte. Alle essen zu jeder Tages- und Nachtzeit Meeresfrüchte, weil sie herausgefunden haben, dass das Meer Meeresfrüchte hervorbringt.«
»Meeresfrüchte und Seekrankheit.«
»Es war auch die Rede von Blutwurst.«
»Im Winter. Hier ist es jetzt zwei Uhr morgens. Dort ist es drei Uhr.«
»Ich habe mit einem Ramón gesprochen, der deinen Mann kannte. Er hatte hier ein Haus, in Finisterra, und er hat eine Frau mit dahin gebracht. Ein junges Mädchen namens Marta. Marta Rodríguez Cano.«
»Hast du mit ihr gesprochen?«
»Nein.«
»Und, was hast du für einen Eindruck?«
»Ich hab sie nur kurz gesehen, wenn sie es war.«
»Ich meine das Dorf.«
»Klein, ruhig. Hier kann man es ein ganzes Leben aushalten. Es gibt einen Leuchtturm, Brandy von der Sorte, die du magst, Torres, und junge Männer, die sich betrinken.«
Es entstand ein kurzes Schweigen. Jaime Ramos sah wahrscheinlich gerade an die Wohnzimmerdecke, er musste im Wohnzimmer eingeschlafen sein, denn er hatte den Hörer schon nach dem zweiten Klingeln abgenommen.
»Torres gibt es überall, und junge Männer, die sich betrinken, laufen in der ganzen Weltgeschichte herum. Es sind die letzten Widerstandskämpfer. Leuchttürme, ja. Davon habe ich reden hören, und ich mochte Leuchttürme schon

immer. Sprich mit dieser Marta, sprich mit ihr. Und rede vorerst nicht mit diesem Alberico Nuñez. Ich werde dich später treffen.«

»Hier?«

»Dort. Wenn es geht.«

Es entstand wieder Schweigen, als sie aufgelegt hatten. Filipe Castanheira löschte das Licht und schlief gleich darauf ein, unter dem Gewicht des Gespräches mit Ramón. Am nächsten Tag, es war schon später Morgen, ging er auf die Straße, die vom Hotel aus an die kleine Fischerbucht führte, und setzte sich auf die Esplanade des »O Centolo«, auf der Suche nach einem leichten Frühstück und in Gesellschaft der Sonne, die das Meerwasser silbrig erstrahlen ließ. Er kaufte sich galicische Zeitungen, ging zu Fuß ins Dorf, und obwohl er die Versuchung verspürte, den kleinen Hügel hinaufzusteigen, auf dem sich das Haus von Rui Pedro Martim da Luz versteckte, tat er es nicht. Das wäre ein verbotener Schritt, ein Schritt, den nur Jaime Ramos oder Alberico Nuñez tun konnten, die offiziell mit dem Fall betraut worden waren. Sie könnten dort hinauf, wenn sie es für nötig hielten. Und was, wenn nicht? Dachte er. Und was, wenn nicht?

Er musste jetzt an Marta denken. Sie war es gewesen, wer sonst hätte es sein können? Die im Restaurant, am Vortag, in Begleitung des Paares. In Begleitung ihrer Vettern. »Wenn du die Marta gesehen hättest, dann wüsstest du, dass du die Marta gesehen hast«, hatte Jesús gesagt. »Das Beste, was Fisterra zu bieten hat.« Und das wäre ein anderer, verbotener Schritt, weil schließlich das ganze Dorf wusste, dass sich Marta und der Portugiese nur zu gut verstanden hatten und dass Filipe Portugiese war und mit

Marta sprechen würde. So etwas würde man nicht unkommentiert lassen, und es wäre ein Leichtes, die Sache durch einen kleinen Hinweis Alberico Nuñes zu Ohren kommen zu lassen.

Aber das war gar nicht nötig. Ramón kam zur Mittagsstunde im Hotel vorbei und meinte zu ihm, dass sich alles in seinem Sinne arrangieren lasse, auch ein Treffen mit Marta. Wenn er darüber hinaus das Haus von Rui Pedro Martim da Luz ansehen wolle, dann habe er, Ramón, immer einen Ersatzschlüssel zur Hand. Aber das Beste sei, gar nicht daran zu rühren.

»Das müsste natürlich unter uns bleiben«, sagte Ramón, was den Besuch des Hauses anging. »Es müsste gegen Abend sein. Oder mitten in der Nacht. Aber mitten in der Nacht, das ist gefährlich, da müssten wir Licht machen, und das könnte jemand aus dem Dorf oder von der Straße aus sehen. Das wäre nicht gut, auch wenn Sie von der Polizei sind.«

»Ich bin nicht von der Polizei. Das heißt, offiziell bin ich es nicht.«

»Man wird sich aber schon im ganzen Dorf herumerzählen, dass Sie von der Polizei sind. Nach dem Tod eines Portugiesen taucht ein anderer Portugiese auf. Daran kann man fühlen. Da muss es eine Verbindung geben.«

»Wann kann ich mit Marta sprechen?«

»Nach dem Strand. Sie verbringt den Nachmittag am Strand, mit den Vettern, und sie essen um neun Uhr zu Abend. Davor also.«

»Um acht?«

»Um acht. Am Strand von Langosteira, direkt am Kap, bei den Felsen. Setzen Sie sich auf die Esplanade dort, aber spazieren Sie nicht herum, weil zu dieser Stunde noch Leute am Strand sind. Setzen Sie sich auf die Esplanade, und gehen Sie gegen acht auf die Felsen zu, wo sie ins Meer stoßen. Keiner wird Sie sehen. Aber Marta wird dahin kommen. Um acht. Brechen Sie nicht vor halb zehn von dort auf. Und begleiten Sie sie nicht. Kommen Sie nicht mit ihr zurück.«

Deshalb also schien zu dieser Stunde die Abenddämmerung auch das Dorf zu erfassen, wenn die Sonne bei den Bergen unterhalb des Leuchtturms unterging, genau auf dem höchsten Punkt des Dorfes. Er lehnte sich gegen die Felsen, halb im Liegen, und wandte sein Gesicht der Bucht von Corcubión zu. So lag er da, als Marta über einen der Pfade auf ihn zukam, die an der Straße entlangführten und von den etwas zurückgelegenen Häusern plötzlich an den Strand abfielen. Sie lächelte jetzt nicht mehr, und Filipe konnte weder ihre Bräune noch ihre funkelnden Augen vom Vortag sehen, die jetzt nur zwei grüne Flecken in einem unbeschriebenen Gesicht waren.

»Hallo.«
»Hallo.«

10. August 1991, zwanzig Uhr fünfzehn

»Mögen Sie den Sommer?«, fragte sie auf Spanisch. »Ich nicht. Ich ziehe den Winter vor, die Kälte. Sobald es hier in Fisterra Winter ist, scheint dieser Ort mit sich selbst wieder ins Reine zu kommen.«
»Vielen Dank, dass Sie gekommen sind.«
»Ramón hat mir gesagt, dass Sie von der Polizei sind. Aber ich wusste das schon«, begann Marta das Gespräch.
»Und wie haben Sie es erfahren?«
»In Fisterra weiß man alles. Sie haben sich doch im Hotel ausgewiesen. Ich bin eine Kusine der Hotelbesitzer, und sie haben mich vorgewarnt. Aber gestern, im Restaurant, da war ich die Einzige, die es wusste. Meine Vettern wissen nicht, wer Sie sind. Die, die gestern bei mir waren.«
Marta setzte sich auf einen der Felsen.
»Ich kann nicht lange bleiben.«
»Ich kenne die wesentlichen Einzelheiten, die Dinge, die sich hier ereignet haben. Sie interessieren mich nicht in meiner Eigenschaft als Polizist, und ich bin auch kein Romanschriftsteller. Das hier ist auch kein offizielles Verhör. Um die Wahrheit zu sagen, ich bin hier, um Urlaub zu machen. Was mich interessiert ist, von Ihnen etwas über diesen Ort zu erfahren, ein Zeichen, das mich zu irgend-

einem Gefahrenpunkt im Leben von Rui Pedro Martim da Luz führt. Verstehen Sie?«

»Natürlich. Sie wollen wissen, warum sie ihn getötet haben. Er war nicht von hier. In der letzten Zeit hatte Pedro ziemliche Probleme in Portugal. Keine Geldsachen oder so was. Aber Probleme, die ihm auf einmal Angst machten. In der Nacht lief er unruhig durchs Haus, öffnete die Fenster und machte sie wieder zu. Ich spreche von den Nächten, in denen ich dort schlief. Ramón hat Ihnen sicher davon erzählt, wie unsere Treffen stattfanden.«

»Ja, Sie haben viele Vettern, über die Sie irgendwelche Geschichten erfinden können.«

»Wir sind hier fast alle Vettern. Einer ist mit dem anderen verwandt.«

»Und wovor hatte er Angst?«

»Ich weiß nicht. Angst eben. Ich spürte, dass es Angst war, weil er mitten in der Nacht aufstand und auf der Terrasse herumlief. Er stand auf, um etwas zu essen oder etwas aufzuschreiben. Wenn ich ihn dann etwas gefragt habe, dann meinte er, da sei nichts. Aber da war doch was. Eine Frau merkt gleich, wenn da was ist, die lässt sich nicht täuschen.«

»Ein Mann auch.«

»Ja, aber eine Frau merkt es schneller.«

»Vielleicht, aber das interessiert mich nicht. Wo sind die Papiere?«

»Die haben sie mitgenommen, zusammen mit den Kleidern und den anderen Sachen. Zwei Tage später kam ein portugiesisches Auto mit zwei Männern drin, und die haben alles mitgenommen. Das waren Familienangehörige. Der Schwager, oder besser, der Ex-Schwager, und ein

Onkel. Sie waren Rechtsanwälte, und sie sprachen mit der Polizei hier aus der Nähe, mit der Guardia Civil von Corcubión. Die hat ihnen auch die Erlaubnis gegeben.«
»Mochten Sie ihn wirklich?«
»Sehr«, sagte sie, ohne zu zögern. »Soll ich Ihnen jetzt vielleicht ein Geständnis ablegen?«
»Das brauchen Sie nicht. Und Ihre anderen Geliebten?«
»Geplänkel. Pedro war anders.«
»Älter.«
»Das machte mir zuerst Eindruck, am Anfang, ja. Er war so gut wie die anderen, wenn Sie's genau wissen wollen. Er hatte keinen Grund, sich zu schämen.«
»Und er wollte hierher kommen?«
»Ja. Und ich wollte, dass er hierher kommt. Ich wollte mich um ihn kümmern. Das Haus in Ordnung halten. Die Frau spielen.«
»Wollten Sie hier leben?«
»Ich will hier leben. Wir haben den Gedanken durchgespielt, wie es wäre, wenn wir in Portugal leben würden, aber das war schwierig. Für ihn, klar. Um die Wahrheit zu sagen, er wollte ja von da weg. Wollen Sie nicht weg von Portugal?«
»Früher wollten alle Portugal verlassen. Heute nicht, heute fühlen sie sich dort wohl.«
»Und Sie?«
»Ich bin wie die anderen.«
»Er wollte weg von da. Mögen Sie Fisterra?«
»Es erinnert mich an ein Foto, das für immer erstarrt ist.«
»Und das ist das Schöne daran.«
»Wer wusste davon, dass Sie etwas mit ihm hatten?«

»Ich hatte nichts mit ihm. Wir gingen zusammen. Wir wollten zusammen leben, vielleicht hier in Fisterra, hier oder an irgendeinem anderen Ort, aber wir wollten zusammen leben.«

»Wer wusste davon?«

»Ramón natürlich, weil er sich gut mit ihm verstand. Meine Eltern. Meine Vettern.«

»Welche von ihnen?«

»Die, die gestern mit mir im Restaurant waren. Es sind mehr oder weniger nahe Vettern von mir, im Vergleich zu den anderen. Ich wohne bei ihnen, in Gijón.«

»Waren sie damit einverstanden?«

»Ich muss doch keinen fragen. Besser gesagt, ich musste doch keinen um Erlaubnis fragen.«

»Aber eine Meinung hatten sie doch. Jemand wird doch etwas dazu gesagt haben.«

»Es war alles gesagt. Finden Sie, dass die Eltern zu so etwas ihre Erlaubnis geben müssen?«

»Ja, das finde ich. Es ist immer gut.«

»Meine Eltern sind von hier. Sie sind zweimal in Santiago gewesen, zur Zeit der Feste, und sie haben einen Ausflug mit dem Bus nach Cée gemacht. Sie sind jedes Mal zwei Tage geblieben. Und dann sind sie noch nach Gijón gefahren, als sie mich dahin gebracht haben.«

»Wenn Sie in Finisterra sind, dann sind Sie so eine Art Prinzessin.«

»Ich? Wie kommen Sie darauf? Meine Eltern wollten für mich das Beste, ob mit dem oder dem, egal, für sie kam das aufs Gleiche raus, solange es keiner aus Fisterra war. Hier sind alle Vettern, nahe Verwandte und ferne Verwandte, aber Verwandte, Leute von der Familie. Sie haben die gleichen Tischmanieren und machen den gleichen Lärm, ob sie nun Suppe essen oder Kaffee trinken. Es bleibt alles in der Familie, so war's schon immer.«

»Hatten Sie was mit jemandem von Ihrer Familie?«

»Das war ja nicht schwer, nicht wahr?«

»Ja oder nein?«

»Ja, mit einem Vetter aus Carballo. Wissen Sie, wo Carballo ist? Auf der Straße nach Coruña. Ich war achtzehn Jahre alt und er vierundzwanzig. Eines Tages bekam ich im Bett einen Lachkrampf und er auch, weil es da jede Menge Witze gibt über Vettern und Kusinen, und wir lachten eben drüber.«

»Haben Sie noch zu anderen Gelegenheiten gelacht?«

»Mit anderen, ja. Im Bett und auch woanders.«

»Konnten Sie mit Rui Pedro lachen?«

»Sehr oft, klar. Aber nicht im Bett. Allerdings bin ich nicht hierher gekommen, um über all die Male zu reden, die ich mit jemandem ins Bett gegangen bin, ganz gleich mit wem.«

»Als Sie etwas mit ihm angefangen haben, taten Sie das, weil Sie Spaß haben wollten?«

»Darum geht es doch immer, oder nicht? Er ging hier ein und aus. Immer wenn er Ferien machte, kam er hierher. Wir sahen uns im Café, an der Hotelbar, im ›Mariquito‹ und am Strand, wenn es Sommer war.«

»Keiner Ihrer Geliebten könnte ihn getötet haben?«

»Nein«, sagte sie. » Ich kenne keinen Mann, der so etwas für mich getan hätte. Für eine Frau, will ich sagen.«

»Worüber schrieb er?«

»Eine Art Tagebuch. Es waren so blaue Hefte, mit einem blauen Deckel, in die schrieb er tagelang etwas hinein.«

»Ein Tagebuch? Sachen, die aus der Erinnerung kommen? Aus seinem Leben?«

»So was in der Art. Und andere Dinge. Dinge über Fisterra, über die Todesküste, über das Meer. Er redete viel von den Sternen, er kannte sie alle, und wenn es Sommer war, so wie letzten Sommer und auch diesen Sommer, dann legten wir uns in den Bergen auf den Rücken oder auf die Veranda und betrachteten die Sterne, und er sagte: ›Da ist der Große Bär‹, und ›Guck mal, der da hinten. Der da hinter dem anderen. Und jetzt sag mir, ist das ein Stern oder ein Planet? Es ist ein Planet. Jupiter.‹ Und so weiter.«

»Und wo sind diese Aufzeichnungen?«

»Ich weiß nicht. Die haben sie mitgenommen, die von der Familie. Sie haben Kisten mit Sachen drin mitgenommen. Es waren Sachen, die keinen Wert hatten, aber ich wusste, dass er reich war, ich wusste, dass er Geld hatte, denn er reiste, wohin er wollte, und blieb, wo es ihm gefiel. Wir übernachteten in guten Hotels, wenn er mich in Gijón traf, und wir aßen immer in guten Restaurants. Am Anfang stellte ich mich ungeschickt an. Ich dachte, ich hätte keine Manieren bei Tisch und dass ich das falsche Besteck benutzen würde. Es war nicht die Welt, ich weiß, aber es war schon wichtig, weil sie sehen, dass du mit jemandem zusammen bist, den du liebst, und du willst auf seinem Niveau sein, und er ist älter als du, und du willst, dass alles gut läuft. Und dass die Sachen verschwinden, die du nicht magst.«

»Die Vergangenheit?«

»Auch die Vergangenheit, klar. Aber vor allem willst du, dass alles gut läuft, wenn du mit ihm zusammen bist. Zigarette?«

»Nein.« Filipe sah auf den menschenleeren Strand, während sich Marta eine Zigarette anzündete, die sie aus ihrer blauen Baumwolljacke zog.

»Hat er Ihnen Geld gegeben?«

»Etwas. Es sollte mir an bestimmten Dingen nicht fehlen.«

»Und, fehlte Ihnen was?«

»Es fehlt immer was, wenn man in Gijón studiert und weit weg von zu Hause lebt. Er schenkte mir auch Kleider, Sachen, die wir ausgesucht haben, wenn er sich mit mir traf. Aber das war nicht wichtig. Das Wichtigste war, dass ich mit ihm zusammen ein paar gute Seiten entdeckt habe. Bis dahin waren die Männer für mich Erfahrungen gewesen, verstehen Sie? Sachen, die in meinem Leben passierten, und fertig, sie vergingen, wie alles vergeht. In seinem Fall war das anders, weil ich wusste, dass er keine Risiken eingehen würde, ich nicht und er auch nicht. Es war eine Affäre. Sicher, er war zwanzig Jahre älter als ich, aber das wäre schon in Ordnung gegangen. Auch die Sache mit der Familie, diese ganzen Dinge, das wäre schon in Ordnung gegangen.«

»Hat er Briefe, Telefonanrufe, Nachrichten bekommen?«

»Ein paar, nicht viele. Keine Anrufe. Keine Briefe, aber manchmal telefonierte er mit Portugal, um zu wissen, wie die Geschäfte liefen. Er rief in seinem Büro an, ein paar Freunde, ein paar Mal, ja.«

»Warum wollte er dann plötzlich nach Portugal?«

»Er wollte nur für ein paar Tage dahin. Eine Woche vielleicht. Eine oder zwei Wochen. Um die Dinge in Ordnung zu bringen. Das sagte er zumindest.«

»Haben Sie ihm geglaubt?«

»Ja. Ich glaubte ihm alles. Ein Mann, der alles in Portugal zu-

rücklässt und nach Fisterra kommt, fern von allem, sollte man so jemandem nicht glauben? Er sagt dir, ich komme, um zu bleiben, ich habe genug Geld, um hier viele Jahre zu leben, um hier zu leben und Portugal zu verlassen, und ich werde hierher kommen, um mit dir zu leben. Würden Sie ihm nicht glauben? Natürlich würden Sie.«
»Hatte er hier Feinde?«
»Er gab sich nicht mit vielen Leuten ab. Er verließ das Haus und wanderte bis zum Leuchtturm, durch die Berge. Er ging ins Dorf hinunter und wurde von allen gegrüßt. Das war es, was mich auf ihn aufmerksam machte. Ein Mann, den alle grüßen, obwohl sie ihn nicht verstehen, ihn verstand niemand. Keiner sagt zu dir gleich, ja mein Herr, kaum dass du angekommen bist, vor allem, wenn alle Welt sehen kann, dass du keinen Finger rührst oder nur schreibst. Er schrieb schließlich jeden Tag, bei sich zu Hause, Sommer und Winter, ausgenommen zu den Mahlzeiten oder während seiner Besuche am Strand. Für mich war das auch eine Rache.«

*10. August 1991,
zweiundzwanzig Uhr fünfundvierzig*

Die Häuser müssten als Museen erhalten bleiben. Oder in einem Museum zu besichtigen sein, dachte Filipe Castanheira wieder, als er den kleinen dunklen Flur betrat, der nur von einer winzigen Taschenlampe aus Plastik erleuchtet wurde, die in eine Hand passte.

Er hatte den abschüssigen Weg vom Leuchtturm genommen und den Wagen bis kurz vor die Kirche von Santa Maria gleiten lassen. Dort angekommen, war er einen engen Weg gefahren, den eine ihm unbekannte Vegetation säumte, und hatte sich in die Berge begeben. Seinen Berechnungen und der Beschreibung Ramóns zufolge war der Weg zwei gefährliche Kilometer lang und verlief zwischen Granitmauern und Dornensträuchern, die den Wagen zerkratzten. Er versuchte mit ausgeschalteten Scheinwerfern zu fahren, sich an die Dunkelheit zu gewöhnen und so das Haus zu erreichen, aber zu dieser Stunde und in dieser Neumondnacht war das unmöglich. Also ließ er den Wagen mitten auf dem Weg stehen und ging zu Fuß weiter, mit der Taschenlampe in der Hand, die zwar ausgeschaltet, aber jederzeit einsatzbereit war.

Ihm war bewusst, dass er einen Übergriff vorhatte und in ein Haus eindringen würde, das nicht ihm gehörte und das auf Anordnung der Polizei verschlossen worden war. Er kannte die Rechtslage, natürlich, und er wusste, wie man die Unversehrtheit eines Hauses wahrte und seine Türen versiegelte, und jetzt war er bereit, in eines einzudringen, und zwar unter diesen Umständen.

Der Holzzaun, um den sich Ramón gekümmert hatte, war mit einem Riegel zugesperrt, der sich leicht und ohne große Anstrengung öffnen ließ. Er musste nur die Holzklinke herunterdrücken und hatte die Wahl zu entscheiden, ob er sie wieder losließ oder nicht. Doch er drückte sie herunter und durchquerte den Garten, bis er an der Mauer aus alten Steinen und Zement ankam, die vielleicht einmal weiß oder ocker gewesen war oder eine andere ähnliche Farbe gehabt hatte, nach der Beschreibung Ramóns und nach dem zu urteilen, was er selbst von weitem hatte sehen können, als er am Nachmittag die Straße zum Leuchtturm hinaufgefahren war.

Er hielt ein paar Augenblick inne, an die Häuserwand gleich neben dem Haupteingang gepresst, und lauschte, ob er etwas hören konnte, das ihn gewarnt hätte, doch er vernahm nur die unveränderlichen und monotonen Geräusche der Nacht über Finisterra. Ein vager Geräuschpegel, der vom Dorf den Berghang hochstieg und von dem die Lichter von Finisterra kündeten. Mehr nicht. Die Hintertür, dachte er. Immer noch an die Wand gedrückt, strich er so lange um das Haus, bis er im Dunkeln die Pfosten einer fleischfarbenen, fensterlosen Tür erkennen konnte. Er bemerkte jetzt, dass auch die anderen Fenster mit fleischfarbenen Holzläden verschlossen waren. Und er bemerkte die schimmernden Blätter der Kastanien und Eichen, die wie zufällig entlang des Berghügels standen. Und das Licht der Sterne.

Also benutzte er einen Dietrich. Es war besser, diese Dinge auf eigene Verantwortung zu unternehmen. Ramón durfte von der Sache nichts erfahren. Das ist ganz allein meine Angelegenheit. Lass mal den Dietrich sehen, einer wird passen. Zuerst der mit dem winzigen Bart. Er steckte ihn ins Schloss und bewegte ihn so lange, bis er auf einen festen und spürbaren Widerstand stieß. Dann benutzte er einen anderen Schlüssel, der ihm schon oft hilfreich gewesen war, einen winzigen Schlüssel, den er in seinem Dienstkasten mit sich führte. Er drehte das Instrument einmal herum und dann noch einmal, bis das Schloss nachgab, ein deutliches Klicken hörbar war und seine Finger spürten, dass sich die Tür öffnen ließ. Er stieß sie langsam auf und betrat die Küche, was er an den alten Essensgerüchen und an der Kälte eines Marmortisches wahrnahm, auf den er seine Hand legte.

Behutsam schloss er die Tür und knipste die Taschenlampe an, während seine rechte Hand nach der Pistole in der Tasche griff. Dann führte er den kleinen Lichtkegel an den Wänden und den blauen und weißen Schränken entlang, in denen, so vermutete er, sicherlich das Küchengeschirr aufbewahrt wurde. Ein Gasherd auf einer Bank neben einem Kachelofen aus weißer Keramik. Um den Tisch standen drei Stühle, und auf der Tischplatte lag ein weißes gesticktes Tischtuch, auf dem zwei Ringe zu sehen waren, wahrscheinlich Kaffeeflecken. Rui Pedro Martim da Luz hatte sich an diesen Tisch gesetzt und seinen Frühstückskaffee getrunken, allein, mit Marta oder sogar mit Ramón, wer weiß, und Filipe schauderte bei diesem Gedanken, der ihn plötzlich überkam und heftiger von ihm Besitz ergriff, während er die Taschenlampe weiter über die Wände gleiten ließ.

Da hing ein Kalender gleich neben der Tür, ein Keramikteller an der Wand. Neben dem Fenster, von dem man nichts als die Scheibe sehen konnte, weil die alten Holzläden von draußen verschlossen waren, hingen ein paar Zettel und Fotografien an einer Pinnwand. Rui Pedro Martim da Luz. Und eine Bildpostkarte von Finisterra, eine von denen, die man an den Kiosken beim Leuchtturm oder beim Hotel im Dorf kaufen kann.

Filipe führte seine Taschenlampe nahe heran, um die Zettel lesen zu können, von denen es nur zwei gab: eine Rechnung, von einem Hotel in Coruña, Hotel »Finisterre«, Paseo del Parrote. Und dann, darüber, gleich neben dem Rahmen der Pinnwand, ein anderer, viel kleinerer Zettel, der von einem Notizblock abgerissen worden war:

Vollmond:
um die Augen auszuruhen
eine Wolke von Zeit zu Zeit.

Die geöffnete Küchentür gab den Blick frei auf die ganze Länge eines Läufers aus unbehandeltem Sisal, der auf dem abgenutzten Holzboden im Flur lag. Als Filipe den Flur betrat, erleuchtete die Taschenlampe nur dürftig die weißen und gebläuten Wände, an denen einsam ein Gemälde sein Dasein fristete. Eine Serigraphie, eine Kopie, die er vielleicht aus Portugal mitgebracht hatte. Und drei Türen. Die erste führte ins Badezimmer. Ein schneller Blick genügte, um das banale Dekor dieses Raumes festzustellen. Sie hatten schon alle Handtücher weggenommen, aber ein paar Fläschchen standen noch auf der kleinen Glasablage in der Nähe des Spiegels. After shave, Parfüm, zwei Haarbürsten und ein Kamm, ein Plastikbecher mit zwei Zahnbürs-

ten und einer Zahnpasta, eine Nagelschere. Und, in einem Porzellandöschen, eine Nagelfeile und ein Rasierapparat, ein Pinsel, neben den genau eine Tube mit Rasierschaum passte. Eine rosafarbene Seife, die zerbrochen und vertrocknet am Waschbecken lag.
Über der Badewanne konnte man gleich neben der weiß gekachelten Wand eine andere Kunststoffablage hängen sehen, in der die Verpackungen und Utensilien verrieten, dass die Sachen erst kürzlich benutzt worden waren: zwei Dosen mit Gel, ein Shampoo und ein Handschuh aus Sisal. Und eine weitere Ansammlung ähnlicher Objekte, Frauen-Kosmetika wahrscheinlich, wie ein Badegel, ein Shampoo, eine Haarspülung und ein grüner Kamm aus Plastik. Für dünnes Haar, empfahl die Gebrauchsanweisung auf dem Shampoo.
Er öffnete den Hängeschrank aus hellem Holz, der gegenüber der Badewanne angebracht war: Quecksilberchrom, Notpflaster, Wasserstoffsuperoxid, ein Fläschchen mit Alkohol und verschiedene Tablettenpackungen – gegen Erkältungen, Aspirin, Lorentin, Dormicum, ein anderes Fläschchen mit gewöhnlichem Vitaminpulver, eine einsame Bürste auf einer der Ablagen, noch mehr Fläschchen mit Aftershave und Kölnisch Wasser, Augentropfen und Nasentropfen, eine Schere, Q-Tips, eine Packung Präservative, eine andere mit Rasierklingen, die noch ungeöffnet war. Noch mehr Hygieneartikel. Männerkosmetika im Zweierpack. Voraussicht, dachte Filipe Castanheira, der die Fächer des kleinen Möbels durchsah, wo die Fläschchen aufgereiht standen. In der Schublade des Schrankes entdeckte er noch mehr Notpflaster und eine Feuchtigkeitscreme. Eine einsame Pflanze stand in der Porzellanvase auf dem Fensterbrett.

Er ließ den Lichtkegel seiner Taschenlampe kreisen und stellte fest, dass der Rest nur aus einer großen Leere bestand, die durch die Lichtspiegelung auf den schimmernden Kacheln noch unheimlicher wirkte. Hinter der Tür hing noch ein blauer Morgenmantel, der an einem notdürftigen Nagel baumelte.

Er kehrte in den Flur zurück. Zwei Stufen führten ihn jetzt zu der anderen Tür, die etwas tiefer auf der rechten Seite lag. Er öffnete sie vorsichtig und benutzte zum Herunterdrücken der Klinke seinen Hemdsärmel und nicht die Finger. Es war das Schlafzimmer, ganz eindeutig, das von Rui Pedro Martim da Luz, in dem ein Eisenbett den ganzen Raum beherrschte. Außerdem standen hier eine hölzerne Kommode mit Schubladen und ein brauner Kleiderschrank mit einem Spiegel in der Mitteltür. Ein hoher Spiegel, der nicht das ganze Bett, aber seine Mitte wiedergab. Auf jeder Bettseite ein Nachttisch.

Filipe fing auf der linken Seite an, in der Nähe des Fensters, ohne die Nachttischlampe anzuzünden oder sich auf das Bett mit der hellblauen Tagesdecke zu setzen. Er kniete sich auf einen Teppich und öffnete die Schublade, um festzustellen, dass sich nichts weiter darin befand als buntes Auslegepapier. Auch das untere Fach des Schränkchens war leer, wie er feststellen musste.

Er stand jetzt auf, sah auf die Fotografie an der Wand, die dem Fenster gegenüber hing und die vergrößert und gerahmt worden war. Eine Schwarz-Weiß-Fotografie mit dunklen Tönen, die den Leuchtturm von Finisterra zeigte. Er ragte, den Wolken zum Trotz, hoch in den Himmel. Hinter dem Leuchtturm das verlassene Gebäude, ohne Scheiben in den Fenstern oder Türen. Seine Wände lagen bloß und gaben den Blick auf Steine, Holz und Sandstrukturen und auf die Granitmauern frei, die den Platz umgaben. Das alte Leuchtturmwärterhaus lag versteckt hinter den Felsen, und auf einem Hochspannungsturm klebte ein Werbeplakat, das deutlich erkennbar für die Dienste eines Ladens mit dem Namen »Foto Fuentes, Videos, Bildberichte. Wir entwickeln in einer Stunde in Cée, Kodak-Service« warb. Der alte Mast, der als Radioantenne gedient hatte, erhob sich von dem Dach des alten zerfallenen Gebäudes, und, gleich daneben, der neue, zweifarbige Turm, der in die Wolken von Finisterra zeigte.

Das Licht der Taschenlampe führte Filipe zu der Holzkommode. Er zog eine Schublade nach der anderen heraus. Die erste war leer. In der zweiten lagen nur ein paar Kleidungsstücke, gefaltete Hemden, ein bedruckter Baumwollpullover. Er öffnete die dritte mit größerer Vorsicht, weil sie knarrte und weil er zwar allein in diesem Haus in den Bergen war, aber es in seinem eigenen Interesse lag, keinen Lärm zu machen. Leer, völlig leer gefegt. Die vierte und unterste Schublade war schon ergiebiger. Sie enthielt weit mehr Kleidungsstücke und Sweaters in verschiedenen Farben, die in Filipe die Hoffnung nährten, irgendein Blatt Papier, eine Fotografie darunter zu finden, etwas, das nicht wieder den Leuchtturm von Finisterra darstellte. Er untersuchte einen der Pullover in der zweiten Reihe. Dann erkannte er die Farbe und mehr noch, das winzige Muster eines farbigen Segels am Kragen. Diesen Pullover hatte er schon einmal gesehen, auf der Fotografie, die er vor einer Woche dem Fotoapparat von Rita Calado Gomes entnommen hatte. Es war genau derselbe. Er hob ihn mit den Fingerspitzen in die Luft, nur um sich über ein Verbindungsglied zu vergewissern, das es natürlicherweise geben musste und das, so gewöhnlich und uninteressant es auch sein mochte, eine Verbindung herstellte und, was das Wichtigste war, bestätigte, dass die Beziehung zwischen diesen beiden so entfernten Punkten auf der Landkarte kein Trugbild gewesen war.

Er wandte sich jetzt dem Kleiderschrank zu, wo er seine Blicke über die Jacketts, einen grauen Gabardinmantel, einen grünen, gefütterten Anorak und zwei karierte Flanellhemden gleiten ließ, die auf Holzbügeln hingen. Er befühlte die Taschen eines jeden Jacketts, um festzustellen, ob darin nicht etwas vergessen worden war. Nichts lag in den Schubladen zur Rechten, und auch die mittleren Fächer waren leer. In der linken Schublade fand er zwei Halstücher, zwei Wollmützen und einen einzelnen Gürtel, jenen ähnlich, die aufgereiht an einem Nylonfaden auf der Rückseite einer der Wandtüren hingen, in Gesellschaft von zwei Krawatten und ein Paar Hosenträgern.

Auf dem Kleiderschrank standen drei Paar Schuhe, ein Paar Stiefel, ein Paar Hausschuhe und ein Karton, den er vorsichtig öffnete, indem er den Deckel mit der Taschenlampe aufdrückte. Doch er musste feststellen, dass es sich dabei nur um einen Schuhkarton handelte, in dem Rui Pedro Martim da Luz Bürsten, Wichse und eine Tube Schuhcreme aufbewahrt hatte. Alles säuberlich geordnet.

Gehen wir zum anderen Nachttisch an dieser Seite vom Bett, gegenüber vom Fenster, gehen wir auf diese Seite, da sie so aussieht, als könnte sie was hergeben, obwohl die Glühbirne von der Lampe fehlte, das merkte er gleich, dass die Glühbirne fehlte; doch als er die Schublade öffnete, kam nur wenig zum Vorschein. Visitenkarten von Rui

Pedro Martim da Luz persönlich, auf cremefarbenem Karton, aber ohne Adresse, ein Buch mit japanischen Gedichten, das von G. Renondeau ins Französische übersetzt worden war, wie man dem Klappentext entnehmen konnte, und ein anderes Buch mit gelbem, fast abgegriffenem Deckel, »Snow Falling from a Bamboo Leaf«, von Hiag Akmakjian.
Filipe Castanheira hätte gern in den beiden Büchern geblättert, aber darunter fand er einen Notizblock. Ein Blatt war herausgerissen worden, und zwar, um darauf die Verse zu schreiben, die an der Pinnwand klebten, obwohl sie nicht eigentlich darauf klebten, sondern auf Zettel geschrieben und mit einer Nadel dort befestigt worden waren. *Vollmond: um die Augen auszuruhen, eine Wolke von Zeit zu Zeit*, und es gab noch ein kleines, unberührtes Kästchen, in dem zwei goldene Manschettenknöpfe aufbewahrt wurden, und schließlich eine Karte mit den Straßen von Portugal und Galicien, zusammen mit einem gewöhnlichen Kugelschreiber. Es machte den Eindruck, als habe jemand vorsichtig ein paar Sachen weggenommen und andere dafür liegen lassen, wie die Bücher, die Manschettenknöpfe, den Kugelschreiber, den Notizblock. Mit der Spitze des Mittelfingers öffnete Filipe den Block, von dem nur die ersten beiden Seiten beschrieben waren:

Es ist die gleiche Landschaft,
die dem Gesang der Grille lauscht
und ihren Tod erlebt.

Auf dem anderen stand:

By the sea's side hear the dark-vowelled birds.

In dem unteren Fach des Nachttischchens lagen nur ein paar gebrauchte Hausschuhe aus rotem Stoff, die beinahe auseinander fielen. Die Taschenlampe warf ihren Schein auf die Wände, auf der Suche nach Zeichen, nach einem Ort, aber es gab keine andere Spur, die es wert war, verfolgt zu werden. Er könnte unter dem Bett nachsehen, die Matratze heben, aber das hatten sie sicher schon getan, denn das Laken hing an einer Stelle aus dem Bett heraus, an der es normalerweise gut fixiert ist.
Im Flur führten ihn weitere zwei Stufen in einen anderen Raum hinunter, dessen Tür er nicht einmal öffnen musste. Sie stand offen und gab den Blick auf ein großes Wohnzimmer frei, wie Filipe Castanheira feststellte, als er das Licht der Taschenlampe umherkreisen ließ und wieder den Knauf seiner Pistole in der Hosentasche fasste. Die Waffe war entsichert und würde ihm nicht viel nützen, aber er hielt sie trotzdem fest. Der Schein der Lampe erleuchtete ein Regal, auf dem sich die Bücher gegenseitig Halt gaben, einen hellen Holztisch, hinter dem ein Rohrstuhl stand. Zur Rechten der Tür gab es noch ein Areal mit Sitzmöbeln. Im Kamin lag kein Brennholz, schließlich war Sommer, vor einigen Augenblicken noch schien ewiger Sommer zu sein, aber dieser Raum trägt den Geruch des Winters in allen Winkeln; gleich wenn man zur Tür hereinkommt, schlägt einem der Winter entgegen, das Bild des Winters, die Tür, die auf die winzige Veranda hinausgeht und die Filipe zuvor im nächtlichen Dunkel schon erkannt hatte, weil er sie bereits gesehen hatte, als er die Straße hochgefahren war. Vielleicht wäre es nicht weiter schlimm gewesen, ein Licht anzumachen, aber es erschien ihm klüger, völlige Dunkelheit zu wahren.

Filipe ging zwei Meter auf das Regal zu und überflog wie zufällig die Buchrücken. Er suchte nichts Bestimmtes, das war offensichtlich. Er suchte ein Zeichen. Auf dem Tisch stand ein Korb, der wahrscheinlich schon mit Papieren gefüllt war, und jetzt bemerkte er eine Tür im Regal. Es handelte sich um einen kleinen Schrank, auf den er den Schein der Taschenlampe richtete. Da lag ein Schlüssel. Er drehte ihn im Schloss um, nachdem er seine Finger mit dem Ärmel seiner Jacke umwickelt hatte, aber darin war nichts als Leere, große Leere, unweigerliche Leere. Erst als er das Schranktürchen wieder schloss und den Schlüssel umdrehte, fiel seine Aufmerksamkeit auf ein eigenartiges Glänzen gleich neben dem Eingang zum Wohnzimmer, ein scharfes, aber kaum wahrnehmbares Blinken, das sich bald in einen hellen Schein verwandelte, als das Licht anging und die Gestalt eines Mannes besser sichtbar machte, der Filipe Castanheira unverwandt anstarrte, wie er seine Hand in die Tasche gesteckt hielt. Die Hand des anderen Mannes hingegen steckte nicht in der Tasche. Seine Hände waren beide zu sehen, aber nur die rechte Hand war frei. In der Linken hielt er eine Pistole, die Filipe Castanheira ebenso fixierte wie die Blicke des hochgewachsenen Mannes mittleren Alters.

»Das Licht. Man kann das Licht benutzen«, sagte der andere. »Alberico Nuñez, von der Guardia Civil von Corcubión, zu Ihren Diensten, mein Herr. Sie sind sicher Herr Castanheira«, fuhr er auf Spanisch fort, ohne den geringsten Zweifel in der Stimme. Filipe nahm die Hand aus der Tasche. Der andere hatte die Geste bemerkt.

»Das wäre eine Dummheit, in der Tat.« Er machte zwei Schritte auf dem blau-roten Blumenteppich und zeigte auf

das Sofa. »Setzen wir uns. Ich werde die Pistole an mich nehmen.«
»Woher wissen Sie, wer ich bin?«
»Das ist einfach. Wir sind nur wenige hier.«
»Entschuldigen Sie mein Eindringen.«
»Das hätte noch gefehlt«, murmelte Alberico Nuñez und setzte sich.

10. August 1991, dreiundzwanzig Uhr

»Alles, was Sie gesehen haben, wurde schon zwei- oder dreimal durchwühlt, wie Sie sich vorstellen können«, bemerkte Alberico Nuñez. »Was hier fehlt, wurde mit unserer Erlaubnis und mit Genehmigung der Grenzschutzpolizei an die Familie zurückgeführt. An zwei Männer, die kurz darauf hierher kamen. An einem Samstag, glaube ich.«
Sie saßen jetzt auf den Sitzmöbeln, die einmal Rui Pedro Martim da Luz gehört hatten, und Alberico Nuñez zuckte großzügig mit den Schultern, als ihn Filipe Castanheira fragte, ob er eine Zigarette wolle. Nein, vielen Dank. Aber er würde ihm hier gern Gesellschaft leisten, bis sie beide wieder gemeinsam das Haus verließen, umso mehr, als es sehr wichtig sei, die Tür wieder gut zu verschließen, fügte er hinzu.
»Man weiß ja nie«, meinte er dann. »Man weiß ja nie, ob sich einer hierher verirrt, der hier nichts zu suchen hat. Sie, mein Herr, zum Beispiel, haben nicht um Erlaubnis gebeten, hier eindringen zu dürfen. Ich wurde aus Portugal angerufen, von wo aus man mich über Ihre Anwesenheit im Dorf in Kenntnis setzte. Um die Wahrheit zu sagen, dieser Anruf wäre gar nicht nötig gewesen, weil man mir schon gestern Bescheid gegeben hat, dass Sie hier seien. Der Hotelbesitzer hat das als seine Pflicht empfunden, weil

er mich am Eingang vorbeigehen sah, kurz nachdem Sie, mein Herr, angekommen waren. Natürlich steht nicht auf Ihrem Gesicht geschrieben, dass Sie von der Polizei sind. Aber er sagte mir: ›Da ist noch ein Portugiese gekommen‹, und dann hat mich auch noch der Besitzer des Restaurants gewarnt, in dem Sie gestern Abend speisten. Er fragte mich, ob die portugiesische Polizei hier herumschnüffeln dürfe. Ich mag ihn nicht, wenn Sie's genau wissen wollen. Man isst da schlecht. Sehr schlecht. In seinem Restaurant bekommt man richtig schlechtes Essen. Nur gegrillten Fisch. Haben Sie schon die Austern da probiert? Ich hatte ein interessantes Gespräch mit ihrem Kollegen von der Polizei aus Porto, Jaime Ramos, über Austern. Ich war nämlich noch vor einer Stunde damit beschäftigt, sie für ein Frühstück zuzubereiten, und zwar so, wie's sich gehört. Wenn Sie wollen, könnten wir morgen in Corcubión frühstücken. Austern und einen Weißwein. Wenn's geht einen Alvariño. Ihr Freund hat mich übrigens auf die Idee mit dem Besuch gebracht. Auf die Idee, Sie zu besuchen, natürlich. Ihr Wagen war im ganzen Dorf nicht zu finden, und er stand auch nicht vor dem Eingang irgendeines Restaurants hier in der Gegend, und da dachte ich mir schon, Sie könnten ja hier sein. Haben Sie etwas gefunden?«

»Nein. Ich hab mich etwas umgesehen.«

»Das haben wir alle, Herr Castanheira. Wir sind alle hier gewesen und haben nichts gesehen.«

»Haben Sie einen Verdacht?«

»Wenn wir einen hätten, dann wäre es nicht bei einem Verdacht geblieben. Dann hätten wir den Täter schon. Aber ich glaube, dass man in dieser Gegend hier keinen erwischt. Sie haben ja gesehen, wie Fisterra ist. Ein kleines Fleckchen

Erde. Vor dreißig Jahren brachten sie einen Mann auf dem Dorfplatz um, ganz in der Nähe von der Stelle, wo heute das Hotel steht, in dem Sie untergebracht sind. Alle hier können sich noch daran erinnern. Vor zehn Jahren gab's hier eine Familienfehde, und man sammelte nur noch die Leichen auf. Seither ist nichts Besonderes mehr vorgefallen. Wenn es hier Tote gibt, dann sind sie an Altersschwäche gestorben. Oder auf dem Meer. Entweder sie gehen ins Meer, oder sie kommen von da. Es ist immer das Gleiche. Gute Menschen, mein Herr. Die Sache mit dem Tod von ihrem Landsmann wurde hier nicht gern gesehen. Nicht wegen des Tourismus natürlich, aber weil so was gleich zu Verdächtigungen führt, und Verdächtigungen sind etwas sehr Schlimmes, wenn sie sich gegen ein so kleines Dorf wie Fisterra richten, klein, ehrbar und in aller Munde. Die Männer aus diesem Landstrich hier sind bekannt für ihren Fleiß. Weder die noch ich mögen Tote.«
»Ich bin nicht in offiziellem Auftrag hier.«
»Ich weiß. Sie sind ein Tourist, das haben Sie ja schon hier verbreitet. Aber der Tourismus von Fisterra folgt seltsamen Regeln. Es kommen Schriftsteller, übrigens auch portugiesische, Journalisten, Maler, Lehrer, und keiner von denen sagt, dass er als Tourist hier ist. In Fisterra will keiner Tourist sein, und ich weiß nicht genau, warum das so ist, aber ich nehme an, dass sie unsere Heimat in ein altes Märchenland verwandeln, etwas, das sich in Büchern gut macht, aber uns den Tourismus vermasselt, den wir hier haben wollen. Dieser Tourismus mit seinen Hirngespinsten über alte Götter, und was weiß ich noch alles, das wird langsam zum Irrweg. Das können Sie mir glauben. Fisterra braucht ernst zu nehmende Touristen und keine Vergangenheits-

fanatiker, es braucht Besucher, die nur kurze Zeit bleiben und Peseten im Land lassen. Dollars wären besser, aber Peseten reichen auch. Und nur für kurze Zeit. Na ja, und Sie gehören zu den seltenen Fällen, die sich als Touristen ausgeben, da wird man doch gleich hellhörig. Aber bleiben Sie dabei. Ich habe die Informationen, die ich hatte, schon an die Stelle weitergegeben, die als Erste darum gebeten hat. Und ich habe meine Kompetenzen schon überschritten, als ich mit Ihrem Freund in Porto gesprochen habe. Ich habe ihm gesagt, was Sie schon wissen dürften. Dass es dort am Strand eine dritte Person gab. Es interessiert jetzt nicht, warum da noch ein Dritter war. Er war da und fertig. Aber es waren zwei Augen mehr, die mich beunruhigen. Auch ich, Herr Castanheira, habe meine Anweisungen erhalten, mit meiner Arbeit fortzufahren. Ich bitte Sie, Ihre Nase nicht in fremde Angelegenheiten zu stecken. Ach ja, das hätte ich beinahe vergessen: Sie sind ja als Tourist hier und machen Ferien. Dann machen Sie was aus dieser Zeit. Ich werde wahrscheinlich im Oktober hierher kommen. Dann nehme ich meinen Urlaub. Bis dahin tue ich, was man mir aufgetragen hat.

Aber, wo wir schon dabei sind, ich wollte Ihnen schon die ganze Zeit ein paar Dinge über den Portugiesen sagen, der gestorben ist. Oder den man umgebracht hat. Er war ein seltsamer Mann, bekannt und geachtet. Aber im Grunde wusste hier keiner was Genaues über ihn, weil er sich nur mit wenigen abgab. Dieses Haus war allen immer ein Rätsel. Man erzählte sich so einiges darüber, wie das immer passiert in einem kleinen Dorf. Aber das war seine Sache. Er kam hierher, hatte seine Ausgaben, aß und trank, aber in das Haus gingen wir nie. Und selbst jetzt haben wir unsere Nase nicht in seine Angelegenheiten gesteckt, denn so schnell, wie die hier aufgetaucht sind und den Fall abgehandelt haben, da nehme ich an, dass sich der Mann in Portugal nicht gut benommen hat.«

»Wie kommen Sie darauf?«

»Fisterra ist ein kleiner Ort. Sie haben sicher die Straßen gesehen, die hierher führen. Es sind zwei: Eine kommt von Vigo und Santiago und die andere von Coruña über Carballo. Und es sind Nebenstraßen, die in Corcubión zusammenlaufen. Richtige Nebenstraßen. Wir kennen uns alle, alle kennen sich hier. Plötzlich kommt da ein Mann von außerhalb, der nicht aus Vigo ist, nicht aus Santiago, Muros oder Coruña, nicht aus Lugo und auch nicht aus Ourense. Was würden Sie denken? Wer möchte schon hierher kommen, wenn nicht als Tourist, und zwar als ein Tourist von der Sorte, die ich meine, denn wie lange ist das her, dass sich hier Archäologen haben blicken lassen?

Im Winter gewittert und stürmt es hier den ganzen Tag, das Meer ist ein einziges Unwetter, und die Boote kommen erst zur Ruhe, wenn sie in der großen Bucht da unten anlegen. Schauen Sie sich dieses Haus an. Es gibt keinen Sturmwind, der nicht hierher käme, das Kaminholz muss die ganze Nacht und den ganzen Tag brennen wegen der Kälte und der Feuchtigkeit. Meine Frau ist keine Galicierin, sondern Katalanin. Als sie hierher kam, ist sie nicht vor Kälte gestorben, sicher nicht, aber vor Angst.

Und das war den Leuten hier nicht geheuer, ich meine damit den Mann, nicht meine Frau. Sicher, er war ein ehrenwerter Mann, aber sie trauten ihm nicht über den Weg, denn abgesehen davon, dass er nicht von hier war, kam er aus einem anderen Land, sicher, einem Nachbarland, wir sind ja beinahe Brüder. Schließlich sind die Straßen von Porto so dreckig wie die von Vigo oder Pontevedra, aber es ist ein anderes Land, obwohl wir fast die gleichen Sachen essen. Wir unterscheiden uns in unseren Tabaksorten, in den Bieren, den Kaffeesorten, das stimmt. Da sind wir anders. Jedenfalls wunderten sich alle, als er dieses Haus kaufte. Es ist zwar kein schlechtes Haus, aber es müsste repariert werden. Hier will keiner leben, Herr Castanheira, und die Leute aus der Gegend machen sich in die Weltgeschichte auf. Heute wie damals, zur Zeit der Auswanderung. Früher blieben die Frauen und Kinder zurück. Heute, Herr Castanheira, sind die Frauen die ersten, die gehen, weil sie die Welt da draußen kennen lernen wollen, die Welt hinter Corcubión, und weil sie wissen wollen, wie die Männer in Santiago oder in Pontevedra sind. Und die Männer, die bleiben, diese Typen, die machen nur Dummheiten, betrinken sich und streiten sich um die Frauen, die es hier so gibt. Oder sie bleiben, wo sie sind, obwohl sie das andere Ende der Bucht sehen können und ihre Frauen sie Zurückgebliebene schimpfen, weil sie nicht reich sind wie die anderen, die das Land verlassen haben. Das Leben hier ist nicht besonders interessant.«

»Im Badezimmer stehen Toilettensachen von einer Frau.«

»Und wenn schon. Was haben diese Dinge mit unserem Fall zu tun?«

»Das Problem ist, dass etwas fehlt.«

»Fehlt?«

»Es gibt da Leerräume. Da muss vorher etwas gestanden haben.«

»Herr Castanheira, ich bin ein Polizist aus Corcubión. Ich sehe nicht die Dinge, die Sie gewöhnlich zu Gesicht kriegen. Toilettenartikel einer Frau sind verschwunden? Was Sie nicht sagen. Dann muss sie wohl jemand mitgenommen haben, was meinen Sie?«

»Marta?«

»Marta, ist das diese Kleine aus dem Dorf?«

»Genau, die Kleine aus dem Dorf.«

»Das musste ja passieren, finden Sie nicht? Ich weiß, dass sie sich trafen, und zwar gegen den entschiedenen Willen der Eltern. Mädchen, Herr Castanheira. Und Sie glauben, dass da ein paar Sachen fehlen? Was fehlt denn, haben Sie das schon herausgefunden?«

»Der ganze Rest. Von ihr ist nur eine Spur geblieben, ein Shampoo für Frauen, ein Kamm, mehr nicht. Kann ich mir das Wohnzimmer noch einmal ansehen?«

»Wie Sie wünschen. Aber Sie haben zwei Minuten, mehr nicht, nur zwei Minuten.«

Filipe Castanheira wandte Alberico Nuñez den Rücken zu. Dann besah er sich unter den Blicken des anderen schnell das Regal und flog mit den Augen über den Tisch und die Bilder an den Wänden mit den Darstellungen von Finisterra. Die Bücher würden erst viel später aus den Regalen genommen werden, vielleicht erst, wenn sich auf ihnen so viel Staub angesammelt hatte, dass er die weißen Seiten mit einem dunklen Film überzog? Und dieses Wohnzimmer, würde es verändert werden, wenn sich die Familie von Rui Pedro Martim da Luz entschließen sollte, das Haus zu verkaufen? Bestimmt. Dort würden noch zwei weitere Sofas stehen, die Gardinen würden abgenommen werden, der Tisch würde verschwinden, der Geruch einer unfertigen Erinnerung würde die Winternächte vergessen lassen, die hier in den letzten zwei Jahren verbracht worden waren.

»Seltsam, nicht wahr?«, fragte Alberico Nuñez kurz darauf, als die beiden Männer den schmalen und unbefestigten Weg hinunterliefen, wo sie ihre beiden Wagen stehen gelassen hatten. »Es gibt nur Bilder von Fisterra im Haus. Man verlässt Fisterra und kommt nach Hause, um Bilder von Fisterra zu sehen. Sie haben ihn zum Burgvogt gemacht.«

»Aber nur, wenn die von der Partei von Finisterra gewonnen hätten und nicht die von der Allianz«, sagte Filipe.

»In diesem Jahr wird das nicht klappen, Herr Castanheira. Und auch nicht in den nächsten Jahren, glücklicherweise.«

Sie hatten jetzt eine kleine Lichtung erreicht, von der aus man das Dorf sehen konnte und in weiterer Ferne die Lichter von Corcubión. Alberico Nuñez blieb stehen und zeigte auf etwas:

»Das ist gar nichts im Vergleich zu den Tagen, an denen der Himmel richtig klar ist. Wenn Vollmond wäre wie vor zwei Wochen, dann könnte man das ganze Meer sehen, die Berghänge auf der anderen Seite vom Meer, die Flüsse, die Dörfer hinten in den Bergen. Gehen Sie auf den Leuchtturm hinauf, wenn Vollmond ist, Herr Castanheira. Sehen Sie es sich an. Es ist schön anzusehen, für einen, der von außerhalb kommt.«

Er machte zwei Schritte und kam wieder zurück, in Richtung auf Filipe, der stehen geblieben war, um sich das Dorf zu betrachten.

»Die Mädchen von heute sind ziemlich sorglos, und sie tun gut daran. Ich selbst habe zu Marta gesagt, sie solle hierher kommen und alles mitnehmen, was von ihr ist, damit es keine Probleme gibt. Sie ist ein Mädchen aus der Gegend, und unseren Leuten müssen wir schließlich helfen. Außerdem, wenn man's genau nimmt, was würden sie schon feststellen? Dass sie zusammen geschlafen haben, dass sie miteinander ins Bett gegangen sind? Sie ist sechsundzwanzig Jahre alt, sie hat das ganze Leben noch vor sich. Warum sollte sie durch diese Sache Schaden nehmen? Ich habe ihr gesagt, geh da hoch und hol deine Sachen da weg, lass nichts liegen, nicht ein Haar, nicht einen Slip, weil sie heutzutage sogar schon an den Unterhosen den Träger erkennen können, stimmt's nicht? Aber Sie haben das Shampoo entdeckt. Noch etwas?«

»Die Leere, die sie hinterlassen hat, die leeren Schubladen.«

»Das allein macht noch keinen schuldig. Kehren Sie nicht mehr in dieses Haus zurück, Herr Castanheira. Die Häuser der Toten sind alles, was von ihnen geblieben ist, von ihrem Geist, von dem, was sie getan und was sie unterlassen haben. Wir sollten die Häuser der Toten respektieren, schließlich gehen sie eh schnell genug von uns. Ich mag keine Toten, wenn Sie es genau wissen wollen.«

»Und die Waffe?«, fragte Filipe Castanheira.

»Die Waffe?«

»Eine Beretta, Kaliber zweiundzwanzig.«

»Die ist in Spanien ziemlich verbreitet. Die von der ETA haben Berettas. Und ich habe eine. Da müssen Sie hier nicht lange suchen. Waffen gibt es hier wie Sand am Meer, sogar im Dorf.«

Vollmond über dem Himmel von Finisterra, über dem Kap, über den dunklen Blättern der Bäume in den Bergen, über dem Holzzaun, dachte Filipe Castanheira, während Alberico Nuñez in seinen Wagen stieg, sich langsam nach ihm umdrehte und ihn beobachtete, um zu sehen, ob auch er seine Wagentür öffnete. *Vollmond, eine Wolke von Zeit zu*

Zeit. Vor zwei Wochen noch hätten Rui Pedro Martim da Luz und Marta Rodríguez Cano auf der Veranda gesessen. Das ist ein Stern, hätte er gesagt, guck mal, der Große Bär, und der dahinter, weißt du, wie der heißt? Und dahinten sind die Lichter von Finisterra, schauen wir uns die Lichter am Himmel und die auf der Erde an.

11. August 1991, ein Uhr dreißig

Der kleine Kai ist zu dieser Stunde nur schlecht erleuchtet, obwohl die Laternen im Dorf noch brennen und den Blick auf menschenleere Straßen freigeben, auf denen von Zeit zu Zeit die Schreie der Vögel und das Auf- und Zuklappen der Türen einiger Cafés zu hören sind, die einsame Besucher oder lärmende Gruppen ausstoßen. Doch am Kai sind ihre Stimmen und die letzten Ausläufer der Nacht nicht mehr zu hören. Nur das Meerwasser, das von der Bucht hierher spült. Filipe Castanheira hatte die Schritte des Mannes hinter sich bemerkt, und so blieb er vor einer Mauer stehen, auf der die Werbung der Partei von Fisterra zu sehen war. Die roten, ungelenken Lettern waren mit Mühe auf dem unregelmäßigen Zementuntergrund aufgebracht worden.

Die Schritte hielten jetzt inne, und Filipe Castanheira wusste, dass er sich in diesem Augenblick nicht umdrehen durfte, sondern erst, wenn er seinen Fußmarsch entlang der Promenade fortsetzen würde, die ihn zum Hafen brachte und die er schon auf gut Glück am Vorabend entlanggegangen war. Wie zufällig führte er die Hand in die Hosentasche, als suchte er dort nach Zigaretten oder nach einem Feuerzeug, und spürte den Kolben der Pistole, die sich durch den permanenten Kontakt mit dem Bein und durch das Innenfutter hindurch aufgewärmt hatte. Er benutzte sie seit Jahren nicht mehr, mit Ausnahme der Schießübungen, bei denen er seine Treffsicherheit überprüfte. Von Zeit zu Zeit, manchmal. An einer Zielscheibe aus feinem Karton konnte er dann mit eigenen Augen sehen, ob ihn seine Geschicklichkeit nicht gänzlich im Stich ließ und er noch treffen konnte. Er ließ die Hand langsam an der tödlichen Waffe entlanggleiten, stellte sich die Bruchteile von Sekunden vor, die nötig sein würden, um die Pistole in die Hände zu nehmen, sie vorzubereiten, sie beinahe automatisch zu entsichern, den Abzug abzudrücken und, nach Ertönen des Knalls, den heftigen Rückstoß in seinem Handgelenk zu spüren.

Würde er sie gegen jemanden einsetzen müssen? Er wandte sein Gesicht dem Himmel zu. Es war ein schwarzer Himmel, vor dessen Hintergrund weder die Felsenküste auf der anderen Seite der Bucht noch das Meer zu sehen waren, das sich dahinter erstreckte. Er holte tief Luft. Ein Schritt, zwei Schritte, drei Schritte. Er schlenderte langsam, betont langsam, so als wolle er den Ausblick genießen, ganz wie ein stinknormaler Tourist, einer von denen, die Alberico Nuñez statt der Intellektuellen gern in Finisterra sehen würde, jene Pilger auf den Spuren der Versäumnisse der Vergangenheit und ihrer ungewöhnlichen Präsenz an diesem Ort. Welche Art von Touristen er wohl darstellen konnte? Den Touristen, der sich nicht durch den Lärm der Vögel am Strand aus der Ruhe bringen lässt? Einen Touristen, der ausgedehnte Siestas hält und Krimis liest, um sich zu zerstreuen? Ross MacDonald, Agatha Christie, Eric Ambler, Hartley Howard, die Abenteuer des Mike Hammer mit seiner Whiskeyflasche in der Hand oder in der Manteltasche oder Chandler, den Chandler von »The Long Goodbye«, die nervösen Ticks von Poirot, dieses segensreichen Poirot, der sich über den Schnurrbart streicht und selbst auf den Buchseiten noch künstlich zu sein scheint, so unglaubwürdig, eine erdachte Gestalt, deren Erfindung das Verpackungsmaterial für die unwahrscheinlichsten Geschichten ist. Ungarische Prinzessinnen auf friedlichen Kreuzschiffen. Millionenerbinnen, die mit gewinnsüchtigen Händlern verheiratet sind. Londoner Büroangestellte, die von skrupellosen jungen Männern verführt werden. Oder würde er andere Bücher lesen, Bücher, die ihn über die Jahre eines ganz bewusst gelebten Doppellebens begleiteten und die ihm dabei halfen, die Last der Träume und die Angst vor den Träumen zu ertragen und neue Träume zu erdenken? Durch die Bücher und die Träume hätte er im Laufe der Zeit erfahren, dass die Erklärungen über das Leben immer ausbleiben und dass nur die Träume und die Bücher es letztlich erklären können und dass die großen Unbekannten erst durch die Träume einen Namen bekommen, die uns in jedem Augenblick unseres Lebens überraschen können. Und vielleicht hätte er noch mehr gelernt, dass nämlich nur die Bücher uns das Träumen lehren können. Durell in »Weiße Adler über Serbien«. Jetzt musste er an »Weiße Adler über Serbien« denken und an das ganze Stück »Alexandria«. Und an alle Bücher, von denen er nach und nach gelernt hatte, den Wiederschein der Nacht, das Glitzern des Morgens wahrzunehmen.

Noch zwei Schritte. Denk an etwas anderes. Denk an das Haus von Rui Pedro Martim da Luz, das der Dunkelheit preisgegeben ist, an das gelegentliche Eindringen von Menschen in dieses Haus, Menschen wie dir, die auf der Suche nach einer Erklärung über ein Schicksal sind, das der Tod schließlich auf andere, viel schonungslosere Weise erklärt hat. Es kommt nichts als die Erinnerung an die Fläschchen auf der Badezimmerablage, an die Kaffeeflecken auf dem weißen Küchentischtuch, an die auf lose Zettel gekritzelten Verse, eine Wolke von Zeit zu Zeit, um die Augen auszuruhen, Vollmondnacht, unendliche Vollmondnacht, die gleiche Landschaft hört den Gesang und erlebt den Tod der Grille, die gleiche Landschaft, ja, es war die gleiche Landschaft. Die gleiche Landschaft, die den heimlichen Treffen von Rui Pedro Martim da Luz und Marta Rodríguez Cano beiwohnte, erlebte auch den Tod des einen dieser beiden Menschen. Wo ist die Grille? Was blieb von ihrem Gesang? Wo sind die Hefte, in die Rui Pedro Martim da Luz etwas über Sterne schrieb, über die Todesküste, über sich selbst, eine flüchtige Hauptperson, unwiederbringlich in den wenigen Zeichen, die von ihm geblieben sind?

Ein grauer Mond am Himmel, eine Wolke, die von Zeit zu Zeit wie eine Marionette wieder aufersteht, wie von unsicheren Fingern auf der Bühne eines volkstümlichen Puppentheaters belebt. Mond aus Asche. Eine Wolke, um die Augen auszuruhen. Seltsam, diese Verführung durch ein Bild, ein seltsames Gewicht, das durch ein Bild auf uns lastet und uns neu erdenkt und uns andere Bilder erfinden lässt, nach und nach, ja, immer nach und nach, immer flüchtig. Ein Mond aus Asche in einer Traumkulisse.

Rui Pedro Martim da Luz und Marta Rodríguez Cano, die auf der Veranda liegen, ein Bild, das im ganzen Dorf nur Ramón kannte und das er auf seinen Bootsfahrten in der Bucht, auf hoher See, bei seinen Abstechern auf das galicische Meer hinaus verschwiegen teilte mit diesem ungeselligen Meer, das auch aschfarben sein konnte, wenn der Winter kam, der kalte Winter mit seinen Gewittern und Schiffbrüchen.

Würde sich Rui Pedro Martim da Luz an das Gesicht von Rita Calado Gomes erinnern? Wie sagte er noch? »Denn du bist dem Himmel sehr nahe – wie ein Vogel« und »vergiss mich nicht«. »Vergiss mich nicht.« Vergiss das nicht. Ich werde zurückkommen. Wäre er zurückgekommen? Was hätte Rui Pedro Martim da Luz in Portugal an diesem Donnerstag getan, als drei Kugeln seine Pläne durchkreuzten? »Etwas wird es gewesen sein«, hatte Ramón gesagt. Etwas wäre es sicher gewesen, weil er versprochen hatte zurückzukommen, nach Finisterra zurückzukommen, dorthin, wo alles zu Ende ist, wo die Welt zu Ende ist, aber wo das Leben von Marta beginnt, ebenso wie das von Ramón, von Jesús, von Pepe, von Féli, von dem Besitzer des »O Centolo«, von den Besuchern des »O Mariquito« und des verlassenen Leuchtturms und das von Alberico Nuñez, der Austern zubereitete, das der Eltern von Marta, verstummt und verletzt über die Verbindung des Mädchens mit einem älteren Mann.

Er war ein Fremder in Finisterra, der nicht auf ihre Art am Tisch zu essen pflegte noch den Kaffee mit dem gleichen, geräuschvollen Schlürfen wie sie trank, noch auf die Feste in Santiago ging oder mit den Fischern aufs hohe Meer fuhr, es sei denn, Ramón begleitete ihn dorthin, auf einer Spazierfahrt bis nach Caldebarcos, bis zu der Mündung des Flusses gleich hinter Corcubión. Immer waren es Spazierfahrten gewesen, denn später kehrte er wieder in sein Haus in den Bergen zurück, dessen Zaun von Ramón ausgebessert wurde, wenn er kaputtging, während sich Ramóns Mutter um seine Kleidung gekümmert hatte. Ramón, Ramón, Ramón, Marta, Marta, Marta. Einer wusste vom anderen, kannte jeden Schritt des anderen, jede Bewegung, die sie beide im Leben des Rui Pedro Martim da Luz begannen oder beschlossen.

Darum auch die Bücher und die Träume, die Verse, die an der Korkwand in der Küche hingen. In dieser Küche nahm man das Frühstück oder das Abendessen zu sich, und dort konnte man die Verse lesen, *Vollmond, um die Augen auszuruhen, eine Wolke von Zeit zu Zeit*, ohne zu reden von *By the sea's side hear the dark-vowelled birds*. Die Vögel von der Todesküste, dunkel wie schwarze Punkte, die mit der Helligkeit des Wassers kontrastierten, wenn es Morgen war und Rui Pedro Martim da Luz an der Küste der kleinen Halbinsel am Kap entlangspazierte, allein. Ein ganzes Leben, das als undurchschaubar angesehen wird, das aufwendig war, das Jahr um Jahr von juristischen Beratungen, finanziellen Interessen, Verpflichtungen geprägt war.

Die vom Geheimdienst werden diese Veränderung im Leben ihres ehemaligen Mitarbeiters auf »spanischem Gebiet« mitverfolgt haben, seinen Antrag auf den festen Wohnsitz am Kap von Finisterra. So etwas ist schließlich nichts Ungewöhnliches. Es erinnert an die Klischeevorstellung von einem Schriftsteller, der sich in ein einsames Haus zurückzieht, wo er sich ganz dem Schreiben widmet und in seinen Heften mit den blauen Deckeln einige triviale Dinge zu Papier bringt, über die Sterne, die den Himmel über dem Dorf bevölkern. Wahrscheinlich bewahrte er sie in dem Fach im Regal auf, das Filipe vor kurzem noch leer vorgefunden hatte, wo sie, wahrscheinlich in willkürlicher Reihenfolge, aufeinander gestapelt waren, Teile eines

Tagebuches und einer konzentrierten Version von der Welt, die in monatelangen Aufenthalten in Finisterra, im Laufe ausgedehnter Wochenendfluchten, in den Ferien an einem unbekannten Ort entstanden waren.

Plötzlich hatte dieses Bild für Filipe Castanheira nichts Vages mehr – ein Ort, der sich auf der Karte befindet, unvollkommen und austauschbar mit anderen Orten auf diesem Globus, normal, gewöhnlich, ein Ort, an dem man Blutwurst isst und selbst gebrannten Schnaps trinkt und an dem eine sechsundzwanzig Jahre alte Frau lebt, sechsundzwanzig Jahre alt genau, das Alter, in dem man sich für eine Option entscheidet. Vielleicht hätten ja Martas Optionen mit denen von Rui Pedro Martim da Luz übereingestimmt, wenn er sechsundzwanzig Jahre alt gewesen wäre und sie die Himmelskörper wie die Zeilen auf den Linien seiner blauen Hefte hätte lesen können.

Die vom Geheimdienst wussten es genau. Ein geringer Verdacht lässt das Barometer politischen Vertrauens sinken, schließlich ist so etwas wie Fahnenflucht wahrscheinlicher, wenn man das Alter von Rui Pedro Martim da Luz erreicht hat und sich die Frage stellen kann: »Was habe ich bisher getan?« Alle stellen sich diese Frage früher oder später. Du stellst sie dir, und auch Jaime Ramos fragt sich das. Es sind die Unzulänglichkeiten des Körpers, die Zweifel in deiner Seele. Und das ist gefährlicher, als dem Feind Informationen zu übermitteln, wenn es ihn überhaupt noch gibt, denn dieses Hinterfragen bedeutet eine größere Abtrünnigkeit, nicht größer im eigentlichen Sinn des Wortes, aber größer in ihrer absoluten Bedeutung, schließlich geht es um ein anderes, um ein neues Leben. Hatte er Ramón nicht erzählt, dass es ein neues Leben sei? Das Leben in

einem Haus mit Blick aufs Meer, ein kindliches Dasein, heranzuwachsen wie ein Kind in den großen Ferien.
Noch ein Schritt. Filipe Castanheira lenkt jetzt seine Schritte auf den erleuchteten Strand und plötzlich, ohne den offensichtlichen Hinweis eines Schattens oder einer Bewegung, nimmt er eine Bewegung hinter sich wahr. Seine Hand greift in die Hosentasche, nach dem Kolben der Pistole. Er zögert einige Sekunden, dreht sich um. Die menschenleere Straße antwortet mit vagen Geräuschen, die aus den halb geöffneten Türen einer Bar herüberdringen. Er biegt jetzt in eine Straße, die wie eine Rampe auf einen schützenden Hof führt, und lehnt sich an den Pfosten einer Tür. Seine Atmung ist verhalten, langsam und gespannt. Nach einer Minute kommt er wieder aus seinem Versteck hervor und drückt sich an der Wand entlang auf die Hauptstraße, die immer noch menschenleer ist. Die Straße ist ein Lichtfleck in der Nacht. Filipe steht jetzt mitten auf der Straße, dem Platz zugewandt, dreht sich noch einmal um und steuert schließlich auf den Platz zu. Er schlägt den Weg zu seinem Hotel ein, doch er bleibt auf dem Hof, auf dem die Wagen der Gäste parken. Dann springt er über eine Mauer, in der Nähe eines Wassertanks, geschützt vom Lärm eines plätschernden Wasserstrahls, geht über eine Treppe in eine Gasse, die um den ganzen Platz und den Kai führt und ein Zugang zum Fischerhafen ist, läuft einige Meter, eng an die Häuserwände gepresst, weiter, sieht den Rücken eines Mannes am Ende der Straße. Sein weißes, weites Hemd leuchtet in der Nacht wie eine Warnung oder wie eine Zielscheibe. Er kann den Mann jetzt besser sehen, der sein Gesicht dem Platz zugewandt hat, weiterläuft, sich schließlich entfernt, als eine andere

Gestalt aus einer der Straßen am Hafen auftaucht, und da erkennt Filipe den breiten Körper und die Kleidung von Alberico Nuñez, der an der Ecke erscheint. Der andere bleibt jetzt stehen. Es ist eine Herausforderung. Er dreht Alberico Nuñez den Rücken zu, aber dieser ruft ihn mit der Stimme eines Leutnants von der Guardia Civil:
»Ramón!«
Ramón hört nicht auf den Befehl und beginnt in entgegengesetzter Richtung zu laufen, auf die Stelle zu, an der sich Filipe Castanheira versteckt hält, in der Nähe der Stufen, die von einer Veranda herunterführen.
»Ramón!«

11. August 1991, achtzehn Uhr

Langsam bahnte sich die Flut ihren Weg, als Filipe Castanheira den Strand erreichte und sein Handtuch auf dem Sandboden ausbreitete, gleich neben einem Sack aus dunklem Tuch, der ihn immer auf seinen Reisen begleitete. Die Sonntage an den Stränden der Provinz sind letzten Endes immer kürzer als andere Tage, denn die Verpflichtungen der Familien wiegen stärker als die der Leute, die den Strand zur Entspannung aufsuchen. Es gibt in den Familien ein Pflichtgefühl, das sie daran hindert, die letzten Sonnenstrahlen auszunutzen, die Finisterra bis zum späten Nachmittag erfüllen. Dann schwärmt ein Strom von Besuchern auf die Esplanade aus, und die Mägen der ihren Gewohnheiten verpflichteten Badeurlauber werden sich mit den üblichen Appetithappen füllen, die diese Sommerfrischler am galicischen Strand zu sich nehmen. Bierflaschen werden auf den Tischen stehen, Teller werden in waghalsigen Türmen aufeinander gestapelt.
Filipe setzte sich in den Sand und nahm die letzte Wärme des Bodens auf, denn die Sonne sollte sich schon bald hinter dem Hügel verstecken, der vom Fuß des Dorfes bis zum Leuchtturm anstieg.
Dann würde sich ein zarter Halbschatten über die Bucht legen, der orangefarbene und bläuliche Schatten der Abend-

dämmerung. Filipe betrachtete sie von demselben Punkt aus, von dem er sie am Vortag gesehen hatte, als er Marta gegen acht Uhr erwartet hatte. Als Filipe die Hauptstraße in Richtung Strand hinuntergelaufen war, hatte er überall nach der Gruppe von Marta und ihren Vettern Ausschau gehalten, jenen unfreiwilligen Sommerfrischlern, die sich der Jahreszeit beugen mussten, dazu verdammt, die Hitze der Sonne zu einer Tageszeit zu ertragen, zu der diese Pflichtübung für gewöhnlich vollzogen wurde. Sie würden Sonnenbrillen, Sandwiches, Sonnencremes und bunte Handtücher mit an den Strand nehmen – aber er fand keinen Hinweis darauf, dass Marta am Strand war. Aus seinem Blickwinkel des Gelegenheitsbesuchers kam ihm der ganze Strand jetzt wie ein riesiger Sessel vor, auf dem die Besatzer sich damit zerstreuten, T-Shirts anzuziehen und geradeaus zu schauen, als würden sie sich auf eine kurz bevorstehende Vorstellung vorbereiten, die zu Ehren eines Publikums mit einem breiten Einheitsgeschmack gegeben wurde.

Es waren hauptsächlich junge Paare, die in Gedenken an die Vergangenheit nach Finisterra gekommen waren, wie Alberico Nuñez bemerkt hatte, Paare in den Ferien. Hier verbrachten sie ruhige Ferien und besetzten die einfachen Hotelzimmer in der Umgebung und die Zimmer in den Häusern der Gegend, in denen man sich im Sommer um die Geschäfte kümmerte. Sie blieben den ganzen Tag am Strand, nicht an einem südlichen Strand, berühmt und in exponierter Lage wie die an der Algarve oder die in Marbella, Ibiza oder Mallorca, sondern an einem zurückgezogenen Strand im Norden, der nach Seetang und nach dem Harz der Pinien roch, die ihre Schatten auf die Straße oberhalb des dem Meer trotzenden Sandhügels warfen.

Filipe stand auf. Ein Bad im Meer zu dieser Tageszeit würde ihm gut tun, ohne diese erfrischende Funktion, die man ihm noch vor einer Stunde zugeschrieben hätte. Es waren nur ein oder zwei Menschen im Wasser. Ihre Körper waren auf ein Paar Köpfe reduziert, die sich den Bewegungen der kleinen Wellen in dieser Bucht hingaben. Er empfing das Wasser auf der Haut mit mäßigem Erstaunen, kaum überrascht von seiner Frische, und schwamm ein wenig. Die letzten Stunden eines Tages in Finisterra. Am nächsten Tag wirst du wieder in Porto sein, bei einem Gespräch mit Jaime Ramos, bei einem gemütlichen Abendessen, einem geruhsamen Schlaf in dem Dorf am Douro, wo du deine Familie zu besuchen versprochen hast. Noch einmal eintauchen, sagte Filipe Castanheira, noch einmal eintauchen.

Erst als er wieder aus dem Wasser herauskam und sich über den Sand auf seinen Platz zubewegte, sah er jemanden neben seinem Handtuch sitzen, der ihn erwartete. Filipe verlangsamte seinen Schritt, während der andere sich erhob, um ihn zu begrüßen.

»Ich habe es einfach darauf ankommen lassen und bin hierher gekommen. Zuerst habe ich im Hotel vorbeigeschaut, wo man mir sagte, dass man Ihnen ein Handtuch geliehen hat.«

»Sie haben mich beobachtet, Leutnant.«

»Nein«, sagte Alberico Nuñez. »Sie sind ein Tourist, ganz egal, aus welchem Land Sie kommen. Sie sind ein Tourist und haben das Recht, frei herumzulaufen.«

Filipe musste jetzt lächeln und fuhr sich mit der Hand durchs Haar. Dann zog er eine Schachtel Zigaretten aus der Tasche und bot Alberico Nuñez eine an, der ablehnte.

»Ich rauche nicht.«

»Haben Sie geraucht?«

»Nein. Ich bin auf gut Glück hierher gekommen, das sagte ich Ihnen ja schon, weil ich ja weiß, dass Sie morgen abreisen.«

»Ist das ein Abschiedsbesuch?«

»Ich wünschte, es wäre einer, Herr Castanheira. Ein Abschiedsbesuch in einer so schönen Kulisse wie dieser hier. Einer der besten übrigens, die unsere Küste zu bieten hat. Kristallklares, blaues Wasser. Und den sauberen Sand nicht zu vergessen. Und andere Dinge, die man hier genießen kann, wenn man will. Essen. Ruhe. Werden Sie ein paar Erkenntnisse mit nach Portugal nehmen?«

»Als Tourist?«

»Als ein Mann, der sich mit einem anderen Mann beschäftigt hat.«

»Ich habe mich nicht mit diesem Mann beschäftigt. Ich beschäftige mich nicht mit Toten. Jeder hat so sein Ressort. Dieses gehörte nicht zu meinem, Leutnant Nuñez.«

»Tote haben keine Nationalität.«

»Dieser hatte eine. Das wissen Sie so gut wie ich. Er war nicht von hier, er war von dort. Er starb an einem Ort, dem er sich wahrscheinlich gern zugehörig gefühlt hätte.«

»Wir sind einfache Leute, Herr Castanheira. Ich spreche natürlich nur für mich. Er ist hier gestorben, das stimmt, aber es war die portugiesische Polizei, die hierher kam. Die üblichen Sofortmaßnahmen wurden von uns ergriffen, aber später, als wir sahen, dass der Fall unsere Kompetenzen überschritt, haben wir uns darauf beschränkt, Informationen auszugeben, die Informationen, die für ihre Nachforschungen erforderlich waren. Man hat die Informationen nicht genutzt, weil man es nicht wollte. Sie standen schwarz auf weiß auf einem Papier.«

»Was diese Informationen nicht enthielten, war die Tatsache, dass es noch eine dritte Person gab.«

»In der Tat stellt es sich so dar, als hätte es derartige Informationen nicht gegeben. Aber wir können doch zwischen den Zeilen lesen, Herr Castanheira. Wir wissen doch genau, welche Bedeutung unsere Informationen haben oder nicht. Unsere portugiesischen Kollegen waren nur an zwei Dingen interessiert: ob es Verbindungen zur Politik oder zum Drogenhandel gab. In der Hinsicht können wir beruhigt sein. Man hat nichts finden können, was auf derartige Verbindungen hinweist. Nichts. Der Rest hat sie nicht interessiert, nicht mal die Familie, wenn Sie es genau wissen wollen. Auch der Anwalt von Herrn Martim da Luz, der hier war, um die Papiere und Habseligkeiten aus dem Haus einzusammeln, in dem wir gestern Nacht waren, hat sich darum keinen Deut geschert. Ich verstehe ihn. Es gibt Wichtigeres, um das er sich kümmern muss. Eine Erbschaft, soweit ich weiß. Viele Millionen Peseten, die auf die Familie verteilt werden. Angesichts dieser Tatsache haben wir uns von dem Fall zurückgezogen.« Alberico Nuñez zog einen Strich in den Sand und zögerte, bevor er fortfuhr. »Es gehört nicht zu meinen Gewohnheiten, an einen Strand zu kommen, noch dazu, wenn ich im Dienst bin. Aber man könnte sagen, dass es sich um ein privates Gespräch handelt, und dieses Recht werden Sie mir nicht verweigern. Ich hoffe, dass Sie bald wiederkehren werden, als wirklicher Tourist. Ein Tourist im Urlaub. Ich verabschiede mich hiermit.«

»Eine Frage noch.«

»Nur zu.«

»Marta hat alle ihre Sachen aus dem Haus geholt. Waren es wirklich alle?«

»Sie behaupten doch, dass noch etwas da war.«

»Vielleicht hat sie die Sachen ja geholt, vielleicht. Doch ich habe meine Zweifel, was dieses Shampoo und noch ein paar andere Dinge angeht. Die Sache mit den Leerräumen zum Beispiel, das will mir nicht aus dem Sinn.«

»Diese Leerräume!«

»Genau, diese Leerräume. Wusste Ramón davon? Wusste er davon, dass Sie Marta aufgefordert haben, ihre Sachen von dort wegzuholen?«

»Ich nehme es an«, sagte Alberico Nuñez. »Sie verstanden sich gut.«

»Könnte es nicht sein, dass Ramón auch seine Sachen von dort weggeholt hat?«

Es ist seltsam, wie das Meer plötzlich steigt, dachte Filipe Castanheira. Eine Flut, die höhere Wellen aufwarf und die in auffälligem Kontrast zu Alberico Nuñez' Schweigen stand, der jetzt auf das Wasser sah und mit der Fingerspitze Spuren in den Sand zeichnete.

»Waren Sie das auch? Haben Sie auch ihm diesen Rat gegeben?«, beharrte Filipe.

Der andere stand auf. Man konnte sehen, dass er groß war, hochgewachsen, und dass er Filipe nicht ansah, sondern in den offenen Himmel von Finisterra blickte.

»Wenn Sie gegangen sind, dann tun Sie so, als seien Sie nie hier gewesen. Das Leben hier ist nicht leicht, auch wenn es so scheint.«

»War es das, was Sie Ramón gestern sagen wollten?«

»Nein. Gestern wollte ich ihm sagen, dass er nach Hause

gehen soll. Es war Zufall, dass ich Sie getroffen habe und dass ich ihn auch gesehen habe, als er ihnen folgte.«
»Hatten Sie Angst vor einem weiteren Unglück?«
»Nein, es wäre kein Unglück gewesen. An dem besagten Donnerstagmorgen sagte ich zu Marta, sie solle in das Haus hochgehen und ihre Sachen da wegholen. Das war, als ich im Dorf vorbei bin und nach Muros telefoniert habe. Ich gab ihr eine halbe Stunde, ungefähr, denn eine halbe Stunde später hätte das Haus schon unter Bewachung gestanden, oder es hätte sich zumindest jemand dafür interessiert. Ich glaube, sie ist gleich dahin. Erst später habe ich dann die beiden gesehen, sie und Ramón, wie sie zusammen da rauskamen. Sie gingen zu Fuß über den Pfad, der zur Kirche führt. Zwei oder drei Tage später habe ich verstanden, was da passiert ist, und ich glaube, es war schon zu spät. Ein bisschen zu spät.«
»Haben die beiden in dem Haus zusammen geschlafen?«
»Das ist möglich, Herr Castanheira. Es ist gut möglich, aber es gibt uns nicht das Recht zu behaupten, dass es wirklich so war. Jeder der beiden hat schon genug gelitten und jeder auf seine Weise.«

11. August 1991, zwanzig Uhr dreißig

Ein Leuchtturm, sagte Jaime Ramos, nachdem er den Hörer aufgelegt und erfahren hatte, dass Filipe noch in dieser Nacht nach Porto zurückkehren würde. Ein Leuchtturm, sagte er wieder. Stell dir einen Leuchtturm wie den von Finisterra vor, der sich über dem Meer erhebt, all die Bilder, die dir für den Rest deines Lebens in den Sinn kommen. Ein Leuchtturm. Eine gelbe Rose in einer Glasvase neben dem Fenster. Ein Fluss mitten im Frühling zur Morgendämmerung. Der anbrechende Morgen über einem Dorf am Meer. Einem einfachen Dorf am Meer. Ein winziges Boot, das sich der Mole eines kleinen Hafens nähert. Ein kleiner Hafen in einer Bucht. Eine Bucht. Die Dinge, die ich liebe. Die Dinge, die ich von ganzem Herzen liebe. Die »Cohiba«-Zigarren in einer Holzkiste. Die Holzkiste mit den »Cohibas« in einem kleinen Rohrregal, das ich auf einem Trödelmarkt gekauft habe. Ein weißes Tuch mit deinen aufgestickten Initialen. Eine Vase mit einem kleinen Farnkraut, das von Zeit zu Zeit vergilbt.
Der Anblick meines Dorfes, wenn man sich ihm von der Straße aus nähert, die nach einer engen, von Ginsterbüschen gesäumten Kurve an den Fluss hinunterführt. Eine Wolldecke. Eine Fotografie von dir in Schwarz-weiß. Die Art und Weise, wie der Herd das Wohnzimmer eines Hau-

ses erwärmt, in dem wir beide eines Tages leben würden. Die Zigarren, die du mir an meinem Geburtstag geschenkt hast. Die Schürze von Tante Auzenda mit den gräulichen und weißen Blumen auf dem schwarzen Untergrund. Die Bananenstauden. Die Blätter der Bananenstauden mitten im Herbst auf einem Platz in der Nähe des Flusses, direkt an der Mündung. Die Boote, die an den Samstagmorgen die Flussaue bevölkern. Das Moos an den Mauern, die an den Bergwiesen entlanglaufen. Das Blut, das aus einem Finger quillt, in den man sich mit dem Messer geschnitten hat. Eine Frau in La Guardia, die Spanisch spricht. Eine verlassene Kirche auf einem Talhang. Ein Kreidekreis auf einem asphaltierten Hof. Die Blätter der Palmen, die den Wasserspiegel eines Flusses berühren. Grillen in der Abenddämmerung. Zikaden. Und wieder die Zikaden. Die Mauern eines alten Schlosses. Die Häuser der Dächer im Dorf. Der Geruch nach Wein in einer Kneipe. Der Kirchplatz im Dorf, von Mimosen umwachsen, mit seinen zwei Eichen, den oberen Grenzpfeilern der kleinen Allee, die von der Kirche auf den alten Gerichtsplatz führt. Der Platz, an dem das Brennholz aufbewahrt wird, das den ganzen Winter brennen wird. Der Geschmack nach Kohlrübensuppe. Der Schornstein eines Hauses.
Amseln. Die nackten Füße, die über den Boden der Gemüsegärten laufen. Die Kerne der riesigen Kürbisse, die in der Sonne reifen. Die Mandelbäume auf den Hängen, die sich von Custóias bis an den Fluss hinunter erstrecken. Der altmodische Pfiff des Zuges. Die stillen Mieter in meinem Haus um zwei Uhr morgens. Die Sonne. Die Fische, die über den silbrigen Spiegel des Flusses von Aveiro springen. Der Hahnenschrei. Seegras in Apulien. Winter. Frühling. Herbst.

Wolle. Ein handgestrickter Mantel. Frische Eier in einem Hühnerstall hinter dem Haus im Dorf. Die Nationalstraße in der Nähe von Vila Franca das Naves. Die Gemeindestraße bei Freixo de Numão. Der Schatten einer dicht belaubten Esche. Ein Tank mit frischem Wasser. Gewitter. Blitze, die durch den Himmel fegen und wenig später einen intensiven und starken Regen niedergehen lassen. Die Dächer der Dörfer. Das Kopfsteinpflaster mit den losen Kieseln.
Pferde. Laster, die in weiter Ferne über die Hauptstraße fahren. Fischernetze. Die Treppen der Häuser. Die Türen der Häuser. Haar. Nägel. Der Rauch eines Feuers, über dem Kastanien gebraten werden. Die Prozession von Unserem Herrn Santo Amaro. Die Gebete an Santa Barbara. Tagundnachtgleiche. Elektrizität. Die abgestellten Fahrräder auf dem Dorfplatz. Der Laubengang hinter dem Haus. Wein. Zucker. Brot. Die Löcher in einer Mauer. Schulbänke. Kirschbäume. Die Flussebene. Das Rohrdickicht an der Flussebene, auf der Motorboote vorbeifahren. Brustwarzen. Wasser. Die winzigen Härchen, die auf deinen Armen und in den Achseln wachsen. Die Halbinseln, sandige Zungen im Fluss. Die steilen Krater des Vesuvs. Seen. Landkarten. Zwei Bücher, »Fünf Wochen im Ballon« und ein anderes, dessen Titel ich schon vergessen habe, weil ich nur wenig lese, aber ich glaube, es heißt »Die Stadt und die Berge«. Ja, »Die Stadt und die Berge«. Der Morgen auf der Straße, die von Bissau nach Cachéu führt. Die Grillen von Bissau. Der Strand von Bubaque. Maschinengewehrfeuer mitten in der Nacht. Dann ein Körper, der neben mir zu Boden stürzt. Im Kampf gefallen. Ein verbeulter Becher aus Blech, aus dem man Schnaps, Kaffee oder was auch immer trinken kann.

Ein Pfarrer mit weißem Haar, der die Messe hält. Eine Schere zum Ausschneiden von Zeitungsartikeln. Kleine Hotels. Restaurants mit Papiertischdecken. Servietten aus Stoff. Bergfelsen. Glühende Kohle. Gebratene Sardinen. Und wieder Wein, egal. Die Weizensaat, die am Sommeranfang auf den Feldern sprießt. Der Schatten der Kastanienbäume. Ein Schuss, dann noch einer und eine Häsin, die aus dem Sprung zu Boden stürzt. Eine Paradedecke aus Spitzen. Unwetter. Die Ölmühle eines Onkels. Die Olivenbäume Mitte Dezember. Nachmittagsstunden. Stille. Das Steuer eines Autos. Die Beziehungen zur Nachbarschaft. Die Schneide eines Messers. Die Rasierklinge, die ausgewechselt werden muss. Der Spiegel im Badezimmer. Die Tennen im August. Das Wasser einer Quelle. Die Quelle bei einer Strohhütte. Das Kölnisch Wasser, das du benutzt. Das Parfüm. Die Sandalen, mit denen man über den Strand läuft. Mein Bauch, der dir etwas zu dick ist. Dein Rock mit dem Reißverschluss auf der linken Seite. Das weiße Hemd. Ein Kuss. Der Geschmack einer Mehlschwitze. Der Holzofen, aus dem das Brot kommt. Die Windrichtung. Eine marineblaue Krawatte. Die Gewitternächte. Die Flügel der Turteltauben. Der Gesang der Kanarienvögel. Die Wagen, die am Tag der Kirchweih an der Dorfstraße geparkt sind. Die Sonntage. Die erste Kommunion. Traurigkeit. Freude. Die anderen. Das Spiel mit den anderen. Sie anlügen. Sie verwirren. Lachen. Den Kopf neigen. Beim Erwachen nur ein Auge öffnen. Schnecken an den Mauern. Die Pinien auf dem Weg zum Strand. Deine Beine. Deine Hüften. Muskattrauben. Die aufgekrempelten Hosen, mit denen man mitten im Winter an den Strand geht, wenn es den ganzen Samstagnachmittag regnet. Das Flugzeug am blauen Him-

mel. Die Dämmerung. Filzhüte. Die Fantasien eines Liebespaares. Hunger. Angst. Alte Bilder. Die Wochenendausflüge mit dem Auto. Ein alter Mantel, der an den Ellbogen abgeschabt ist. Ein Hemd mit hauchdünnen blauen Streifen. Richtiger Hass. Dauerhafte Gereiztheit. Die Siege der anderen. Glück. Stadtautobusse. Verkehrsschlangen. Die Platten von Benny More, Pérez Prado, Xavier Cugat, Machito, Celia Cruz und Tito Puente. Eine Familie und eine Liebesgeschichte. Das Lied mit dem Titel »Borbujas de Amor«, das man zurzeit im Radio hören kann. Die Stimme von Francisco José, der »Teus Olhos Castanhos« singt.
Die Gesellschaft der Nacht. Hoffnung auf die Zukunft. Ein Haus mit einer Mauer, die vollständig von Efeu und seinen ungeduldigen Blättern bewachsen ist. Die Sätze, die auszusprechen ich vermeide, die ich dir nicht sage, und die Sätze, die ich nicht hören will, damit sie nicht verletzen, damit es nicht zu viel Aufruhr gibt. Das Holzgatter, das in einen Gemüsegarten führt. Ein Weg aus Erde und Schlamm mitten im Winter, von Mauern, Olivenbäumen, Röhricht, Erbarmen und staubigen Spuren gesäumt. Die Mandelblüte. Petroleumlampen. Gefühle. Gott. Gottes Name. Alt sterben mit wenig Geld und dem Wunsch nach Glückseligkeit. In Frieden sterben. Ein altes Kreuz auf einem Dorfplatz in der Nähe des Friedhofs. Überleben. Seen. Röhricht. Der frische Fisch auf dem Markt von Vila do Conde. Das ganze Leben, so kurz, wie es ist. Das ganze Leben, so lang, wie es dauert. Ein Leuchtturm, sagte Jaime Ramos wieder. Der Blick auf das Meer, ein Boot, das die kleine Insel umsegelt, bevor es in die Bucht einläuft. Müßiggang in einem Dorf.

12. August 1991, achtzehn Uhr dreißig

»Eine Frauengeschichte also?«
»Nein, nicht ganz so einfach«, antwortete Filipe Castanheira. »Und ich glaube auch nicht, dass der Fall damit gelöst ist. Ich habe das Gefühl, dass sich Rui Pedro Martim da Luz wirklich in Finisterra niederlassen wollte. Ich glaube, dass er Porto für immer verlassen wollte. Eigentlich ein ganz gewöhnlicher Fall. Da ist ein Mann verschwunden, und zwar in zwei Etappen. Erst ist er aus Porto verschwunden, in die uns bekannte Richtung. Es ist die letzte Reise, die er an einen unbekannten Ort unternimmt. Er schickt einen Brief an die Familie.
Heute wissen wir, dass dieser Brief noch nicht verfügbar ist. Aber wir wissen, dass er so abgeschickt wurde und dass er die Familie in der Woche erreichte, in der Rui Pedro Martim da Luz starb. Natürlich wusste der Mann nicht, dass er sterben sollte. Was er wusste, war, dass er nach Portugal zurückkehren würde, um dort, soweit möglich, Rechnungen zu begleichen, um dann wieder unterzutauchen. Und jetzt kommt die zweite Etappe: Was wollte er tun, nachdem er hierher gekommen wäre und mit der Person gesprochen hätte, von der ich annehme, dass er sie sprechen wollte. Darüber wissen wir nichts, rein gar nichts. Weil man mit der Untersuchung, genau genommen, erst sehr spät be-

gonnen hat und weil die Papiere nicht in deine Hände gelangt sind. Die Unterlagen blieben in den Händen von Leuten aus der Provinz, und die unternehmen erst jetzt die Schritte, die andere gleich nach der Tat gegangen sind. Sicher, ich bin aus der Provinz. Was ich damit sagen will, ist, dass diejenigen, die jetzt mit der Sache befasst sind, nicht mit der gleichen Leichtigkeit etwas herausfinden werden, mit der du oder ich etwas herausgefunden hätten. Und zwar nur aufgrund der Tatsache, dass wir uns hier vor Ort befinden. Ich glaube, dass er aus Porto wegging, weil er ein neues Haus suchen wollte, verstehst du?
Was ich damit meine, ist, dass er einen neuen Platz zum Leben suchte. Es gibt einige Fälle dieser Art, aber nicht so dramatische wie diesen. Der Mann hatte Geld, er konnte es ausgeben oder in ein eigenes Unternehmen investieren und ein Hotel im Dorf eröffnen, schließlich ist der Tourismus von Finisterra eine Sache für sich. Es ist nicht der herkömmliche Tourismus der Leute, die sich die Nächte in den Kasinos um die Ohren schlagen. Die Leute, die nach Finisterra reisen, wollen ausspannen, die Nächte am Strand verbringen, wenn es Sommer ist, und Spaziergänge zum Leuchtturm machen. Es gibt dort einen Sonnenaltar. Ara Solis. Die Alten dachten, dass hier die Welt zu Ende sei und dass die Sonne dort mit einer besonderen Intensität zu sehen sei.«
»War es immer Sommer?«
»Nein. Natürlich nicht. Ich meine die alten Götter, alte Völker, den Sonnengott, die Sonne unter den Göttern. Es war keltisches Einzugsgebiet, in dem die Spuren römischer Besatzung aus der Zeit davor erkennbar sind, die auf dem halben Weg von Irland bis dahin führen.«

»Ein Teil der Polizisten, die ich kenne, sollten einen Geschichtskurs belegen so wie du«, bemerkte Jaime Ramos. »Diese Küste wird die Todesküste genannt, ein Name, der eine weitere Huldigung bedeutet, und zwar an die, die dort Schiffbruch erlitten haben. Es gibt unterschiedliche Meinungen über diese Bezeichnung, glaube ich, aber der Name ist geblieben. Unser Mann muss verschiedene Gründe gehabt haben, warum er gerade dort leben wollte. Fünfzig Lebensjahre, die er dem Geldverdienen widmete, einer Sache, die er auf beinahe alle möglichen Arten betrieben hat. Als Anwalt, als Firmenberater, als Spion für den Geheimdienst. Eines Tages wird er das müde und denkt an einen Ort zum Leben. Er muss irgendwann einmal an die galicische Küste gekommen sein und sich in diesen Ort verliebt haben. Er kehrt zurück, kauft das Haus, in dem er anschließend lebt, lernt die Leute dort kennen, macht Bekanntschaft mit einem jungen Mädchen, das auch seine Probleme hat, und findet ein mehr oder weniger geruhsames Leben dort. Und ein Hotel an diesem Platz, das könnte auch mir gefallen. Stell dir das mal vor. Ziemlich einfache Speisen zu niedrigen Preisen, ein geruhsamer Winter, ein bewegter Sommer. Das würde jeden locken. Die anderen Hotels, die es dort gibt, sind von den Emigranten erbaut worden. Von den galicischen Emigranten, vergleichbar mit den Auswanderern aus unserem Land. Die kehren mit einem oder zwei Wagen in die Heimat zurück, mit Geld für ein Haus und eröffnen ein Geschäft, machen Geld. Die verdienen einiges an Geld. Ich war in einem von diesen Hotels, und ich hatte nicht mal einen schlechten Eindruck davon, von diesen cremefarbenen oder blauen Wänden, von diesem Badezimmer mit geblümten Kacheln, diesem Speisesaal mit

Blick aufs Meer, verglast. Den Wagen konnte man in einer Garage unterbringen, ganz familiär sozusagen, zwischen Weinkisten und Reissäcken.«

»Wein?«

»Ja, Wein. Natürlich nicht nur galicischer Wein. In der letzten Nacht zeigte mir der Besitzer des Hotels eine Relique, einen Roten. ›Federico Paternina‹, Blaues Etikett, 1957. Wir tranken ihn ganz langsam, er hat noch zwei Kisten davon in der Garage, die habe ich später gesehen, als ich den Wagen herausfuhr, um abzureisen. Ich habe ernsthaft daran gedacht, eine davon mitzunehmen.«

»Ob sie mit diesem Ramón geschlafen hat?«

»Dein Alberico Nuñez tut sich nicht besonders schwer damit, so etwas in Erwägung zu ziehen, aber ich habe da meine Zweifel, große Zweifel, obwohl ich es sehr seltsam finde, dass das Mädchen und dieser Ramón zusammen gesehen worden sind, wie sie gemeinsam die Sachen aus dem Haus geholt haben sollen, am Morgen des Mordes, auf Aufforderung von diesem Alberico. Es sieht mir nicht so aus, als wenn er sich freiwillig Schwierigkeiten auf den Hals geladen hätte, abgesehen von denen, die ihm dieses Duo sowieso schon gemacht hat. Eine Dreiecksbeziehung also. Aber die Dreiecksgeschichten sind immer falsch und lächerlich. Unglaubhaft. Was ich damit sagen will, sie kommen vor, aber für gewöhnlich läuft es anders. Und sie gehen immer schlecht aus. Allerdings traut sich heutzutage ja eh keiner mehr so was. Wir leben im Zeitalter von AIDS.«

»Das stimmt.«

»Aber es fehlen noch mehr Daten. Was stand in dem Brief? Wo sind seine persönlichen Sachen? Und dann ist da noch eine ganz wichtige Frage, die keiner beantworten kann, eine

nützliche Information, die uns keiner geben kann, außer ihm selbst, so wie es aussieht. Wer ist mit ihm vor zwei Jahren oder vor noch kürzerer Zeit nach Finisterra gegangen? Die Wahrheit ist doch, dass wir jetzt eigentlich entspannen könnten, ohne uns noch weiter den Kopf über diesen Fall zu zerbrechen. Stattdessen haben wir die letzten Tage damit zugebracht, uns mit einem Problem zu beschäftigen, das keiner lösen will. Glaubst du, das ist die Gewohnheit?«
»Nein«, murmelte Jaime Ramos. »Das ist nicht Gewohnheit. Das ist auch ein Vergnügen, ein besonderer Gewinn, sich mit dem Tod zweier Menschen auseinander zu setzen, die wir nicht kennen, mit ihrer Hölle. Als würden wir ihr Leben noch einmal erfinden. Es ist der letzte Blick, den wir auf sie werfen.«
»Ja, du hast Recht. Die Toten. Ich müsste wirklich mal Urlaub machen, diese Tage nutzen, schlafen. Ich werde morgen in mein Dorf fahren, du weißt, das habe ich versprochen.«
»Und Isabel?«
Der Name Isabel brachte in ihm etwas zum Klingen, das geeignet war, die Welt mit einem Schlag zu entvölkern, ein Bild, das kam und ging und das Antlitz eines verschreckten Tieres hatte. Wo war Isabel jetzt? »Frau Doktor Isabel ist gestern in Urlaub gefahren und kommt erst Ende August zurück«, hatte man ihm am Telefon zu verstehen gegeben. Dann bekam er einen Brief: »Eigentlich brauche ich einfach etwas Urlaub, richtige Erholung. Meine Eltern wissen natürlich, wo ich bin, aber ich bitte dich, mich nicht zu suchen und sie auch nicht zu fragen. Es ist so wie ein Spiel – du wirst mich nach meinem Urlaub wiedersehen, vielleicht können wir dann etwas ruhiger über uns beide

sprechen und über das, was zwischen uns ist. Ich meine kein Gespräch über die Liebe, aber die Art und Weise, wie wir miteinander umgehen und welche Beziehung wir zueinander haben.

Manchmal habe ich einfach keine Geduld mehr, dich anzuhören und zu ertragen, das gebe ich zu. Das liegt daran, dass du, wenn die Dinge nicht gut laufen, die Probleme bei uns suchst, die Probleme heraufbeschwörst. Mir kommt es so vor, als wüsstest du nicht, was du willst. Vielleicht tut uns dieser Abstand gut und erlaubt uns, von etwas auszuruhen, von dem wir ausruhen müssen. Ich weiß, dass du es mir nicht verzeihst, dass ich nicht zu dem Abendessen bei dir erschienen bin, aber ich hatte das Gefühl, dass es nichts gebracht hätte. Vielleicht hätten wir uns geliebt, du weißt, dass ich es mag, mit dir zu schlafen, und am nächsten Tag wärst du dann den ganzen Tag fischen gegangen, und ich hätte auf dich gewartet, allein, und wenn du gekommen wärst, hättest du deine melancholische Miene aufgesetzt und gesagt, dass ich mal die Vorhänge im Wohnzimmer auswechseln müsste oder dass ich zu viele Ringe an einem Finger trage. Du kannst manchmal schrecklich sein.

Es stimmt zwar, dass ich auch in letzter Zeit ziemlich traurig war, weil ich São Miguel für ein paar Tage verlassen musste, für zwei oder drei Tage, und du dich geweigert hast, über die Sache zu sprechen. Im Grunde glaube ich, dass ich starke Leidenschaft will und nicht mehr zusehen will, wie sich die Dinge so dahinschleppen; das mag dir wehtun, ich weiß, aber es ist besser, dir damit wehzutun, als dir ständige Verletzungen beizubringen und dich immerzu daran zu erinnern, dass wir doch den Urlaub zusammen verbringen wollten und dass du keinen Schritt unter-

nommen hast, damit es einmal zustande kommt. Vielleicht besuche ich ein paar von meinen Leuten auf einer anderen Insel, und wir reden später, wenn ich wiederkomme. Vielleicht hast du ja dann Lust darauf.« Vielleicht, vielleicht.
»Auf den Azoren. Urlaub machen. Ich weiß nicht, wo sie ist, aber die Hoffnung ist gering, dass ich es herausfinde.«
»Was für ein Mist. Und wir hängen hier herum! Wir könnten ein Führungsseminar besuchen oder uns Sachen im Sommerschlussverkauf kaufen, aber stattdessen bleiben wir hier wie zwei Alte.«
Das Büro von Jaime Ramos lag jetzt für ein paar Augenblicke in einem traurigen Halbdunkel, und die Schatten, die sich auf der weißen Wand und der farblosen Decke widerspiegelten, die dringend eine neue Kalkung benötigt hätte, schienen unbeweglich zu sein. Dann wandelte sich das Tageslicht, wurde dunkler und ließ den Glanz eines heißen und stickigen Sommertages hinter sich, der Träume, Schlaflosigkeit und Erinnerungen bringen würde. Bald würde die Nacht kommen, dann noch eine und viele mehr. Filipe Castanheira würde am nächsten Morgen den Wagen von Jaime Ramos in der Nähe der Bahnstation von Campanhã parken, von wo er den Zug in Richtung Douro nehmen sollte. Er würde sogleich einschlafen, unmittelbar, nachdem er einen freien Platz in einem Wagon gleich neben dem Speisewagen gefunden hätte. Er würde die Bar im Zug nicht besuchen und erst in Marco de Canavezes aufwachen, wenn die Eisenbahnlinie endlich zu der wohltuenden, so nahen Wiederkehr an einen glitzernden und lieblichen Fluss gefunden hätte, der ihn zu erwarten schien.
Die folgenden Tage verbrachte Filipe im Dorf, legte sich vor Mitternacht schlafen und wachte sanft gegen acht Uhr mor-

gens auf. Er ließ es sich nicht nehmen, den dunklen Sternenhimmel zu beobachten, der sowohl als ein schillernder Teppich oder als ein versprengtes Lichterchaos erschien, je nachdem, ob er im Zustand der Schlaflosigkeit betrachtet wurde oder kurz vor dem Moment des Einschlafens.
Erst vier Tage später, als Jaime Ramos auf seinem Schreibtisch den handgeschriebenen Untersuchungsbericht wiederfand, der den Totschlag von Rui Pedro Martim da Luz behandelte, erst da entschloss sich Filipe Castanheira, seine Rückkehr auf die Azoren zu beschleunigen. Er würde auf seine Inseln zurückkehren, ein Gedanke, der ihn mit Unruhe erfüllte, in der das Abbild eines farblosen und vergilbten Blatt Papiers Gestalt und Gewicht annahm, seine Erinnerung an die Leiche von Rita Calado Gomes, einer Toten, die dem Verlauf der vergangenen Tage und dem endgültigen Urteil eines Berichtes ausgeliefert war, mit dem man sie zu den Akten gelegt hatte. Ein Unfall an der Ponta do Arnel auf São Miguel. Tod durch Ertrinken. Es war dieser Gedanke, dass es sich nur um einen Zufall handeln sollte, einen weiteren Zufall, der ihn dazu brachte, Sachverhalte miteinander in Verbindung zu bringen, die offensichtlich keine Verbindung zu haben schienen. Dazu gehörte das Verschwinden von Rui Pedro Martim da Luz und die Abreise von Rita Calado Gomes auf die Azoren einerseits – in seiner Vorstellungskraft hatte er schon die Daten und Umstände, die diese beiden Todesfälle kennzeichneten, in jede denkbare Richtung durchgespielt – und auf der anderen Seite die Tatsache, dass keiner der beiden eine sichtbare Spur oder unerledigte Hindernisse auf seinem Weg hinterlassen hatte. Wie zwei Tote, die keine Scherereien hatten machen wollen.

18. August 1991, null Uhr dreißig

Jaime Ramos hatte auf dem Wohnzimmertisch die Überbleibsel aus einer Kiste geordnet, die er dem Büroschrank im Haus von Rui Pedro Martim da Luz entnommen hatte. Fotografien und bunte Postkarten. Fotografien von Rui Pedro Martim da Luz im Alter von achtzehn Jahren, möglicherweise, und von einer Frau, die mit großer Wahrscheinlichkeit Maria Antónia Seixas hieß und die später, durch Heirat, den Namen Maria Antónia Seixas Luz angenommen hatte. Eine ganze Reihe bunter Postkarten. Er legte sie auf zwei verschiedene Stapel: einmal die, die der Verstorbene erhalten hatte, und die, die er grundsätzlich an den unterschiedlichsten Plätzen dieser Erde gekauft hatte, je nachdem, wo er sich aufgehalten und an welchem Flughafen er jeweils Station gemacht hatte. New York, Paris, verschiedene Postkarten aus Paris. Paris mit dem Eiffelturm, Paris mit der Étoile, Paris mit dem Terminal von Orly, Paris an der Seine, Bilder von der Seine aus allen möglichen Perspektiven, wie sie die Straßen, die Gassen und die kleinen Kais überflutete, an denen ein oder zwei Menschen oder Grüppchen von Leuten standen, die das sanfte und schmutzige Wasser dieses Flusses kommen und gehen sahen. London. London mit dem Hyde Park, London bei Nacht, ein Bild von einer der Brücken über die Themse. Barcelona,

Abidjan. Das Hotel »Intercontinental« von Abidjan, wie eine Insel von Wasser umgeben. Der Swimmingpool des Hotels »Intercontinental« von Kinshasa. Brasilien. Verschiedene Postkarten von Rio de Janeiro. Die Avenida Atlântica. Grüße aus Ipanema. Der Strand von Copacabana. Bahia. Salvador da Bahia. Das Blau des Meeres von Salvador da Bahia. Der Strand von Itapoã. Noch einmal Rio de Janeiro. Der Strand von Tijuca. São Conrado. Amerika. Florida. Noch eine von New York, von der Freiheitsstatue, Manhattan, das Gesicht von Chaplin, ein Film von Fred Astaire, weitere bunte Postkarten mit den Bildern von Kinofilmen. Marilyn in »Das verflixte siebte Jahr«, das typische Bild von Marilyn mit dem wehenden Rock, von dieser schrecklich traurigen Frau. »Casablanca«. »Rick's Café«, »Play it again, Sam«, spiel dieses Lied so oft, wie du willst, so viele Male, wie du willst, und dem Herzen von Bogart ganz nah, und füg ihm noch die Male hinzu, um die ich dich jetzt bitte, während ich diese Fotografien ansehe, jetzt, in diesem Augenblick, in dem ich die Postkarten weglege.

Hier ist eine Fotografie von dieser Maria Antónia Seixas Luz, so wie sie sein sollte, mein Gott, wie alt man werden kann, der Körper von Maria Antónia Seixas Luz ist der einer jungen Frau, dort, am Strand, in einem hellen Badeanzug, dessen Farbe man nicht so gut erkennen kann, weil es eine Schwarz-Weiß-Fotografie ist, aber es ist eine schöne Aufnahme. Rui Pedro Martim da Luz am Tag seiner Hochzeit, in seinem ernsten feierlichen Anzug, im Frack, einen Zylinderhut in der Hand, ein Lächeln an der Seite der Frau. Und dann ist da noch dieses andere Foto, wie er auf der Veranda eines Hotels steht, mit dunkler Sonnenbrille, einer wirklich dunklen Brille, die gar nichts mehr von diesem

gebräunten Gesicht erkennen lässt, dunkle Brillengläser, noch einmal dunkle Brillengläser, ein Mann von mittlerer Statur und wieder dieser Mann, der jetzt an der Seite von Francisco Sá Carneiro fotografiert wurde, zu einem Gala-Abendessen im Smoking.
Algarve, wie könnte die Algarve fehlen? Und hier, ein Haus an der Algarve, wahrscheinlich ein Ferienhaus an dieser idiotischen Algarve, die für immer verloren ist, ein Abendessen in Madrid mit Ruben Pelletier und seiner Ehefrau, wie man auf der Rückseite lesen kann, und wieder seine Ehefrau, noch weit jünger, und Ruben Pelletier, ein alter Geschäftsmann, der ein blau gestreiftes Hemd mit weißem Kragen trägt. Die Angestellten in diesem Restaurant tragen schwarze Fliegen, eine Flasche Champagner steht in einem Eimer mit Eiswürfeln auf dem Tisch.
Und wieder Rui Pedro Martim da Luz, diesmal in Venedig. Venedig, die Piazza San Marco, erinnert sich Jaime Ramos. Ja, dieser Platz heißt San Marco, die Kirchen sind dieselben wie auf den bunten Postkarten, aber Rui Pedro Martim da Luz trägt ein weißes T-Shirt, glatt, und steht neben einem Tisch auf einer Esplanade dieses Platzes. Es gibt dort jede Menge Tauben am Himmel, die Fotografie ist von Tauben beherrscht, wird geschluckt von den Tauben, verdunkelt von diesen Vögeln. So viele Fotografien, das Inventar eines Mannes, die Bilder, die er hinterließ, alle Bilder, die Rui Pedro Martim da Luz zur Erinnerung an die Vergangenheit hinterlassen hat. Es ist eine Vergangenheit wie aus einem Werbefilm, ideal für die Familienangehörigen, die sie betrachten und resigniert dabei lächeln.
Und schließlich eine Aufnahme, der Jaime Ramos besondere Beachtung schenkte, der Ausschnitt eines Dorfes

unter einem blauen, viel zu blauen Himmel. Darauf ist das Meer zu sehen, eine Bucht, die es in diesem Leerraum zusammenhält, Rui Pedro Martim da Luz lehnt an einem blauen Wagen, einem Golf. Das Dorf erscheint auf verschiedenen anderen Fotografien, die noch folgen. Finisterra, lächelt Jaime Ramos, der sich jetzt setzt und eine Aufnahme nach der anderen untersucht. Er dreht jede einzelne um, stellt fest, ob sie ein Datum enthält. Nein, keine ist datiert. Er dreht sie trotzdem weiter um, guckt auf die Rückseite, da, ein Steinhaus, ein Haus mit fleischfarbenen Holzläden, ein Leuchtturm. Ein Leuchtturm, flüstert Jaime Ramos, ein verlassener Leuchtturm, das wird der Leuchtturm von Kap Finisterra sein. Da haben wir es.
»Warum nicht gleich«, sagt er dann. Isaltino de Jesus hebt fragend den Kopf. »Fotografien von Finisterra.«
Es war ohnehin schon spät geworden. Sie waren gegen acht Uhr gekommen, und nachdem sie bei der Hausmeisterin nach dem Schlüssel gefragt und ein Murren zur Antwort bekommen hatten, hatten sie vier geschlagene Stunden die drei Räume des großen Appartements von Rui Pedro Martim da Luz durchsucht. Jaime Ramos hatte sein Büro zu diesem Zweck verlassen und die Fotografien mit in den Wohnraum gebracht, in dem Isaltino de Jesus gerade den Flaschenschrank untersuchte.
Die Unterlagen waren am frühen Nachmittag in sein Büro gebracht worden. »Sie können mit der Arbeit beginnen«, hatte der Direktor gesagt. Jaime Ramos hatte gelächelt, eine Zigarre angezündet und gewartet. Er hatte die Zeit schweigend verbracht, in Erwartung des Abends.
»Jetzt wird uns die Arbeit besser von der Hand gehen«, hatte Jaime Ramos dann zu Isaltino de Jesus gemeint, der

ihm die blaue Mappe mit dem Deckel aus feinem Karton gebracht hatte.

»Leichter?«

»Natürlich. Jetzt haben wir die Erlaubnis.«

»Wenn Sie meinen, Chef.«

»Ich muss mit all diesen Leuten reden. Mit dem Schwiegervater, dem Schwager – die Eltern leben schon nicht mehr –, mit den Sekretärinnen aus seinem Büro, mit der Hausmeisterin, mit den näheren Freunden wie diesem Typ, diesem Ernesto das Neves Oliveira, einem Freund, von dem wir schon wussten, dass es ihn gibt. Such dir nie eine Frau mit einem so lächerlichen Namen aus, Isaltino. Den musst du dann nämlich an deine Kinder weitergeben.«

»Meine Frau hat einen ganz normalen Namen, Chef. Machado.«

»Bist du schon verheiratet?«

»Seit acht Jahren.«

»Das habe ich nicht gewusst. Du hast früh geheiratet.«

»Mit dreiundzwanzig.«

»Du hast es eilig, Isaltino. Aber wie auch immer, wenn du dir noch mal eine Frau aussuchen solltest, dann achte auf ihren Namen. Machado de Jesus ist nicht schlecht, es gibt Schlimmeres, in dem Fall hast du Recht. Nichts Auffälliges. Hast du Kinder?«

»Nein. Noch nicht.«

»Du solltest Kinder haben, Isaltino. Ein Kind ist ein Abenteuer. Ein Vorwand, um sein Glück an einem anderen Ort zu suchen, verstehst du, was ich meine? Ein Vorwand, um sich mal hier und mal dort umzusehen und seinen Blick auf andere Dinge zu werfen. Ein Mann sollte nur einmal heiraten, nur eine Frau kennen, nur einmal sterben.«

»Sie sind geschieden, Chef.«

»So jemanden wie mich darfst du nicht nehmen, Isaltino. Ich bin ein schlechtes Vorbild. Damit ist alles gesagt. Na ja, fast alles. Dieses Jahr hat Porto nicht die Meisterschaft gewonnen, in den Restaurants wird es bald Raucherzonen geben, und die Gärten sollten vernichtet werden, die es da hinter meinem Viertel gibt und die bis an den Fluss hinunterreichen.«

»Sie wurden schon zerstört, Chef.«

»Das habe ich nicht gewusst. Ich kriege nichts mehr mit. Was heißt, dass ich alt geworden bin. Wenn man uns die Dinge kaputtmacht, an denen unser Herz hängt, dann bedeutet das, dass wir alt werden. Heutzutage gibt es Leute, die sich anstrengen, alles zu mögen, was neu ist, weil sie so das Altwerden umgehen wollen. Moderne Sänger zum Beispiel. Und moderne Schriftsteller. Und noch jüngere Fußballspieler. Und neue Wagen mit automatischem Schaltgetriebe. Diese Leute werden immer das Alter haben, das sie hatten, als sie damit anfingen, an anderen Dingen Gefallen zu finden.«

»Mögen Sie keine jungen Fußballspieler, Chef?«

»Nein.«

»Nicht mal die von Porto?«

»Nicht mal die von Porto. Ich würde nicht mal mich selbst mögen als jungen Mann. Ein Mann, Isaltino, sollte lernen, alt zu werden und wahrzunehmen, dass seine Zeit vorüber ist. Wenn wir gut alt werden können, dann heißt das, dass wir glücklich sind, oder wir sind glücklich, wenn wir anfangen, alt zu werden. Das ist die große Kunst. Die einzige Sache, bei der es darauf ankommt, wirklich gut zu sein. Richtig gut. Darum mag ich diese Zigarren. Verstehst du,

Isaltino? Es ist eine alte Sorte, die nicht in der Fernsehwerbung erscheint und auch nicht in den Zeitschriften, die deine Frau liest. Hast du schon einmal eine Zigarre wie diese geraucht?«

»Noch nie. Zigarren sind ziemlich stark.«

»Sind sie nicht. Sie sind, wie sie sind. Du sagst, sie sind stark, weil du sie mit den Zigaretten vergleichst, die du für gewöhnlich rauchst, aber die Zigarren waren schon immer so. So eine Zigarre wie diese wird nur alle zwanzig Minuten gedreht. Auf der ganzen Welt gibt es nur einen Ort, an dem solche Zigarren gemacht werden, auf einer Insel am anderen Ende der Welt, zumindest auf dieser Welt.«

»Aber sie sind trotzdem stark, Chef«, sagte Isaltino de Jesus, legte endlich die Mappe ab und setzte sich. »Wir könnten morgen ganz früh bei diesem Typen zu Hause vorbeischauen. Ich habe die Familie schon informiert. Es ist immer besser, der Familie vorher Bescheid zu sagen, wenn man sich die Sachen von einem Toten ansehen will. Ich habe gesagt, dass wir um zehn Uhr kommen. Gegen zehn, halb elf. Die Hausmeisterin hat den Schlüssel.«

»Wir gehen schon heute Abend, Isaltino, in Kürze, noch vor dem Abendessen, wenn es geht. Ich habe eine Woche auf diese Genehmigung gewartet, und ich werde jetzt nichts anbrennen lassen.«

»Das könnte einen schlechten Eindruck machen.«

»Natürlich kann es das. Aber wenn es das tut, ist das deren Problem. Wir werden gegen acht Uhr an diesem Haus sein. Du solltest etwas essen. Dann können wir uns alles in Ruhe angucken, mit viel größerer Ruhe. Und wir geben ihnen keine Zeit, etwas wegzuräumen oder verschwinden zu lassen, wenn sie das nicht schon getan haben.«

Sie hatten es noch nicht getan. Jaime Ramos durchkämmte alles mehr als gründlich, entgegen seiner Gewohnheit, bis er auf das Päckchen mit den Fotografien von Finisterra stieß. Es waren absolut banale Allerweltsaufnahmen. Eine zerfallene Mauer, die Veranda eines Hauses, wahrscheinlich das Haus von Rui Pedro Martim da Luz in Finisterra. Auf einem dieser Bilder lachte eine Frau in die Kamera. Auf diesen Fotografien wird immer gelacht. Aber das Lachen dieser Frau war nun mal da, sagte Jaime Ramos. Es war eine kleine Frau, unter ihren glatten Haaren waren helle Augen zu sehen, ein feiner Hals, die Hand, die sich nach dem Objektiv ausstreckte, als wollte sie sagen: »Nimm mich nicht auf«, dachte Jaime Ramos.
»Isaltino.«
»Chef?«
»Dieser Mann war ein Idiot. Mit den Idioten müssen wir immer vorsichtig sein, weil sie uns leicht an der Nase herumführen können, obwohl wir besser sind als sie. Wir sind in allem besser: Wir sind nicht eitel, wir haben nichts zu verbergen, wir sind einfach, wir haben kein Geld. Dieser hier war ein Idiot, und er hatte Geld, viel Geld, und konnte uns leichter täuschen.«
Er räumte die Fotografien in die entsprechende Kiste.
»Aber wir kennen ihn, was meinst du?«
»Wenn Sie es sagen, Chef«, versicherte Isaltino de Jesus und rückte eine weitere Reihe von Büchern zur Seite.

18. August 1991, elf Uhr

Die Morgen schienen in allen Städten gleich zu sein, aber Lissabon hatte Filipe Castanheiras Herz noch nie höher schlagen lassen. Ernesto das Neves Oliveira (ein Name, hinter dem sich, wie ihm Jaime Ramos seit Beginn der Untersuchungen zu verstehen gab, der Freund versteckte, der den Brief von Rui Pedro Martim da Luz an die Familie geschickt hatte), ein hochgewachsener Mann und bemüht, jünger zu erscheinen, als er tatsächlich war, ließ ihm ausrichten, dass er um die Mittagszeit einen Termin habe und er daher gegen elf Uhr in sein Büro mit den bläulichen Wänden kommen möge, wo er ihn ganz sicher persönlich erwarten werde. So musste Filipe nicht durch die Straßen spazieren, um die Zeit totzuschlagen, sondern er brauchte nur mit dem Zug bis zur Bahnstation von Santa Apolónia zu fahren und ein Taxi zur Avenida da Liberdade zu nehmen. Seine Anreise von Porto war wie im Flug vergangen, aber auf ihm lastete immer noch eine unendliche Müdigkeit, die erst gegen Abend nachließ.

»Ich nehme doch an, dass wir in einer halben Stunde alles beredet haben, was es zu bereden gibt«, hatte Ernesto das Neves Oliveira am Vortag gesagt. »Es ist ja nicht nötig, allzu viele Worte über einen Fall zu verlieren, der ohnehin in Ihren Händen liegt. Außerdem habe ich nicht viel dazu zu sagen.«

»Reden ist immer gut. Uns kann leicht das eine oder andere entgehen.«

Lissabon erwies sich immer mehr als eine dieser Städte, in der kein Platz war für die Erinnerungen eines Menschen, der sich dieser Stadt nicht mit dem Herzen verbunden fühlte. Die vielen in der Stadt verstreuten Neubauten und Baustellen, die offenen Adern in den Straßen mit dem größten Verkehrsaufkommen und die fahrerlosen Lastwagen erinnerten ihn an eine Stadt in der Phase des Umbaus und der Neugestaltung. Filipe war auf gewisse Weise immun gegen dieses Bild, weil er wusste, dass er nicht nach Lissabon zurückkehren würde, um hier zu leben, und dass die Verzauberung, die von dieser Stadt ausging, vor allem auf den Charme zurückzuführen war, den sie zu anderen Zeiten und unter anderen Umständen ausgestrahlt hatte. Er würde mit diesem Mann sprechen und mit der Psychologin, die eine Freundin von Rita Calado Gomes war. So konnte er die Zeit seiner Reise nutzen. Außerdem würde er noch ein Gespräch mit Rita Calado Gomes' Vater führen. Er wollte endlich seine Neugier in Bezug auf die Person dieser Toten stillen, endlich Schluss machen mit der ständigen Präsenz der versprengten Bilder ihres verlassenen Gesichtes auf einem azorianischen Strand.

»Ich war nur ein Freund von Rui Pedro. Natürlich haben wir auch Geschäfte miteinander gemacht, das heißt, in einigen Fällen repräsentierte er unsere Firma, wenn es nötig war. Sagen wir, er war ein exzellenter Anwalt und ein Mann, der gut in der Geschäftswelt aufgehoben war. Ich glaube, dass er sich ein gewisses Privatvermögen erarbeitet hat. Alles eine Frucht der Arbeit, die er leistete und die gut war.«

»Auch die für den militärischen Geheimdienst?«

»Das? Das war Kleinkram. Ein Zeitvertreib, wenn Sie es genau wissen wollen. Wer kümmert sich schon um ein Land wie dieses? Es gibt keine Spione einer kleinen Landmacht. Sicher, ich weiß, auch das war ein Teil seines Lebens, aber ich habe dem nie eine Bedeutung beigemessen.«

»Waren Sie sein Vertrauter?«

»Er meiner?«

»Nein. Sie seiner.«

»Hin und wieder, wenn es nötig war. Sie müssen wissen, unsere Freundschaft nahm ihren Anfang, als diese Firma, die meinem Vater gehörte, auch mit Wein zu handeln begann, mit den verschiedensten Weinen, Weinen aus Porto und vor allem aus dem Dourogebiet. Abgesehen von unserem Lebensmittelimport, von dem Sie sicher wissen, soweit Sie das eine oder andere da draußen im Wartezimmer gelesen haben. Zum größten Teil Ware aus Afrika und Brasilien. Rui Pedro arbeitete nämlich für eine Handelsgesellschaft, die Weine aus Porto vertreibt und die wir hier in Lissabon vertreten. Keine große Firma, aber ein hoch qualifizierter Erzeuger. Ein Luxuswein, wenn Sie so wollen. Also gut, in der Zeit lernten wir uns kennen und wurden Freunde. Wir waren sehr gute Freunde, das stimmt. Zu einem gewissen Zeitpunkt im Leben nimmt eine Freundschaft einen größeren Platz in unserer Erinnerung ein als die Zeit, die wir mit jemandem zusammen gelebt haben. Er übte eine ganz besondere Anziehungskraft aus. Es war eine Macht, von der er wusste. Und die er zu nutzen verstand. Eine Type für sich.«

»War eine von seinen Frauengeschichten bedeutend genug, um ein solches Ende heraufzubeschwören?«

Der andere stand auf, um die Tür eines Schrankes zu öffnen, den er aufmerksam begutachtete. Dann drehte er sich zu Filipe Castanheira um:
»Wollen Sie einen Gin? Einen frischen Weißwein? Einen Orangensaft? Wenn Sie meinen, dass es für diese Dinge noch zu früh am Tag ist, dann lasse ich einen Kaffee kommen.«
»Ein Weißwein wäre gut.«
»Ich leiste Ihnen Gesellschaft. Ein Plagiat von einem Wein, wenn Sie erlauben. Aus der Estremadura. Ein Caldas da Rainha. Nichts Besonderes, aber annehmbar. Was Ihre Frage angeht: nein. Es waren mehr oder weniger gewöhnliche Fälle, eine Nacht hier, eine Nacht da. Möglicherweise das, was man einen stillen Eroberer nennt, ein ganz stilles Wasser, schließlich musste er bei seiner Arbeit ganz vorsichtig sein.«
»Wann dachte er zum ersten Mal an Finisterra?«
»Vor drei Jahren, soweit ich mich erinnere.«
»Hat er Ihnen von jemandem in Finisterra erzählt?«
»Von einem Mädchen aus dieser Gegend? Ja, natürlich. Eine junge Frau, wesentlich jünger. Er sprach mit mir ein paar Mal darüber, aber ein Mann wie er hatte gewisse Schwierigkeiten damit, sich zu binden, ganz gleich, um wen es sich handelte.«
»Immer schon?«
»Vielleicht immer schon, das weiß ich nicht genau. Und was soll das überhaupt heißen, dieses immer schon, können Sie mir das sagen?«
»Und von Rita Calado Gomes, haben Sie von ihr gesprochen?«
»Natürlich«, sagte der andere und sackte auf seinem Sitz zu-

sammen. Er glich plötzlich einem jungen Mann, dem man mit einem Schlag einen wichtigen Platz am Tisch der Familiengeschicke zugewiesen hatte. »Rita also. Wie sind Sie auf sie gekommen?«

»Durch Papiere.«

»Man hinterlässt immer etwas Schriftliches, das stimmt. Vielleicht wäre es keine schlechte Idee, zuerst einmal zu vergessen, dass sie existieren, diese Papiere, schließlich ist es nicht nötig, dem Mädchen wehzutun. Wissen Sie, wie Leidenschaft entsteht?«

»Nein.«

»Was Sie nicht sagen! Aber stellen Sie es sich vor. Sie sehen einen Menschen an und folgen ihm, ganz gleich, wohin er sie führen will, obwohl wir nicht immer den gleichen Ausgangspunkt haben. Ich weiß nicht, ob ich mich klar genug ausdrücke, aber so ist es. Wir verlieben uns, weil wir uns ein Bild von jemandem machen. Wenn unsere Erwartungen zu hoch waren, dann stirbt die Leidenschaft, weil das tatsächliche Bild nicht mit dem übereinstimmt, das wir uns gemacht haben. Aber nun gut, Sie sind auf Rita Calado Gomes gekommen. Und anhand welcher Papiere, wenn ich fragen darf?«

»Anhand von Papieren, die man zufällig hinterlässt. Handgeschriebene Nachrichten, die wir gefunden haben. Wenn jemand stirbt, dann findet sich so etwas immer leichter, weil ein Toter grundsätzlich vergisst, seine Sachen aufzuräumen.«

»Sind Sie nekrophil?«

»Nein. Ich respektiere die Toten. Ihren Willen. Was ich unter den Papieren, den jahrealten Notizbüchern, den Fotografien, den Adressbüchern suche, ist das, was wir für ge-

wöhnlich die Intimitäten nennen, in der Gewissheit natürlich, dass sie den Toten schon nicht mehr interessieren.«
»Nekrophilie also.«
»Und wenn schon. Und Rita Calado Gomes?«
Der andere unterbrach für einen Augenblick das Schaukeln seines linken Beines, das sein rechtes Bein schon bei der Entspannung abgelöst hatte, und nahm sich noch etwas Wein, so als würde ihm dies dabei helfen, die Frage einer näheren Betrachtung zu unterziehen.
»Rui Pedro hatte vor ein paar Monaten eine schlechte Phase. Sagen wir, der Frühling war nicht seine bevorzugte Jahreszeit. Komplikationen. Wir alle kennen das. Ende April beschloss er, sich zurückzuziehen. Ich könnte das nicht so handhaben, einfach hier auftauchen und sagen ›Lebt wohl, ich nehme mir meinen Teil für die persönlichen Ausgaben‹, aber er konnte das. Ich habe meine Verantwortlichkeiten. Allein hier gibt es zwanzig Angestellte, dann noch acht in Porto, fünf auf Madeira und Vertreter in ganz Europa, Handelsvertreter im Ausland. Wenn nicht, dann täte ich es auch, das können Sie mir glauben. Aber er konnte diese Entscheidung zum Rückzug treffen, weil ihm Geld nicht viel bedeutete, obwohl er gut verdiente und schon ausreichend verdient hatte. Er hätte einige Jahre damit zubringen können, sein Kapital anzulegen und von seinen Einkünften zu leben. Er hatte keine Kinder. Er hätte ein neues Unternehmen aufmachen können, das ihn begeistert hätte. Ich selbst hätte ihn gebrauchen können, um meine eigene Firma zu vergrößern. In dieser Zeit hat er mir dann gesagt, dass er für immer nach Finisterra gehen werde. Finisterra hieß der Ort, wissen Sie, ein Dorf am Ende der Welt. Da geht niemand hin, nur Ge-

legenheitstouristen. Er dachte daran, dort ein Hotel zu eröffnen, ein Restaurant. Er wollte ein neues Leben beginnen. Das kennen wir ja alle, aber er war, wie soll ich sagen, nun ja, er war einfach unbedarfter, kann man das so sagen? Naiver, ja, das ist es, naiver. Vielleicht glaubte er nur einfach stärker an diese Dinge. Wenn Sie mich fragen, Inspektor, dann hat er gut daran getan.«
»Unterinspektor.«
»Das ist schwieriger auszusprechen. Ich bleibe bei Inspektor, unter uns sozusagen. Aber er tat gut daran. Er machte es richtig, denn er hatte es nicht verdient, diese Familie im Schlepptau zu führen. Sein Leben war schon ziemlich kompliziert. Wenn er den Mut dazu hatte, umso besser.«
Mich persönlich interessiert das alles überhaupt nicht, dachte Filipe Castanheira. Genauso wie Reiche, die kein Geld haben, männliche Models in Modemagazinen und Betrunkene, die sich auf vulgäre Weise besaufen, verabscheue ich auch diese Art von Menschen, die sich zurückziehen, nachdem sie einen Teil ihres Lebens aufgebaut haben. Darum interessiert mich dieses Gespräch über die Opfer der modernen Gesellschaft nicht einen Deut, dieses Gerede über diese Unfähigen, diese Übersensiblen, diese Leute, die immer gewinnen und die davon überzeugt sind, immer auf der Verliererstraße zu sein. Leute, die ihr Schicksal in der Hand haben und die nichts daraus machen, die prädestiniert dazu sind, Opfer zu werden, und die zu viel Geld haben, um sich als Opfer zu betrachten. Davon abgesehen, verabscheue ich Frauen, die das alles mögen, und darum will ich wissen, ob Rita Calado Gomes eine von ihnen war.
»Und Rita Calado Gomes?«, fragte er dann.

»Rita war seine große Liebe.«
»Die neueste Errungenschaft, meinen Sie.«
»Vielleicht. Sie lernten sich in diesem Frühjahr kennen. Ich sage nicht, dass es Kuppelei war, aber es kam der Sache schon nah. Ich wusste von Anfang an, dass dieses Abenteuer nicht gut ausgehen würde. Zumindest in der ersten Zeit, in den ersten Nächten sogar. Es gab da eine Kleinigkeit, die ihn aus der Fassung brachte, eine Art vorübergehende sexuelle Impotenz. Zwei ganz unterschiedliche Menschen, wenn Sie verstehen. Warum interessieren Sie sich so für Rita?«
»Sie ist eine von diesen Kleinigkeiten, die hängen bleiben, wie Sie schon sagten. So etwas gibt es schon mal. Also war es etwas Ernstes?«
»Ja, das war es. Vielleicht die ernsteste Geschichte seines Lebens.«
»Mit einem nicht sehr guten Ausgang, wie Sie sagen.«

18. August 1991, elf Uhr dreißig

»Vielleicht ist das erste Mal nie besonders erfolgreich. Einer trinkt immer zwei Gläser zu viel«, sagte Ernesto das Neves Oliveira. »Zwei oder drei, soweit ich weiß, jedenfalls war es in seinem Fall so. Natürlich mochte er sie, warum auch nicht? Er hatte immer von ihr geträumt, von einer Frau wie ihr. Er hielt lange Reden auf sie. Er hatte sie oft in dieser Bar gesehen. Die Leute lernen sich heutzutage ja immer in einer Bar kennen, sie treffen keine Verabredungen, manchmal gehen sie abends zum Essen aus, das ja, aber in den meisten Fällen kommt es so, sie lernen sich in einer Bar kennen. Da ist es laut, sehr laut, und wahrscheinlich sind sie deshalb eher zu allem bereit. Aber er mochte sie schon immer, er träumte von ihr. Vielleicht steht es mir nicht zu, das zu sagen, aber auch er gefiel ihr. Sie hatte andere Liebschaften, eine Vorgeschichte, ich will nicht sagen, dass sie ein ausschweifendes Leben führte, klar, aber sie hatte so ihre Männer, zerrüttete Liebschaften meist, weil diese Männer nicht immer das waren, was zu ihr gepasst hätte. Aber wer von uns weiß schon, wer zu wem passt. Das weiß man doch nie.«
»Wann lernten sie sich dann kennen?«
»Vor kurzem erst. Sie kamen nicht aus der gleichen Welt, sie hatten nicht die gleiche Herkunft.«

»Mochten sie sich auf Anhieb?«
»Ja. Und sie hassten sich auch. Sie sahen sich, kamen sich näher, aber jeder der beiden hatte sein persönliches Schlachtfeld gewählt, auf dem Krieg herrschte. Sie war wesentlich jünger als er. Aber sie hatte andere Dinge im Kopf, sie verbrachte die Nächte in den Bars, lernte dort Gott und die Welt kennen, setzte sich auf eine dieser hohen Bänke, die gleich am Eingang stehen, und schien die Prinzessin zu sein. Die Prinzessin der Nacht. Und auch die Prinzessin der Schwulen, die sich gut mit ihr verstanden. Sie ließ sich auf ihre Gespräche ein, verliebte sich in einen, vielleicht auch in zwei. Höfliche Leute mit feinen Manieren, nicht so wie die Männer früher. Nein. Feine Leute, im Allgemeinen Leute mit Geld, die viel reisen und einer gut bezahlten Arbeit nachgehen.«
»Wie sind die Männer von früher?«
»Seltsam, für die heutige Zeit. Nicht unbedingt hart, verstehen Sie. Es sind Männer, die selten über sich selbst sprechen, die stillschweigend leiden, die stillschweigend lieben, die stillschweigend sterben und die Angst haben, aber nie darüber sprechen.«
»Und die von heute sind da anders?«
»Ich glaube ja. Überschäumend wie die Frauen. Sie leiden, und sie sprechen es gleich aus. Am schlimmsten sind die Schriftsteller oder die Zeitungschronisten. Sie machen öffentliche Bekenntnisse. Wenn es Regisseure sind, dann drehen sie einen Film über die Frauen, die sie nie haben konnten. Sie war eine davon, vielleicht.«
»Erzählen Sie mir von dieser Nacht.«
»Das war vor langer Zeit. Außerdem hat er mir auch nur das Nötigste erzählt. ›Ich habe einen schlechten Eindruck hinterlassen‹, Sie wissen schon. Man trinkt ein paar Gläser.«

»Das haben Sie mir ja schon gesagt.«

»Aber es ist entscheidend. Weil es nämlich immer so ist bei einem Mann, der mit der Frau ins Bett geht, von der er immer geträumt hat, und zwar nicht nur für eine Nacht, sondern für alle Nächte seines Lebens, und dann läuft alles schief. Das schafft einen gewissen Druck. Später dachte er natürlich, er müsse etwas beweisen, zeigen, dass bei ihm alles in Ordnung sei. Dass er alles im Griff habe. Aber es gab da ein Problem: Sie kannte das Leben nur zu gut, vor allem den Sex, darum ging es ja schließlich. Nicht dass er unerfahren gewesen wäre, man hätte ihn eher als einen Schürzenjäger bezeichnen können. Ich habe ihm ziemlich häufig mein Haus zur Verfügung gestellt, mitten im Sommer, damit er die eine oder andere mit dahin nehmen konnte. Er verbrachte ganze Tage da, kam gegen Mittag und ging erst spät am Abend mit ihnen essen. An einen Ort, an dem er seine Ruhe hatte und wo er die Abendzeitungen lesen konnte. Zu dieser Zeit gab es noch Abendzeitungen.«

»Auch mit Rita?«

»Ja, aber da gab es schon keine Abendzeitungen mehr. Das ging mit verschiedenen Frauen so, viele Jahre lang und auch mit seiner Ex-Frau, die damals noch fast unschuldig war. Unerfahren, was diese Dinge anging. Rui Pedro wird der erste ernst zu nehmende Mann in ihrem Leben gewesen sein. Aber zwischen ihnen war keine Leidenschaft, wie er sie für dieses Mädchen empfand. Die kam beinahe wie eine Art Sommergrippe, mitten im Juni, als die Stadt vor Hitze zu brennen schien und die beiden im kleinsten Zimmer des Hauses im Bett lagen, das nach hinten hinausgeht, auf eine schattige und enge Gasse, in der kein Verkehr herrscht.

Ich ließ ihnen Getränke da, Gin, Eis, Früchte, Sachen, die man dann so braucht.«
»Erzählen Sie mir noch mehr von dieser Nacht.«
»Sie werden gemerkt haben, dass ich mich nicht gern darüber auslasse. Ich spreche nicht gern darüber.«
»Irgendwann muss einmal über diese Dinge gesprochen werden.«
»Er blieb die ganze Nacht wach, an ihrer Seite. Sie schlief, und er lag wach und sah sie daliegen. Er stand auf, rauchte mitten in der Nacht eine Zigarette, wahrscheinlich werden es auch ein paar gewesen sein. Stellen Sie sich das vor. Es war die erste Nacht. Sie haben sich dann nur noch ein paar Mal gesehen, und er muss das geahnt haben, denn wie man inzwischen weiß, hat er sich ja um die anderen Dinge gekümmert. Sie ist ihm entglitten, auf gewisse Weise. Eine Frau entgleitet einem immer. Diese Angst, die sie haben, wirkt beinahe wie richtige Überlegenheit. Er sagte irgendwann einmal: ›Sie scheint über den Dingen zu schweben.‹ Ich habe begriffen, was er damit sagen wollte. Sie war nicht die Frau, in der er irgendetwas wiedergefunden hätte von seiner Vergangenheit, von seinen Erinnerungen, von seinen alten Beziehungen und seinen Gewohnheiten, von den Dingen, die er schon kannte. Alles war ganz neu. Alles war zu neu in seinem Leben. Und das kann einen Mann umbringen. Selbst sie war zu jung für ihn.«
Das war es auch, was Filipe dachte, als er in kleinen Schlucken den Weißwein trank, den ihm der andere angeboten hatte. Das erste Mal, so wusste er, verläuft nicht immer gut. Man zieht ihre Bluse aus, sie zieht dein Hemd aus, deine Finger, die der rechten Hand, berühren ihre zartesten Hautpartien, die an den Brüsten oder die zwischen den Beinen,

weiter oben, bis du ihr Geschlecht berührst, sie einmal küsst und an alles denkst, was dir plötzlich in diesem Moment oder an irgendeinem anderen Ort in den Sinn kommt wie ein heftiger Wind, ein Gewitter, das jede Aussicht auf Ruhe und sogar auf Konzentration mit einem Schlag wegwischt. Man sollte sich auf die Liebe konzentrieren. In dem Maße, in dem du sie besser kennen lernst, erkennst du andere Signale, winzige Signale, die von ihrem Körper ausgehen, du berührst sie und findest Wege, die du vorher nicht gesehen hast, weißt, an welcher genauen Stelle du diesen Körper berühren solltest, dann, wenn sie ihren Kopf bewegt und »ja« sagt, und du denkst und denkst und denkst, so viel, bis es dir unmöglich wird, an das zu denken, was du gerade tust und das letztlich alles ist, wovon du ganze Monate geträumt hast, als du sie zusammen mit anderen sahst.

Du hast dich keiner besonderen Tricks bedient. Alles fügte sich so, bis es dazu kam, dass du mit ihr zusammen sein konntest, in einem großen und weichen Bett, die Nacht ist so dunkel zu dieser Zeit, bald wird es Vollmond sein, *eine Wolke von Zeit zu Zeit*, und wenn der Vollmond kommt, dann wird alles besser, alles wird anders sein. Vielleicht hat sie bis dahin noch nicht das Weite gesucht, und wenn nicht, dann weißt du, dass dies vielleicht für Jahre andauern kann, für ein ganzes Leben. In einer solchen Nacht stehen viele Jahre deines Lebens auf dem Spiel, in den Minuten, in denen sie dich umarmt und du voller Glück spürst, wie sich ihre Arme um deinen Hals legen und alles in den Sternen steht, in einer dieser Sommernächte.

Wir haben jetzt August. Zu dem besagten Zeitpunkt war es wohl Juni, die Zeit, wenn der Morgentau mit einem

Schlag trocknet und man am frühen Morgen die anfängliche Kühle nur ahnen kann, die sich schnell in Hitze und noch größere Feuchtigkeit verwandelt, jene Feuchtigkeit, die sich längs des kleinen Meeresstreifens in Nebelschwaden ankündigt. Würde die Liebe immer so sein? Ein Streifen Meer, etwas, das unser Leben aus den Bahnen wirft, bis es sein wahres Gesicht zeigt und alles wie eine Lüge erscheinen lässt? In einer Nacht kann alles fehlschlagen, sagte er. Es geht um die entscheidende Nacht, die für immer verdrängt wird, im Verborgenen schlummert, bis eines Tages der Körper einer Frau am Strand auftaucht, auf einer Insel, auf der niemand ihn vermutet hätte, so unbekannt wie er dort war, so kalt, als die Dunkelheit kam. Damit beginnen die Mutmaßungen um diesen leblosen Leib. Es ist nur ein Körper, der an den Strand gespült wurde. Ein Schiffbrüchiger, der von Bord eines alten Schiffes ging, das die Meere ohne bestimmtes Ziel durchkreuzte, ohne auch nur einen Hafen anzusteuern. Das Einzige, was auffiel, so erinnerte er sich, war eine kleine Mauer, die den äußersten Zipfel des Dorfes vom Meer trennte, und dann, auf dem Sand, der weiße Körper, die Kleider, die sich um etwas geschlungen hatten, das einmal ein schöner Körper gewesen sein musste und das schließlich nur noch ein verlorener Leib war, der der Unbill der Zeit und der Dunkelheit ausgeliefert war. Der großen Dunkelheit, die auf den Tod folgte.
»Ist er gleich darauf verschwunden?«
»Nicht gleich, sehen Sie sich die Fakten, die Daten an. Zwei oder drei Monate später, das weiß ich jetzt nicht, aber das können Sie an den Daten erkennen, vorausgesetzt, Sie finden da noch etwas, und es handelt sich um nichts als ein weiteres, unglaubliches Abenteuer. Er hat das Flugzeug ver-

lassen. In Madrid. Ich dachte an Paris, mit dem Zug, und mit dem Trans-Europ-Express nach Brüssel. Wegen der Flüge. Und dann mit dem Flugzeug, aber man weiß ja, wie kompliziert das ist. Danach hätte es dann Rom sein können und dann Nairobi, Maputo, dann wieder Nairobi, ich habe auch noch an die Seychellen gedacht, aber er hätte wahrscheinlich Abidjan vorgezogen. Das ist ein schönes Fleckchen Erde. Die Europäer berauschen sich dort, im »Intercontinental« von Abidjan, viel eher noch als in dem von Kinshasa oder von Nairobi. Er hatte eine Schwäche für so etwas. Ein Kasino gleich nebenan, Europäer, vor allem Europäerinnen, Französinnen, Italienerinnen, Schwedinnen. Wenn man sich in der zehnten Etage einquartiert, dann kann man auch das Meer sehen. Das Frühstück wird einem auf einem riesigen Tablett serviert. Ich war dort. Und er auch, als er für uns einen Vertrag aushandelte. Ich sehe noch den Garten, der bis an den Swimmingpool hinunterführte, die Treppen, die gleich neben den Palmen herführten und die Fenster der Bar bedeckten. Ein schöner Platz zum Sterben, wenn Sie mich fragen, und ich habe mir immer überlegt, ob er dort sterben wollte. Nein, er starb, wo er sterben sollte, wie wir wissen, unter Umständen, die Ihnen bekannt sind. Wissen Sie, ich bedaure, dass er gestorben ist, ich bedaure es, weil wir gute Freunde waren, aber ich denke, dass er einen guten Zeitpunkt gewählt hat, um zu sterben. Finden Sie das traurig? Sehr traurig?«
»Nicht mal das. Es wundert mich, aber ich finde es nicht traurig, dass es Dinge gibt, die mich in Verwunderung versetzen.«
»Sie sind ein seltsamer Polizist. Tatsache ist, dass er gestorben ist.«

»Er ist nicht gestorben. Er wurde getötet.«
»Natürlich, er wurde getötet, ich weiß, und ich finde, Sie sollten den Mörder finden. So sagt man doch, Mörder?«
»Ja.«
»Also, ich finde, Sie sollten ihn fassen. Ich möchte Ihnen etwas gestehen, Inspektor. Männer wie wir leiden heimlich, ganz egal, wo wir sind. Wir haben Angst, große Angst. Angst vor der Nacht, vor der Dunkelheit, vor der Einsamkeit, aber wir reden nicht darüber. Nicht weil es unantastbare Dinge wären, aber weil es im Leben eines jeden Menschen so etwas wie Würde gibt, in dem Leben, das wir uns in aller Stille bewahren, fern von allem und vor allem fern von den Menschen, die uns verletzen können. Wir lieben sogar, wenn es nötig sein sollte und wenn es sich ergeben sollte, aber wir bewahren uns dieses bisschen Würde auf, das in der Stille eines jeden Gefühls enthalten ist. Wir mögen Angst haben. Wir mögen uns sogar entschließen unterzutauchen, wie es mein Freund getan hat, der sich in ein fernes Dorf in Galicien zurückgezogen hat, aber all das tun wir stillschweigend. Ganz im Verborgenen.
Es gibt nichts, was dem gleichkommt, noch was uns dieses große Vergnügen nehmen kann, uns aufrecht zu halten, vielleicht mit einem Glas in der Hand wie wir hier jetzt, aber aufrecht, immer aufrecht, sodass die anderen nicht einmal im Entferntesten von dieser Einsamkeit ahnen. Es ist natürlich nicht gut, einsam zu sein. Aber es gibt wohl nichts Schlimmeres als dieses entwürdigende Schauspiel, in dem wir uns als die Opfer dessen erweisen, was uns das Liebste im Leben ist, nämlich das Leben selbst. Vielleicht ist er gestorben, weil er sich eines Tages, irgendwann einmal, mit jemandem zusammentat, der nicht gut für ihn

war. Vielleicht, das ist eine Vermutung. Aber ich glaube es nicht. Er hat sich zurückgezogen, damit sie ihn nicht hier töten, davon bin ich überzeugt. Und er starb in dem festen Glauben, dass er nicht sterben würde, dass er dort sicher sei. Denken Sie nicht, dass er ein Spion war, ein ernst zu nehmender Spion. Nein. Es gibt keine Spione für ein so kleines Land, wenn Sie mich fragen. Spione arbeiten letztlich immer für Weltmächte. Und er hatte nichts von einem Kim Philby, wenn Sie verstehen, was ich meine. Er hatte nichts zu verlieren und nichts zu gewinnen. Das ist es, was mir so Leid tut, wissen Sie? Die sorglose Art, mit der er gegangen ist und sich gelöst hat, ohne letztlich von all dem zu erfahren, was uns solche Angst macht. Uns, damit meine ich unsere Generation. Sie sind ein jüngerer Mann, aber das Alter hinterlässt seine Spuren.«

»Jeder trägt seinen Teil.«

»Das stimmt, jeder trägt seinen Teil. Aber es gibt schlaflose Nächte, die Sie noch nie erlebt haben. Nicht die schlaflosen Nächte wegen einer Frau, einer Liebesgeschichte. Nein. Ich meine die Nächte, in denen sich die Zweifel über alle festen Überzeugungen legen und in denen es letztlich die Gewissheiten und nicht die Zweifel sind, die uns den Schlaf rauben.«

»Ich bin zur Zeit nicht in der Lage, meine Nächte durchzudiskutieren«, sagte Filipe Castanheira, stellte das Glas ab und zog eine Schachtel Zigaretten hervor. »Nicht dass ich es nicht will, aber ich schlafe in der letzten Zeit nur noch schlecht. Ich wache mitten in der Nacht auf und werde von Zweifeln geschüttelt, nicht von Ungewissheiten wegen Geldes, das mir fehlt, oder wegen des Geldes, das ich zu viel habe. Ich habe nämlich nie welches besessen.

Ihr Fall ist da anders. Sie machen sich über Ihre Agentur, über ihre Familie Sorgen. Ich habe keine Familie. Ich habe nichts, was mir den Schlaf rauben könnte, und trotzdem schlafe ich schlecht. Ich werde mitten in der Nacht von Vorahnungen gequält. Ich sehe einen Körper an einem sehr fernen Ort am Boden liegen und einen anderen, der an einem noch ferneren Ort auf dem Boden liegend gefunden wird. Und das ist es, was mir den Schlaf raubt.«

»Sie sind ein richtiger Detektiv, vielleicht ist es das.«

»Nein, vielleicht bin ich gar kein richtiger Detektiv. Ich mache mir zu große Sorgen. Es stört mich einfach, dass die Leute sterben.«

»Mich nicht. Man stirbt eben. Gestorben wurde schon immer. Ich bedaure nur den Tod der Menschen, die ich kannte, der Menschen, die mir nahe standen.«

»Ich bedaure, dass ich nicht mehr weiß über jene erste Nacht. Die Nacht, in der sich die beiden kennen gelernt haben.«

»Wir alle haben eine Vorliebe für das erste Mal«, sagte der andere, lächelte und stand auf.

»War sie Ihnen völlig fremd?«

»Nein, das sagte ich doch schon, obwohl ich sie nur vom Sehen kannte.«

»Erinnern Sie sich an jemanden, der ihr nur etwas nahe gestanden hat? Oder sehr nah sogar?«

»Rui Pedro. Aber im Grunde auch nicht sehr, wie man sieht.«

»Nur eine Frage noch. Waren Sie es, der diesen Brief an seine Familie geschickt hat?«

»Ja. Das war ich. Er kam zu mir und fragte mich, ob ich demnächst ins Ausland reisen würde. Das war der Fall. Sie

wissen, wie das ist, diese Import- und Exportgeschäfte und das Hin und Her mit den Staatenbündnissen, der EU, Brüssel. Ich wollte nämlich nach Brüssel reisen, damals. Ich bekam einen Brief von ihm, mit einer einfachen Postkarte, ein paar Tage später. Auf der Postkarte bat er mich darum, den Brief an die Familie zu schicken. Ich sollte ihn von Brüssel aus abschicken oder von wo aus auch immer ich wollte. Ich habe ihn von Paris abgeschickt.«
»Und diesen Brief? Wie haben Sie ihn erhalten?«
»Er war in dem Umschlag. Ich musste ihn nur frankieren und abschicken. Er war schon richtig adressiert. Ich habe ihn von Paris, Orly, abgeschickt. Die Familie muss geglaubt haben, dass er dort war.«
»Aber da war er nicht.«
»Natürlich nicht. Manchmal ist es gut, wenn sie uns an einem bestimmten Ort vermuten, an dem wir gar nicht sind. Und er befand sich schon seit langer Zeit an diesem anderen Ort.«

18. August 1991, vierzehn Uhr dreißig

Hinter den cremefarbenen Vorhängen aus grobem Stoff, die Filipe Castanheira aus dem Gedächtnis als die Vorhänge auf den Fotografien wiedererkannte, die er immer noch in der Tasche mit sich führte, tat sich ein weiter Blick auf den späten Nachmittag in der Stadt auf. Sein Blick fiel auf die abschüssigen Hänge der Hügel vor seinen Augen, und weiter entfernt erblickte er eine Baumreihe, die in ein schwarz-weißes Panorama aus Zement einzudringen schien, und ein paar rötliche Farbtupfer von alten Häuserdächern, auf die das Moos dank der saisonalen Feuchtigkeit seinen gewohnten Mantel gelegt hatte. Die Sonne heizte diese Landschaft auf. In den nachmittäglichen Straßen brach sich ein Hitzeschwall seine Bahn und sorgte dafür, dass sie beinahe menschenleer waren. Diese Gässchen schienen ihrem sonnendurchfluteten Dasein überlassen, und die kleinen Warenhäuser in den ersten Stockwerken entzogen sich den Blicken der Passanten.
Filipe Castanheira schob das Bild mit den Vorhängen beiseite und konnte nicht umhin, ein leichtes Gefühl, einen vagen Eindruck einer Abwesenheit zu empfinden, wie bei einem Kalender, bei dem die Seiten fehlten. Jetzt konnte keine noch so große Sehnsucht auch nur ein Blatt dieses Kalenders wiederbringen, der nur in seiner Vorstellung

existierte und daher wirklicher schien, als wenn er ihn vor Augen gehabt hätte. Und da er nur in seiner Vorstellung existierte, schien es ihm, als gäbe es ihn nur hier, ganz allein hier, wie eine Hintergrundmusik, die sich monoton immer wiederholte, ein angenehmes und ruhiges Geräusch, aber verstörend.

Rita Calado Gomes' Vater nahm im Wohnzimmer Platz und murmelte: »Das ist ihre Wohnung, wir haben noch nichts angefasst.« Er lächelte, und Filipe lächelte zurück, als wollte er diese fade und hilflose Traurigkeit erwidern.

»Eigentlich wussten wir gar nichts von Ihrem Kommen. Jetzt wollen Sie sicher alles durchwühlen. Ich weiß nicht, ob das richtig so ist. Davon abgesehen, weiß ich im Grunde gar nicht, ob die Polizei den Fall nun bearbeitet oder nicht, denn sie haben nichts gesagt. Es sind beinahe zwanzig Tage vergangen.«

»Sagen wir, dass ich mich mehr oder weniger persönlich für den Fall interessiere. Ich würde es vorziehen, Sie gar nicht damit zu belästigen, aber ich würde auch gern einige Zweifel loswerden. Danach sind Sie mich wahrscheinlich gleich los, aber zuerst würde ich gern das Haus ansehen und vielleicht ein paar Fotos machen. Sie sollten wissen, dass ich das tue, ohne dass mir jemand dazu den Auftrag erteilt hat. Der Fall ist abgeschlossen. Ich habe einen Bericht abgegeben, in dem schwarz auf weiß steht, dass Ihre Tochter durch einen Unfall im Meer ertrunken ist und dass es kein Verbrechen war. So heißt es in solchen Fällen immer, das ist die übliche Sprache in so einem Fall.«

»Was suchen Sie dann noch?«

»Nichts. Nichts Bestimmtes. Ich will noch etwas erfahren, nicht nur, damit ich beruhigt bin, sondern damit auch

Sie beruhigt sind. Ich befinde mich eigentlich im Urlaub, auf der Durchreise in Lissabon. Ich werde gleich weiterreisen.«

»Für mich ist der Fall abgeschlossen. Und das ist er ja wohl auch. Rita ist gestorben. Sie scheinen mir nicht sehr alt zu sein.«

»Fünfunddreißig.«

»Meine Tochter war einunddreißig. Das Schlimmste ist schon vorbei, diese Reise dahin und zu wissen, dass sie wirklich gestorben ist. Zu wissen, dass alles zu Ende ist.«

»Wann haben Sie sie zum letzten Mal gesehen?«

»Zwei Tage bevor sie auf die Azoren gereist ist, kam sie nach Hause, um sich zu verabschieden. Am nächsten Tag wäre dazu keine Zeit gewesen. Sie nahm ein paar Sachen mit, die sie hier gelassen hatte, Kleider wahrscheinlich. Sachen von ihr und ihrer Mutter, Frauensachen. Sie ging mit sechsundzwanzig von zu Hause fort, aber sie wohnte praktisch unter zwei Adressen. Jetzt hat sie gar kein Zuhause mehr. Wir werden dieses Haus zurückgeben müssen. Es war gemietet. Sie zahlte fünfzigtausend pro Monat. Das ist viel Geld.«

»Hatte Ihre Tochter einen Geliebten?«

»Ich habe ein paar von ihnen kennen gelernt, vor langer Zeit. In der letzten Zeit war das etwas, über das nicht gesprochen wurde. Nur wenn sie mit einer Freundin zum Essen hierher kam. Dann erzählten sie sich Witze über diesen oder jenen. Das ist schließlich normal, nicht wahr? Über diesen und jenen. Und dann über einen anderen. Es ist ein großes Glück, wenn alles zusammenpasst und sie heiraten und sich zusammenraufen und Kinder kriegen, ein großes Glück. Rita war ziemlich unabhängig, vielleicht hätte sie irgendwann einen

Mann glücklich gemacht, aber ein Vater denkt an so etwas nicht. Er sollte nicht über so etwas sprechen. Das ist so, als würde er sein Mädchen hergeben. Wenn es an der ganzen Sache irgendetwas gibt, das nicht in Ordnung war, dann weiß ich nichts davon. Wissen Sie etwas?«
»Nein.«
Der Mann blieb immer noch sitzen und fuhr sich von Zeit zu Zeit mit der Hand durchs Haar. Nicht mit fahrigen, zufälligen Gesten, sondern mit der Bestimmtheit eines Beamten kurz vor der Pensionierung, der vielleicht schon im Ruhestand war und ein Leben hinter sich hatte, das durch den Tod der Tochter einen plötzlichen Einschnitt erfahren hatte.
Filipe Castanheira wandte den Blick ab und ließ ihn über den Tisch im Wohnzimmer gleiten. Es war ein runder Holztisch, auf dem ein paar Bücher ordentlich neben einer Tischlampe mit hellblauem Schirm lagen. Er warf einen kurzen Blick auf die Buchtitel: Romane, Erzählungen, Literatur. Filipe hatte eines davon gelesen und erinnerte sich daran wie an den gerade vergangenen Frühling.
»Sehen Sie sich das Haus an. Schauen Sie, wonach Sie wollen«, sagte der Mann mit einem klagenden Ton in der Stimme und blickte sich um in Erwartung einer Antwort.
»Aber wühlen Sie nicht zu sehr in den Sachen. Nicht dass es von großer Bedeutung ist, aber wir müssen das alles noch einpacken. Wir werden die Sachen mitnehmen und in unser Haus bringen müssen. In Kartons natürlich. Ein paar Sachen davon werden wir verschenken. Die Bücher, die Kleidung, den Kleinkram. Aber das meiste davon werden wir natürlich behalten. Meine Tochter hatte ein sehr schönes Haus.«

»Sehr schön, ja.«
»Sie hatte einen guten Geschmack. Schon immer. Das sieht man.«
Filipe musste jetzt an die Kleidung denken, die Rita Calado Gomes in ihrem Zimmer im Hotel »Bahia« zurückgelassen hatte, feine Sommerkleidung, das hatte er gesehen, dass es feine Sommerkleidung war, persönliche Accessoires von jemandem, der einen guten Geschmack bewies. Es vermittelte ihm den Eindruck, als habe Rita Calado Gomes in jener Nacht tatsächlich nicht mit ihrem Tod gerechnet, damals unter dem Mondlichthimmel dieser Insel. Niemand rechnet mit dem Tod, es sei denn, man wagt eine freiwillige Begegnung mit ihm, ein mehr oder weniger fest arrangiertes Treffen, und das ahnt man einmal, zweimal, viele Male voraus. Aber nicht in diesem Fall. Filipe brachte sich das Hotelzimmer wieder in Erinnerung, das ihm im Nachhinein als ein Bild der Ruhe erschien, durchflutet von der Morgensonne, die langsam hereinkam, die leichten Vorhänge missachtete, die jenes Bild hielten, und die Wände mit seinem hellen Licht färbte. So etwas widersprach dem Gedanken an den Tod, an jeden Tod, der einer Klage gleichgekommen wäre, als würde er einen Augenblick wie diesen durchkreuzen und die Bücherreihe im Zimmer von Rita Calado Gomes beobachten wollen.
Was tut eine Frau mit einunddreißig Jahren? Was musste geschehen, um aus ihr einen leblosen Körper an einem Strand zu machen, ein verlorenes Objekt inmitten vertrauter Gegenstände, einer Nagelfeile in einem Aschenbecher, einer Fotografie an der Wand, die ein fröhliches Lächeln darbot? Filipe bemerkte jetzt die regelmäßige Zahnreihe, die ihr Lächeln preisgab, die Augen, die rötlichen Haar-

strähnen, die ihr auf die zarte und glatte Stirn fielen, und er bemerkte auch ein Buch auf dem Nachttisch, ein Lesezeichen mitten in diesem Buch, eine halb geöffnete Schublade, eine dunkle Holzkiste, deren Deckel er beiseite schob, um festzustellen, ob sie enthielt, was er dort vermutete. Dort lagen Ohrringe, Ringe, ein Armband, eine Kiste, die er darauf wieder vorsichtig verschloss, um den Mann nicht in Aufruhr zu versetzen, der immer noch im Wohnzimmer saß, während er das Schlafzimmer seiner Tochter inspizierte und die Türen des Kleiderschranks öffnete, die Hand über die Stoffe der Hemden, Hosen und Mäntel gleiten ließ, die ordentlich aufgereiht auf Kleiderbügeln hingen. All das schien ihm an einem Traumgebilde und nicht an diesen Kleiderbügeln zu hängen. Es schienen Versatzstücke eines Traumes, den man am Morgen schon vergessen hat, wenn man sich die Frage stellt, was habe ich geträumt? Wer kam in meinem Traum vor? Wer ist darin gestorben, falls es einen Toten gab? Und er durchschritt das Zimmer, stellte fest, dass alles an seinem Platz stand, obwohl er dieses Zimmer bisher nur auf Fotografien gesehen hatte, doch von dem er vermutet hatte, dass es so sein würde, wie es war. Für ein paar Sekunden behielt er den zarten Parfümduft in der Nase und kehrte in das Wohnzimmer zurück.

»Danke«, sagte der Mann. »All das tut sehr weh. Können wir gehen?«

»Wir gehen, ich bin es, der Ihnen danken muss«, murmelte Filipe Castanheira verlegen.

18. August 1991, sechzehn Uhr

Das Sprechzimmer der Psychologin war ein Raum, in dem alles seine Ordnung hatte, und Filipe Castanheira nahm wahr, dass etwas an dieser Ordnung mit dem Anblick der weißen und leeren Wände in Widerspruch stand, und zwar auf eine Weise, die ihm zumindest bis zu diesem Augenblick noch nirgends begegnet war. Er setzte sich schließlich auf den äußersten Rand einer gepolsterten Bank ohne Rückenlehne, die nur aus Sitzfläche bestand und auf der jeder die Unbehaglichkeit einer solchen Haltung empfinden musste.
»Rita war nicht gerade ein Muster an Tugenden«, begann sie.
»Wer ist das schon!«
»Ich meine damit nicht ihre Unzulänglichkeiten. Ich meine damit die Dinge, denen sie den Vorzug gab, das heißt, die Entscheidungen, die sie traf. Allerdings habe ich noch nicht verstanden, warum Sie sich so sehr für sie interessieren. Es gibt keine Anzeichen dafür, dass es sich um ein Verbrechen handelt, zumindest bis jetzt noch nicht. Oder doch?«
»Das weiß man nie.«
»Sind Sie von den Azoren hierher gekommen, um diese Fragen zu stellen?«

»Wenn Sie so wollen. Sagen wir, dass ich mich im Urlaub befinde und mich für den Fall ihrer Freundin interessiere. War sie ein komplizierter Mensch?«

»Kompliziert?«

»Ich meine, ob sie Probleme hatte.«

»Das haben wir alle.«

»Warum ist sie allein auf die Azoren gereist?«

»Manchmal müssen wir eben auch allein verreisen. Die Azoren sind so gut wie jeder andere Ort auch, um dort eine oder zwei Wochen zu verbringen. Nicht mehr. Ich meine damit Erholung, Schlaf, Strandbesuche. Ich nehme an, sie hat sich ein Hotel in der Nähe des Strandes genommen. Das Rauschen des Meeres wirkt manchmal wie eine Kur. Ein monotones, sich ständig wiederholendes Geräusch wie eine Hintergrundmusik.«

»Gibt es irgendeinen Grund, warum sie allein auf die Azoren gegangen ist? Zu einer Kur zum Beispiel?«

»Ich nehme es an. So wird es gewesen sein. Sie erwähnten doch auch, dass Sie dort leben. Es muss also einen Grund geben, warum man nicht hier leben möchte. Vielleicht wollte sie ein neues Leben auf den Azoren beginnen?«

»Nein. Das kann ich mir nicht vorstellen, dass Ihre Freundin auf den Azoren leben wollte. Und ich habe schon hier gelebt, in Lissabon. Ich habe in diesem Viertel gearbeitet. Das ist schon ein paar Jahre her. Ich bin dieses Viertel müde geworden und fasste irgendwann den Entschluss, auf den Azoren zu leben.«

»Gibt es dafür einen besonderen Grund?«

»Das weiß ich noch nicht. Ich bin schon vor einiger Zeit dorthin gezogen, aber warum, das weiß ich noch nicht genau. Waren Sie und Rita gute Freundinnen?«

»Seit vielen Jahren, seit wir zusammen auf das Gymnasium gingen. Sagen wir, sie war intelligenter als ich, aber weniger diszipliniert. Sie hätte etwas anderes werden können, aber das wollte sie nicht. Sie zog eine mehr oder weniger sichere Arbeit vor, ein normales Leben.«

»Ein normales Leben?«

»Ja, ein normales Leben«, bestätigte die Psychologin, nachdem sie einen Blick auf das Fenster geworfen hatte. »Ein einigermaßen normales Leben. Ein Haus, eine Anstellung, vielleicht eine Heirat irgendwann einmal, nicht eine sonderlich gute Partie, aber eine Heirat mit einem Mann, wie es viele gibt und mit dem sie vielleicht glücklich geworden wäre. Einigermaßen glücklich. Damit ist es jetzt endgültig vorbei. In den letzten Tagen habe ich über sie und über das Leben nachgedacht, das sie geführt hat. Es schien mir immer ein ganz normales Leben gewesen zu sein.«

»Sie sprachen von ›einigermaßen glücklich‹. Gibt es da Abstufungen?«

»Natürlich«, antwortete sie. »Kaum sichtbare Abstufungen, an denen wir die Siege und die Niederlagen erkennen können und das, was wir verloren haben, die Male, bei denen wir abgestürzt sind und all die Male, an denen wir wieder aufgestanden sind. Wir gestehen uns diese Dinge gewiss selten ein, aber irgendwann müssen wir es tun und uns diesen Maßstäben stellen.«

»Selbst was die Liebesgeschichten der anderen betrifft?«

»Vor allem in diesen Dingen. Wir neigen sehr dazu, die einzelnen Geschichten miteinander zu vergleichen, damit, welche Erfahrungen wir im Laufe unseres Lebens mit anderen Menschen gemacht haben. Finden Sie das kompliziert?«

»Weder kompliziert noch einfach, es ist etwas, über das ich mir nicht den Kopf zerbreche. Ich habe damit aufgehört, irgendetwas, ganz egal was es ist, mit den Dingen zu vergleichen, die ich selbst erfahren habe. Man könnte sagen, dass ich ein vertrauensvoller Mensch bin, ich vertraue in die Zukunft und erwarte wenig von ihr. Das Nötigste vielleicht. Ich erwarte das Nötigste vom Leben, nicht viel mehr, eine Pension in zwanzig Jahren, keine schwere Krankheit, dass ich nicht durch einen Unfall sterbe und vielleicht auch, dass ich nicht langsam sterben muss, so als würde jeden Tag ein Stückchen von mir verschwinden.«

»Und dass die Regierung an der Regierung bleibt?«

»Genau, und dass es in Ponta Delgada kein Unwetter gibt und dass meine Eltern nicht früh sterben. Sagen wir, ich bin ein Konformist. Was war das für ein Mann, mit dem ihre Freundin zusammen war?«

»Ein ganz normaler Mann. Eigentlich waren sie das alle, aber dieser war völlig normal, normaler als die anderen. Ich kenne ihn nur schlecht, sehr schlecht. Ich habe einmal mit den beiden Anfang Sommer zu Abend gegessen, hier in Lissabon. Er ist älter als Rita, ich würde sogar sagen, er ist reifer, wenn Sie so wollen. Ein Anwalt. Ich habe nie erfahren, was für Fälle er betreute. Rita sagte mir, dass er Anwalt sei und die Rechnungen in den Restaurants bezahle, was gut war. Mehr weiß ich nicht.«

Die Psychologin sah auf ihre Armbanduhr. Meine Sprechstunde ist nicht zu Ende. Sie hat gerade erst begonnen, dachte Filipe Castanheira. Luísa Salles nahm es wahr, als sie sah, wie er dort sitzen blieb, nachdem er die Wände des Zimmers inspiziert hatte. Es waren weiße Wände, an denen nur ein Bild das kalte und unerbittliche Ambiente auflockerte, im Einvernehmen mit dem gradlinigen Holzmobiliar, so als sei alles in diesem Raum unflexibel und unveränderbar, auch wenn Filipe Castanheira bis zum Fenster gegangen wäre und das Zimmer aus einem anderen Blickwinkel betrachtet hätte. Der Boden aus Holz glänzte, und Luísa Salles' Schreibtisch hatte eine makellose Oberfläche, auf der, wie durch ein Wunder, ein paar Seiten Papier und ein Füllfederhalter zu liegen gekommen waren und eine Tischlampe und ein Aschenbecher ihren Platz gefunden hatten. Sie setzte sich hinter ihren Schreibtisch und sah ihn vergnügt an, vielleicht, weil es zu ihren Gewohnheiten gehörte, ihr Gegenüber mit einigem Vergnügen und sogar etwas mitleidig anzusehen, wenn es für eine Psychologin überhaupt Anlass zu einem derartigen Gefühl gab und sie es nie zeigen sollte.

Die Patienten, wie sie sie nennen würde, wenn man sie darauf anspräche, würden sich auf dieses Sofa setzen, und sie würden von den Problemen erzählen, die sie Luísa Salles gewöhnlich vortrugen. In den meisten Fällen Eheprobleme und sexuelle Probleme, so als würde die Welt von einem gigantischen Mechanismus gesteuert, der durch sexuelle, eheliche und affektive Energien in Bewegung gehalten wurde. Ich komme und setze mich: Meine Frau macht mich nicht scharf. Sie erregt mich nicht so, wie es sein sollte. Meine Tochter verwechselt mich mit ihrem Freund. Wenn sich mein Ehemann auf mich legt, dann könnte ich kotzen. Jeden Sonntagmorgen erhalte ich obszöne Anrufe, am Anfang haben sie mich verärgert, aber nach der vierten oder fünften Woche fing ich dann an, voller Neugier, Erwartung und Lust auf diese Anrufe zu warten, sie erregten mich, vor allem, wenn die Stimme am anderen Ende der Leitung, die wahrscheinlich einem ziemlich rüden Mann gehörte, mich darum bat, Sachen zu machen, Sachen für ihn zu machen. Was für Sachen? Bestimmte Sachen eben, und ich fing damit an, im Wohnzimmer zu masturbieren und mir vorzustellen, wie die Familien zu dieser Zeit immer zur Messe gingen oder von der Messe kamen und anschließend zu Mittag aßen, und dann wünschte ich mir einen Mann, der Schweinereien mit mir machte. Meine Frau hat mich gebeten sie zu schlagen, wenn wir Liebe machen, und sie ans Bett zu fesseln, das hat mich überrascht. Mein Vater lässt mich an den Wochenenden nach zwei Uhr morgens nicht mehr ins Haus, er behandelt mich wie ein Kind, und ich bin zweiunddreißig Jahre alt.

Luísa Salles würde sich alle Klagen anhören, all diese Laute des Kummers, kommen Sie nächste Woche wieder, setzen Sie sich hierher, sprechen Sie weiter über sich, das Problem liegt bei Ihnen selbst. Ich habe mich am Telefon aufgegeilt, an diesem Sonntag, ich hörte die Stimme von diesem Mann, der mich darum bat, sein Ding festzuhalten, ich streckte meine Hand aus, und es war so, als würde ich ihn wirklich an seinem Ding packen, ein Vetter von mir hat mich immer heimlich begrabscht, wenn keiner von der Familie es sehen konnte, ich hatte immer Angst vor ihm, und ich verabscheute den Geruch von Männern, eine Mischung aus Tabak und Unsauberkeit. Meine Frau hat wieder damit angefangen, sie ist nicht mehr die Frau, die ich geheiratet habe, damals sprach sie davon, fünf Kinder mit mir zu haben und ein Ferienhaus am Strand in der Umgebung von Lissabon, Besuche bei den Eltern und häusliche Pflichten, aber dann veränderte sie sich langsam, eines Tages wollte sie im Auto Sex haben, im Auto, das muss man sich vorstellen, ich war überrascht, weil wir doch ein so gutes Bett haben.

Luísa Salles sah sie alle mit Vergnügen an, denn dieser Vorbeimarsch an Empörungen, Demütigungen, winzigen Freuden, Verwirrungen, Unentschlossenheiten, Überraschungen, Schwächen, absoluten und geheimnisvollen Wahrheiten gab ihr eine bestimmte Macht, nicht über das Schicksal ihrer Patienten, aber über das Schicksal dessen, was ihre Patienten repräsentierten und das viel stärker, weitaus stärker war als sie selbst, als ein jeder von ihnen als Einzelperson oder in ihrer Gesamtheit. Luísa Salles würde die Gefühle der anderen behandeln, sie würde sie sicher führen, sie hatte die Möglichkeit, sie zu verändern, wenn sie es wollte, oder einfach zu helfen, einen Weg aufzeigen, wie es die anderen von ihr erwarteten. Das Problem liegt bei Ihnen selbst, würde Luísa Salles lächelnd, verständnisvoll, mütterlich, gewitzt sagen. Die Macht der Perversionen ist unermesslich, würde sie erklären, aber das, was wir für Perversionen halten, sind nur Illusionen, geringere Probleme, für die wir eine Lösung finden müssen, eine Lösung, die nur bei uns selbst liegt, schließlich ist das Ideal, das wir anstreben, dass wir alle gesund sind und dass wir eine gesunde Beziehung zum Sex haben, der immer auch der Sex der anderen ist.

»Die sexuellen Probleme haben mich nie sonderlich interessiert.«

»Aber sie sind sehr wichtig. Die halbe Welt wird von sexuellen Problemen gesteuert.«

»Daran zweifle ich nicht. Und Sie, interessieren Sie sich

für Verbrechen? Lesen Sie in den Zeitungen über die Verbrechen, die passiert sind? Kaufen Sie die Zeitungen, in denen so etwas steht?«

»Nein. Ich habe keinen Hang zum Makabren.«

»Das sind keine makabren Tendenzen. Übrigens haben wir alle makabre Vorstellungen. Es sind Vorstellungen, mehr nicht. Vorstellungen, nicht kriminelle Handlungen im eigentlichen Sinn, Verbrechen ist schließlich Verbrechen. Da gibt es jemanden, der tötet, jemanden, der stirbt, nichts Interessantes im Grunde, wenn man es genau besieht. So als ob jeder eine bestimmte Funktion zu erfüllen habe, als ob jeder seine Rolle übernehmen müsse. Aber es ist ein Teil meines Lebens geworden, und in der letzten Zeit wurde nicht allzu oft aus sexuellen Motiven heraus getötet.«

»Es gibt immer irgendeine Verbindung zur Sexualität.«

»Das glaube ich. Ich meine damit, die gibt es sicher. Aber für meine Arbeit spielt das keine Rolle. Ich denke daran, sicher denke ich auch daran, aber es sind nicht die sexuellen Probleme, die meine Vorstellungskraft schärfen.«

Luísa Salles lächelte jetzt. Filipe nahm ihre Zufriedenheit wahr, denn sie wusste, dass sie sich jetzt auf sicherem Boden befand, das war ihr Ressort. Jetzt musste sie nur noch einen Weg finden, wie sie jeglichem Gespräch aus dem Weg gehen konnte, das Filipe so gern geführt hätte.

»Ob hinter dem Tod Ihrer Freundin auch ein sexuelles Motiv steht?«, fragte er dann.

»Vielleicht. Ich kann es nicht ausschließen«, antwortete sie lächelnd.

»Ein Mann? Oder eine Frau?«

»So weit wäre sie nicht gegangen, wenn Sie das meinen. Rita war eine konservative Frau, im Grunde. Sie ist dazu geworden, und zwar ab einem gewissen Zeitpunkt, etwa ab ihrem achtundzwanzigsten Lebensjahr. Aber das sagte ich ja schon.«
»Was ist geschehen, als sie achtundzwanzig wurde?«
»Nichts Besonderes. Das, was einer ganzen Reihe von Frauen mit achtundzwanzig Jahren passiert. Oder den meisten. Sie wissen sicher, dass die Frauen schutzloser sind, dass sie sich im Leben mehr Dinge erkämpfen müssen, die Freiheit und die Autonomie in der Partnerschaft. Rechte, die Männer schon lange erworben haben. Das ist ein Prozess, der sehr viel Zeit kostet, viele Energien. Und viele Dummheiten.«
»Ich finde eigentlich nicht, dass die Frauen schutzloser sind als die Männer.«
»Wie könnten Sie auch, das ist mir klar, aber es ist nun mal so, das wissen Sie doch genau.«
»Wollen Sie damit sagen, dass sie bis zu ihrem achtundzwanzigsten Lebensjahr mit vielen Männern geschlafen hat und dann der Sache überdrüssig wurde?«
Luísa Salles schien diese Frage gar nicht gefallen zu haben. Sie hielt für ein paar Augenblicke inne und stand dann auf. Sie ist klein, wirklich klein, dachte Filipe Castanheira. Und das hätte man nicht vermutet. Die Psychologin sah durch das Fenster nach draußen und legte ihre Brille auf den Schreibtisch, als sie sich wieder zu ihm umdrehte.
»Na ja, so gesehen haben Sie wahrscheinlich Recht.«
»Hatte sie viele Männer?«
»So viele, wie sie es für notwendig hielt. Haben Sie mit vielen Frauen geschlafen?«

»Ich? Nicht mal. Im Laufe meines Lebens waren es vielleicht vier oder fünf. Ich schlafe lieber allein, wenn es nicht anders sein soll. Mit einer Frau zu schlafen sollte eine ernsthafte Angelegenheit sein.«
»Sie sind ein konservativer Mann.«
»Ich gebe mir Mühe. Wir alle bemühen uns darum. Sehen Sie nur den Fall Ihrer Freundin, die mit achtundzwanzig Jahren konservativ geworden ist.«
»Ihre konservative Lebenshaltung hatte nichts mit dem Bett zu tun. Eine Frau muss gegen andere Dinge ankämpfen. Zu dieser Zeit. Na ja, zu allen Zeiten wahrscheinlich. Aber Rita kam aus einer einfachen Familie, in der die sexuelle Erziehung nicht gerade zum guten Ton gehörte. Es war eine katholische Familie, die Rita gern als verheiratete Frau gesehen hätte, und vielleicht auf diese Weise glücklich, von der sich unsere Eltern eine Art Wiederholung ihres eigenen Glücks erhoffen. Und später dann unseres Glücks. Aber Rita heiratete nicht. Sie suchte sich eine Stelle, arbeitete und hatte ein eigenes Haus. Sie war eine unabhängige Frau. Mit wem auch immer sie dann ins Bett ging, hatte keine Bedeutung. Auf eine bestimmte Weise war sie keine Frau der sechziger Jahre, die sich beweisen musste, dass sie sich befreit hatte, dass sie frei war von sexuellen und gesellschaftlichen Vorurteilen und kulturellen über die Landesgrenzen hinaus. All das, was Sie und ich schon wissen. Jetzt, wo sie tot ist, denke ich häufiger über sie nach. Wir waren Freundinnen, und ich beneidete sie in gewisser Weise, das können Sie mir glauben. Beneiden deshalb, weil sie einen Weg gefunden hatte. Manchmal braucht man dazu ein ganzes Leben, ein Leben, von dem wir nicht wissen, wo es beginnt und wo es aufhört, oder ob

es überhaupt eine Grundlage hat. Aber ein Leben, einen Lebenssinn. Irgendetwas, das die Menschen zufrieden stellt und sie, zumindest in den meisten Fällen, daran hindert, sich Ersatzbefriedigungen zu suchen. In ein Sprechzimmer wie dieses zu kommen, zum Beispiel. Sex. Drogen. Politik. Geld. Einfache Ersatzbefriedigungen, mehr oder weniger leichte Wege, Ersatz zu finden für die unterschiedlichsten Beschränkungen, denen wir unterworfen sind.«
»Um was beneideten Sie Rita?«
»Ich beneidete sie um ihre Entdeckung, das sagte ich Ihnen doch schon. Das ist es doch, um das wir die anderen im Allgemeinen beneiden, darum, dass sie etwas erfahren, was uns nicht zuteil wird. Eine Erfahrung, die sie glücklich macht. Und daran können wir erkennen, dass wir nicht so glücklich sind wie diese Menschen. Rita hatte einen Weg zur Zufriedenheit gefunden. Sie hatte einen Mann kennen gelernt. Ich glaube, dass sie einander sehr mochten. Sie hatte einen gewissen Rhythmus gefunden, die Dinge anzugehen. Viel mehr weiß ich auch nicht. Wenn sie eine Fremde gewesen wäre, dann hätte ich das Problem vielleicht stärker analysiert, aber Rita stand mir nah, viel zu nah, als dass ich sie auf eine unpersönliche, kalte Weise beurteilt hätte. Oder mit einiger Strenge, mit einer gewissen Methodik. Ich habe sie noch ein paar Tage vor ihrer Reise auf die Azoren gesehen, und es schien ihr gut zu gehen. Die Menschen, deren Tod kurz bevorsteht, machen auf uns immer einen guten Eindruck. Vielleicht, weil der Tod im Grunde überraschend kommt und weil er in starkem Kontrast steht zu der Lebendigkeit, die uns dieser Mensch vor seinem Tod vermittelt hat.«

»Der Tod steht in keinem Kontrast zu etwas. Er widerlegt alles, was vorher war.«

»Oder das.«

»Halten Sie es für möglich, dass sie ermordet wurde?«

»Nein. In Ritas Leben gab es keine Dramen. Früher ja, da haben wir alle Fehler gemacht, Dummheiten begangen. Es ist eine Sache, Ihnen das Leben zu erklären, wie es ist, und eine andere, Ihnen zu sagen, was ich über mein Leben oder das Leben von Rita denke. Als sie achtundzwanzig Jahre alt war, beschloss sie, ihr Leben zu ändern, von Grund auf zu ändern, und sie schaffte es, eine mehr oder weniger harmonische Beziehung zu einem Mann einzugehen. Es gibt Frauen, die heiraten, um glücklich zu sein, und ich glaube, dass Rita so eine Frau war. Ein Mann wie dieser passte wahrscheinlich sogar besser zu ihr als jeder andere, wer weiß.«

»Wie hieß er?«

»Rui. Rui, glaube ich. Rui Pedro Luz, so was in der Art. Ein Mann mit Geld, einem Haus, einem normalen Leben. Wir sind sehr oft erstaunt über das Leben, das andere führen, und nennen es normal, ein normales Leben. Zumindest solange wir nicht hinter diesem normalen Leben Überraschungen entdecken, die niederschmetternd sein können. Vielleicht war er so ein Fall, das habe ich nie ganz herausgefunden. Ein paar Tage, nachdem er nach Porto aufgebrochen ist, wo er lebte, ist Rita dann auch tatsächlich auf die Azoren gefahren. Er hielt sich häufig für kurze Zeit in Lissabon auf, die übrige Zeit lebte er in der Umgebung von Porto. Zwei oder drei Tage später rief mich Rita an und sagte mir, dass sie eine Woche auf den Azoren Urlaub machen werde und dass er sich wahrscheinlich dort mit ihr

treffen werde, wenn er Zeit habe. Ich glaube, dass er nicht dorthin gefahren ist, aber im Grunde weiß niemand, wo er ist, was nichts heißen muss, weil keiner Kontakt zu ihm hat. Keiner aus unserem Freundeskreis. Er ist nicht zur Beerdigung gekommen.«
»Können Sie sich nicht an irgendeine Kontaktadresse erinnern, die er hinterlassen hat?«
»Bei mir nicht. In Ritas Wohnung wird es sicher so etwas geben.«
Filipe Castanheira sah wieder auf die weißen Wände im Sprechzimmer von Luísa Salles. Eines Tages wird Rita Calado Gomes hierher gekommen sein, sich gesetzt und gesagt haben »Ich habe einen Geliebten, einen Mann, ich bin einunddreißig Jahre alt«. Vielleicht hatte sich das vor drei oder vier Monaten so abgespielt, als die Palmen entlang der Straße von São Vicente Ferreira auf São Miguel, die sich an die Steinmauern lehnten, auszutreiben begannen und er selbst mit Isabel Spazierfahrten im Auto über die Insel gemacht hatte. Damals hatte keiner von beiden die Gewitter vorausgeahnt, die im Juli toben würden, als die Flugzeuge die Touristen auf dem Flughafen an Land spülten wie eine Flut von Begierden und Unzufriedenheit. Der Sommer würde schließlich eine Hitzewelle nach der anderen bringen, und mit ihr sollte die Feuchtigkeit kommen, und Isabel sollte sagen »Mir geht es nicht gut«, und er würde antworten »Ich weiß«, und später würde Isabel untertauchen, einige Wochen später, mitten im Monat August, als die Leiche von Rita Calado Gomes schon gefunden worden war, um anschließend in Vergessenheit zu geraten. Zu dieser Zeit überzog eine starke Feuchtigkeit die Flughafenpiste wie an jedem Sommernachmittag. Dann wurde die

Luft zu schwer zum Atmen, und aus dem Inneren der Erde würde sich ein gefräßiges und schreckliches Feuer unbemerkt seinen Weg an die Oberfläche bahnen und mit Nebel überziehen, was nur ein zarter Streifen am Horizont sein sollte, den man von jedem Punkt der Insel und aus jedem Winkel heraus beobachten konnte, von jeder Bucht aus, in die sich das Meer flüchtete und als ein Verbündeter und Überlebender des heißen und versprengten Erdkörpers unter dem Himmel Halt fand.

Luísa Salles würde das verstehen, vielleicht würde sie sogar mehr als das verstehen, auch wenn du nicht aus diesen vier weißen, sauberen Wänden, aus diesen makellos weißen Wänden herauskommst, und auch wenn die Geräusche der kleinen Nachttiere nicht bis hierher dringen, die dem Tod der einunddreißigjährigen Rita Calado Gomes mit ihren roten oder rötlichen Haaren beiwohnten, dem Tod deiner Freundin.

»Ich habe ein paar dieser Namen mitgebracht, und ich möchte mir ganz sicher sein, um wen es sich dabei handelt«, sagte Filipe Castanheira. »Es sind die Namen der Männer, die in irgendeiner Verbindung zu ihrer Freundin standen. Sie wurden alle eingehend untersucht, mit Ausnahme eines Namens. Alle waren in Lissabon, an der Algarve, in Italien, mit Ausnahme eines von ihnen. Keiner dieser Männer war von besonderer Bedeutung, wenn man es genau besieht«, erklärte er und hielt immer wieder inne, während Luísa Salles in einer der Schreibtischschubladen nach Zigaretten suchte und Filipe ihr eine von seinen Além-Mar anbot, die sie annahm. »Die Além-Mar sind keine Superzigaretten, der Tabak wird noch im grünen Zustand bearbeitet, glaube ich, und man mischt ihn

auch nicht mit anderen Sorten, es sei denn, sie wachsen auf den Inseln. Aber diese tun es auch. Doch zurück zu dem, was ich gerade ansprach: Keiner von denen spielte in ihrem Leben eine ernst zu nehmende Rolle. Zwei waren verheiratet, und sie unterhielten eine mehr oder weniger heimliche Beziehung zu Ihrer Freundin, so mein Eindruck. Das Übliche eben. Ein Hotelzimmer vielleicht, das Haus Ihrer Freundin oder Ihres, ein gemeinsames Abendessen pro Woche.«
»Im Allgemeinen seltener, und in meinem Haus waren sie auch nicht.«
»Im Allgemeinen seltener«, bestätigte Filipe Castanheira.
»Heutzutage geht niemand mehr große Kompromisse ein, starke Bindungen.«
»Sie sagen es. Zwei weitere von ihnen sind Männer, denen wir im Zusammenhang mit Rita Calado Gomes überhaupt keine Bedeutung beimessen. Vítor Henriques Pinto zum Beispiel. Erzählen Sie mir etwas über ihn.«
»Es ist so, wie Sie sagen, er hat überhaupt keine Bedeutung. Bekannt wie ein bunter Hund in den Bars von Lissabon, in allen Bars von Lissabon. Er ist Anwalt, sechsunddreißig Jahre alt, fährt jedes Jahr ein neues Auto. Die Eltern bezahlen ihm das Haus, den Wagen, die Reisen nach Italien, wie man weiß, und man weiß fast alles über ihn. Er ist immer sehr gut angezogen. Sagen wir, er ist ein sehr ansehnlicher Mann, mit dessen Eroberung eine Frau sich durchaus rühmen kann.«
»Eroberung?«
»Ein Mann kann auch erobert werden. Als Liebhaber, will ich sagen. Man erwirbt einen Mann, der bestimmte Funktionen bedient. Rita hatte eine recht lange Affäre mit ihm,

in Anbetracht der Dauer, die solche Beziehungen für gewöhnlich haben, zwei Monate, mehr nicht. Sexuelle Beziehungen nur ab und zu einmal.«

»Ihre Initiative?«

»Nein, seine. Ein Langweiler, wenn Sie es genau wissen wollen. Rita flüchtete ziemlich bald vor ihm, und während dieser zwei Monate haben sie vielleicht nur drei- oder viermal miteinander geschlafen. Er gehört zu diesen Typen, die jede Nacht in den gleichen Bars herumhängen, die an der Tür und drinnen begrüßt werden, die fast alle Leute aus allen möglichen Milieus kennen. Aus allen möglichen Branchen, in denen er nie etwas gemacht hat. Leute vom Film zum Beispiel. Er versteht sich gut mit einem oder zwei Regisseuren, mit Leuten aus der Filmproduktion. Aber er selbst hat nichts damit zu tun. Er lauscht ihren Gesprächen und wiederholt sie später im Brustton der Überzeugung, wie einer, der wüsste, wovon er spricht. Aber er hat von nichts eine Ahnung. Keiner von denen hat das.«

»Vor allem nicht vom Kino.«

»Sie sagen es. Und von Malern. Er kennt sie alle, er sieht sie, begrüßt sie, wird gegrüßt, kauft ihnen etwas ab, das stimmt, aber nur, weil er von ihren Bildern gehört hat. Und er hat viele Ängste. Hauptsächlich vor der Vergangenheit.«

»Luis da Costa Aboim.«

»Belanglos. Architekt, blond, blaue Augen. Sie alle folgen mehr oder weniger der Mode. Sie sind damit aufgewachsen, die Zeitungen zu lesen, die im Trend liegen, und, an einen Tresen gelehnt, zu trinken. Sie kennen jegliche Markenkleidung, die es gibt, und alle Restaurants im Bairro Alto und in Belém.«

»In Belém?«

»In der letzten Zeit sind eine Reihe von Restaurants in der Nähe von Belém oder in Belém selbst eröffnet worden, in denen man einmal pro Woche essen geht.«

»Kann man dort gut essen?«

»Nein. Ich glaube nicht. Ich esse nicht gern außer Haus oder zumindest das, was es in den Restaurants zu essen gibt. Meine Mutter macht typisch portugiesisches Essen. Ein paar Tanten aus dem Norden kochen Rindergekröse und Zicklein im Ofen. Auf portugiesische Art. In den Restaurants esse ich nur, wenn es unbedingt sein muss. Außerdem ist es teuer. Fischfilet mit Reis und Tomaten.«

»Gesund.«

»Und eintönig, ich weiß. Luís Aboim, ja genau. Ich glaube, er war einfach zu elegant, um echt zu sein. An einigen Tagen machte er Sport, an anderen nicht, er rauchte englische Zigaretten, John Player, und frequentierte ein Milieu, das Rita bestens bekannt war. Aus Dilettantismus, glaube ich. Er redete nie über Architektur. Und wenn er ›Haus‹ meinte, sprach er von einem ›Projekt von bestimmten Ausmaßen‹. Er fühlte sich unwohl in der Gesellschaft anderer, wenn man ihm nicht allzu große Beachtung schenkte. Dieses Problem wird er immer haben. Er nimmt die Pose eines französischen Künstlers ein.«

»Mögen Sie die Franzosen?«

»Nicht besonders. Und ihn mag im Grunde keiner, und das ist sein Problem.«

»Hat Ihre Freundin schon einmal einen Hang zum Selbstmord gezeigt? Hat sie irgendwann einmal davon gesprochen?«

»Verschiedene Male, aber das liegt schon lange zurück, vor

ihrem achtundzwanzigsten Lebensjahr, als der ein oder andere Mann sie anrief und ihr Leben ziemlich chaotisch war. Später nicht mehr.«

»Hat sie mit Ihnen darüber gesprochen?«

»Natürlich.«

»Und was hat sie gesagt?«

»Dass sie sich umbringen werde. Aber nicht hier. Sie wissen schon. Dieses typische Gespräch über Blut auf dem Teppich, das Beseitigen ihres Körpers, ihrer Leiche, die auf der Seite liegen würde, unansehnlich. Ein Selbstmörder spricht in der Regel nicht viel über Selbstmord. Aber Tatsache ist, dass keiner dieser Männer richtige Bedeutung für ihr Leben hatte, ab einem gewissen Zeitpunkt. Sie tilgte sie aus ihrem Gedächtnis.«

»Fiel ihr das leicht?«

»Was weiß ich. Eines Tages ist sie vielleicht aufgewacht, hat die Fenster geöffnet und gesagt ›Jetzt ist Schluss damit‹. Sie machte Schluß mit allem, was wehtat, mit den durchwachten Nächten, mit diesem und jenem.«

»Einer fehlt: Rui Pedro Martim da Luz.«

»Ich weiß nicht viel über ihn, das habe ich Ihnen ja schon gesagt.«

»Das ist nicht mal nötig«, sagte Filipe Castanheira und öffnete einen gefalteten Zettel, der in seiner Manteltasche steckte und auf dem er ein paar Notizen gesammelt hatte. »Es gibt hier einen ganz seltsamen Zufall. Aber dennoch sehr interessant. Als ich durch ein paar Fotografien und einen Zettel in dem Hotel auf den Azoren auf den Namen von Rui Pedro Martim da Luz stieß, vor vierzehn Tagen etwa, also direkt nach Ritas Tod, da dachte ich, dass wir wahrscheinlich einen sehr komplizierten Weg beschreiten

müssten, weil es bis zu diesem Zeitpunkt keinerlei Anzeichen für ein Verbrechen gegeben hatte. Nicht eines. Keiner hätte sagen können, dass Ihre Freundin, Rita Calado Gomes, ermordet worden ist, und bis heute haben wir keine Gewissheit in diesem Fall, das stimmt.
Wir haben untersucht, wo sich Martim da Luz in diesen Tagen aufgehalten haben mag, und Sie erwähnten mir gegenüber, dass Ihre Freundin etwas sehr Interessantes gesagt habe, nämlich, dass er sie vielleicht auf den Azoren treffen wollte. Dabei fanden wir etwas sehr Interessantes heraus, und zwar, dass sie seit einem Monat nicht mehr mit ihm zusammen gewesen war, weil Martim da Luz just vor ungefähr zwei Monaten untergetaucht ist. Vielleicht ist es auch schon länger her, die korrekten Daten habe ich hier nicht vorliegen. Aber wir können mit großer Gewissheit sagen, dass er vor ungefähr fünf- oder sechsundzwanzig Tagen einfach verschwunden ist, bevor Ihre Freundin tot auf São Miguel aufgefunden wurde. Ich kann Ihnen versichern, dass es nicht sehr angenehm für mich war, sie da tot liegen zu sehen, weil das Meer dort auch mitten im Sommer sehr kalt ist, vor allem an diesem Punkt der Insel, der Strömungen unterworfen ist und an dem es an der Küste keinen Sandstreifen gibt. Die schwarze Steilküste an dieser Stelle machte es uns unmöglich zu glauben, dass Rita Calado Gomes mitten in der Nacht dorthin gegangen sein soll, um ein Bad zu nehmen. Sehen Sie sich dieses Foto an: Rui Pedro Martim da Luz sitzt auf einem Sofa.«
»Das ist bei Rita zu Hause.«
»Genau. Er lächelt und macht keinen besorgten Eindruck. Sie sind Pychologin und verstehen von diesen Dingen

mehr als ich, der nur Polizist ist, aber auf diesem Foto sieht er nicht so aus, als habe er Kummer. Das Foto wurde erst nach dem Tod ihrer Freundin entwickelt, weil es auf einer Filmrolle war, die nicht ganz abgeschossen wurde. Ich fand sie zwischen den Sachen Ihrer Freundin. Ich hatte Schwierigkeiten zu sagen, zu welchem Zeitpunkt die Fotografien gemacht worden sind, diese mit eingeschlossen, und ich kam immer mehr zu dem Schluss, dass sie während eines gemeinsamen Wochenendes geschossen wurden. Wir glauben, es war ein Samstagmorgen.«
»Oder ein Sonntag.«
»Nein, kein Sonntag. Sehr wahrscheinlich ist, dass es ein Samstagmorgen war. Sehen Sie mal. Stellen Sie sich vor, die beiden seien erst vor kurzem aufgestanden und hätten gerade die Tageszeitungen gekauft. War das eine Angewohnheit von ihr, sich die Samstagszeitungen zu kaufen?«
»Ja. Es gibt einen Kiosk im Erdgeschoss des Wohnhauses.«
»Den habe ich gesehen. Und wissen Sie, was für Zeitungen sie kaufte?«
»Ganz normale. ›Expresso‹, ›Semanário‹, mehr wegen der ›Olá!‹, den ›Público‹. Oder den ›Diário de Notícias‹.«
»Was die Leute eben so kaufen. Ich würde noch ›A Bola‹ nennen, aber an einem Samstag ist es das, was die Leute üblicherweise kaufen. Und jetzt sehen Sie sich diese Fotografie an. Dasselbe Sofa, derselbe Tisch, ich nehme an, dasselbe Haus. Und derselbe Morgen, weil das Päckchen ›Marlboro‹ auf dem Sofa dasselbe ist, das auf der anderen Fotografie zu sehen ist. Es liegt in der gleichen Position, auch das Feuerzeug. Rauchte Ihre Freundin ›Marlboro‹?«
»Nein.«
»Aber er wahrscheinlich. Auf dem Boden liegen die Wo-

chenendzeitungen. Wenn man sich die Sache genau ansieht, am besten mit der Lupe, dann kann man die Titel der Zeitungen erkennen, vor allem von dieser hier, der am besten lesbar ist. Es sind alle da, die Sie erwähnt haben, noch ganz druckfrisch, ohne geöffnet worden zu sein. Und diese Zeitungen wurden an einem Samstag herausgegeben, ich habe das Datum herausgefunden, den 6. Juli. Sie hätten sie auch an einem Sonntag kaufen können, sicher, aber der ›Diário de Notícias‹ ist von Samstag, und nur an diesem Tag hat er auch Gültigkeit, nehme ich an.«
»Ich habe ihn nie gelesen.«
»Ich für meinen Teil lese den ›Açoriano Oriental‹ und den ›Correio dos Açores‹. Doch lassen Sie uns festhalten: Die Leiche Ihrer Freundin tauchte sechsundzwanzig Tage, genau sechsundzwanzig Tage, nach diesem Samstag auf. An einem 1. August, einem Donnerstag, den ich so bald nicht vergessen werde. Die Informationen über Rui Pedro Martim da Luz sind nicht sehr präzise. Nach Informationen der Familie ist er am 9. Juli verschwunden, aber wir wissen mehr: Er nahm am 7. Juli ein Flugzeug nach Madrid, einen Tag nach diesem Samstag. Es war derselbe Samstag, an dem er gegen Abend nach Porto zurückkehrte. Die letzte Information, die wir von ihm haben, ist einigermaßen verwirrend, nämlich, dass er wieder nach Porto kam, und zwar zwei Tage nach dem Tod Ihrer Freundin auf São Miguel.«
»Verdächtigen Sie ihn?«
»Nein. Rui Pedro Martim da Luz wurde am 1. August ermordet, am frühen Morgen gegen sechs Uhr in der Nähe eines Strandes. Was nach Porto zurückkehrte, war nur seine Leiche, in einer gewöhnlichen Urne.«

»Zur gleichen Zeit?«
»Genau zur gleichen Zeit, zu der die Leiche Ihrer Freundin gefunden wurde.«
»Wo ist er gestorben?«
»Weit weg, sehr weit weg von hier. An einem Ort, an den keiner von uns auch nur im Traum gehen würde. In Spanien, in Galicien. An einem entlegenen Strand, in einem entlegenen Dorf. Mit einem schönen Namen: Finisterra. Da, wo alles zu Ende ist.«

18. August 1991, neunzehn Uhr

Der Mann entfernte einen Stoß mit Papieren, bevor er zu sprechen begann. Filipe war ungefähr vor fünfzehn Minuten eingetroffen und hatte darauf gewartet, dass er Zeit für ihn hätte. Er hatte zuvor angerufen und ihn von seinem Besuch in Kenntnis gesetzt. »Kommen Sie um sieben«, hatte der Mann gesagt. »Der Sommer ist eine langweilige Zeit, dann ist hier selten jemand, aber im Grunde passiert hier auch nichts. Kommen Sie gegen sieben. Sie wissen, wo es ist?«
»Rui Pedro Martim da Luz, ja, ich weiß, wer das ist. Ich erinnere mich an ihn, weil er ein junger Mann war, der nicht für die Zeitungen schreiben wollte, obwohl er mit uns zu tun hatte. Sie wissen sicher, dass sich jeder darum reißt, für die Zeitungen zu schreiben?«
»Ich will nicht für die Zeitungen schreiben«, sagte Filipe Castanheira.
»Dann sind Sie es selbst schuld, in Ihrem Alter.«
»Können Sie mir Informationen über ihn verschaffen?«
»Es gibt eigentlich keine Daten über ihn«, murmelte der andere, zuckte mit den Schultern und zeigte auf den Saal, den man von ihren Sitzplätzen aus im Hintergrund sehen konnte. »Bei den Zeitungen gibt es schon keine Archivare mehr, wie es sie eigentlich geben sollte. Früher wollten die

Leute etwas und fragten im Archiv danach. Da war alles. Im Laufe der Zeit muss natürlich jeder sein eigenes Archiv aufbauen, seine Notizen machen. Ich finde das nicht schlecht, und kommen Sie mir nicht mit diesem Gerede von den Computern, mit denen man Daten speichern kann. Schere und Papier und Aktenmappen, um das ganze Material aufzubewahren, das ja.«
Er putzte sich die Nase und öffnete gleichzeitig die Schublade eines Schreibtisches aus Eisen.
»Ich habe hier zwei Ausschnitte, die Sie interessieren werden. Nehmen Sie die Sachen mit, es sind Fotokopien.«
»Wie lange haben Sie ihn schon nicht mehr gesehen?«
»Den Luz? Ungefähr seit zwei Jahren nicht mehr. Er war noch sehr jung, als ich ihn kennen lernte. Wir gingen hier in dem Laden um die Ecke ein und aus, im Gamba d'Ouro, da trafen sich alle, und ich wusste natürlich, dass er was mit Politik zu tun hatte. Er wusste von allem ein bisschen was, aber er war ein unangenehmer Typ. Umschwärmt von den Frauen. Er hatte viele Frauen. Und seltsame Freunde, soweit ich mich erinnere. Keine festen Freunde. Er verstand sich mit Leuten der unterschiedlichsten Couleur. Mit Kommunisten und mit Leuten von der Rechten, wohl in der Zeit, in der alle rechts standen. Ich habe immer mit den gleichen Leuten zu Mittag gegessen.«
»An wen hat er seine Informationen weitergegeben?«
»An die solche Informationen gewöhnlich weitergegeben werden. An die Militärs vor allem. Aber glauben Sie mir, er war kein besonders hohes Tier auf seinem Gebiet. Er war nur ein zweitrangiger Informant. Es gab schon keine Kriege mehr zu dieser Zeit. Es gab nur die Amerikaner und die Russen, mit einem sehr schlecht aufgebauten Ring,

sehr schlecht, wenn Sie mich fragen. Wer zu der KP gehörte und wer nicht, zum Beispiel. Wo sich Alvaro Cunhal aufhielt. Wer dort in sein Haus kam. Mit wem sich die großen Tiere aus der Politik zum Abendessen trafen.
Ich habe den Luz zufällig kennen gelernt, weil ich mich schon immer für das Nachtleben interessiert habe, für die Leute, die dann so unterwegs sind. Der Junge war Anwalt, ich weiß nicht, ob er ein guter Anwalt war oder nicht, aber er war Rechtsanwalt. Wir aßen ein paar Mal zusammen zu Mittag, und dann wollte er den neuesten Tratsch und Klatsch erfahren, Interna aus der Zeitung. Glauben Sie bloß nicht an dieses Gerede von Spionage, mein Freund. Das ist nur Gesprächsstoff für den Tresen einer Bar oder etwas für eine Unterhaltung wie diese, unter uns beiden.
Die einzigen Zeitungsausschnitte über Rui Pedro Luz, die ich gefunden habe, sind diese hier. Er ist auf einer der Fotografien zu sehen, an der Seite von Leuten aus der Partei, der PPD, wie sie damals hieß. Und er hat an irgend so einer Kommission teilgenommen. Das war das ganze politische Leben dieses Luz. Keiner macht sich eine Vorstellung davon, wie diese Dinge zustande kommen. Ich meine das Leben der Leute, mit denen wir so zu tun haben. Bei der Zeitung wird man sehr schnell alt, und zwar nicht, weil die Arbeit so viel Spaß macht, sondern weil man Geschichten erzählt, die schon keiner mehr hören will. An diesen Dingen kann man das Alter der Leute erkennen. In dem Maße, in dem sie sich immer weniger für die Geschichten interessieren, die wir erzählen, wird uns bewusst, dass wir alt werden, dass wir nicht mehr dem Zeitgeist entsprechen und einer Welt angehören, die auf ewig mit dem Telex verbunden ist.

Jetzt ist man ja für diese modernen Dinge, das Fax, das amerikanische Fernsehen. Sehen Sie sich die Schreibtische dieser jungen Leute mal an, die sind wie leer gefegt, nur die Aschenbecher zeugen noch von einer Gewohnheit, die aus unserer Zeit datiert. Sonst nichts: kein Papier, keine Bleistifte, nicht einmal Füllfederhalter. Computer. Man schreibt die Meldung in den Computer, und gleich darauf erscheint sie direkt auf dem Bildschirm der Agentur. Sie schicken sich die Nachrichten gegenseitig per Computer, machen sich Notizen im Computer, schöpfen ihre Erinnerung aus der Computeragenda. Früher nicht. Da gab es Papier, und darauf schrieb man auch die Nachrichten. Mit Papier und Fantasie. Heute nicht, aber davon verstehen Sie nichts.

Übrigens sind Sie da keine Ausnahme. Das sind alles Journalisten, die schreiben, was sie hören. Es gab da einen Typen in der Redaktion der ›República‹, das ist schon länger her, einen Typen, der schneller aus der Mode kam als wir. Er gehörte zu den Köpfen dieser Zeitung, und eines Tages war er kein Chef mehr. Von einem Tag auf den anderen verlor er seinen Posten. Er hatte die Altersgrenze erreicht, aber sie ließen ihm seinen Schreibtisch mit Telefon, Schreibmaschine, Papier und allem. Und sie ließen ihm die Zeitungen auf dem Tisch und auch die Meldungen; außerdem wurde er immer zu den Mittagessen eingeladen. Und wissen Sie was? Der Alte tat weiter so, als sei er immer noch der Chef. Mitten am Nachmittag, wenn in der Redaktion Ruhe einkehrte, die Ausgabe schon heraus war und nur noch ein paar Volontäre damit beschäftigt waren, Todesanzeigen und den sonstigen Anzeigenteil zu schreiben, die üblichen Pflichtübungen in diesem Job, da konnte man den Typen am Telefon herumschreien hören: ›Wenn der Artikel nicht bis Donnerstag steht, dann sind Sie entlassen, haben Sie verstanden? Das ist das letzte Mal, dass ich Sie darum bitte, die letzte Warnung, haben Sie gehört? Nur noch bis nächsten Donnerstag‹ und so fort oder ›Wie oft habe ich dich schon um den Artikel gebeten, wie oft?‹.

Nur die jüngeren Leute schauten noch zu ihm auf. Eines Tages fragte ich die Telefonistin, ›Hör mal, Júlia, mit wem telefoniert der eigentlich?‹, und sie zuckte mit den Schultern, lachte, klar, und sagte, ›Mit niemandem, der Ärmste, der spricht mit niemandem, er tut so, als ob er Telefonnummern wählt, aber er spricht mit niemandem, er träumt davon, dass er noch Abteilungsleiter sei‹, und so war es. Der Typ starb gleich nach dem fünfundzwanzigsten April, er starb alt. Wir werden alle alt, sterben, und ich habe Sehnsucht nach der Zeit, in der ich die letzte Seite noch gemacht habe, wissen Sie? Irgend so ein Mörder in der Straße XY, früher gab es nämlich Journalisten für die Fälle, die die Polizei interessierten, für die Frau, die sich umbringt, für den Ehemann, der seiner Frau eine Tracht Prügel versetzt, und so war das Leben. Es bestand aus Nachrichten, die den gemeinen Mann auf der Straße interessierten. Jetzt wollen alle parlamentarische Journalisten werden, aber mit dem Journalismus ist es vorbei. Vor langer Zeit wollten hier alle Wirtschaftsjournalisten werden. Dann kam die Wirtschaft aus der Mode, und alle wollten Auslandskorrespondenten werden.«

»Und welcher Abteilung gehören Sie an?«

»Keiner bestimmten, ich mache mal dies, mal das. Es gibt keine Journalisten mehr, nur noch Leute, die eine Meinung von sich geben. Leute, die in die Bars der Journalisten gehen und ihren Führerschein dort machen und ihre Arbeit auf das Hörensagen stützen. Es gibt wenige, sage ich Ihnen. Heutzutage gibt es ja keine einfachen Reporter mehr. Nur große Reporter, Leute, die richtig Spesen machen, groß zu Abend essen, in teuren Hotels absteigen. Nehmen sie meinen Fall zum Beispiel. Ich mag Lissabon nicht, ich bin hier gebunden, weil ich Frau und Kinder habe, eigentlich nicht das, was man sich unter einem unglücklichen Leben vorstellt, nein, das nicht, schließlich gibt es Freuden in diesem Leben, die unbezahlbar sind. Als wenn man das Glück kaufen könnte, ich weiß, für Sie bin ich ein Alter, und es stimmt, ich bin wirklich nicht mehr jung, aber die große, große Wahrheit ist, dass ich eigentlich gar nicht aus Lissabon komme. Mich hat es ganz zufällig hierher verschlagen. Ich habe es schon immer geliebt zu schreiben, ich mochte diese Welt, auf die ich einmal in Braga, in einer Druckerei der Kirche, einen Blick geworfen hatte. Es war die Welt der Tinten, der Korrekturabzüge, der Bleitypen, die Welt der Nachrichten, der Zeitungen, der Zigaretten, die um drei Uhr morgens im Aschenbecher ausgedrückt wurden. Ich träumte davon, eine Reportage zu machen, die Reportage meines Lebens, die Reportage über das Leben und Sterben der Menschen. Nichts über besondere Menschen, aber über Menschen eben, über gewöhnliche Sterbliche, darum, Leben und Tod, ich weiß nicht, ob Sie mich verstehen, ich meine das wahre Leben und den wahren Tod. Eine Reportage, an die man sich noch später erinnern sollte.

Wir denken ja immer, dass wir für die anderen schreiben, und später, dass wir für die Ewigkeit schreiben, für die,

die nach uns kommen, schließlich ist das doch die Ewigkeit, die anderen, die nach uns kommen. Aber damit war es nichts. Nachdem ich ein paar Jahre Artikel über Begräbnisse und Eröffnungen geschrieben hatte, bei denen immer ein Minister anwesend ist, übrigens Minister durften wir nicht schreiben, sondern nur Herr Minister, nach ein paar Jahren also sagte ich mir, jetzt sei ich bereit für meine Reportage. Ich brachte einige zu Papier und spürte, dass sie gut waren, wirklich gut, so gut wie das Leben, das ich gern geführt hätte. Sie handelten vom Fußball, von der Kirche, die in Flammen aufgegangen war, von einem Schiff, das gesunken war, von einem Mann mit einer Geliebten, der seine Frau getötet hatte, als er sie im Bett mit dem Ehemann der anderen erwischte, vom Blut in der Arena, vom Blut auf der Straße, vom Blut, das überall vergossen wird. Ich glaubte nämlich, dass das Leben dort und nirgendwo anders zu finden sei, in diesem Blut, vor allem im Blut der anderen.

Und ich sage Ihnen, nach all dem kamen die wirklichen Genies. Ich beneide sie nicht ein bisschen. Sie kamen mit der Revolution, mit der Politik. Aber offen gesagt, wenn Sie mich fragen, das ist kein Journalismus, das ist Intrige. Die verbringen ihr ganzes Leben damit zu intrigieren, Meldungen über andere zu verbreiten, Meldungen, die letztlich alles über sie selbst verraten, sie haben ihre Sekretärinnen, die ihnen die ganze Arbeit abnehmen, und es ist so, wie ich Ihnen schon sagte, es gibt keine gewöhnlichen Reporter mehr, es gibt nur noch große Reporter, die gleich auf die Palme gehen, wenn Ihnen die Verwaltung nicht augenblicklich ihre Auslagen bezahlt. Schreiben? Kaum, ganz wenig. Was sie heute wollen, sind jede Menge Foto-

grafien, große Fotos, Bilder. An Text nur das Nötigste, aber die Wahrheit ist, dass die Nachrichten schon nicht mehr über die Zeitungen unter die Leute gebracht werden, weil sie vorher schon alle Welt über das Radio oder das Fernsehen erfahren hat. Durch das Fernsehen, genau. Sie kennen die Nachrichten, und dann wollen sie alles genau über die Zeitungen erfahren, sie wollen alles erfahren, wollen die wahre Geschichte lesen, und die ist immer erfunden, und die erfundene Geschichte wird dann zu der wahren.
Finden Sie, dass es im Fernsehen richtige Journalisten gibt? Ernst zu nehmende Journalisten? Journalisten, die eine Geschichte erfinden, eine Geschichte schreiben, so wie sie sein sollte? Da haben Sie sich getäuscht. Es gibt Leute, die diese oder jene Bilder bei dieser oder jener Fernsehgesellschaft aus dem Ausland kaufen und basta, das ist ihre ganze Arbeit. Die Erklärungen des Ministers, eines Politikers, von dem alle Welt weiß, was für ein Hornochse er ist und dass er seine Frau schlägt, doch im Grunde interessiert nur das Bild. Ein Typ von dieser Machart sorgt sich eher darum, was jemand anzieht, als darum, was er sagt.
Schreiben? Das können sie nicht, sie machen Fehler, Rechtschreibfehler. Glücklicherweise macht meine Frau keine Rechtschreibfehler, sonst hätte ich mich schon von ihr getrennt, das wäre eine Schande. Die Leute müssen doch richtig schreiben können. Darum sind wir doch Journalisten. Das ist meine Meinung. Aber ich erzähle Ihnen das, weil es sieben Uhr abends ist, es ist schon spät, sehr spät, und ich gehe jetzt direkt nach Hause. Es ist so, wie ich sage. Nehmen Sie nur meinen Fall, zum Beispiel. Ich mag Lissabon eigentlich gar nicht. Die ganze Sache fing bei einer Kirchenzeitung in Braga an, und dann packte mich die Lei-

denschaft. Ich glaube, es war eine der größten Leidenschaften meines Lebens, die Zeitung. Heute habe ich nur noch Heimweh. Ich habe Sehnsucht nach den Weinreben meiner Heimat, nach dem Schweineschlachten, den Kohlköpfen, die in geraden Reihen gesetzt werden, nach den Zwiebeln, die dort im Frühling in Furchen wachsen, und nach der Sonne, dem Geruch von Dünger, dem Geschmack gekochter Sprossen, den großen, gelben Kürbissen. Ich sehne mich nach den Dahlien, die ich in einem kleinen Garten pflanzen würde, und nach der Blüte der Kartoffelstaude. Wenn der Oktober kommt und später dann der Winter, werde ich noch größeres Heimweh haben, weil dann die ersten Regenfälle kommen und der Geruch nach Erde in die Nase dringt und sie frei macht.

Ich weiß zwar nicht, ob diese Mischung gut ist, aber für mich ist sie das. Sie macht mir sogar Lust darauf, das Leben noch einmal zu beginnen, Holz zu schneiden und für den Ofen zu hacken, die Hennen im Hühnerstall gackern zu hören, die Kaninchen, die im Sommer immer an Wechselfieber sterben, und all das, all das. Danach habe ich Sehnsucht, finden Sie das schlimm? Finden Sie das schlimm, dass ein alter Mann Heimweh hat? Meine Frau ist jünger als ich, sechs Jahre ungefähr, ich weiß nicht mal mehr genau, wie viel, und ich sage immer zu ihr, ›Adélia, jeder Monat, den ich hier noch verbringe, kommt mir wie zwanzig Jahre vor, ich habe schon fünfhundert oder sechshundert Jahre meines Lebens verschenkt‹, und das stimmt, jedes Jahr, das vergeht, geht von meinem Leben nach meiner Rente ab, das ich in Braga, meiner Heimat, verbringen werde, wo es grüne Weinreben und hohe Bäume gibt, und einen Fluss.«

19. August 1991, drei Uhr dreißig

Ich erkenne diese Momente wieder, als hätte ich sie selbst erlebt, die Feuchtigkeit der Laken, die Lauheit in der Luft eines Zimmers, das kaum geöffnet wurde. Das Bett ist zerwühlt, die Laken sind miteinander verknäuelt, ein leerer Aschenbecher steht neben dem Bett, ein paar Bücher liegen verstreut auf dem Boden, eine Zeitschrift zur gelegentlichen Lektüre, aber vor allem dieser Geruch, der geballte Schweißgeruch einer Nacht, zwei Körper mitten im Sommer. Da ist sie wieder, die Feuchtigkeit der Laken, sagte Filipe Castanheira leise. Und erneut erkenne ich einen Ort wieder wie etwas Vertrautes, das ist der einzige Trick, der einzige Weg vom Zweifel zur vagen Gewissheit, ein Riesenschritt im Grunde. Wie diese Begegnung gewesen sein mochte, ob sie wohl so war, wie ich sie mir vorstelle? Rui Pedro Martim da Luz und Rita Calado Gomes. Und Marta? Vergiss diese Marta, in dieser Geschichte gibt es zu viele Geschichten, Körper, die von anderen Orten kommen, Gegenstände, die woanders herstammen. Es gibt Dinge, die nur in meiner Vorstellung existieren, dachte er wieder. Mein ganzes Leben lang gibt es immer wieder Dinge, die von irgendwoher auftauchen und mein Dasein durchkreuzen, als sei das meine Bestimmung, etwas, das meiner Haut für ewig anhaftet, so als hinge meine Haut Gerüchen nach, die sie verunreinigen.

Mir gefallen diese Bilder, die nur in meiner Vorstellung existieren, ohne dass andere die gleichen Gedanken zur gleichen Zeit in ihren Köpfen hegen. Ich weiß, dass auch andere sich solche Dinge vorstellen, obwohl sie sich scheuen, sich das selbst einzugestehen. Ein zerwühltes Bett. Was wird sich in diesen Tagen abgespielt haben, vor ein paar Monaten? In diesem Augenblick, in jenem Augenblick, der vollkommener war als all die anderen, als er ihr wieder in die Augen sah und dort ein kurzes Leuchten wahrnahm, etwas – so viel wußte er in diesem Moment –, das er nie wieder dort sehen würde? Wie spürt man diese Unlust an der Liebe? Was ist überhaupt Liebesmüdigkeit? Diese Jahre und Jahre eines Lebens, die von Misstrauen, Schrecken, Hoffnungen geprägt sind? Die Jahre eines ganzen Lebens, des Lebens gestandener Männer, gestandener Frauen, gestandener Körper, die keine Mühen gescheut haben? Hast du keine Lust mehr auf die Liebe? Die Liebe? Die gibt es nicht mehr. So etwas fühlt keiner mehr. Was ist die Unlust an der Liebe? Wie erkennt man sie, von einem Tag auf den anderen?

Denk an dich selbst, Isabel kam nicht zum Abendessen, an einem dieser Abende, es ist schon ein paar Tage her, vor einem Monat, du erinnerst dich nicht mehr genau, alles war so perfekt, so perfekt, wie man es erwarten kann von einem Augenblick, der bis ins Kleinste vorbereitet wird, um jemandem offeriert zu werden. Nehmen wir zum Beispiel diesen Zeitabschnitt; Zeit, die du deinem eigenen Leben abringst, deiner Lebenszeit. Diesen Augenblick schenkst du jemandem, den du liebst oder den du vielleicht liebst, aber worauf es dir im Grunde ankommt, ist, diesen Augenblick ebendieser Frau zu schenken, und du behauptest, das sei die Liebe,

weil die Liebe Formen angenommen hat, die plötzlich in deinen Augen eine bestimmte Gestalt haben.
Deine Gedanken schießen dir sehr schnell durch den Kopf, vielleicht ist es gar nicht gut, dass du nachdenkst, erinnere dich daran, was der Arzt dir geraten hat, »drastisch«, er sagte »drastisch«, weniger rauchen, weniger trinken. Du hast nicht so viel Geduld mit den anderen. Der Körper ist so erbärmlich und so kompliziert, dem Ende so nah. Aber Isabel ist nicht gekommen, du fandest es heraus, als du deinen Blick auf das richtetest, was aus diesem Augenblick hätte werden können, ein Rest Zukunft, alles so vollkommen und so gefasst, keine Übertreibungen, nichts Überzogenes, alles so, wie es sein sollte im Paradies, ja genau, du hast dir ein kleines Picknick mit ihr im Paradies vorgestellt, und zwar deshalb, weil du in den wenigen klaren Augenblicken deines Lebens das Gefühl hattest, es könnte mit ihr stattfinden, dieses Picknick, und sich auf der grünen Ebene eines unendlichen Traumes ausdehnen. Die Träume. Die Träume tun einem nicht gut, du hast schon so viel geträumt, einmal träumtest du von einem Haus, einem weißen Haus, dort fandest du deine Ruhe, richtige Ruhe, und du weißt nicht, ob du allein dort warst.
Wie auch immer, was ist überhaupt die Liebesmüdigkeit? Vergleich die Liebe der anderen mit deinen Liebschaften, wie viele hattest du? Die Welt ist viel zu gleich.
Wäre es genau so gewesen, oder bildest du dir das nur ein, spielt dir deine Fantasie einen Streich? Werden sich die Dinge eines Tages vielleicht so abspielen? Stell dir die Laken vor, die sich um ihren Körper schmiegen, er steht auf und schaut sie wieder an, alles so vollkommen, so neu, so von Grund auf neu, alles so bereit für einen Neuanfang

und für die Fortführung des Lebens, er hinterlässt ihr eine Nachricht im Bett, gleich neben dem Hemd, das zerknüllt am Fußende liegt, du hast diese Nachricht entdeckt und gelächelt, nicht wahr? Das erinnert dich an etwas, *Manchmal ist es schwer, dich anzusehen, denn du bist dem Himmel sehr nahe – wie ein Vogel*, lächerlich so etwas, aber so sind diese Nachrichten, und wie sind deine? Einfache Sachen, wenn du Isabel eine solche Nachricht hinterlassen hättest, wäre sie dann zu diesem Abendessen erschienen? Wahrscheinlich wäre sie gekommen, du würdest mit ihr schlafen, sie würde die Arme ausstrecken, du weißt, wie schön das ist, wenn sie die Arme nach dir ausstreckt und sie um deinen Hals legt, und du gleitest mit dem Mund bis zu ihren Brüsten hinab, nennst sie Apfeltittchen, was auch immer, sag es jetzt nicht, du machst einen so lächerlichen Eindruck, wie du da stehst und es dir vorstellst. Na los, werd deutlicher, bleib nicht auf halber Strecke stehen! In diesem Augenblick würde sie wieder deinen Hals umschlingen, aber mit den Beinen, du magst diesen Geruch, du würdest jetzt alles für diesen Geruch geben, immer und für alle Zeiten, zu der Stunde deines Todes, wie ein Gebet, das du in der Kirche sprichst, und so nimmt sie also deinen Hals zwischen die Beine, das ist es doch, was du wolltest, weil sie es ist, die nicht zulässt, dass du von ihr lässt, und das wirst du bestimmt nicht tun in diesem Augenblick, deine Zunge berührt eilig ihr Geschlecht, das dich nicht freigibt, Isabel steigt an dir herab, keiner von beiden gibt seine Beute frei, sie packt dich mit Gewalt, ja, ja, das magst du, wie solltest du das nicht mögen? Und da, ihr Mund, den du erwartest, erst langsam und dann immer schneller, du kannst ihre Lippen jetzt nicht richtig sehen, aber du versuchst es, du willst dich sehen als Teil eines Schauspiels, willst sehen wie deine Rolle in diesem Akt sich ausdehnt, du bist so schüchtern, aber sie weiß, wie schüchtern du bist und wie du es magst, diese Geste anzusehen, mit der sie dein Geschlecht mit dem Mund umschlingt, sie weiß es, sie hebt ein Bein, damit du es sehen kannst, und so gibt dir das Dreieck ihrer geöffneten Beine den Blick frei, sie weiß es und sieht zu dir hin in diesem Augenblick, weil sie es jetzt ist, die sehen will, und du schließt die Augen, du musst sie schließen, und dann suchen sich die beiden wieder, von Angesicht zu Angesicht, wo ist mein Gesicht, das sich in dir versenkte? Wo ist deine Zunge, die eben noch so weit von meiner entfernt war? Wo ist deine Zunge, die gerade noch mein Geschlecht leckte? Jetzt schmecke ich meinen eigenen Geschmack auf deiner Zunge, die eben noch anders schmeckte, sich anders anfühlte, und meine Zunge hat den Geschmack, an den ich mich manchmal erinnere, ich weiß nicht genau, wonach es schmeckt, unzählige Male in der Nacht schließe ich die Augen, um mich daran zu erinnern, und dann, langsam, versuchst du in sie einzudringen, und sie dringt in dich ein, ja, das ist es, du bist so oft von ihr penetriert worden wie sie von dir, Geheimnisse einer intensiven Liebe, einer Liebe voller Spannung, vollkommen und verlässlich, und dann ist es, als würdest du zwischen zwei Wassern schwimmen, die sich in einem Meer bewegen, im Wechselspiel der beiden Wasser des Meeres, der Strömungen, die dich überspülen und dich erfassen, die deinen Körper durchschütteln, ihn schwächen und verletzlich machen, absurd ist er, der Körper, so willenlos und fahrlässig, du schwimmst von einem Meer zum anderen, du spannst deinen Bauch an und nimmst ihre

Lippen wieder auf, die sich plötzlich öffnen, alles ist in Erwartung von dir, alles ist so verletzlich in diesen Augenblicken, es gab da ein Fenster, du erinnerst dich, ein Fenster zum Nachbargarten hinaus, wo die ganze Nacht hindurch die Palmen in Aufruhr waren, solange die Morgendämmerung nicht kam, eine Nacht, so blau und kalt, endgültig wie eine Fotografie, die an die Existenz des Lebens dort draußen und gleichzeitig an das Leben in dir gemahnt, und in diesem Augenblick endet alles, um gleich darauf auf ganz neue Weise zu beginnen, ihre Arme um deinen Hals, so verletzlich das Leben, so verletzlich.

Vielleicht ist es nicht mal das, sondern nur der Eindruck, dass etwas zu Ende ist, da, wo diese Erinnerung beginnt, alle Erinnerungen, zu denen du fähig bist, die an Isabel vor einem Monat, der Morgen hatte gerade begonnen, sie stand vom Bett auf, zog den weißen Bademantel an, schaute sich um, als sie den Flur durchquerte, sah direkt zu dir hin, zu dir, der zusammengekauert im Bett lag und so tat, als würde er schlafen zwischen den Laken, aber du wolltest sie aufstehen sehen, sie ansehen, solange sie nackt war und den Bademantel anzog, und das Haar nach hinten warf, und da sahst du diesen kurzen, traurigen Schein, als sie dich anblickte und vorsichtig auf Zehenspitzen über den Boden ging, um dich nicht aufzuwecken, dabei warst du schon wach und ließest sie nicht aus den Augen, du hast ein paar Minuten gewartet, dann trafst du sie in der Küche, wo sie saß und Kaffee trank und eine Zigarette rauchte, vor einem Monat, genau, das war vor einem Monat, sie legte die Arme um deinen Hals, du kannst dich jetzt noch an die Wärme ihrer Arme erinnern, an das letzte, das intensivste Aroma der Nacht?

Würde man so etwas Aroma nennen? Es ist eher ein Geruch, ein animalischer und beunruhigender Geruch, der Geruch einer Nacht, der in der Luft liegt, und all der anderen Nächte vorher und nachher, wenn es sie geben würde. Blick zurück. Die beiden liegen im Bett. Sie sagt dir »Es ist nicht wichtig, was die anderen sagen, was andere dir gesagt haben und was andere mir gesagt haben«, und später, viel später, »Mir geht es schlecht, mir geht es nicht gut«, und darum würdest du jetzt alles noch einmal für diesen Geruch geben, diese Zeichnung, die der Sex auf dem Fleisch hinterlässt, diesen Augenblick, in dem ihr ineinander gefangen seid, eine lange Minute, die längste Minute überhaupt, wenn einer in den anderen eindringt.

Dann verschwand sie aus deinem Leben oder fast, nicht voll und ganz, aber sie ist verschwunden. Weißt du, wo sie jetzt ist? Es ist zwei Uhr morgens, ruf sie doch an, wäre das angebracht? Du bist so empfindlich, ruf sie doch an, triff dich mit ihr, du solltest hart sein, ein Mann sollte manchmal hart sein, auch wenn er in anderen Dingen des Lebens nicht hart ist, aber in diesen Augenblicken solltest du konsequenter sein, du weißt das, und du weißt, dass du nicht anrufen wirst, du wartest immer darauf, dass das Schicksal dir die Hand reicht, und was dich noch mehr beunruhigen wird, noch viel mehr, ist die Erinnerung an diesen Geruch, nicht zu wissen, woher er genau kommt, um welchen Geruch es sich eigentlich handelt, such in der Erinnerung danach, du weißt nicht, was dich an ihm am meisten erregt, wie genau er riecht, dieser Geruch, den du suchst, eines Tages wirst du diese Erinnerung vollständig vergessen haben oder das, was jetzt nichts als eine Erinnerung ist, alles vergeht so leicht, so schnell, selbst jetzt weißt du nicht genau, aus wie viel Tausenden von Partikeln sich dieser Geruch eigentlich zusammensetzt, aber stell ihn dir vor, eines Tages wirst du ihn dir nicht einmal mehr vorstellen können, nicht einmal mehr wahrnehmen, dass du dich an diesen Geruch einmal mit anderer, größerer Intensität erinnert hast, und du wirst ihr nicht sagen können »Ich habe Sehnsucht nach deiner Stimme, ich denke so oft an sie, ich denke an sie, wenn ich mitten in der Nacht aufwache, wenn sie es nicht ist, die mich aufweckt und an mir haftet wie ein Traum und noch einer und noch einer, ich habe Sehnsucht nach deiner Stimme.«

19. August 1991, vierzehn Uhr

»Manchmal geht die Liebe durch den Magen«, sagte Luísa Salles. »Das wird häufig untersucht, wenn man die Beziehungen zwischen den beiden Geschlechtern analysiert, obwohl es nie ausschlaggebend ist. Ich erinnere mich an meine Tanten. Gestern habe ich Ihnen von einer erzählt. Ich denke vor allem an Tante Emília, die immer noch in Arganil lebt, ganz in der Nähe von Arganil, und was mich an sie erinnert, ist ihre Küche.«
»Wenn ich das ganze Essen irgendwo gelagert hätte, das ich mich in der Kindheit zu essen geweigert habe, dann wäre ich jetzt für viele Jahre versorgt. Großmutters Suppen. Es ist ein Bild aus der Kindheit, glaube ich, das fast alle Leute haben. Halten Sie es für wichtig?«
»Für mich?«
»Als Psychologin, klar.«
»Wenn wir uns an Dinge erinnern, die uns gut geschmeckt haben, dann vielleicht, weil die Erinnerung daran uns auch gut tut oder umgekehrt. Da muss es eine Beziehung geben. Ich erinnere mich an das Rindfleisch auf portugiesische Art in Arganil und an die Familie an den Sonntagen und an den Samstagen, an den verlängerten Wochenenden, bei Tante Emília zu Hause. Aber ich bin keine große Köchin, leider. Kochen Sie?«

»Das Nötigste. Das, was nötig ist, um zu überleben. Die Küche ist aus unserer Kultur verschwunden, weil wir eine urbane Gesellschaft geworden sind. Die Restaurants ziehen daraus ihren Nutzen. Heutzutage redet jeder von den Gerichten, die er isst, aber nicht davon, was er kocht oder kochen kann. Wir haben uns daran gewöhnt, ein fertiges Gericht vorgesetzt zu bekommen, also müssen wir den Prozess nicht kennen, der nötig ist, um so etwas herzustellen. Schauen Sie her: Wissen Sie, wie dieses Fleisch entstanden ist? Nicht das Fleisch an sich, sondern seine Struktur, denn das ist es im Grunde, was wir essen, Strukturen, Geschmacksrichtungen, Gerüche, Teile von Sachen, die einmal waren. So ein Schmorbraten ist eine Kunst. Für gewöhnlich nennt man ihn einfach Braten. Gebratenes Fleisch. Über seine Qualität entscheidet die Langsamkeit, die Zeit, die nötig ist, um das alles gar zu kochen, langsam, fast ohne das Ganze auch nur einmal durchzurühren.

Kennen Sie den Estouffat? Das ist französische Küche, eigentlich kein typisch französisches Gericht, es kommt nämlich aus Okzitanien. Es braucht keine besonderen Zutaten, nur die Bohnen, die weiß und sauber sein müssen und frisch, Knoblauch, Zwiebeln, Tomaten, Speck, mehr nicht. Es gibt das Estouffat vom Rebhuhn, aus der Auvergne, klar, aber das aus Okzitanien ist das Wahre. Es basiert auf einer alten, sehr alten Geschmacksrichtung, einer Art Grammatik der südlichen Küche, wenn sie mit den Ingredienzen konjugiert wird, die gewöhnlich fehlen, dem Mehl und dem Salz. Sehen Sie sich dieses Gericht an: Es ist nicht ein einziges Mal durchgerührt worden, wahrscheinlich nicht mehr von dem Moment an, als der Topf aufs Feuer gestellt wurde, bis zu dem Zeitpunkt, als der Herd ausgestellt worden ist. Die

Zutaten haben sich von ganz allein miteinander vermengt, sie haben die Qualitäten der anderen Zutaten und sogar ihre Schwachpunkte aufgenommen. Die Säure der Tomate ging in die Süße des Fleisches über, alles war aufeinander abgestimmt. Es ist das Gegenstück zur barocken Küche, das stimmt, zu diesem Fest der Farben, Geschmacksnuancen und der Üppigkeit, aber achten Sie einmal auf die Struktur dieses Fleisches hier, auf die genaue Struktur, die dieses Fleisch hat. Es hat eine Zartheit, die der barocken Küche fremd ist.«

»Sie reden ganz anders, wenn Sie über Essen reden. Wie ein Gelehrter.«

»Sicher nicht.«

»Doch, wirklich. Sie sprechen über das Essen auf eine ganz andere Weise. Dann wirken Sie wie ein Intellektueller, der ein Buch, einen Film kommentiert.«

»Jeder von uns sollte nur über das sprechen, von dem er etwas versteht«, sagte Filipe Castanheira und nahm sich noch etwas Wein. »Ich werde nicht über diesen Wein sprechen, der gut ist. Ich weiß, dass es ein guter Wein ist, aber das ist auch schon alles. Es gibt Dinge, die wir ausprobieren und dann wieder vergessen sollten. Und es gibt andere, die wir probieren und kennen lernen sollten, aber das Reden darüber ist etwas anderes, es erfordert Zeit, Anstrengungen, Trägheit. Es gibt Dinge, die man nur durch Trägheit erreicht.«

»Wie kommen Sie darauf?«

»Weil ich mich manchmal der Trägheit hingebe. Es gibt Dinge, die man nur durch Trägheit erreicht.«

Das Restaurant war ein altes Haus, das Filipe Castanheira bekannt war. Um den Eingang rankte sich der Efeu, im

Speiseraum dominierten weiße, kalte Kacheln. Es hatte immer noch das Aussehen eines familiären Restaurants aus der Mitte des Jahrhunderts, in dem die in Weiß und Schwarz gekleideten Angestellten lautlos umherhuschten und auch die Gerichte schweigend serviert wurden. Er hatte Luísa Salles zum Mittagessen hierher eingeladen, zu einem späten und unverbindlichen Mittagessen, bevor er seinen Zug nach Porto nehmen und später den Rückflug nach São Miguel antreten wollte.
»Ich bin ein bisschen von meinem Kurs abgekommen. Übermorgen kehre ich auf die Azoren zurück.«
»Wissen Sie, was die Freundschaft zwischen zwei Frauen ausmacht?«
»Nein. Es wird eine Art Mitwisserschaft sein, wie es sie in jeder Freundschaft gibt.«
»Ja, jede Freundschaft hat etwas davon, aber die Freundschaft zwischen zwei Frauen schließt immer auch den Betrug ein, eine kleine Dosis an Betrug am anderen, an Egoismus. Keine Frau kann mit einer anderen Frau eine Freundschaft eingehen, wenn in dieser Beziehung nicht eine von beiden wichtiger wäre als die andere. Sagen wir, es handelt sich um etwas Fließendes, einmal ist die eine stärker, dann wieder die andere. Aber eine hat immer die Oberhand. In unserem Fall übernahm ich beinahe immer die Rolle der Stärkeren, die schlimmste Position, die langweiligste. Ich war anders als Rita. Sagen wir, ich war – und das schon immer – ein Muster an Besonnenheit, etwas, das Rita in ihren goldenen Jahren nie abgeben konnte, in den Jahren, in denen sie völlig anders war als jetzt, bevor sie starb.«
»Mochten Sie diese Frau?«
»Oft ja. Das heißt, ich mochte sie oft gern leiden, schließ-

lich mag man einen Menschen nur von Zeit zu Zeit, wenn überhaupt. Sie mochte ich oft, ich beneidete sie oft, und sie beneidete mich ab und zu.«

»Worauf war sie neidisch?«

»Auf Kleinkram. Dass mein Leben mehr oder weniger glatt verlief. Aber ich war auf Dinge eifersüchtig, die ihr passierten, auf Abenteuer, die sie mit anderen Männern erlebte, auf Begeisterungsstürme und auch auf eine gewisse Naivität. Rita war ein wenig unbedarft, auch in ihren politischen Ansichten, in den Gesprächen, die wir führten. Sie sagte absurde Dinge und verteidigte sie unsicher, aber sie verteidigte sie. Eine Frau verändert sich radikal, wenn sie sich verändern will. Mehr als ein Mann, wesentlich mehr. Eine Frau ist stärker, sie hat eine Kraft, die sie zu einer mutigen Heldin macht, nicht zu einer Heldin aus einem Roman, aber zu einer Heldin für einen Abschnitt ihres Lebens, weil ihr diese Kraft aus ihrer Güte und ihrer Schlechtigkeit erwächst. Es ist der Wunsch nach Betrug und die Entschlossenheit, den Dingen treu zu sein, die man liebt oder hasst. Manche Männer taten ihr weh, aber sie war stark, sehr stark. Und sie hatte Glück, trotz allem, ein Glück, das sie wieder auf die Füße kommen ließ, als alle schon glaubten, sie würde nicht mehr hochkommen. Darum weiß ich nicht, ob ich glauben soll, dass sie gestorben ist oder dass sie getötet wurde.«

»Das weiß keiner von uns.«

»Sie haben Ihre Zweifel.«

»Ich habe immer Zweifel«, sagte Filipe Castanheira. »Aber ein Zweifel ist immer nur ein Zweifel, man sollte ihn nicht zu seinem Ausgangspunkt machen. Es ist eine Art Lebensstil, zu zweifeln. Irgendeiner der Männer, über die wir gesprochen haben, könnte sie getötet haben.«

»Nein, das glaube ich nicht.«
»Eine Frau. Eine neidische Freundin.«
»Ein Scherz unter Kindern, ein Streit, etwas Infantiles? Der Tod als Bestrafung, ein Relikt aus der Kindheit. Haben Sie schon mal etwas von Freud gelesen?«
»Wohl kaum. Er schrieb auf Deutsch.«
»Er ist übersetzt worden.«
»Aber die Fälle sind zu österreichisch. Generäle, labile Mädchen, zu gluckenhafte Mütter, verheiratete Frauen mit wenig ernst zu nehmenden Problemen.«
»Meinen Sie das jetzt ironisch?«
»Nein. Ich habe ihn nie gelesen.«
»Es könnte von Nutzen sein.«
»Einer Psychologin vielleicht, aber nicht mir.«
»Haben Sie nie solche Probleme gehabt? Von der Art, über die Freud schrieb?«
»Ich habe Freud nie gelesen, ich weiß nicht, über welche Probleme er schrieb. Ich glaube schon, dass ich sie gehabt habe, das ja. Allerdings habe ich sie im Laufe der Jahre gelöst.«
»Haben Sie sie verdrängt?«
»Wenn es nötig war, ja. Ich dachte an andere Dinge, dann wandte ich mich der Sache wieder zu, beschäftigte mich eine Weile damit und kaufte mir anschließend eine Angel, eine irische Kappe und ein Videogerät. Auch in Ponta Delgada gibt es Videoclubs. Nicht sehr gute, aber ein paar gibt es schon. Am späten Nachmittag gehe ich dort vorbei und leihe mir den ein oder anderen Film aus, um ihn mir abends anzugucken.«
»Mögen Sie Kino?«
»Das tun wir doch alle. Dort werden schließlich viele

Sachen erklärt, Träume, Dinge, die wir gern gelebt hätten und niemals werden leben können, zum Beispiel, ein großes Haus zu haben, eins mit Swimmingpool, eine Frau, die sich um den Garten kümmert, die Kompott macht und begehrenswert erscheint.«

Kino. Versatzstücke über Versatzstücke. Fragmente über Fragmente, Bilder, die schlagartig enden wie durch eine plötzliche Kälte, die aus dem Himmel niedergeht. Luísa Salles schob die Kaffeetasse an eine Tischecke und lächelte:

»Ich habe Ihnen ein Buch mitgebracht, das Rita und ich sehr mochten. Es ist nichts Besonderes. John Le Carré, kennen Sie den?«

»Das scheint so eine Art Pflichtlektüre zu sein, selbst für einen Polizisten.«

»›Ein blendender Spion‹. Die letzten Tage von Magnus Pym. Magnus Pym kommt in ein Dorf und lässt sein ganzes Leben Revue passieren. Alle denken, dass er verschwunden ist, aber das passiert nicht in Wirklichkeit. In der Tat erinnere ich mich nicht mehr, ob er nach London zurückkehren wollte oder nicht, oder ob er wirklich untertauchen wollte. Was dann auch geschieht. Haben Sie es gelesen?«

»Zu dick. Haben Sie es bei sich?«

Luísa Salles zog darauf ein Buch hervor und legte es auf den Tisch, mit dem Deckel nach unten. Filipe öffnete es vorsichtig, durchblätterte ein paar Seiten, die sich unter dem Druck seiner Finger auffächerten.

»Nehmen Sie es mit und lesen Sie es. Rita mochte dieses Buch sehr, vielleicht hilft es Ihnen.«

Filipe Castanheira bedankte sich und zahlte die Rechnung. Dann gingen sie zusammen hinaus auf die sonnendurchflutete und heiße Straße.

19. August 1991, einundzwanzig Uhr

An die Macht des Schicksals glauben, an den Platz, den wir im Leben einnehmen, an die Unvermeidlichkeiten, an den Lauf der Flüsse. Glauben, dass die Geschichten im Grunde nie endlich sind und sich kreuzen, bis sie ein Netz bilden, in dem nur die Erinnerung gefangen bleibt, mehr nicht, nur die Erinnerung. Eine Liebesgeschichte, der mehr oder weniger verzweifelte Versuch, den versprengten Objekten einen Sinn zu geben, die sich angesammelt haben, bevor ein Haus verlassen wird, damit man über die Erinnerung wie über ein organisiertes Archiv verfügt, ein Gemurmel von Stimmen, das einen nicht loslässt. Rui Pedro Martim da Luz mit Rita Calado Gomes, ein älterer Mann, hatte Luísa Salles gesagt.
»Ein Buch, das Rita und ich sehr mochten.«
Das Fenster steht auf, und man kann den Einbruch der Nacht erahnen. Alles geschieht wie auf einem Bildschirm, auf dem sich Fragmente von Bildern spiegeln. Filipe Castanheira ordnet eines nach dem anderen, Bruchstück für Bruchstück, hofft, dass ihm die Nacht zu Hilfe kommt. Normalerweise tut sie das, normalerweise kriecht die Nacht dahin wie das schwingende Pendel der Uhren, die Wärme verleiht den Häusern ihren Charakter, erfüllt sie, lässt Gerüche erahnen, die wie Flammen züngeln, wie Papiersei-

ten, die eine nach der anderen verbrennen. Wenn der Sommer kommt, der tiefe und intensive Sommer, stehen wir mitten in der Nacht auf, schauen in den Himmel und zählen die Minuten, als würde es sich um Bewegungen des eigenen Körpers handeln, Welle für Welle, Nacht für Nacht. Dann sind wir Nachtwächter, mondsüchtige Stimmen, die mit Mühe in den Schlaf finden.

Jetzt überwiegt ein Gefühl der Niederlage, denn die Lösung der beiden Fälle hängt von vager Vorstellungskraft und gespielter Grausamkeit ab. Jetzt wird es nötig sein, sich von den Bildern zu verabschieden, die einen nicht loslassen, und sie durch andere zu ersetzen, die vom Licht eines Tages beschienen sind, das in dunklen Ecken abhanden gekommen ist, auf Waldpfaden, im Dickicht, aber nie hell leuchtet, so als wolle es uns bereitwillig den Weg weisen.

Wir wälzen uns zwischen den Laken hin und her, wenn wir schon im Bett liegen. Der Körper klebt an den Tüchern. Die Schlaflosigkeit wird erst verfliegen, wenn das Ende dieses Tunnels aus Hypothesen erreicht ist, die Seite für Seite den kleinen Notizblock füllen. Wie zufällig schreibt Filipe Castanheira dort Sätze hinein, winzige Schritte einer Untersuchung, die sich mit einer anderen überschneidet, mit der anderen verquickt ist. Daneben liegt weißes Kanzleipapier, auf dem er Namen, zufällige Skizzen und Begriffe notiert, die miteinander in Verbindung stehen, eine Verbindung, die Filipe spielerisch entwickelt, jedoch nicht zufällig, nicht ohne zeitliche Ordnung. Ja, es gibt eine Ordnung. Erst dieser mit jenem, dann zwei andere und so fort. Das Unwahrscheinlichste verbindet sich mit seinem Gegenstück und immer so weiter, so lange, bis in seinem Kopf die Namen, die er noch nie zuvor niedergeschrieben hatte, zu tanzen beginnen, jene erzwungene Formeln der Identifikation, Zeichen, die nur er verstehen kann.

»Alles würde sich klären, wenn wir mit diesem jungen Mädchen, dieser Marta, sprechen könnten, die du in Spanien kennen gelernt hast. Oder wenn Alberico Nuñez das für uns machen könnte, schließlich sind wir auf eine Art verschleierte Ermittlung im Zusammenspiel mit anderen Polizisten beschränkt. Aber es wäre nicht das Gleiche, wenn er es machen würde«, stimmte Jaime Ramos zu, während Filipe seine Kleidung in den Reisekoffer packte. »Wir sind auf halbem Weg, und du fährst auf die Azoren zurück. Das gefällt mir nicht.«

»Hast du das Material dabei, das du aus seinem Haus mitgebracht hast?«

»Ja, das Übliche. Fotos, ein paar Papiere. Alles würde sich mit einem Gespräch klären, vielleicht bittest du darum, nach Spanien gehen zu dürfen.«

»Ich bin an keinem dieser Fälle interessiert. An keinem«, antwortete Filipe Castanheira und griff nach dem Paket mit den Dokumenten, die Jaime Ramos und Isaltino de Jesus im Haus von Rui Pedro Martim da Luz zusammengetragen hatten. Er öffnete es und machte sich an die Durchsicht der Papiermenge, vermeintliche Erinnerungen an einen Menschen. Erst nach einer ganzen Weile glitten seine Finger durch die Fotografien und überprüften die Standorte, an denen jede Einzelne aufgenommen worden war, bis er auf die Bilder von Finisterra stieß. Das Haus mit den fleischfarbenen Holzläden, die Bucht, Rui Pedro Martim da Luz an den Wagen gelehnt, lächelnd. Die Toten lächeln stärker, viel stärker als gewöhnlich, jedenfalls hat man diesen Eindruck. Ihr Lächeln ist intensiver und gerät nur langsam in Vergessenheit.

»Halten Sie sich für einen Nekrophilen?«, hatten sie ihn gefragt. »Nein. Bestimmt nicht. Ich respektiere die Toten für das Leben, das sie hätten führen können.«

Was hätte Rui Pedro Martim da Luz in den folgenden Wochen getan? Am folgenden Tag? Wäre er in Porto geblieben? Hätte er seine Familie besucht? Wäre er auf die Azoren gefahren, wie Rita Calado Gomes es Luísa Salles angekündigt hatte? Wären die beiden über die Insel spaziert? Hätten sie in dem Zimmer geschlafen, das Rita Calado Gomes in dem Hotel auf ihren Namen reserviert hatte? Oder wäre er gekommen, um sich um ein paar Kleinigkeiten zu kümmern, Geld, Papiere, ganz legale Angelegenheiten? Was hätte ein Toter getan, wenn er nicht gestorben wäre? Dies war ein grundlegendes Prinzip einer jeden Untersuchung, die Frage danach, woran der Tod einen Menschen gehindert hätte.

Lange Tage der Stille, lange Tage, öde Landschaften, die das Kap umgeben. Dort hört man die Kälte des Winters, die langsam über die Straßen entlang der Bucht kriecht. Lange Tage.

Plötzlich ist alles auf ein Foto reduziert. »Es ist diese Marta«, sagt Jaime Ramos, »diese Marta ist es, die mir zu schaffen macht.«

Filipe greift nach der Fotografie, die Jaime Ramos sorgfältig zurückgelegt hatte.

»Was liest du in ihren Augen?«

»Eine Stimme, die ich nicht hören kann«, sagt Jaime Ramos. »Sie redet gerade, sie sagt etwas zu einem Mann, so etwas in der Art wie ›nicht schießen‹, sieh mal ihre Hand, wie sie die ausstreckt. Aber wir sind keine Spezialisten der Materie, damit haben wir nichts zu tun.«

Filipe nimmt vorsichtig die Fotografie in die Hand, wie schon gesagt. Die Mauer eines Hauses hinter der Frau hat seine Aufmerksamkeit erregt, gleich nach dem Gesicht, das den ganzen rechten Winkel des Bildes erfüllt, und so wie es das Bild erhellt, sollte es auch die Arbeit von Filipe Castanheira beherrschen. Er hatte Marta Rodríguez Cano in Finisterra getroffen. Zuerst hatte er sie in einem Restaurant in Begleitung ihrer Vettern gesehen, dann hatte er mit ihr am Strand gesprochen, an dem entlegensten Eckchen Strand von Finisterra, geschützt vor den Blicken des Dorfes.

Er hatte sich vorgestellt, wie sie mit Rui Pedro Martim da Luz auf einer Veranda lag, die auf die Bucht hinausführte und den Blick auf den Himmel freigab. Dort hatte ihr ein Mann beigebracht, die unveränderlichen Wege der Sterne mit den Augen abzulaufen. Siehst du den Großen Bären da hinten? Sieh dir den Glanz dieser winzigen Konstellationen an, dieser Lichterketten am Himmel.

Sicher hat das Nordlicht mitten am Himmel getanzt, wenn es von dort aus zu sehen war wie ein Regenbogen am Nachthimmel, ein Regenbogen in tiefer Dunkelheit. Doch in Finisterra hört man noch die Geräusche der Nacht. Sie durchdringen alles wie die Wärme und die Grillen, die mit ihrem Gesang die Nachtvögel begleiten und die bis zu dem Wäldchen kommen und von dieser Veranda aus wahrzunehmen sind. Man hört sie, die Laute eines unsichtbaren Käuzchens zwischen den Blättern der Kastanien, dessen Augen aufmerksam auf uns gerichtet sind. Das war die Marta, die er in einem Restaurant am Meer gesehen hatte, dieses Mädchen, das gerne feuchte Sonne und diese besondere Spannung verkörperte, die nur aus der Verlassenheit entstehen konnten. »Ich selbst habe Marta geraten, da hoch zu gehen und ihre Sachen da wegzuholen, wenn sie keine Probleme haben will«, hatte Alberico Nuñez gesagt.

Und dieses Gesicht auf dem Foto, dieses Gesicht ließ eine Stimme vermuten, vielleicht eine Stimme wie die, die Jaime Ramos dahinter zu hören meinte, oder auch eine andere, die die Handbewegung in Richtung Objektiv Lügen strafte, die Sonnenbrille über dem Haar, festgesteckt, wie man gewöhnlich Sonnenbrillen im Haar oder über der Stirn befestigt, die Bluse, viel zu hell, um mit dem Himmel dahinter eins zu werden, mit diesem Übermaß an Himmel. Und endlich erkannte Filipe Castanheira in diesem Gesicht den Klang einer dunklen und schweren Stimme wieder, ein ganz bestimmtes Gesicht und eine andere Stimme, die ein und derselben Person gehörten, aber nicht Marta Rodríguez Cano. Marta Rodríguez Cano war erst später in Rui Pedro Martim da Luz' Leben getreten. Das Gesicht und die Stimme, beides, und der Körper, die kleine Statur der Frau, in ihnen erkannte Filipe Castanheira das mysteriöse Abbild einer anderen Frau, die, weit weg, scheinbar nichts damit zu tun hatte. Die letzten Tage von Magnus Pym.

19. August 1991, dreiundzwanzig Uhr dreißig

»Das überrascht mich nicht ein bisschen, verehrte Dame. Zugegeben, zu dieser Tageszeit bin ich auch müde, aber wir wollen schließlich wissen, ob Sie Rui Pedro Martim da Luz gekannt haben. Verzeihen Sie mir, dass ich wieder seinen vollständigen Namen genannt habe, aber das geschieht aus Gewohnheit.«
»Darauf habe ich schon geantwortet«, entgegnete Luísa Salles.
»Ich wiederhole mich auch oft. Ich kehre immer wieder zu dem gleichen Satz, zu den gleichen Paragrafen zurück, ich benutze oft das gleiche Wort in einem Satz. Aber so ist das eben. Kannten Sie Rui Pedro Martim da Luz?«
»Ich habe es Ihnen doch schon gesagt. Wir haben zu Abend gegessen, ich und Rita, zusammen mit ihm, am Anfang des Sommers. Zweimal. Genau zweimal.«
»Und dann haben Sie ihn nie mehr gesehen?«
»Nein. Dann habe ich ihn nie mehr gesehen. Bis mir Ihr Kollege sagte, dass er gestorben sei …«
»Dass er umgebracht wurde.«
»Oder das.«
»Das ist nicht das Gleiche.«
»Auf jeden Fall habe ich ihn danach nicht mehr gesehen, Herr …«

»Jaime Ramos, meine Dame. Inspektor bei der Kriminalpolizei. Und was Rita Calado Gomes anbetrifft, wann haben Sie sie zum letzten Mal gesehen?«

»Sagen wir in den letzten Julitagen, in der letzten Juliwoche, als sie hier auftauchte und mir sagte, dass sie auf den Azoren Urlaub machen werde. Und dass Rui Pedro sie dort wahrscheinlich treffen werde.«

»Das hat er nicht.«

»Nein.«

»In der Tat«, meinte Jaime Ramos und hielt die erloschene Zigarre zwischen den Fingern. »Darf ich? Stört Sie der Zigarrenrauch?«

»Nein.«

»Mein Kollege«, Jaime Ramos zeigte auf Filipe Castanheira, der auf einem Stuhl weiter hinten im Raum saß, in dem man alle Linien der sorgfältig platzierten Möbel wahrnahm und der perfekt gestaltet war, weiß, mit einem makellosen Boden. »Mein Kollege war vor ein paar Tagen in Finisterra, und er kehrte, gelinde gesagt, aufgebracht zurück, wegen der Dinge, die er dort gesehen hat. Rui Pedro Martim da Luz – ich versichere Ihnen, dass es mich selbst ärgert, ihn bei seinem vollständigen Namen zu zitieren, aber das muss sein –, er hatte da ein Haus, ein schönes Haus. Und eine spanische Geliebte. Wußten Sie von ihr?«

»Wie sollte ich?«

»Nun, Sie sind Psychologin, Sie könnten etwas herausgefunden haben. Ich sage nicht, dass Sie ihren genauen Namen kannten, natürlich nicht, aber sie hätten zum Beispiel wissen können, dass es da noch eine Frau gab, abgesehen von Ihrer Freundin.«

»Das wusste ich nicht. Ich habe Rui Pedro zweimal gesehen.«

Jaime Ramos seufzte. Er sah Luísa Salles an und schüttelte den Kopf. Dann seufzte er wieder und zog einen Umschlag aus seiner Lederjacke.

»In unserer Vergangenheit gibt es immer ein paar Dinge, die uns lästig sind, Dinge, die uns einholen wie eine alte Verletzung. Es sind Erinnerungen, die wir am liebsten tilgen möchten, ich weiß. Aber Sie lügen, verehrte Dame. Eigentlich sollte nicht ich diese Fragen stellen, sondern mein Kollege. Er sucht nach Zeichen, wo ich nichts Auffälliges erkennen kann, nach kaum bemerkbaren, flüchtigen Anzeichen. Sie sagten, dass Sie Rui Pedro Martim da Luz nie mehr wiedergesehen haben, und wir wissen, dass das möglicherweise sogar der Wahrheit entspricht, weil wir beinahe auf die Stunde genau seine Schritte nachvollziehen können, seit er das letzte Mal in Lissabon war. Er verließ Lissabon an einem bestimmten Tag im Juli, genauer gesagt am 7. Juli, das wissen wir, und von diesem Tag bis zum 1. August hielt er sich in einem spanischen Dorf auf, wo er ein Haus hatte und eine zweite Frau, weil wir hiermit beschließen, dass Ihre Freundin seine erste Frau war. Vielleicht hatte er dort auch noch andere Dinge, von denen wir nichts wissen. Bis zum 1. August hat niemand etwas von ihm gehört. Wahrscheinlich wussten nur zwei Menschen, dass er ein Haus in Finisterra hatte. Wusste Ihre Freundin davon?«

»Nein. Ich glaube nicht.«

»Das ist seltsam. Aber es gibt zwei Personen, die davon wussten. Eine davon ist ein Freund des Toten, mit dem wir schon ein ziemlich langes Gespräch geführt haben. Er wusste fast alles. Gut, er hat mit meinem Kollegen gesprochen. Die andere Person sind Sie.«

»Reden Sie keinen Unsinn.«

Filipe Castanheira stand jetzt auf, ging auf das Regal im Sprechzimmer zu und ließ seine Augen über die Bücher schweifen, die dort standen.

»Über all diesen Büchern haben Sie das Wesentliche vergessen«, sagte er dann. »Dass sich nämlich ein Teil von uns immer an einem Platz versteckt hält, wo wir ihn nicht vermuten. An einem Platz, den wir nicht kennen. Ich bin in verschiedene solcher Plätze aufgeteilt. Und Sie auch. Wir alle. Es gibt ein geistiges Register, das unsere Bewegungen, auch noch so banale, nicht aufnimmt. Jemand hat uns irgendwo gesehen. Wir haben ein Parfum hinterlassen, ein Wort, das im Raum hängen bleibt.«

»Und vor allem das, was wir nicht hinterlassen wollten«, fügte Jaime Ramos hinzu. »Sie waren mit Rui Pedro Martim da Luz in Finisterra, und zwar im April 1989, also vor zwei Jahren, das fanden wir schnell heraus. Anhand dieser Fotografie.«

Die Psychologin warf einen desinteressierten Blick auf die Fotografie und tat, als wolle sie mit spitzen Fingern danach greifen. Aber Jaime Ramos ließ nicht zu, dass sie das Bild berührte.

»Vielleicht hat er Sie geliebt«, gab er jetzt zu bedenken.

»Ich war mit ihm in Finisterra. Was soll daran schlecht sein?«

»Nichts«, sagte Filipe Castanheira. »Das Schlechte daran kommt aus einer anderen Ecke, es kommt aus den Abgründen der Seele.«

»Erzählen Sie mir doch nichts!«

Filipe fuhr fort: »Das Schlechte daran ist aus einem flüchtigen Scherz entstanden. Sie waren die einzige Frau, die er nach Finisterra mitgenommen hat. Die einzige. Keine andere hat je einen Fuß auf den Boden dieses Hauses gesetzt, das man hier auf der Fotografie sehen kann, dieses Haus in Finisterra. Keine andere kannte das Versteck dieses Mannes. Ein schönes Versteck. Ich war dort. Das habe ich Ihnen neulich nicht erzählt, aber ich war dort. Es ist ein ruhiges Plätzchen. Sie haben mit mir über Verdrängung gesprochen, gestern Nachmittag, und auf der Zugreise nach Porto musste ich wieder daran denken. Ich habe mir überlegt, dass Rui Pedro Martim da Luz vielleicht etwas zu verbergen hatte, und wenn ja, dann hat er es wahrscheinlich in Finisterra versteckt, in einem Haus, das nur wenige kannten. Von dort kann man das Meer sehen, man sieht den Himmel, und ich weiß nicht, was man sonst noch von dort sehen kann, weil das Leben nicht so einfach ist und jeder das sieht, was er sehen will. Auf jeden Fall waren Sie dort.«

»Ja. Ich war dort. Und was schließen Sie daraus?«

»Dass Sie uns angelogen haben. Dass Sie meinen Kollegen angelogen haben.«

»Ich habe etwas unerwähnt gelassen. Ich wusste ja nicht, dass es so wichtig ist.«

»Seit wann kannten Sie Rui Pedro Martim da Luz?«

»Seit drei Jahren, vielleicht auch schon etwas länger, ich bin mir da nicht ganz sicher.«

»Waren Sie seine Geliebte?«

»Seine Geliebte?«

»Ob Sie mit ihm ein Verhältnis hatten. Ob Sie nach Finisterra gegangen sind, weil Sie ihn liebten, vor zwei Jahren.«

»Eine Zeit lang ja.«

»Und danach? Haben Sie ihn Ihrer Freundin überlassen?«

Luísa Salles lachte und zündete sich eine Zigarette an.

»So spielen sich diese Dinge nicht ab. Bei Ihnen vielleicht. Aber nicht bei uns.«

»Bei uns?« Jaime Ramos zündete endlich seine Zigarre an und seufzte wieder. »Bei uns?«

»Bei Menschen, die ihre Beziehungen zu anderen nicht als etwas Vorübergehendes betrachten. Als etwas, das man so einfach übertragen kann. Zwischen uns war schon alles zu Ende. Ich konnte nichts Schlechtes daran finden, dass er sich mit Rita zusammentat. Es war weder schlecht noch gut, es war mir egal.«

»Haben Sie diese Dinge mit ihm zusammen ausgeheckt?«, beharrte Jaime Ramos.

»Wir lachten darüber. Aber sie biss an. Rita verliebte sich in ihn, ich spielte da keine Rolle mehr, das war zwischen den beiden.«

»In der Tat. Und Ihnen machte das nichts aus? Der Mann, für den Sie so viel empfanden, dass Sie mit ihm ein Wochenende in einem Dorf am Ende der Welt verbrachten, tut sich mit Ihrer besten Freundin zusammen. Und Ihnen macht das nichts aus? Sie empfinden nicht ein bisschen Eifersucht?«

»Eifersucht gibt es nicht. Das Leben ist so, wie es ist. Wir befinden uns alle im Krieg. Wenn er und Rita sich verstanden, dann war das ihre Sache. Ich habe da nicht eingegriffen.«

Ich beneidete sie um ihre Entdeckung ... eine Erfahrung, die sie glücklich machte. Das ist es doch, um das wir die anderen im Allgemeinen beneiden, erinnerte sich Filipe

Castanheira an ihre Worte. Ein Buch, das Rita und ich sehr mochten.
Aber Jaime Ramos fuhr fort:
»Sie lachten. Lachten Sie über die besonderen Umstände? Haben Sie ihm von ihr erzählt? Haben Sie gesagt, ›ob du die wohl auch flachlegen kannst‹? Das war doch seine Art. Wir haben eine lange Liste von Frauen, die mit ihm ein Verhältnis hatten, eine lange Liste. Meine verehrte Dame, wir befinden uns im Zeitalter von AIDS, darauf machte mich mein Kollege gestern oder vorgestern aufmerksam, und ich stimme mit ihm überein, das ist keine Zeit für derartige Spielchen.«
»Sie beneideten Rita«, unterbrach Filipe Castanheira. »Das sagten Sie mir gestern. Sie beneideten sie um etwas, das sie erfahren hatte. Sie meinten es nicht so, wie ich es jetzt verstehe, sondern Sie meinten es irgendwie anders, auf eine Weise, die ich nicht nachvollziehen kann, was nicht weiter schlimm ist, schließlich erfährt jeder in seinem Leben das, was er erfahren muss. Nur dass Sie sich nicht damit begnügt haben, der Geschichte der beiden ihren Lauf zu lassen. Sie griffen ein.«
Vielleicht machen auf uns die Menschen, deren Tod kurz bevorsteht, immer den Eindruck, als würde es ihnen gut gehen, hatte sie das nicht gestern gesagt?
»Und wie?«
»Ganz einfach. Wir haben ein gutes Gedächtnis, im Gegensatz zu Ihnen. Ein Archiv, wie es kein besseres geben kann. Gestern, beim Mittagessen, sprachen Sie von Freud, war es nicht so? Sie sprachen mit mir über Verdrängung, über die Dinge, die man in Erinnerung behält. Daran glaube ich auch, sicher. Aber wir haben uns die Mühe gemacht, unser

Gedächtnis, das der Polizei, zu befragen, das ein sehr unsympathisches Gedächtnis ist. Und es gibt Daten, zu denen wir Zugang haben. Daher auch unser kleiner Abstecher von Porto nach Lissabon, zu dieser nachtschlafenden Zeit, nur, um mit Ihnen zu sprechen. Ob Sie diesen Mann kannten, ob Sie nur ein Verhältnis miteinander hatten oder verlobt waren, oder ob Sie nur ein Wochenende an einem anderen Ort verbrachten wie gute Freunde, das interessiert uns nicht. Uns interessieren nur die Perversionen – wie Sie im Übrigen auch, Frau Doktor. Mein Mitarbeiter auf den Azoren nennt sich João Dionísio, was Sie nicht zu interessieren hat, aber ich habe größtes Vertrauen in ihn, vor allem, wenn es um das Aufspüren von Daten geht.
Sehen Sie sich die Fotografie noch einmal an. Hier gibt es eine Sonnenbrille. Sehen Sie sich die Brille gut an. Wir haben sie weit weg von hier, sehr weit weg von hier gefunden, mehr als zweitausend Kilometer von hier, in einem Wagen. Der Wagen war auf den Namen Rita Calado Gomes gemietet worden, ein kleiner weißer Wagen, der ungefähr zwei Kilometer von dem Ort entfernt geparkt worden war, an dem sie tot aufgefunden wurde. Können Sie sich das mit der Brille erklären?«
»Natürlich. Ich habe sie ihr vor einiger Zeit geschenkt. Ein Geschenk.«
»Ein Geschenk? Diese Brille hat optische Gläser. Ich weiß nicht, wozu Sie diese Brille nachts brauchten, aber Sie hatten sie dabei, weil die Sonnenbrille Ihrer Freundin in dem Hotel gefunden wurde, in dem sie einquartiert war. Und diese Brille hatte keine optischen Gläser. Sie hingegen tragen eine Brille, und wir können die Stärke der Gläser natürlich feststellen. Aber es gibt da noch ein Detail. Dieser

Mann, der mit mir auf den Azoren arbeitet, fand heraus, dass Sie einer der Passagiere des Fliegers waren, der jeden Tag um acht Uhr abends auf São Miguel landet. In Ponta Delgada. Sie kamen mit dem Flug am 31. Juli. Nein, Sie haben Rui Pedro Martim da Luz nicht vergessen, so viel steht fest. Keiner kann ihn vergessen.«

20. August 1991, neunzehn Uhr

Filipe Castanheira wusste oder glaubte, was für ihn beinahe das Gleiche war, dass dieser Mann sie geliebt hatte, dass sie ihn vielleicht auch geliebt hatte und dass sie möglicherweise aus diesem Grund hatte sterben müssen. Es war keine Gewissheit, wie er anfangs geglaubt hatte, denn mit den Gewissheiten hatte er abgeschlossen, oder zumindest hatte er sich angewöhnt, so etwas wie Gewissheiten in seinem Kopf zu hegen, ebenso wie Prinzipien, Wertvorstellungen oder Regeln. Damit hatte er vor langer Zeit aufgehört, allerdings nicht aus freien Stücken. Und heute, da er Schritt für Schritt, Minute für Minute die Ereignisse der letzten Zeit zurückverfolgte, war es vor allem diese Skizze der Umstände und der Zufälle, die ihn nicht einen Augenblick in Ruhe gelassen hatte, ganz egal, wohin er gegangen war, und auf die er sich am meisten hatte stützen können. Es handelte sich tatsächlich um eine Zeichnung, eine Überlagerung von Bildern auf einem weißen Blatt Papier, auf dem die Formen zunächst verzerrt und grau in grau gewesen waren, um in den letzten Tagen schließlich eine deutlichere Gestalt anzunehmen, vielleicht sogar eine zartere und leichtere Farbe, und diese Zeichnung hatte sich in eine fixe Idee verwandelt, von der er sich nicht befreien konnte, so sehr er sich auch bemühte.

Wenn er sich all diese Umstände und Zufälle vor Augen führte, vielleicht sogar die Vorgeschichte, sollte er auf so etwas wie eine Vorgeschichte stoßen, und das würde er sicher, dann kam er immer zu dem gleichen Schluss, den er nicht gern zog und den er von sich zu weisen versuchte. Auf dem weißen und unansehnlichen Kanzleipapier, das aussah, als sei es mit einem stumpfen Taschenmesser abgeschnitten und gestutzt worden, waren die unterschiedlichsten Namen zusammengekommen. Namen, die er nach langem Zögern aufgeschrieben hatte, während ihm die Sorgen seines ganzen Lebens durch den Kopf gegangen waren und all das, von dem er aus der Erinnerung wusste, wie klar, organisiert und korrekt es sich darstellen konnte, ohne die Kürzel, die das Verständnis erschweren. Es waren Namen, die letztlich aufgrund ihrer bloßen Anwesenheit auf diesem Blatt Papier (schließlich hatte er sie nicht grundlos oder leichtfertig aufgeschrieben) unwiderruflich mit einem seltsamen Umstand in Verbindung standen, der seine Aufmerksamkeit schon seit Wochen erregt hatte, als der Sommer langsam auszuklingen begann und erst allmählich die ersten Knospen der Azaleen in den Töpfen auf der Veranda, ganz unberührt von allem, Farbe und Volumen annahmen, was ihm trotz allem nicht entgangen war.
Wäre dem nicht so gewesen, dann wäre wahrscheinlich schon alles in Vergessenheit geraten. Es wäre dem Vergessen und einem Katalog zufälliger Begebenheiten anheim gefallen, an deren Erklärung niemand ein Interesse gehabt hätte. In der Regel, so musste er sich selbst eingestehen, bestand das größte Problem nicht in seiner Schwierigkeit, an die Dinge zu glauben, die geschahen und die als Beweis dafür dienten, dass es schon keine Überraschungen mehr

gibt, die das Leben verändern, die es umstürzen und ihm eine ganz neue Richtung geben können. Das Hauptproblem, so sollte er im Nachhinein erkennen, war die Tatsache, dass diese Dinge geschahen und er Schwierigkeiten damit hatte, sie den anderen zu erklären, vielleicht, weil sie erst dann existierten, wenn er sie den anderen erklärt hatte.
Solange die Begebenheiten keine besondere Bedeutung hatten, vermochten sie auch nicht, den Sinn des Lebens in eine Ordnung zu bringen, die Geheimnisse eines Lebens, die mehr oder weniger banalen Ereignisse, denen man eine Ordnung und einen Sinn geben musste. Erst später, viel später, als eine Jahreszeit in die andere wechselte, und die Zeit, die verging, auf den Straßen seines Viertels, auf dem Wohnzimmertisch und auf dem kleinen Sofa, auf das er sich am späten Nachmittag setzte (um die Pflanzen auf der Veranda zu betrachten, die vom Wind bewegt wurden, oder auch nur, um, weitaus prosaischer, fernzusehen), ein kaum wahrnehmbares Gefühl von Vergänglichkeit und Niederlage hinterließ, das Gefühl einer Niederlage, die unumstößlich war, die Feststellung, dass die Zeit nicht vergibt (wie das Alter, dachte er) und dass sich alles in den kleinen Dingen ohne Bedeutung erschöpft oder zumindest in den Dingen, denen wir nicht sofort eine Bedeutung beimessen. Wie auch immer, dachte er jetzt, diese Frau starb an einem Tag, an den er sich kaum noch erinnerte, und man war ihrem toten Körper begegnet, wie all den Körpern, die im Leben fasziniert und Leidenschaften hervorgerufen hatten, die beinahe immer vergänglich waren: mit Erstaunen und mit Erschrecken.
Er bedauerte es, sich auf diese Weise ausdrücken zu müssen wie ein überaus korrekter Schriftsteller, der seine Sätze

sorgfältig wählte, ohne zu übertriebener Blumigkeit oder stilistischen Manierismen zu greifen. Aber es gab keinen anderen Weg. Die Welt stellt sich, genau besehen, so dar, wenn man auf eine bestimmte Weise zu schreiben gelernt hat, dann spricht man schließlich auch so, und man denkt auch auf diese Weise.

Jedenfalls erinnerte er sich noch an den Anblick dieses Körpers, nachdem ihn die Ärzte freigegeben und untersucht hatten und sie nichts Besonderes hatten finden können, wenn man von den Schürfwunden, den Verletzungen durch spitze Steine absah, den leichten Spuren, welche die Zeit (immer die Zeit, da war es wieder) hinterlassen hatte, um ihre Anwesenheit und Gleichgültigkeit unter Beweis zu stellen. Es war ein Zufall, alles. Ein Zufall, den er selbst jetzt nur als ein Geschenk des Schicksals und als eine überraschende Erkenntnis im Verlauf seiner Untersuchungen annehmen und wahrnehmen konnte. Um sich selbst diese Geschichte zu erzählen, würde auch er Zeit brauchen. Noch mehr Zeit. Nicht nur, um sich von der Überraschung zu erholen, sondern auch, um sich den Luxus zu leisten zu verdrängen, dass all das wirklich stattgefunden hatte, in diesem Leben, das er wirklich nennen würde und das alle wirklich nennen würden. Diese Schlussfolgerung hatte nichts Weltbewegendes, aber sie genügte, um ein paar Lebensjahre zu resümieren, die er mit der Nachforschung anderer Lebensläufe zugebracht hatte und die seinem Interesse an Nichtigkeiten und Unvereinbarkeiten gegolten hatten, was ihn, unter anderen Umständen, zum Lachen gebracht und ein beruhigendes und ehrliches Achselzucken hervorgerufen hätte.

Aber nichts von alldem war geschehen. Zuerst war da Überraschung gewesen. Erstaunen. Dann eine höfliche und mehr oder weniger geheuchelte Befragung. Und schließlich, und daran erinnerte er sich am besten, ein zweiter Moment des Erstaunens, der Ungläubigkeit und auch, warum es leugnen, eines heimlichen Gefühls der Solidarität, das man sich immer leichter in Bezug auf die Toten eingestehen konnte als in Bezug auf die Lebenden, wie es unserem Naturell entspricht.

Er hatte andere Lebensläufe kennen gelernt. Andere Schicksale, wenn man so sagen kann. Und er hatte ähnliche Dinge erlebt. Auch wenn es um ihn ging, wenn er über sich sprechen musste, griff er immer wieder auf die zweite Person Singular zurück, so als sei er ein anderer. Nicht weil er sich für das schämte, was er getan hatte, was ihm widerfahren war, was er erlebt hatte. Allein deshalb, weil es immer besser war, in der Person eines anderen Menschen das Zeugnis einer Einzigartigkeit und eines außergewöhnlichen Abenteuers zu erleben (soweit es eines war).

Er vermutete in der Tat, dass sie von diesem Mann geliebt worden war. Vielleicht hatte sie auch ein paar, wenigstens einen oder zwei, der Männer auf der Liste geliebt, die vor ihm lag. Er wusste, dass sich die Geschichten um ihn herum nur so überschlagen würden, wenn man an ihnen wie an dem Faden eines Spitzentuchs zog, an einem hellen und weiß schimmernden Faden, der ausreichte, ein paar Leben zu beleuchten und vielleicht sogar sein eigenes. Zumindest, um sie mit der Kraft seiner Vorstellung zu beleuchten, über deren wahnhafte Züge er sich hinwegsetzte. Aber vielleicht hatte all das zum Tod dieser Frau geführt, und das war keine Gewissheit, nur eine Vermutung. Ein Tod, der stillschweigend vorausgeahnt worden war wie das

Ende einer Spirale, wie ein endloser Strudel. Oder zumindest etwas, das zwangsläufig mit dem Tod enden musste.
Ein Tod, über den er jetzt nicht argwöhnte, unfähig, auf der zweistündigen Reise im Flugzeug einzuschlafen, das er genommen hatte, nachdem ihn Jaime Ramos auf dem Flughafen abgesetzt hatte und seinerseits nach Spanien aufgebrochen war, auf der Suche nach Marta Rodríguez Cano, die seit zwei Tagen aus Finisterra verschwunden war, wie Alberico Nuñez am Telefon erklärt hatte.
»Bestenfalls ist sie nach Gijón aufgebrochen. Ist was mit ihr? Übrigens, die Fragen stellen wir hier, wenn es welche geben sollte.«
»Es gibt Fragen, die nur ich stellen kann«, antwortete Jaime Ramos.
Filipe wusste das. Nicht was Jaime Ramos anbetraf, sondern in Bezug auf alle Fragen, auf alle Worte, die dem Antlitz des Meeres ähnelten, wenn man es durch die kleine Scheibe dieses Flugzeugs betrachtete. Du stellst eine Frage, und dann ergibt sich die nächste. Zum Beispiel warum sich Luísa Salles von Anfang an geweigert hat zuzugeben, dass sie Rui Pedro Martim da Luz kannte?
»Weil sie ein Spielchen mit der anderen trieb. Weil sie sich einen Spaß erlaubte. Die Frauen machen, wozu sie Lust haben, wenn man ihnen dazu Gelegenheit gibt. In den Unterlagen dieses Typs wurden unterschiedliche Frauen erwähnt. Er bewahrte die Terminkalender von einem Jahr auf das andere auf. Da stehen originelle Namen drin, von Anwälten, Politikern, Frauen. Aber nie ihr Name. Und was ist mit Isabel?«
»Ich ahne, was kommen wird. Was soll ich ihr sagen? Was würdest du an meiner Stelle sagen?«

»Ich bin nicht an deiner Stelle.«
»Aber stell dir vor, du wärst es.«
»Ich weiß nicht. Jede Frau ist ein Fall für sich. Jede Frau ist anders, genau betrachtet. Wenn ich in sie verliebt wäre, dann würde ich ihr sagen, dass wir ein Spiel spielen sollten, das uns nicht umbringt. Ich habe kein Händchen für Frauen, das weißt du. Sie ermüden mich. Sie ermüden mich immer mehr. Und ich mache mir Gedanken über den Sex, große Sorgen. Nicht über den Sex im Allgemeinen, aber über meinen Sex. Ich würde ihr sagen, dass sie wiederkommen soll, wenn sie es möchte. Dass du dich um sie kümmern, sie beschützen wirst, dass du dich um ihre Steuern kümmern wirst, dass du einmal pro Woche mit ihr ins Kino gehen würdest, dass du sie fotografierst, wenn sie schwanger ist. Das ist es doch, wozu sie einen Mann haben wollen.«
»Die Frauen wollen mehr als das.«
»Wir doch auch, aber es gibt da eben ein paar Risiken. Dann sollen sie ihn doch woanders suchen. Aber am besten in uns.«
Das würde er sagen. Und vielleicht würde ich ihr sagen, wie blau der Himmel ist, von hier aus betrachtet. Und wenn du willst, dass ich Stierkämpfer werde, dann würde ich Stierkämpfer werden und dem Tod ins Auge sehen, damit es nie ein Ende hat und sich deine Finger meinen nähern in der Stunde des Todes und ich mit dir sterbe. Und vielleicht wünschst du dir auch, ich wäre Zirkusartist, und dann wäre ich Zirkusartist, und ich würde ein Tänzer sein, wenn du es wünschtest oder wenn ich herausfände, dass du es dir wünschtest, und dann lernte ich den Mambo oder vielleicht auch den Rock 'n' Roll, und ich könnte Sonette

schreiben, wenn du es wolltest, und ich danke dem Herrn, dass du nicht willst, dass ich Sonette schreibe, aber ich würde sie trotzdem schreiben, wenn es dein Wunsch wäre. Und du würdest mir die Tür öffnen, damit es nicht auf mich regnet und damit wir die Blitze draußen vom Haus aus betrachten könnten, wir würden die Vorhänge beiseite schieben, denn das Haus hätte Vorhänge, und vielleicht gäbe es eine andere Form des Lebens und viele Leben, die es zu leben gälte, und unseres wäre vielleicht von ganz anderen Dingen erfüllt, aber auf eine einfache Art, obwohl ich für dich die Meere, die verlassenen Inseln durchkämmen würde, ich würde das Meer vor dieser Insel durchqueren, um dich zu suchen, ich würde da sein, bis du aufwachst, bis der Mond über diesem Berghügel erscheint, ich würde über deinen Schlaf wachen, wenn ich sähe, dass du unruhig wärst und einen schlechten Traum hättest, und so wärst du bereit, mir die Tür zu öffnen, weil es draußen, auf der Straße, regnet, die Bananenstauden in den Parks sind von all dem Regen triefnass, den ich bis zum heutigen Tag habe fallen sehen, das Wasser aller Regenfälle dieser Erde strömt über sie, wir würden mit dem Schiff verreisen, ich würde die Mandoline spielen auf diesen Booten, die von Insel zu Insel fahren, wir würden Wein trinken über den Büchern, die du liebst, und auch über den Büchern, die ich nicht liebe, ich würde Geduld haben, und ich würde erst viel später alt werden, damit könnte ich mir noch Zeit lassen, und wenn du wolltest, dass ich jemand ganz anderes wäre, dann wäre ich vielleicht auch ein ganz anderer, und wenn ich vor dir tanzen könnte, dann würde ich es vielleicht auch tun, obwohl ich immer gesagt habe, dass es lächerlich ist, wenn ein Mann zu tanzen anfängt.

21. August 1991, achtzehn Uhr dreißig

Filipe fuhr den Wagen über die Küstenstraße und durchquerte langsam die grünen Rechtecke der Insel, die an die Steilküsten und die Buchten vor Vila Franca do Campo angrenzten. Das Hotel »Bahia Palace« erhob sich immer noch an seinem Standort wie ein marmornes Gespenst mit seinen Glasscheiben, die das gräuliche Glitzern des Strandes widerspiegelten und die Touristen anlockten. Es waren Paare im Urlaub oder in den Flitterwochen, Unternehmer auf Kurzbesuch, unbekannte Gäste, die wie gewöhnlich die Türen der Veranden mit Ausblick auf die Bucht von Água d'Alto öffneten und von dort die letzten Augenblicke eines jeden Tages atmeten, die ausgedehnte und süße Kadenz eines jeden Sonnenunterganges. Die Insel würde immer wieder verfangen, in der Erinnerung haften bleiben mit all den Eindrücken, die von jeder Abenddämmerung nachwirkten, und die Wagen würden weiterhin die Straße entlangfahren, die Kurve um Kurve die Küste durchbrach, und dem Anlitz des Meeres einen Besuch abstatten.
Der Himmel vermag unsere Seelen zu heilen, wenn wir ihn von hier aus betrachten, wo die feinen Lichtfäden aus den Wolken hinreichen, Ausläufer eines blauen, reinen und ruhigen Tages. Aber der Hitzemantel hält sich seit Wochen schon unbeirrt, umhüllt die Insel, liegt schwer

auf ihr und verwandelt sie in einen Körper, der unbeweglich inmitten des Meeres ausharrt, in den Wassern des Meeres.

Gleich wie ist das letzte Bild, das allerletzte Bild, das einem in den Sinn kommt, wenn man mit dem Flieger um acht Uhr abends auf der Insel eintrifft, das Antlitz des Todes. Es drängt sich auf, und ganz besonders, wenn es tiefer Sommer ist und ein sanftes Licht scheint, so sanft, dass auch Luísa Salles ihre Sonnenbrille nicht mehr brauchte und sie in ihr Haar schob. Um das zu überprüfen, reichte es aus, die Daten einzusehen, die Liste der Passagiere, die in Lissabon mit Ziel auf Ponta Delgada eingecheckt hatten. Luísa Salles hatte das Flugzeug um achtzehn Uhr dreißig genommen, das um zwanzig Uhr auf São Miguel landete. Sie hatte Rita Calado Gomes ungefähr gegen zweiundzwanzig Uhr dreißig angerufen. Ihr blieb noch Zeit, einen Wagen zu mieten, ihn im Voraus zu bezahlen, schließlich gibt es viele Leute, die einen Wagen nur für einen Tag mieten, für eine Nacht, für einen Morgen. Aber nein. Sie zog ein anderes Transportmittel vor: einen der letzten Autobusse, die in den Nordosten der Insel fahren und dort abends, kurz nach neun Uhr, eintreffen, während der erste ungefähr gegen sechs Uhr morgens von dort abfährt.

»Das ist die Stelle«, sagte Filipe Castanheira zu José Silveira Enes, als man den Leuchtturm erkennen konnte, den alles beherrschenden Anlaufpunkt von Ponta do Arnel.

»Und wie ist sie hierher gekommen?«

»Mit dem Bus. Anschließend rief sie Rita Calado Gomes im Hotel an.«

»Von hier aus?«

»Nicht von hier aus. Von einem Dorfcafé im Nordosten der

Insel, wo sie etwas aß, ihren Tabak kaufte und wartete. Sie hielt sich ungefähr eine Stunde bei den Schwimmbecken dort unten auf. Als die andere eintraf, gingen sie in der Nähe der Ponta da Madrugada spazieren.«
»Wie kommt es, dass uns das nicht aufgefallen ist?«
»Ganz einfach. Im Sommer wundert sich niemand über die Fremden, die mit dem Bus von einem Punkt zum anderen fahren. Der Bus in den Nordosten fährt von Ponta Delgada ab und hat viele Fahrgäste, die einer nach dem anderen auf der Strecke aussteigen. Und sie nahm den, der nur bis Ribeira Grande fährt, soweit wir informiert sind. Fünfzehn Minuten später kam ein anderer vorbei, der immer Richtung Nordosten fährt, der gleiche, der auch nach Maia fährt, zum Beispiel. In den ist sie eingestiegen. Er kommt gegen halb zehn dort an. Sie wollte nicht das Risiko eingehen, auch nur eine Nacht in einem Hotel zu verbringen und ihren Namen dort auf der Gästeliste zu hinterlassen. Das alles haben wir herausgefunden. Sie wollte auch nicht das Risiko eingehen, einen Wagen zu mieten. Sie kehrte mit dem Bus um sechs Uhr morgens nach Ponta Delgada zurück und nahm den Flieger um acht. Alles war genau festgelegt, als hätte sie es vorher geübt. Das Ticket für den Hinflug war von einer anderen Agentur ausgestellt worden als das für den Rückflug. Keiner wäre davon ausgegangen, dass ein Mörder mit dem Bus reist.«
»Und der Wagen? Wie kam der Wagen hierher? Warum stand er bei den Schwimmbecken und nicht in Ponta do Arnel?«
»Ein klassisches Verbrechen. Um eine falsche Fährte zu legen oder weil sie müde geworden war und lieber mit dem Wagen fuhr, als zu Fuß zu gehen. Übrigens hätte man sie

sehen können, wenn sie zu Fuß gegangen wäre. Die Busse fahren vom Dorfplatz ab, gleich neben der Polizeiwache, aber es gibt eine Haltestelle weiter oberhalb, bei der Feuerwehr. Zu dieser Tageszeit ist das eine schnelle Fahrt, sie durfte nur nicht einschlafen, um keinen Verdacht zu erregen, bis das Flugzeug kam, das nach Lissabon aufbrach. Gewöhnlich geht gleich danach eins nach Porto ab, ein Sonderflug. Es ist davon auszugehen, dass sie sich zu dieser Uhrzeit schon am Flughafen aufhielt.«
»Ist sie sicher dort eingetroffen?«
»Sie? Ich nehme es an. Sie muss wohl gut gelandet sein, schließlich war sie um halb zwölf wieder in ihrem Sprechzimmer.«
»Also handelt es sich tatsächlich um ein klassisches Verbrechen. Handschuhe beim Autofahren, ein Bus, alles von A bis Z durchdacht. Unglaublich. Heutzutage denkt doch keiner mehr an alles.«
»Sie ist Psychologin.«
»Na dann.«
Ein Schwarm Taucher umkreiste den kleinen Hafen unterhalb des Leuchtturms und begleitete die Dämmerung mit seinem Schwindel erregenden und lärmenden Tanz in der Luft. José Silveira Enes schüttelte den Kopf.
»Was die uns für eine Arbeit machen«, bemerkte er. »Sie bringen sich gegenseitig um, einer geht auf den anderen los. Und warum? Weil sie die eine Nacht schlecht geschlafen haben und die andere Nacht gut, weil sie eine Nacht mit dem und die andere mit der schlafen, nehme ich an. Alles ist darauf zurückzuführen, auf die Nacht.«
»Und auf die Träume, die nachts kommen«, murmelte Filipe Castanheira.

Aber der andere hatte ihn wohl nicht gehört und ging unbeirrt auf die Mauer zu, die den Aussichtspunkt umgab.

»Die Leute sollten ihre Rechnungen auf andere Art begleichen. Ich weiß zwar nicht wie, aber das sollten sie herausfinden, wenn sie schon unbedingt miteinander abrechnen müssen. Wir alle wissen, dass es Situationen gibt, in denen Worte nichts mehr bewirken, aber es gibt sicher andere Möglichkeiten. Wie alt war diese Frau? Die, die gestorben ist?«

»Einunddreißig.«

»Rechnete sie damit, dass sie hier den Mann treffen würde?«

»Ich glaube ja. Sie hatte ihm eine Nachricht hinterlassen.«

»Eine Nachricht. Und was hätten sie danach getan? Das Übliche. Ob sie geheiratet hätten? Vielleicht hätten sie geheiratet und Kinder bekommen. Und was hätten sie ihren Kindern gesagt, später? Dass sie sich gut benehmen sollen und dass sie es im Leben anders machen sollten, als sie es getan haben. Ich bin ein gläubiger Mensch, wissen Sie? Ich gehe zur Kirche, ich habe Familie, ich gehe einmal in der Woche mit meiner Frau in ein Restaurant essen. Ich weiß, dass ich spießige Angewohnheiten habe und dass man es in diesem Leben so nicht zu etwas Großem bringt. Aber man muss es im Leben nicht zu etwas gebracht haben, um zu begreifen, dass nur einer, der nicht vorsichtig genug war, auf diese dämliche Weise ums Leben kommt.«

»Ja«, sagte Filipe Castanheira. »So könnte man es sehen.«

Enes kehrte zum Wagen zurück. Dann schlug er vor zurückzufahren. Mit einem Kopfnicken gab Filipe sein Einverständnis. Sie würden wieder dieselbe Straße nehmen. Sobald sie in Richtung auf Furnas wieder durch das Gebirge von Tronqueira kämen und die höchsten Gipfel der Insel erblickten, die spitz in den Himmel ragten, in dieses Firmament, das langsam erdunkelte, so als zöge es sich verschämt zurück, würden in der Ferne wie auf einem Kalenderblatt wieder dieselben Hügel des Nordostens an ihnen vorüberziehen. Auf ihrer Rückreise sprachen sie kein Wort, und Enes brach nur einmal ihr Schweigen, als er sich mit einem wehmütigen und neutralen »Bis morgen« verabschiedete.

Filipe umfuhr den Platz mit der alten Kirche, den Kern von Ponta Delgada, und folgte der recht kurzen Hauptstraße, von der bereits die ersten Wagen in die nähere Umgebung der Stadt aufbrachen. Er musste jetzt an den Mordfall denken, den man ihm anvertraut hatte, kurz bevor er nach Porto aufgebrochen war. Eifersucht. Die Ehefrau, die den Ehemann tötet, den kalten Pistolenkörper in den Händen, der auf das Herz zielt, und all die Gedanken, die einem Mörder just in einem solchen Augenblick durch den Kopf schießen. Luísa Salles, wie sie Rita Calado Gomes von der höchsten Stelle der Steilküste bei Ponta do Arnel in die Tiefe stößt. Eifersucht. Neid auf eine Erfahrung, die jemanden glücklich macht.

Er verspürte jetzt Lust, etwas zu trinken, ein einfaches Getränk, das ihm das Atmen erleichterte und seinen Magen beruhigte und das seine Aufmerksamkeit beanspruchte. Er parkte neben dem azorianischen Tabakladen, um eine Zeitung vom Festland, ein Päckchen Zigaretten und ein Päckchen mit Tintenpatronen für seinen Füllfederhalter zu kaufen. Im letzten Augenblick, als der Verkäufer sich anschickte, ihm das Wechselgeld auszuhändigen, überkam ihn eine mehr oder minder heftige und schmerzhafte Wehmut, der Wunsch nach Gesellschaft, nach der vertrauensvollen und beinahe vollwertigen Gesellschaft einer Stimme und ihrem besonderen Klang. Vielleicht verlangte ihn jetzt nach der Stimme von Jaime Ramos, einer müden Stimme, die bei jedem Satz die Silben schleppend sprach und die nur jede zweite Minute einen Satz von sich gab. Und er verlangte nach Zigarren.

»›Dom Pedro‹?«

»Meinetwegen. Was haben Sie sonst noch?«

»›Don Paco‹, die wurden hier produziert und dann über die Kanarischen Inseln verkauft. Und Zigarillos. ›Cogivas‹, ›Ilhéus‹, ›Princesas‹, ›Girafas‹. Und noch englischen Schnupftabak, wer das zu schätzen weiß.«

»Schnupftabak?«

»Ja, Schnupftabak. Die letzten Päckchen. Die Hersteller aus São Miguel haben schon gesagt, dass sie noch dieses Jahr die Produktion einstellen werden. So was verkauft sich schon nicht mehr, es nimmt ja keiner mehr Schnupftabak. Welche Zigarren dürfen es sein?«

»›Dom Pedro‹, eine Kiste. Nein, zwei. Und ›Princesas‹. Eine von den ›Dom Pedro‹ werde ich als Geschenk verschicken.«

»Nehmen Sie die. Und nehmen Sie noch mehr mit, weil die nämlich irgendwann nicht mehr hergestellt werden.«

»Und geben Sie mir noch ein Päckchen von diesen Zigaretten. Und von denen hier auch. Und dann noch von diesen hier. Und noch von diesen.«

»Und auch von denen?«

»Eins von jeder Sorte, genau. Eins von jeder Sorte. Die schicke ich an einen Freund.«

»Behalten Sie auch was für sich zurück.«

Er zahlte und ging mit einem Paket unterm Arm auf die Straße hinaus, in dem verschiedene Zigarettenmarken und unzählige andere Tabaksorten steckten. Er wusste nicht, wozu das alles dienen sollte, und er hatte immer noch keine Bestimmung für all die azorianischen Zigaretten gefunden, als er sich zwanzig Minuten später an den Tisch im »Chez Shamine«, auf die Praça de Pópulo, am Ortsausgang von Ponta Delgada, setzte, und einen Gimlet bestellte. John, der englische Besitzer der Bar, wusste, dass Filipe das Getränk im Grunde mit einer literarischen Erinnerung verband, die er »The Long Goodbye« von Raymond Chandler entnommen hatte, als sich Philip Marlowe mit Terry Lennox trifft. Die Bar hieß dort »Victor's«, und als Marlowe sie das erste Mal betrat, trank er drei Gimlets.
John brachte den Drink. »Do you feel blue?« Nicht mal das, antwortete Filipe Castanheira, da ist nur eine Stimme, die mir keine Ruhe lässt. »Shut up and drink.«
Er öffnete das Paket und ließ die Päckchen mit den Zigaretten auf den Tisch fallen, Alvo, Apolo 20, Casino, Curdos, Além-Mar, Boa-Viagem, Santa Justa, Bingo und zwei Päckchen mit englischem Schnupftabak. Eine Welt, deren Ende abzusehen ist.
Eine Welt, deren Ende abzusehen ist, sagte er zu sich selbst. Eine Welt, die in aller Stille zu Ende geht, fernab von allem Tumult. Eines Tages würde es kein Bier der Sorte »Mello Abreu« geben, und Gott möge dafür sorgen, dass es nicht schon morgen geschieht. Und danach die »Curdos«, die »Além-Mar« mit ihrem wichtigsten Erkennungszeichen, einem Segelschiff auf weißem Untergrund, die blauen Streifen der Päckchen »Boa-Viagem«, die Santa Justa, Bingo, Casin, Alvo, alles Zigaretten, die man nur hier auf

der Insel rauchte. Eine Welt, die es eines Tages nicht mehr geben würde wie die alten Volkswagen, die Lieder, die man von der Veranda der Bar hören konnte, die auf das stille Areal des Strandes hinausführte, wie die alten Mercedes 200; und auch die Gimlets würden verschwinden, ihre feine und melodische Transparenz mit der azorianischen Limette, dem Zucker und dem geschmuggelten Gin, und zu Ende ginge es auch mit der Sicht von der Welt, die sich jedem bot, der den Aussichtspunkt von Santa Iria erreichte, dort, wo sich das Meerwasser vor dem Röhricht von Porto Formoso erstreckte.
Die Welt gehört denen, die mit der Veränderung gehen. Den Siegern also. Wirst du eines Tages mit diesem Gefühl aufwachen, ein Sieger zu sein? Die Welt gehört den Gewinnertypen, den Kinodarstellern, den Aktionären in den Unternehmen, den männlichen Models, den frisch ernannten Ministern, den Architekten, die reich werden mit dem Verkauf von Häuserskizzen, Wohnstätten, in denen sich keiner mehr wohl fühlen kann. Er wäre nicht gern Architekt. Und auch kein Leinwandschauspieler. Sei dankbar dafür, dass du hier allein an diesem Bartisch sitzt und John dir von Zeit zu Zeit einen Blick zuwirft, der nur darauf wartet, dir den zweiten oder auch den dritten Gimlet zu bringen, wenn es nötig sein sollte, und dass du später mit viel zu langsamen Schritten die Steintreppen dort draußen hochgehen wirst, damit John nicht merkt, dass dir der Alkohol einen kleinen Schlag versetzt hat.
Du solltest nicht zu viel trinken, das hat dir der Arzt gesagt, er hat es mehrmals wiederholt, und du hast dir Mäßigung, Zurückhaltung gelobt, eine Mäßigung, die dich nicht betrunken macht und deinen Blick auf den Flug des letzten

Reihers über dem Hügel trübt. In weiterer Ferne beben die Maissecklinge im Wind, und auch die Blätter der Bananenstauden entlang der Straße erzittern in der Brise, und wenn du jetzt auf die Veranda hinausgingest, würdest du diese verhaltene Geste des Windes verspüren, die Salz und winzige Sandkörner mit sich führt und die sich bald wieder auf den Boden, auf die weißen Tische mit den Glasplatten senken werden, und du würdest vor allem feststellen, dass sich der Tag seinem Ende zuneigt, nur diese winzige, bohrende Frage in deiner Brust wird dir keine Ruhe gönnen. Wie konnte jemand auf diese Weise töten?
Luísa Salles war aus dem Flugzeug gestiegen. Du folgst ihren Schritten im Geiste, nur im Geiste, denn würdest du dich ihr weiter nähern, dann liefest du Gefahr, dich zu verletzen, aber folge ihren Schritten im Geiste, die schnell sind, überaus schnell, entschlossen, auf ein Ziel gerichtet. Ein Taxi ins Zentrum der Stadt, ein Bus, dann noch einer, sie ruft Rita an, ich bin hier, sie trifft sich mit Luísa Salles, ein Spaziergang entlang der Straße, gibt es Probleme mit diesem Rui Pedro, wird es wohl so gewesen sein? Nach so vielen Fragen ist es sicher leicht, die Stufen vom Leuchtturm hinabzusteigen, es ist Nacht, tiefe Nacht, und es gibt noch kalte Fetzen Mondlicht am Himmel, das seinen Schein auf die unbehauenen Steinstufen wirft, die an die Bucht hinunter führen, ein Stoß auf halber Treppe, vielleicht auf halber Höhe, ein Glück, dass der Körper von Rita Calado Gomes nicht gegen die Felswand schlägt, aber Luísa Salles lauscht, kein Geräusch ist zu hören, nur das Meer leistet undurchdringlich und endlos murmelnd dem Tod Gesellschaft. Laut Autopsiebericht war ein gewisser Alkoholgehalt im Blut von Rita Calado Gomes

nachgewiesen worden, Schürfwunden, Verletzungen an einem Felsen und eine große, anhaltende Kälte, die du selbst bemerktest, als du diese Haut vor drei Wochen berührtest, damals, als Ponta do Arnel noch ein ruhiges Plätzchen in deiner Inselgeografie gewesen war und diese Frau ertrunken zu sein schien, damals, als es noch aussah wie ein Unfall, wie du es in deinem eigenen Bericht zu schreiben gezwungen warst.

Es gibt eine Welt, die zum Untergang verurteilt ist, das wird dir bewusst, wenn die Sätze der anderen oftmals, oder in den meisten Fällen, keinen Sinn mehr machen. Auch deine eigenen Sätze nicht, obwohl du nicht mal eine Überzeugung zu verteidigen hast, nicht eine einzige, du willst nur dein Leben leben, du willst kein Gewinner sein, kein Unternehmer, kein Schauspieler, du würdest es verabscheuen, wenn du dieses Bild nicht mehr vor Augen hättest, wie John die Tische der Veranda putzt, das Tuch ausschüttelt, das voll ist von dem Sand auf den Glasplatten, es gibt eine Welt, die zu Ende geht, überall gibt es eine Welt, die zum Untergang verurteilt ist, und dann wird es keine Gimlets mehr geben und auch nicht mehr diese Zigaretten, die du selbst nie geraucht hast, aber die du Jaime Ramos schicken wirst. Und du wirst dich um die Pflanzen zu Hause kümmern und um die Bücher, die ordentlich im Regal stehen, du wirst endlich »Ein blendender Spion« lesen, und du wirst dich um die Erinnerungen kümmern, um die Fotografien, die im Laufe der Zeit leicht vergilbt sind, und um dieses Bild, auf dem du mit deiner Mutter mitten in einem Weizenfeld zu sehen bist, erinnerst du dich an die Fotografie? Ein warmer Wind klopft an die Scheiben der Bar, ein Inselwind, du hast kein anderes Bild, um dich zu verabschieden, weil du weißt, dass eine Welt langsam zu Ende geht und von ihr nichts als die Überreste eines Schiffbruchs bleiben wie die, die Rui Pedro Martim da Luz in seinem Haus in Finisterra so sehr beeindruckten, und die Gewinnertypen, die noch nicht wissen, dass sie am Ende als die Besiegten dastehen, und deren Antlitz aus der Leere erwächst. Lebe dein Leben, verabschiede dich vom Sommer, die Bäume beben im Wind, der Himmel wird dunkel.

21. August 1991, dreiundzwanzig Uhr dreißig

Jaime Ramos war am Vortag bei einbrechender Nacht in Gijón angekommen. Wie durch einen glücklichen Zufall gab es noch einen Flieger, der ihn von Santiago nach Gijón brachte, obwohl er es vorgezogen hätte, mit dem Auto zu reisen. Aber er befand sich schließlich nicht im Urlaub.
»Bringen Sie den Fall schnell zu Ende, Inspektor. Wir sind mit unserer Arbeit hier um einige Tage im Verzug«, hatte ihm der Direktor angesichts der Notwendigkeit einer so ausgedehnten Reise zu verstehen gegeben.
»Der Fall könnte schon lange gelöst sein.«
»Natürlich.«
»Wenn sich diese Dinge überhaupt lösen lassen, meine ich.«
»Ich möchte Sie darum bitten, den Fall dort nicht an die große Glocke zu hängen. Nicht dass mich das stören würde, aber irgendwann sprechen sich diese Dinge herum, und die Tatsache, dass ich ein Freund von ihm war, tut schließlich nichts zur Sache. Aber es wäre gut, wenn die Zeitungen nichts davon erfahren würden, wenn nichts davon über die Landesgrenzen dringt.«
»Die Freundschaft, die uns mit einem bestimmten Menschen verbindet, ist wichtiger als die Wahrheit an sich«, hatte er geantwortet, bevor er das Büro verlassen hatte, in das er so bald nicht zurückkehren wollte.

Gijón bereitete einem immer einen kühlen Empfang, ganz gleich, ob man die Reise mit dem Flugzeug oder mit dem Auto antrat, obwohl er bei einer Fahrt über die Straßen Gelegenheit gehabt hätte, seine Augen in der Nähe von Ribadeo auszuruhen, auf einer dieser Veranden mit Blick auf das Meer. Dort hätte er natürlich in einem Restaurant zu Mittag gegessen, das in dieser Gegend das letzte Bollwerk der Fleischküche repräsentierte, bevor er nach Asturien gekommen und dem gigantischen grünen Plakat gleich an der Küstenstraße Tribut gezollt hätte, das all jene willkommen hieß, die ihren Fuß in das Fürstentum setzten.

Das Hotel »Begoña«, auf halber Strecke zum Stadtzentrum und den Straßen zum Hafen gelegen, bot ihm Gelegenheit zu ein paar Minuten der Ruhe, bevor er sich auf die Suche nach einem Restaurant machte, um seinen Hunger zu stillen. Er fand einige solcher Restaurants, vor allem an den Ausläufern der Promenade, die an das Meer und an den Königlichen Schifffahrtsclub von Gijón in der gegenwärtig gesperrten Avenida Cláudio Alvargonzález führte. Zögernd ging er auf eines dieser Restaurants zu, in dem es noch freie Tische gab, die bald, zur Stunde des spanischen Abendessens, von einer Menschenlawine überrollt werden würden. Die Speisekarte war nicht sehr üppig, aber in dieser Gegend fiel sie überall so spärlich aus. Außerdem hatte er nicht genügend Zeit zur Verfügung, um ein Haus ausfindig zu machen, das mehr als frittierte Sardinen, Paellas, Reisgerichte, gegrillte Fische und Fischeintöpfe anbot, denen er nicht über den Weg traute, wenn er nur einen Blick darauf warf, abgesehen von dem süßsauren Geschmack des Cidre, den man hier an jedem Tisch trank.

Cidre. Die Cidretrinker servierten dieses Getränk mit großer Sorgfalt, unter Einhaltung eines höchst strengen Rituals. Er hatte auf der Straße ein paar junge Leute gesehen, die an die Mauern entlang der Avenida gelehnt standen, die auf die abschüssigen Pflaster der Altstadt führte. Sie hatten Cidre getrunken. Jeder musste der Reihe nach ein Glas mit einem Zug leer trinken. Was im Glas zurückblieb, nachdem ihnen die Luft ausgegangen war, das schütteten sie auf den Boden. Das Glas wurde an jeden in der Runde weitergereicht, der das gleiche Ritual vollführte, mit der rechten Hand nach der Flasche griff, sie in Schulterhöhe auf das Glas richtete und sie so stark neigte, bis der Strahl mit Cidre das Glas in Hüfthöhe traf. In den Restaurants wurde das Ritual mit der gleichen Inbrunst und Strenge betrieben. Aus diesem Grund war der Boden mit Sägemehl bedeckt, das dazu diente, die Reste von Cidre aufzusaugen, die aus den sorglos geleerten Gläsern auf die kalten Mosaike um die Tische spritzten. Zu fortgeschrittener Stunde des Abends wurde der Geruch nach Cidre in diesen Restaurants der Gegend unerträglich.

Nach dem Abendessen lief er über die Straßen der Stadt, bis er auf die Calle María Bandujo stieß. Er hatte diese Anschrift von Alberico Nuñez erhalten und hoffte, Marta Rodríguez Cano dort anzutreffen. Hinter den Fensterscheiben im ersten Stock brannte kein Licht. Ein altes Viertel, alte Häuser, mit Blick aufs Meer. Er wartete eine Stunde, dann stieg er in ein Taxi, das ihn ins Hotel brachte, wo er sofort einschlief. Er hatte gerade noch Zeit, das gemütliche Quietschen des Bettes wahrzunehmen, mehr auch nicht. Dann fiel er in einen traumlosen Schlaf und wachte später auf, als es seiner Gewohnheit entsprach.

Aber all das war am Vortag geschehen, denn inzwischen war er wieder in seine Stadt zurückgekehrt. Ein Flugzeug hatte ihn am frühen Nachmittag von Gijón nach Vigo gebracht; anschließend hatte er einen weiteren Flieger nach Porto genommen. Die Reise schien kein Ende nehmen zu wollen. Glücklicherweise hatte es überhaupt einen Flug gegeben. Gott sei Dank. Ihn zog es mit allen Kräften nach Hause. Er hatte den Wunsch, von einem Ort aufgenommen zu werden, der ihm gehörte und den er als vertraut empfand, vertraut in seinen Gerüchen, ein Platz auf dieser Erde, an dem man keinen Cidre trank, an dem niemand Cidre trank und keiner die Neige in den Gläsern auf den Boden schüttete, und wo jemand für ihn kochte oder wo er für Rosa kochte und sie protestierte und von Kalorien sprach, von Vitaminen, von einer Diät zum Abnehmen, von der Notwendigkeit, ein paar Kilo zu verlieren.

Rosa war nicht zu Hause, als er gegen sieben Uhr abends ankam, aber sie hatte ihm im Briefkasten eine Nachricht hinterlassen. »Ich komme gegen Mitternacht zurück, weil ich ins Kino gegangen bin. Wenn ich wieder da bin, klopfe ich an die Tür.«

Jaime Ramos nahm die Botschaft entgegen und ging nachsehen, ob die Pflanzen auf der Veranda die letzten heißen Tage überlebt hatten. Ja, sie haben überlebt, dachte er, als er die Vase mit den Tulpen erblickte. Sie haben überlebt.

Dann bereitete er sich ein Bad vor. Trotz der Hitze füllte er die Badewanne mit heißem Wasser, denn er verspürte den Wunsch, wie in einem Bauch aufgenommen zu werden, an den er sich anschmiegen und einrollen konnte, ohne dass ihn jemand dabei sah oder auch nur ahnte, dass es einen Mann nach so etwas verlangte. Er zog sich aus. Dann be-

gann er, sich sorgfältig zu rasieren, indem er mit der Klinge beide Schneiderichtungen vollführte, von oben nach unten und umgekehrt, bis er spürte, dass sich die Haut entspannte und die Frische annahm, nach der er sich so gesehnt hatte. Er nahm das Telefon mit ins Badezimmer und rief Filipe Castanheira an. Das Läuten am anderen Ende des Meeres ertönte gerade zweimal, was ihm wie ein Wunder vorkam.
»Ich bin schon wieder da.«
»Und jetzt?«
»Ich bin in der Badewanne. Es war nicht schwierig«, sagte er, während er sich in das schon laue Wasser gleiten ließ und die Muskeln seines Körpers in einer stillen, langsamen und unsichtbaren Massage entspannte. »Die Wahrheit ist, dass jeder das bekommt, was er verdient.«
»War sie es?«
»Sie hat herausgefunden, dass der Typ sich verdrücken wollte. Na ja, er hat es nicht ausgesprochen, aber sie hat es vermutet, du weißt ja, wie das ist, der sechste oder siebte Sinn der Frauen, ich habe nie ganz herausfinden können, um was für einen Sinn es sich dabei handelt, aber einer davon wird es wohl gewesen sein. Mitte Juli fand sie heraus, dass er fortgehen wollte.«
»War sie es?«
»Erinnerst du dich noch an seine Sachen? Hefte, Papiere, Fotografien, die Dinge, die du in Finisterra gesucht hast? Sie entdeckte das ganze Zeug in einem Koffer, der fertig gepackt war für eine Reise nach Portugal. Damit fing alles an, wenn man so sagen will. Die Familie hat das natürlich alles mitgenommen, aber nur deswegen, weil es schon verpackt und vorbereitet in einem Koffer dastand, in seinem Auto.

Sie hatten eine Auseinandersetzung damals, er sagte nein, er habe nicht vor zurückzugehen, aber dieser andere Typ, dieser Ramón, der hatte auch so seinen Verdacht, warum, weiß ich auch nicht genau. Ich habe nie herausgefunden, wie sehr sie miteinander vertraut waren, dieser Typ mit diesem Ramón, aber es gab da eine Vertrautheit zwischen den beiden. Sie klagte Ramón ihr Leid. Dann sprachen sie mit ihm am Vortag, im Guten, wie sie sagte. Ganz im Guten, wie sie mir sagte. Erst am nächsten Tag passierte es dann, wie wir wissen. Es war dieser Ramón. Er hatte ihm ein Hotel versprochen, eine Stelle in diesem Hotel, für ihn und die Mutter. Und Ramón liebte seine Mutter sehr.«
»Und sie?«
»Sie? Sie sah zu. Die Spuren im Sand waren von ihr. Die dritte Gruppe von Fußspuren. Ein Ding, das sie zu zweit drehten. Einer drückt ab, und der andere sieht zu. Wenn es um die Liebe geht, dann machen die Frauen, was ihnen in den Sinn kommt. Sie machen uns glauben, dass sie die Verlassenen sind, dass sie die Betrogenen sind. Aber letztlich sind immer wir diejenigen, die getäuscht werden. Man kann niemandem über den Weg trauen.«
Erst nachdem er den Hörer aufgelegt hatte, kam Jaime Ramos eine Idee. Er ging in die Küche, hinterließ eine Wasserspur und kehrte mit einer leeren Flasche und einem Glas zurück. Er füllte die Flasche mit Leitungswasser, setzte sich in die Badewanne und tauchte die Füße und die Beine in das Wasser, auf dem kleine Schauminseln trieben. Er neigte die Flasche über dem Glas und schüttete einen kleinen Strahl mit Flüssigkeit heraus, dann entfernte er das eine vom anderen, und zwar in Schulterhöhe, und ließ das Glas bis in Hüfthöhe sinken. Die Hälfte des Wassers lan-

dete in der Badewanne und mischte sich mit Badewasser. Er versuchte es wieder. Er versuchte es noch zweimal, und beim vierten Mal gelang es ihm, das ganze Wasser aus der Flasche in das Glas zu schütten. Jetzt war er zufrieden und lobte sich selbst ob seiner Geschicklichkeit, die er in Gijón den Cidretrinkern abgeguckt hatte.

Dann unternahm er noch einen Versuch, aber es klappte nicht mehr. Er stellte die beiden Objekte auf den Badezimmerboden und ließ sich wieder in die Badewanne gleiten, bis sein Körper ganz unter Wasser getaucht war. Für diesen Augenblick hatte er sich schon eine Zigarre präpariert. Er zündete sie an. John Wayne hatte zwar in keinem seiner Filme Zigarre geraucht, aber diese Szene hatte er gewiss einem Film abgeschaut. Er imitierte ihn auf kindliche Weise, blies den Rauch aus und sah melancholisch nach dem Glas und der Flasche, die er für sein kleines Experiment herbeigeholt hatte. Im Grunde mochte er Cidre nicht, das wusste er, obwohl er mitunter ein seltsames Bedürfnis danach verspürte, den Geschmack dieses Getränks zu probieren. Als handelte es sich um ein Experiment.

Rosa würde bald zurückkommen. Er hatte ihr in einem Geschäft in Gijón ein Geschenk gekauft, nachdem er Marta Rodríguez Cano zur lokalen Polizeiwache begleitet hatte, von wo aus sie Alberico Nuñez angerufen hatten. Es war ein Pullover aus asturischer Wolle, aus der gleichen Wolle, mit der wahrscheinlich die Fischer von Cantábrico dem Meer im Winter die Stirn boten. Rosa würde sagen, dass sie ihn erst im Winter tragen werde und dass es für Wollsachen noch zu früh sei. Und er würde antworten, dass man immer auf den Winter vorbereitet sein müsse.

22. August 1991, neunzehn Uhr dreißig

»Sie ist da, aber sie hat seit zwei Tagen praktisch nicht mehr das Haus verlassen. Am Anfang haben wir uns ziemlich gewundert, aber wir wussten, dass dort jemand ist, weil in der Nacht die Lichter im Haus brannten. Und zwar bis in die tiefe Nacht hinein. Aber zu hören war nichts. Gehören Sie zur Familie?«
»Ja. Zur Familie.«
»Oder sind Sie ihr Freund?«
»Nein, nicht der Freund.«
»Sie hat schon seit zwei Tagen nicht mehr das Haus verlassen.«
Filipe Castanheira bedankte sich für die Informationen und legte das Geld für das Bier auf den Tresen. Er bedauerte seinen Egoismus, der ihn veranlasst hatte, in das kleine Café zu gehen und ein »Mello Abreu« zu verlangen. Er hatte gezögert, aber dann verstand er, dass er den Durst löschen musste, der ihn auf der ganzen Reise gequält hatte, und er verdrängte den Gedanken daran, dass er nicht zuletzt auch Sehnsucht nach diesem Bier und dem höchst unsteten Geräusch empfunden hatte, das zu hören war, wenn man es ins Glas schüttete.
»Seit zwei Tagen verlässt sie schon nicht mehr das Haus«, sagte die Frau wieder und zählte das Geld. »Wir haben sie

gefragt, ob sie etwas brauche, ob sie etwas nötig habe. Aber nein. Alles sei bestens. Aber das war es nicht, wir wissen, dass es nicht stimmte, denn in diesem Haus wird für gewöhnlich immer ein Fest gefeiert, nur in der letzten Zeit nicht. Umso besser, dass Sie jemand von der Familie sind? Ein Vetter?«

»Ja. Ein Vetter«, log Filipe. »Aus Ponta Delgada.«

»Ah ja. Aus Ponta Delgada. Regnet es dort auch?«

»Nein. Heute Nachmittag war der Himmel dort blau.«

»Hier fällt seit gestern Regen, ein ständiger Nieselregen, immer regnet es hier diese Bindfäden. Sie wird sich aber freuen, Sie zu sehen, weil sie doch seit zwei Tagen schon nicht mehr das Haus verlassen hat.«

Was ihn anbetraf, so nahm er den Regen erst wahr, nachdem die ersten Passagiere auf die dunkle Flugpiste getreten waren und er auf die Farben des Hügels gesehen hatte, der sich im Hintergrund des Flughafens über dem Meer erhob, und feststellte, dass der gewöhnliche Kontrast zwischen dem Grün und dem Blau der Insel nicht zu erkennen war. Stattdessen lag alles hinter einem nahtlosen Vorhang aus stetem Regen, einem feinen Nieselregen, der auf seine Kleidung fiel und sein Gesicht nässte. Auf alle Fälle war es ein warmer Regen, und die Luft war immer noch zum Schneiden dick wie eine Glasglocke. Sie hielt die Temperatur auf der Insel wie in einem Treibhaus immer auf gleicher Höhe und schützte sie vor einem unsichtbaren und mächtigen Feind, der sich ihrer stets zu bemächtigen versuchte.

Obwohl es August war, hatte er schließlich doch telefonisch einen Wagen von Ponta Delgada aus mieten können. Der Mann von der Agentur händigte ihm die Schlüssel aus. Filipe Castanheira sparte sich seine Erklärungen und suchte den Wagen auf dem kleinen Parkplatz vor dem Flughafen. Er hatte kein Gepäck bei sich, abgesehen von einem Sack, den er immer mit zum Strand nahm, auch in Finisterra, und in den er diesmal zu Hause in aller Eile ein paar wahllos zusammengeraffte Kleidungsstücke gesteckt hatte. Der feuchte Asphalt zwang ihn, die Strecke mit einiger Vorsicht zu fahren, aber in fünfzehn Minuten befand er sich schon vor der Bucht von Porto Pim, die zu dieser Stunde menschenleer war und in ihrer sommerlichen Würde von dem zarten Nieselregen verletzt wurde, der sie daran hinderte, sich vor der Stadt in ihrer ganzen Pracht zu zeigen. Von dort waren kaum die Umrisse des dunklen Schattens zu sehen, den der Pico auf der anderen Seite des Kanals beschrieb.

Er musste die Bucht überqueren, durch die Stadt hindurch. Zu dieser Stunde gehörte sie ganz dem Sonnenaufgang, sobald die Sonne ihr Licht auf den Berghang von Santa Barbara warf. Danach stieg die Straße in Richtung auf Ponta da Espalamaca an, und dort konnte er schließlich Horta sehen, die ganze Stadt, die dem Meer mit seinen zahlreichen Booten zugewandt war, die von da aus nur wie weiße, schaukelnde Punkte aussahen, denn die Segel, die ihnen ihre Farben verliehen, waren eingezogen. Eine bewegliche Nebelschwade hing über dem Zedernhügel, aber Filipe Castanheira fuhr den Wagen über eine Umgehungsstraße, die abrupt in ein kleines Tal hinabfiel, das gleich am Meer gelegen war. Er kannte dieses Wasser, das tiefe Blau dieses Wassers an den klaren Tagen, wenn von Espalamaca aus der Pico, São Jorge und Graciosa in der Ferne zu sehen waren, umhüllt von einer dauerhaften, weiß glühenden Dunst-

glocke, die ihn an die stillen Nachmittage in Santa Cruz erinnerte, an das unaufdringliche Blattwerk der Azaleen und einen ruhigen und weltfernen Traum, fernab von den Nachrichten dieser Welt.
Ein kleiner Platz, auf dem er den Wagen parkte, trennte das winzige Dorf von dem Strand, der schutzlos dem Regen ausgesetzt war. Wie ein feiner Mantel fiel er auf den Sand und färbte ihn dunkel. Da war sein Blick auf das Café gefallen, und er hatte beschlossen, hineinzugehen und ein Bier zu bestellen. Ein frisches Bier, auf das der Magen nicht vorbereitet war, ein Bier, das ihn von einer beinahe fiebrigen Glut befreite, die seit dem frühen Nachmittag von seinem ganzen Körper Besitz ergriffen hatte, seit er Isabels Eltern angerufen hatte.
»Sie ist fortgefahren, auf eine andere Insel.«
Er hörte sich selbst sagen »Ich muss mit ihr sprechen.«
Nach einem kurzen Schweigen fuhr Isabels Mutter fort. »Sie ist auf Faial. Aber in ihrem Haus gibt es kein Telefon.«
Filipe kannte das Haus, ein altes Haus der Familie, am Strand von Almoxarife, in der Nähe von Horta, am anderen Ende von Ponta da Espalamaca.
»Was von der Familie in Faial geblieben ist«, hatte Isabel eines Tages gesagt. »Wir könnten dort ein paar Tage verbringen.«
»Seit zwei Tagen hat sie das Haus nicht mehr verlassen«, unterbrach ihn die Frau in diesem Augenblick wieder, nachdem sie das Geld für das Bier schon in Empfang genommen hatte.
Die Tür war nur geschlossen, aber Filipe klopfte. Er klopfte ein paar Minuten sanft gegen die Tür, ohne dass jemand von drinnen Antwort gab. Dann öffnete er sie und trat auf

einen dunklen Flur, in den das bisschen Licht nur noch als Halbschatten fiel. Isabel lag auf dem Bett in einem der hinteren Zimmer des Hauses und schlief. Er sah sie mit einigem Bedauern an, Bedauern darüber, sie nicht schon vorher gesehen zu haben, vor diesem Tag und vor diesem Leben.

Er verließ geräuschlos das Zimmer und schloss die Tür hinter sich. Dann ging er durch den Flur, der ihn in die verlassene Küche führte. Dort drang Licht durch eine Fensterscheibe in der Holztür. Er öffnete sie. Ein kleiner Garten empfing den Regen wie ein Gottesgeschenk und nahm ihn ganz und gar in sich auf, bis sich kleine Pfützen neben den Beeten bildeten, in denen das Unkraut sich selbst überlassen wuchs. Dort stand auch ein dicht belaubter Zitronenbaum, der einzige Baum in dem kleinen, von Mauern umgebenen Dreieck, das den intensiven Geruch nach unaufhörlichem, feinem und dauerhaftem Regen verströmte. Er setzte sich schließlich auf die Stufen, die in den Garten hinunterführten und von einem kleinen Vordach geschützt waren, und zündete sich eine Além-Mar an.

Ich werde diese Zigaretten liebgewinnen. Erlöse mich von der Versuchung. Erlöse uns von der Versuchung, beschütze uns vor dem Übel, vor all dem Übel, und schenke uns Zigaretten wie diese und verregnete Nachmittage wie diese mitten im Sommer, an denen wir erkennen, dass es Augenblicke von bekannter und unbekannter Erhabenheit zugleich gibt, Augenblicke wie diese, die von dem ständigen Plätschern von Wasser auf Wasser erfüllt sind wie die Tropfen, die vom Dach in den steinernen Tank fallen, in dem man früher die Wäsche wusch.

Dann verspürte er eine andere, viel unmittelbarere Hitze,

als würde ihn Isabels Atem erreichen, der langsam, ganz langsam, durch den dunklen Flur gekrochen war und die Küche durchquert hatte, und er dachte, dass sie wahrscheinlich aufwachen würde, wenn die Zeit des Abendessens gekommen war.

Er stand jetzt auf und durchsuchte die Küche nach Zutaten, öffnete diesen und jenen Schrank, diese und jene Schublade, entdeckte Kartoffeln in der Speisekammer und einen leeren Kühlschrank, in dem nichts weiter als ein paar Scheiben Schinken in einer Plastikdose lagen und Eier, sonst nichts. Die Tiefkühltruhe war leer. Seine anfängliche Mutlosigkeit wurde von Isabels Bild verdrängt, die in dem Zimmer schlief, und so holte er die Kartoffeln aus der Speisekammer, wählte ein paar aus, wusch und schälte sie und nahm sich einen Topf, um sie darin zu kochen. Der Herd funktionierte. Er zündete eine der Platten an und stellte den Topf aufs Feuer. Dann verquirlte er die zwei Eier, die er im Kühlschrank gefunden hatte, und schnitt die Schinkenscheiben in winzige Streifen. Er suchte nach einer Pfanne und fand eine, nur eine, schwarz, aus Eisen und sehr groß, in die er die Schinkenstreifen legte und so lange anbriet, bis er das Aroma des Fleisches wahrnahm, das in seinem eigenen Fett brutzelte und in das er sorgfältig eine Knoblauchzehe presste. Dann schaltete er den Backofen ein. Er bestreute den Schinken, dem er etwas Butter hinzugab, mit Mehl, bis er zu einer festen Masse wurde, und löschte das Ganze mit einem Schuss Milch, während er unablässig darin rührte. Bald war eine sämige Sauce daraus entstanden, der nur noch die Schinkenstücke eine etwas gröbere Substanz verliehen.

Nun nahm er die Pfanne vom Herd. Die Kartoffeln waren

halb gar gekocht. Jetzt musste er sie unter Wasser abspülen. Er ließ vorsichtig Wasser darüber laufen, um die Körper der Knollen nicht zu verletzen, und ließ sie anschließend an der Luft abkühlen. Mit einem Messer schnitt er nun kleine Höhlungen in die Kartoffeln. Nachdem er die zehn mittelgroßen Kartoffeln vorbereitet hatte, füllte er sie mit der Schinkenmasse und bedeckte sie mit den kleinen Scheiben, die er zurückbehalten hatte. Er legte sie auf das Emailblech des Backofens und tauchte sie vorher kurz in die geschlagenen Eier. Dann überließ er sie der bedächtigen Sorgfalt der Hitze, die sie goldgelb braten und gar kochen würde, während er draußen nach Kräutern suchte, die der Vernachlässigung dieses Gartens widerstanden hatten.
Er fand Petersilie und zwei Zweige Minze, von denen er die intakten Blätter nahm. In derselben und einzigen Pfanne ließ er nun Butter zerlaufen, zerdrückte noch eine Knoblauchzehe und eine halbe Zwiebel und dünstete sie glasig, worauf er die Minzeblätter hinzugab, die er in der Mitte durchschnitt, damit sie ihr Aroma besser entfalten konnten. Als er bald darauf feststellte, dass das Gratin fertig war, machte er den Ofen aus.
Es regnete immer noch, ein leichter Regen. Bald würde man das Licht anmachen müssen. Bald, aber erst, nachdem er die Kartoffeln aus dem Ofen genommen und sie, eine neben die andere, in die Pfanne gesetzt hatte, in die sie alle hineinpassten, wenn auch ein wenig gedrängt. Er machte den Backofen wieder an. In einem der Schränke hatte er eine Flasche Rum entdeckt, Isabels bevorzugtes Getränk. Er füllte ein Glas damit und goss es über die Kartoffeln, die goldgelb würden, nachdem sie die Flüssigkeit aufgenommen hatten, und die schließlich auf dem erstarrten

Bratfonds trocknen würden. All dies würde sehr langsam geschehen, so langsam wie der Regen, der fiel, mit einer Langsamkeit, die das ganze Haus erfüllte.

Dann ging er wieder in das Zimmer und stellte fest, dass Isabel noch immer schlief. Er sah sie wieder mit einigem Bedauern an, Bedauern darüber, sie nicht schon vorher gesehen zu haben, vor diesem Tag und vor diesem Leben. Er sah sie an, ohne sie zu berühren, er sah sie nur an und sprach zu ihr mit leiser Stimme, obwohl er sicher war, dass sie eingeschlafen war, dass sie tief schlief, noch magerer als vor einem Monat. Trotzdem sprach er zu ihr mit leiser Stimme, denn er war sich sicher, dass sie ihn nicht hören konnte und dass er selbst alle diese Worte wieder vergessen würde, was auch immer er sagen sollte. Er sprach so eine ganze Weile, bis ein anderes Geräusch das gedämpfte Gemurmel in seinem Kopf übertönte. Wenig später fand er heraus, was es war, und erkannte das Rauschen des Meeres, das an den Strand schlug, an den Kanal vor der Insel und auch vor die andere Insel, die wie ein Schatten direkt gegenüber lag. Und er stellte sich vor, dass bald ein anderes Meerwasser kommen würde, ein ruhigeres, und dass all das, das eine wie das andere Meer, nichts als eine vage Erinnerung sein würde, eine Erinnerung, die einen überkommt, bevor man in den Schlaf sinkt.

Carme Riera

INS FERNSTE BLAU

Mallorca, 1681. Ein Gifthauch der Inquisition hat sich über die Insel gelegt. Am 7. März besteigt eine Gruppe bangender Juden in aller Heimlichkeit ein Schiff, um die Insel zu verlassen. Das Meer, das unendliche Blau, der Weg in die Freiheit, ein tröstendes Versprechen. Doch ein Unwetter verhindert das Auslaufen des Schiffs, der Plan wird endeckt, den Menschen droht der Scheiterhaufen. Carme Riera entführt den Leser mit ihrer einmaligen Erzählkunst in die Welt der mallorquinischen Juden im 17.Jh. »Vielen Dank für dieses Buch!« ASPEKTE, ZDF

Nr. 92102

Mit der Welt
auf Buchfühlung

Nr. 92114

Andrea Camilleri

DAS SPIEL
DES PATRIARCHEN

Commissario Montalbano sind moderne Errungenschaften wie Computer und Internet hochgradig suspekt – auch wenn dieses Teufelszeug mittlerweile selbst das Kommissariat von Vigàta erreicht hat. Als ein junger Mann ermordet aufgefunden wird und ein altes Ehepaar zeitgleich verschwindet, beweist der Commissario, dass man auch mit altbewährten Methoden modernen Kriminellen auf die Schliche kommen kann. *Andiamo!*
»Es ist so giftig. Es schleicht sich ins Herz unserer Sinnlichkeit. Dann tötet es. Unseren Schlaf.« Die Welt